DER
URLAUB

WEITERE TITEL VON SUE WATSON

SUE WATSON

DER
URLAUB

Übersetzt von Cornelius Hartz

bookouture

Die Originalausgabe erschien 2022 unter dem Titel
„The Resort“
bei Storyfire Ltd. trading as Bookouture.

Deutsche Erstausgabe herausgegeben von Bookouture, 2023
1. Auflage März 2023

Ein Imprint von Storyfire Ltd.
Carmelite House
50 Victoria Embankment
London EC4Y 0DZ

deutschland.bookouture.com

ISBN: 978-1-83790-371-9
eBook ISBN: 978-1-83790-370-2

Für alle, die schon einmal einen Urlaub aus der Hölle erlebt haben.

PROLOG

Als ich das Boot betrete, erfasst plötzlich eine Brise meinen Hut. Ich greife noch nach ihm, aber ich bin nicht schnell genug. Mit Tränen in den Augen muss ich mit ansehen, wie der schöne Gucci-Strohhut mit dem Ripsband im Wasser landet und davontreibt.

Ich halte meine Tränen zurück, als ich an Deck Platz nehme, gegenüber einer Frau mit neugierigem Blick.

»Oh nein, war das Ihr Hut?«, fragt sie und klingt ganz aufgeregt.

Ich nicke und weiche ihrem Blick aus.

»War der teuer?«

»Ja, sehr«, antworte ich und wünsche mir, sie würde die Klappe halten.

Ich hole mein Telefon aus der Tasche, um mich nicht mit ihr unterhalten zu müssen. Erstaunlicherweise habe ich Netz. Wir waren in den letzten Wochen vom Rest Großbritanniens abgeschnitten, es fühlt sich ganz seltsam an, dass ich jetzt wieder mit der Außenwelt sprechen kann. Fast schon beängstigend. Ich weiß gar nicht, wen ich zuerst anrufen soll. Und was ich sagen soll. Einem Impuls folgend, beschließe ich, meine Schwester anzurufen. Ich bin müde, und mir ist zum Heulen zumute, ich muss jetzt eine vertraute Stimme hören.

»Hey, du«, sagt sie. »Alles okay bei dir? Ich habe mitbekommen, was passiert ist, es stand in allen Zeitungen. Kommst du endlich nach Hause?«

Der vertraute Klang der Stimme meiner Schwester berührt mich, aber ihre Worte sind wie ein Hammerschlag in meinem Kopf. Ich muss direkt daran denken, wie mein Leben vor diesem Urlaub war.

»Bist du noch dran, geht's dir gut?«, fragt meine Schwester, und irgendwo von ganz tief in mir drin bricht ein gewaltiger, viel zu lauter Schluchzer aus mir heraus. Die Frau gegenüber starrt mich an.

»Nein, um ganz ehrlich zu sein, mir geht es gar nicht gut.«

»Was? Was ist?« Die Stimme meiner Schwester klingt ganz panisch.

»Schwesterherz, kannst du mir einen Gefallen tun?«, sage ich. »Der Empfang hier wird wieder schlechter. Könntest du bei der Polizei anrufen und darum bitten, dass die mich abholen, wenn wir das Festland erreichen? Ich muss denen etwas mitteilen.«

Das Telefon immer noch am Ohr stehe ich auf und gehe ein Stück das Deck hinunter, bis ich weder meinen davontreibenden Hut noch den Blick der Frau mehr sehen muss. Ich stehe allein am Heck des Bootes. Ein letztes Mal umgibt mich das Meer. Die salzige Meeresbrise zerzaust mein Haar und kühlt meine Wangen. Es war der heißeste Sommer, den England je erlebt hat.

Als die Temperaturen stiegen und Stürme aufzogen, war dieser wunderschöne weiße Palast mit Blick auf das türkisfarbene Meer plötzlich gar nicht mehr so wunderbar. Geheimnisse wurden gelüftet, Menschen verloren ihr Leben. Und als jetzt immer höhere Wellen gegen unser Boot schlagen, wird das Fitzgerald's Hotel in der Ferne immer kleiner, bis es aussieht wie ein glitzernder Diamant mitten im Atlantik. Ich drehe mich um und schaue zum britischen Festland, wo mich eine ungewisse Zukunft erwartet. Ich ziehe meinen Schal fester und mache mich auf all das gefasst, was jetzt passieren wird.

1

SAM

Es war unser dritter Abend im Fitzgerald's, und mein frischgebackener Ehemann und ich waren beim Abendessen. Es war das luxuriöseste und teuerste Hotel, in das ich je einen Fuß gesetzt hatte. Hier wurden einem alle Wünsche erfüllt, vom Nacktbaden über Paarmassagen bis hin zum Essen, das einfach himmlisch war. Das waren die Flitterwochen, von denen ich immer geträumt hatte. Gleichzeitig war es der heißeste Sommer, den England je erlebt hatte.

»Bist du glücklich?«, fragte ich, und David lächelte. Sein Blick schweifte zum Fenster, zum Meer, das draußen in der hereinbrechenden Dunkelheit wartete, während sich in der Ferne langsam ein Gewitter zusammenbraute.

»Natürlich bin ich glücklich, du bist doch bei mir«, sagte er. Sein Blick kehrte kurz zu mir zurück, und er streckte die Hand über den Tisch und berührte meine Finger.

Ich spürte seine Berührung wie einen Stromschlag und zitterte leicht angesichts der Vorfreude.

Ich nippte an meinem kühlen Wasser und schaute ihn weiter an.

Er schien den Blick nicht vom Fenster losreißen zu können,

hinter dem die Sonne unterging und den Tag, der in den letzten Zügen lag, in ein helloranges Licht tauchte. Ihre letzten Strahlen spiegelten sich im Meer. Ich drehte mich wieder zu ihm um. »Kaum vorstellbar, dass etwas so Schönes so gefährlich sein kann«, sagte ich. »Sie sieht aus wie geschmolzenes Gold.«

Er zuckte mit den Schultern. »Ja, genau wie das Meer. Das kann genauso tückisch sein. Manchmal sieht es ganz ruhig aus, aber unter der Oberfläche gibt es Strömungen, die einen einsaugen und wieder ausspucken.«

»Igitt, einsaugen und wieder ausspucken – das klingt ja furchtbar.«

»Eine schöne Frau kann das auch«, säuselte er und ahmte dabei einen französischen Akzent nach, sodass ich unweigerlich kichern musste.

Ich schaute mir all die vornehmen, wohlhabenden Leute an, die ihre Abendkleidung genauso lässig zu tragen schienen wie ich daheim meinen Pyjama. Eine Frau am Nebentisch trug ein funkelndes Kleid, das ich faszinierend fand, und ich versuchte, nicht allzu auffällig hinüberzusehen. Ihr Haar war eine Wolke aus Platinlocken, ihr Make-up makellos, und ihre roten Lippen glänzten. Ich fragte mich, ob sie ein Model war. Ich warf einen Blick auf mein geblümtes Maxikleid von Marks and Spencer. Im Spiegel im Schlafzimmer zu Hause hatte es noch ganz toll ausgesehen, aber jetzt, inmitten der Designerkleider und der mondänen Atmosphäre hier, wirkte es einfach nur altbacken.

Ich sah David an und wartete auf die Welle der Erregung, die mich regelmäßig überkam, wenn ich meinen frischgebackenen Mann anschaute. Der rosafarbene Schein der untergehenden Abendsonne, die durch das Fenster fiel, umrahmte sein Profil und verlieh ihm einen sanften Schimmer. Ich hätte so gerne das sanft gewellte Haar in seinem Nacken berührt. Der Drang, mich über den Tisch zu stürzen und seine Lippen zu küssen, war nahezu übermächtig. Ich lächelte in mich hinein, als ich mir vorstellte, wie ich hier in diesem hübschen, leisen Speisesaal mit all diesen glamourösen Menschen, die winzige Portionen von großen Tellern aßen, meinen Trieben nachgab. Nein, das war nicht der richtige Ort, um dermaßen authentisch zu sein. Ich musste mich benehmen. Also legte ich meine verschwitzten Handflächen auf der kühlen Leinentischdecke ab.

»Gott, ist das warm!«, rief ich aus und strich mir das Haar aus dem Nacken, um ein wenig die Hitze zu vertreiben.

»Beschwerst du dich wirklich über die Hitze?«, fragte er. »Wenn es regnen würde, wärst du stinksauer.«

»Ach, ich beschwere mich ja gar nicht«, sagte ich. »Es ist perfekt, Wetter wie am Mittelmeer, und das vor der Küste von Devon. Das Hotel ein großer weißer Palast, das Personal ... und du. Nein, ich will mich ganz bestimmt nicht beschweren«, sagte ich, streckte die Hand aus und berührte sein Gesicht. »Ich hatte es schon in Zeitschriften und auf Instagram gesehen, aber ich hätte nie gedacht, dass ich hier tatsächlich mal Urlaub machen würde.« Ich stieß einen zufriedenen Seufzer aus.

Er wandte sich langsam vom Fenster ab. Als ich in seine Augen sah, fiel mir alles wieder ein. Mich durchfuhr erneut ein kleiner Rausch.

»Und das ist erst der Anfang«, sagte er leise. Er ergriff meine Hand, und als er sie sanft küsste, zitterte ich vor Begehren.

Die Vorspeise kam, und als die Kellnerin den Teller abstellte, sah ich, wie David sie anschaute. Sie schaute zurück, und ich erkannte, dass es sich um die junge Frau handelte, die an der Poolbar hintern Tresen stand.

»*Bonsoir*«, sagte sie zu David, der nicht antwortete, sondern nur leicht verlegen lächelte.

Sie sah einen Moment lang ganz unbeholfen aus.

»Hallo, Sie sind Stella, nicht wahr?«, fragte ich, um die Situation aufzulösen. »Sind Sie nicht sonst an der Poolbar?«

»Ja, ja, das stimmt«, sagte sie und lächelte. Sie war jung und blond. Selbst die altbackene Kellnerinnen-Uniform konnte nicht verbergen, wie hübsch sie war.

»Ich dachte, ich komme vielleicht mal zum Yogakurs«, sagte ich. »Haben Sie morgen einen?«

»Ja, um halb zehn beim Pool«, antwortete sie freudestrahlend.

»Die ist echt nett, oder?«, sagte ich zu David, als sie wieder fort war.

»Ach ja?«, sagte er und tat so, als hätte er es nicht bemerkt.

»Ja, und das solltest du wissen, du hast dich heute an der Poolbar schließlich mit ihr unterhalten. Auf Französisch.«

Er stieß einen tiefen Seufzer aus. »Ich habe uns Getränke bestellt, auf Französisch. *Unterhalten* würde ich das nicht gerade nennen.« Er sah von seinem Teller auf. »Sam, ich hoffe, du fängst nicht jetzt schon an, eifersüchtig zu sein.«

»Quatsch, natürlich nicht, ich habe nur eine Beobachtung gemacht.«

»Das ist alles?«

»Das ist alles«, sagte ich energisch. »Sie gibt den Yogakurs, sie schmeißt die Poolbar, ich wusste halt nicht, dass sie auch Kellnerin ist«, murmelte ich, fast zu mir selbst.

»Offenbar reicht ihr ein Job nicht«, antwortete er, ohne mir in die Augen zu sehen.

Ich zuckte mit den Schultern. »Sie ist jung, wahrscheinlich braucht sie Geld.« Ich starrte auf die vielen Messer und Gabeln links und rechts von meinem Teller und musste an eine polizeiliche Gegenüberstellung denken; jedes Stück Besteck schien mich herauszufordern, es auszuwählen und damit alles falsch zu machen.

Diskret beobachtete ich David dabei, wie er eine Gabel von ganz außen nahm, um damit seine Vorspeise zu kosten, und tat es ihm gleich. So schön es hier auch war, mit der Etikette kannte ich mich einfach noch nicht aus, vor allem bei Tisch.

Schon am ersten Abend hatte ich mir einen echten Fauxpas geleistet.

»Ich fürchte, sie hat was falsch gemacht«, flüsterte ich David zu und schaute mich kurz zu der Kellnerin um, die uns gerade die Vorspeisen serviert hatte.

»Einen Fehler? Inwiefern?«, fragte David so laut, dass ich zusammenzuckte. Seine Augen blitzten, als ob ihn irgendetwas amüsierte. »Und warum flüsterst du?«

Ich beugte mich vor und sagte leise: »Als Vorspeise hatte ich die Jakobsmuschel bestellt.« Ich nickte in Richtung des Tellerchens vor mir. Darauf befand sich ein Stückchen Toast mit etwas Schaumähnlichem darauf. »Ich will nicht so laut reden, weil ich die Kellnerin nicht in Schwierigkeiten bringen will.«

»Das ist doch noch gar nicht die Vorspeise.« Er lachte laut auf und fügte hinzu: »Das ist ein Amuse-Gueule.« Als ob damit alles klar gewesen wäre.

War es aber nicht. Ich fühlte mich gekränkt, auch wenn mir nicht ganz klar war, wieso. Also lächelte ich einfach. »Ah ja. Das ist aber sehr ... schön.« Meine Wangen glühten vor Verlegenheit. Ich probierte den Klecks auf dem Toast, eine Art Sorbet, das überraschend herzhaft war, was mich und meine Geschmacksnerven komplett verwirrte. Aber David schien das alles sehr lustig zu finden, und als er mir erklärte, ein Amuse-Gueule sei nichts weiter als ein Häppchen, das vor dem eigentlichen Menü serviert wird, wie ein Canapé, lächelte ich und tat so, als ob das Sinn ergeben würde. Aber das tat es nicht; ich war völlig überfordert. Und die Besteckbatterie, die mich arrogant anblitzte, erinnerte mich daran, dass ich noch ganz am Anfang stand und eine Menge zu lernen hatte.

David war inzwischen in die Weinkarte vertieft. Anders als ich schien er sich hier in seinem schicken Anzug total wohlzufühlen. Er zog die Blicke der anderen Gäste so selbstverständlich auf sich, als wäre er zu nichts anderem auf der Welt. So schön es hier auch war, ich konnte mir nicht vorstellen, dass ich mich jemals in diesem überkandidelten Hotel, wo ein Glas Cola Light mehr kostet, als manche Leute pro Stunde verdienten, jemals so zu Hause fühlen würde wie er.

Ich hatte sofort ein schlechtes Gewissen und ermahnte mich, was für ein Glück ich hatte, dass ich hier sein durfte. Das in den 1920er-Jahren erbaute Fitzgerald's Hotel war ein riesiger, wunderschöner weißer Palast auf einer zerklüfteten Insel im Meer. Das Gebäude war im Laufe der Jahre renoviert worden, war innen wie außen der Epoche, in der es erbaut worden war, und seiner geografischen Lage treu geblieben. Als ich mich im Speisesaal umsah, fiel mir auf, dass die Farben der Inneneinrichtung, welche aus einer Palette aus Marineblau, warmen Goldtönen und sattem Kaffeebraun bestanden, an die Farben des Meeres und der zerklüfteten Klippen angelehnt waren.

»Dieses Haus ist eine Liebeserklärung an die 1920er-Jahre«, hatte David am Vormittag gesagt, als wir uns in dem hübschen, im Art-déco-Stil designten Mosaikpool abkühlten. Seit wir beschlossen hatten, hier Urlaub zu machen, hatte ich jeden Blogeintrag und jeden Zeitschriftenartikel über das Fitzgerald's gelesen, den ich finden konnte. Ich schaute mir jedes Foto an, sog jedes Bisschen an Information auf. Die Broschüre, die inzwischen ganz zerknickt war, so oft hatte ich sie gelesen, ging auf den Luxus, die Geschichte und die Schönheit der Insel ein, verschwieg aber die dunklen Seiten. Den Millionär, der hier 1924 von seinem Nebenbuhler – dem Hotelchef – vergiftet wurde, erwähnte die Broschüre mit keiner Silbe. Auch von der berühmten Schauspielerin, die sich von den Klippen in den Tod gestürzt hatte, stand nichts darin, genauso wenig von dem Liebespaar, das beschloss, gemeinsam in den Tod zu gehen, und sich vor vielen Jahren in der Hochzeitssuite das Leben nahm. In eben jener Hochzeitssuite, in der jetzt David und ich wohnten. Sie war atemberaubend, in blassen Blau- und

Goldtönen gehalten, mit einem riesigen Bett unter einem weißen Baldachin und einer Badewanne, die groß genug für zwei war. Aber ich schlief nicht gut in diesem herrlichen Zimmer. Wenn ich mitten in der Nacht aufwachte, malte ich mir aus, was hier passiert war.

Doch obwohl ich von all den schrecklichen Dingen wusste, die im Fitzgerald's geschehen waren, hatte ich mich direkt von dem Moment an, als wir angekommen waren, in dieses Hotel verliebt. Mir gefiel, wie mich die Wedel der Palmen ins Haus zu locken schienen. Bereits als ich am Tag unserer Ankunft das nach Jasmin und Zitronen duftende Foyer betreten hatte, hatte mich das Fitzgerald's in seine Arme geschlossen, und ich wusste: Von hier will ich nie wieder fort.

Damals, beim Dinner am ersten Abend meiner Flitterwochen, war ich einfach nur glücklich, mit ihm zusammen zu sein; das war für mich das Einzige, was zählte. Ich hatte ja keine Ahnung, was mir noch alles bevorstand. Meine Gefühle für ihn waren so intensiv, so leidenschaftlich! Und durch die berauschende Atmosphäre und die Hitze wurden sie noch verstärkt. Als wir eintrafen, herrschte eine typisch britische, wolkenverhangene Kühle, und es sah nach Regen aus. Aber innerhalb weniger Stunden änderte sich das Wetter auf der Insel, und die Temperaturen wurden mit einem Mal geradezu tropisch. Die Gäste sprachen vom »Mikroklima«, aber David meinte: »Das ist eine Hitzewelle. Die herrscht jetzt überall in diesem Teil von England. Es ist halt einfach nur verdammt *heiß*!«

Ich hatte meinen Mann erst sechs Monate vorher kennengelernt, und nun waren wir schon verheiratet, was niemanden mehr überrascht hatte als mich. Als alleinstehende Mittdreißigerin war ich schon davon ausgegangen, dass die große Liebe an mir vorübergegangen war. Ich hatte gedacht, dass ich mich damit abfinden müsste, mich bis auf Weiteres um meine Mutter zu kümmern und in dem kleinen Friseurladen zu arbeiten, der nur wenige Minuten von meinem Geburtshaus entfernt war.

Während ich Haare schnitt und den Eskapaden im Leben meiner Kundinnen lauschte, hatte ich mir selbst immer wieder ausgemalt, was hätte sein können. Aber in meinem Leben gab es keine Eskapaden; jeder Tag war wie der andere. Bis ich David kennenlernte, der anders war als alle Männer, die mir bis dahin über den Weg gelaufen waren. Mit seinen vierzig Jahren war er schon richtig erwachsen, er hatte ein erfolgreiches Immobilienunternehmen, ein schönes Haus und war auf der Suche nach der wahren Liebe. Er tauchte in meinem Leben auf, als ich schon fast aufgegeben hatte, an die Liebe zu glauben, und schon bei unserem ersten Treffen schaute er mich an, als wäre ich *alles* für ihn. So hatte mich noch nie jemand angeschaut, und von da an änderte sich mein Leben komplett – ein Leben, das bis dahin hauptsächlich daraus bestanden hatte, das Dach über meinem Kopf zu behalten und meine Mutter davon abzuhalten, ihr Häuschen niederzubrennen. Nachdem ich jahrelang auf Tinder nach rechts gewischt, in Pubs herumgegangen und mich verzweifelt an Männer geklammert hatte, die mich trotzdem immer wieder abserviert hatten, war mein Traumprinz plötzlich da. Es klingt wie ein Klischee, aber es war wirklich wie im Märchen: Er kaufte mir Blumen, führte mich in schicke Restaurants aus, nahm mich mit auf lange Spaziergänge auf dem Land und zu Wochenenden am Meer. Ich fühlte mich zum ersten Mal in meinem Leben, als ob mir nichts fehlte. Seit ich ihn kennengelernt hatte, musste ich mich jeden Morgen beim Aufwachen kneifen, denn solche Dinge, solche *Männer*, passierten anderen Frauen, aber doch nicht mir! Männer wie David gab es einfach nicht für Frauen wie Sam Richards aus Manchester. Und David kümmerte sich nicht nur um *mich*, er unterstützte auch meine Mutter, die an einer beginnenden Demenz leidet. Seit Jahren hatte ich schon meine liebe Mühe mit ihr. Aber jetzt schaute er, wenn ich länger arbeiten musste, einfach so bei ihr vorbei, und oft brachte er ihr sogar ihren Lieblingsschokoriegel mit. Er war so nett zu ihr, er saß stundenlang da und hörte zu, während sie ihm ihre Lebensgeschichte erzählte, immer und immer wieder. Er wusste, dass sie keine Ahnung hatte, wer er war – verdammt, meistens wusste sie ja nicht einmal, wer *ich* war, und das brach mir immer das Herz. Aber David war so fürsorglich, dass er sogar einen Pfleger bezahlte, der für die zwei Wochen unserer Hochzeitsreise bei Mama einzog. Meine Schwester Jen und ich waren ihm so dankbar – es musste ein Vermögen gekostet haben, aber das machte ihm nichts aus, so großzügig war er.

»Kaum zu glauben, dass wir uns letztes Jahr um diese Zeit noch gar nicht kannten«, sagte ich, als ich mich an meine Vorspeise, die Jakobsmuschel, machte.

»Stimmt – schon komisch, wie das Leben einen überraschen kann, oder?«

»Sag mir, warum du mich liebst.«

Er lachte. »Schon wieder?«

»Ja, das höre ich so gerne.« Ich kicherte und nahm einen Bissen von der Jakobsmuschel, die mir vorkam wie ein Marshmallow mit Meeresaroma, abgeschmeckt mit Salz, Zitrone und Seefenchel. Eine kleine, köstliche Geschmacksexplosion aus dem Meer.

»Warum ich dich liebe ...« Er tat so, als müsste er einen Moment lang nachdenken. »Nun«, sagte er schließlich, »ich liebe deine Augen, deinen Sinn für Humor, deinen Körper ... Aber lass uns doch bitte das Thema wechseln.« Er zwinkerte mir zu und lächelte, wobei plötzlich seine beiden Grübchen auftauchten wie der Sonnenschein nach einem Wolkenbruch.

»Wieso? Ich finde das Thema eigentlich ganz interessant«, neckte ich ihn.

»Ich fürchte, dieses Sujet ist für die Konversation beim Dinner ungeeignet«, verkündete er in einem so aufgesetzt vornehmen Tonfall, dass ich kichern musste. »Die Liste der Dinge, die ich an dir liebe, ist so lang, wenn ich die alle aufzählen würde, wäre irgendwann das Essen kalt.« Er streckte seine Hand aus und berührte meine. »Wenn ich am Morgen aufwache und nachts einschlafe und dein Haar neben mir auf dem Kissen sehe, muss ich immer daran denken, was für ein Glück ich hatte, dich kennenzulernen ...« Ich sah, wie seine Augen feucht wurden, und hätte ihn am liebsten umarmt.

Ich ließ meine Vorspeise Vorspeise sein, rückte mit dem Stuhl ein wenig zu ihm heran und gab ihm einen Kuss auf die Wange. »Ist das wahr?« Ich errötete vor Freude und Überraschung. Angebetet zu werden, war für mich etwas ganz Neues. Ich hatte so oft Pech in der Liebe gehabt, aber er auch, daher hatte ich irgendwie das Gefühl, dass wir beide unser Glück verdient hatten.

»Ja, du bist so schön, wenn du schläfst ...« Er berührte mein Gesicht, bevor er sich plötzlich wieder dem Essen zuwandte. »Die Probleme fangen erst an, wenn du aufwachst.«

Ich lachte. »Du musstest den Moment ja verderben, du Schuft«, sagte ich in gespieltem Zorn und knuffte ihn leicht in den Arm.

David zog mich oft auf. Das war natürlich witzig gemeint, aber ich war so sensibel, dass ich mir manche Dinge vielleicht etwas zu sehr zu Herzen nahm. Wenn wir uns mal stritten – was selten vorkam –, ging es dabei oft darum, dass ich kein besonders dickes Fell hatte. Trotzdem traf mich das sehr, gerade weil er mir so viel bedeutete. Schon eine ganz beiläufige Bemerkung über mein Gewicht (bei all den schönen Abendessen, seit wir uns kennengelernt hatten, hatte ich ein paar Pfund zugelegt) oder eine wenig schmeichelhafte Bemerkung über meine Frisur brachten mich aus der Fassung. Aber David war sehr verständnisvoll. Er sagte, meine irrationalen Reaktionen auf seine Bemerkungen seien völlig logisch; das läge daran, dass ich in der Vergangenheit so oft verletzt worden sei. Er meinte, ich wäre immer so defensiv, weil ich geradezu darauf wartete, kritisiert oder verletzt zu werden. Deshalb sei ich beleidigt, selbst wenn er es gar nicht so *gemeint* habe.

Nun saßen wir hier, hielten uns an den Händen und lächelten einander an, und ich weiß, es klingt kitschig, aber ich hatte das Gefühl, dass ich in ein großes Geheimnis eingeweiht worden war. Vor David war ich noch nie verliebt gewesen, und wenn ich früher Pärchen sah, hatte ich mich immer gefragt, wie sie sich wohl anfühlt, die Liebe. Jetzt wusste ich es.

»Ich kann dir genau sagen, in welchem Moment ich mich in dich verliebt habe«, sagte ich.

»Wirklich, wann denn?«, fragte er, aber als ich antworten wollte, rief er einen Kellner, der gerade vorbeiging, an unseren Tisch.

Das ärgerte mich. »David«, tadelte ich ihn, als sich der Kellner näherte, »willst du das denn nicht wissen?«

»Ja, natürlich, aber ich will auch etwas trinken. Und du auch, nehme ich an.« Er lächelte den Kellner an, der nun bereits erwartungsvoll an unserem Tisch stand.

Ich schaute zu und wartete ab, und nach einer kurzen Plauderei über die Weinkarte entschied sich David für einen französischen Weißwein. David sagte den Namen des Weins, wieder mit diesem französischen Akzent, und diesmal klang es gar nicht ulkig, sondern authentisch und klug.

Der Kellner war sichtlich beeindruckt von Davids Weinkenntnissen, und er unterhielt sich noch eine Ewigkeit auf Französisch mit ihm, genau wie es zuvor die Kellnerin Stella getan hatte.

Ich konnte natürlich nicht mitreden, also lächelte ich nur, sah mich im Raum um und wünschte mir, ich hätte in der Schule im Französischunterricht besser aufgepasst. Aber als ich ihm so beim Plaudern zuhörte, machte es mir gar nichts aus, dass ich kein Wort verstand; ich war so stolz und immer noch so erstaunt, dass er sich ausgerechnet in mich verliebt hatte. Ich war noch nie mit einem Mann zusammen gewesen, der eine Fremdsprache spricht, und ich fand es total aufregend. Am liebsten wäre ich sofort mit ihm auf unser Zimmer gegangen und hätte dem Kellner gesagt, er solle uns den Wein hochbringen lassen.

Als der Kellner wieder fort war, lehnte ich mich instinktiv zu David über den Tisch, und er kam mir entgegen, sodass sich unsere Köpfe berührten. Er ergriff meine Hände. Es fühlte sich *so* gut an.

»Du wolltest gerade erzählen, wann du wusstest, dass du dich in mich verliebt hast«, griff er den Faden wieder auf. Er sah mir in die Augen, was meine Nerven zum Kribbeln brachte.

»Das war bei unserem vierten Date«, sagte ich und schaute an die Decke, so als versuchte ich mich daran zu erinnern, wie genau das gewesen war. Dabei wusste ich es ganz genau. Ich musste nur den Mut finden, es zu sagen. »Es war an dem Abend, als wir in die Weinbar in der Stadt gingen. Da war auch diese Marie ... Weißt du noch?«

Er verzog das Gesicht. Natürlich erinnerte er sich, wie hätte er das auch vergessen können? Die Eskalation von null auf hundert, das Gekreische, die blinde Wut. *Marie.* Er blickte wieder über meine Schulter, durch das Fenster, aufs Meer hinaus. Ich weiß nicht, warum ich sie hier bei unserem intimen Abendessen unbedingt hatte erwähnen müssen. Ihn an die unschöne Szene von damals zu erinnern, war keine gute Idee gewesen. Ich hätte lügen und ihm sagen sollen, dass ich mich an einem anderen Abend in ihn verliebt hatte, aber manchmal konnte ich mich einfach nicht beherrschen. Dann verspürte ich den unkontrollierbaren Drang, zu tun und zu sagen, was mir gerade durch den Kopf ging, auch wenn das unsere Beziehung auf die Probe stellte. Vielleicht konnte ich insgeheim immer noch nicht glauben, dass ich so ein Glück gehabt hatte, und hatte deshalb das ständige Bedürfnis, dagegen anzukämpfen, als wäre es eine verschlossene Tür. Und jetzt hatte ich alles verdorben, und ein dunkler Schatten war über unseren Tisch gefallen.

»Ach komm, doch nicht *das* Thema wieder«, sagte er, ohne

dass sich die Grübchen zeigten, die immer auftauchten, wenn er lachte.

Ich fragte mich, wie so oft, ob er noch Gefühle für sie hatte.

»Das ist alles so schwierig ... und schmerzhaft«, sagte er. Er löste seinen Blick von meinem, und ich schwöre, das Licht im Speisesaal wurde schwächer, die goldenen, filigranen Verzierungen in dem wunderschönen Raum erschienen mit einem Mal ganz stumpf.

Er wandte sich von mir ab, weil er nicht hören wollte, was ich zu sagen hatte, aber ich sagte es trotzdem. Wie gesagt, manchmal kann ich einfach nicht anders und muss tun und aussprechen, was mein Herz mir sagt, nicht mein Kopf. Wir hatten beide zu lange versucht, zu ignorieren, was geschehen war, aber jetzt war es an der Zeit, sie ein für alle Mal aus unserem Leben und unserer Beziehung zu verbannen. Ich konnte spüren, wie sie jetzt und hier zwischen uns saß.

»David –«

Für einen Moment blitzte so etwas wie Zorn in seinen Augen auf. Ich wusste, seine Wut galt ihr und nicht mir, aber trotzdem war ich ganz erschüttert.

»Vor allem erinnere ich mich daran, dass ich Angst hatte, du könntest tatsächlich *glauben*, was sie da von sich gab«, sagte er. Sein Blick war jetzt wieder zärtlicher, und als er liebevoll meine Hand streichelte, waren alle Spuren seines Zorns wieder verschwunden.

Ich drückte seine Hand, um ihn zu beruhigen. »Ich habe Marie als das gesehen, was sie war. Deine bekloppte Ex-Frau.« Mein flapsiger Tonfall stand im Widerspruch zu der sehr realen Angst, die ich damals empfunden hatte. An jenem Abend hatte diese Frau aus ihrem Zorn und Hass keinen Hehl gemacht. Zarte Gesichtszüge, weiße Zähnchen, die aussahen wie kleine, feste Perlen, durch die hindurch sie ihr Gift auf ihn spuckte. Und auf mich.

»*Du!*« Sie hatte auf mich gezeigt und gebrüllt: »Du glaubst auch, du hättest das große Los gezogen, was? Mit dir wird er genau das Gleiche machen! Er steigt mit jeder ins Bett, die ihm über den Weg läuft, und er wird es leugnen, bis du denkst, dass du verrückt wirst. *Er* ist der Psycho, aber er wird dich überzeugen, dass *du* diejenige bist, die verrückt ist!«

David hatte mich schon vor ihr gewarnt, aber ich war trotzdem schockiert gewesen, als ich sie so erlebt hatte. Die Erinnerung jagte mir einen Schauer über den Rücken.

Ich hatte noch genau im Ohr, wie sie uns anschrie, während ihre Freundin versuchte, sie von David wegzuzerren. »Der ist es doch gar nicht *wert*, Marie.« Alle in der Weinbar starrten sie an, und als David sich demonstrativ von ihr abwandte, hämmerte sie auf seinen Rücken ein. Natürlich wehrte er sich nicht – er war weder gewalttätig noch aggressiv. Er krümmte sich nur zusammen, während sie mit beiden Fäusten auf ihn einschlug. »Du Mistkerl«, schrie sie, bis der Barmann herbeigeeilt kam und dazwischenging.

»Tut mir leid, ich hätte das nicht erwähnen sollen«, sagte ich und konzentrierte mich wieder auf das Hier und Jetzt. »Ich wollte nur, dass du weißt, dass an jenem Abend nicht alles schlecht war. So, wie du dich in der Situation verhalten hast, konnte ich gar nicht anders, als mich in dich zu verlieben.«

Er seufzte tief und schüttelte langsam den Kopf. »Ich erinnere mich nicht so gerne an damals.«

»Du warst so ruhig und gefasst, und du hast mich beschützt«, fuhr ich fort und versuchte, nicht daran zu denken, wie ihre Worte mir wehgetan hatten. »Sie hat so schreckliche Dinge gesagt. Ich kann einfach nicht verstehen, wie jemand so etwas von dir denken kann, du bist so lieb und aufmerksam und –«

»Ich weiß nicht, warum ich so lange bei ihr geblieben bin«, unterbrach er mich. »Vielleicht dachte ich, ich kann ihr helfen, sie gesund machen.«

»Ich bezweifle, dass *irgendwer* Marie helfen kann.«

»Sie war nicht immer so. Als wir uns damals kennenlernten, war sie ganz ausgeglichen, wirklich süß und lustig, weißt du?«, sagte er wie zu sich selbst.

Ich fragte mich, an was für eine Situation in ihrer verdrehten Beziehung er gerade dachte, in der sie so »süß und lustig« gewesen war. »Ich weiß noch, dass du mal meintest, wie eifersüchtig sie schon immer war«, erinnerte ich ihn.

»Stimmt, sie war *dermaßen* eifersüchtig.« Er schüttelte den Kopf, als könne er es immer noch nicht fassen. »Man wusste nie, wann sie das nächste Mal ausrastet.«

Ich wusste, er war jetzt in seiner eigenen Welt, wo ich kaum zu ihm durchdrang. Und trotz allem, was er sagte, und allem, was passiert war, war ich immer noch unsicher: Empfand er nicht vielleicht doch noch etwas für sie?

»Sie sagte immer: ›Findest du, dass die und die mit ihrem neuen Haarschnitt gut aussieht?‹ Oder: ›Sieht sie nicht süß aus, jetzt wo sie abgenommen hat?‹«, fuhr er fort. »Und wenn ich ihr zustimmte und sagte: ›Kann schon sein‹, oder so ähnlich, dann warf sie mir vor, ich würde heimlich auf sie stehen oder mich mit ihr *treffen*. Sie behauptete sogar, ich würde mit ihrer besten Freundin Alice schlafen, und die hat danach nie wieder ein Wort mit ihr gewechselt. Gott, es war wirklich furchtbar, alles war immer so dramatisch, sie war ganz versessen darauf, mich für *irgendetwas* zu beschuldigen. Sie beschuldigte mich, ich würde mich mit Frauen von der Arbeit treffen. Eine Verkäuferin zu lange anschauen. Eine Kellnerin, wenn wir Essen bestellten.« Er schüttelte den Kopf, als er sich daran erinnerte.

Ich musste an unser Gespräch eben denken, daran, wie er sich mit Stella auf Französisch unterhalten hatte und wie er auf mich reagiert hatte. Kein Wunder, dass er so paranoid war, wenn man ihn bezichtigte, fremdzuflirten.

»Marie war völlig daneben, aber anfangs war mir das nicht klar«, sagte er.

Ich dachte an jenen Abend zurück. Sie musste ihm gefolgt

sein und hatte sich versteckt und auf ihren großen Moment gewartet. Ich hatte solche Angst gehabt, und nach diesem Vorfall hatten wir einige unangenehme Momente, in denen wir uns fragten, ob und wann das noch einmal passieren würde. Selbst jetzt schaue ich mich manchmal um, wenn ich allein bin, nur für den Fall.

»Du verdammter Betrüger«, hatte sie geschrien, als man sie aus dem Lokal warf. Aber sie war noch nicht fertig, es gelang ihr noch, ihr Glas nach David zu werfen. Das Glas traf ihn im Gesicht, aber sie schrie uns trotzdem weiter an. Sie schleuderte ihre Worte auf uns wie giftige Pfeile. »Verschwinde, solang du noch kannst«, rief sie mir zu, als ihre Freundin sie zur Tür hinauszerrte. »Sonst wird er dein Leben ruinieren.«

Aber auch danach machte sie uns das Leben noch zur Hölle. Selbst jetzt in unseren Flitterwochen hatte ich das Gefühl, dass sie irgendwo in der Nähe war. Ich hätte schwören können, dass ich sie am Strand gesehen hatte. Dass sie da gestanden und zu unserem Zimmer hinaufgeschaut hatte, um ihren nächsten Schritt zu planen. Und jetzt, wo ich in diesem wunderschönen Ballsaal saß und das köstliche Abendessen genießen wollte, kribbelte es in meinen Fingerspitzen, als ich eine Kellnerin sah, die langes, dunkles Haar hatte, genau wie Marie. Sie schwebte durch den Raum, und ich spürte, wie mein ganzer Körper vor Angst zuckte. Einen Moment lang dachte ich, Marie hätte sich einfach eine Uniform angezogen und wäre in unseren Flitterwochen aufgetaucht. Ich bildete mir ein, dass ich sie überall sah; jetzt stand sie an der Tür und starrte mich an, und für ein paar Schrecksekunden war ich überzeugt, sie wäre zurück, um sich zu rächen. Ich fragte mich, ob ich diese beunruhigenden Gedanken und Visionen jemals wieder loswerden würde.

Sie schien so von Eifersucht zerfressen zu sein, dass ich ganz ernsthaft Angst davor hatte, was sie alles tun würde, um uns zu trennen und mir David wegzunehmen.

Aber selbst seine verrückte Ex konnte uns nicht auseinanderbringen, und nur wenige Wochen später machte David mir einen Antrag. Eine Zeit lang gelang es mir, Marie und ihren Hass zu vergessen, und ich konzentrierte mich darauf, unsere kleine, aber perfekte Hochzeit zu planen, gefolgt von den traumhaften Flitterwochen im Fitzgerald's Hotel. Wenn ich im Friseursalon den Boden wischte, stellte ich mir vor, wie ich mit David am Pool lag. Wenn ich Haare schnitt, dachte ich daran, wie wir in der Bar aus den Zwanzigerjahren Cocktails schlürfen und bei Sonnenuntergang am Strand spazieren gehen würden. Wenn ich allein auf meinem Bett lag, klickte ich mich durch die Online-Broschüre, die ein Paradies mit »unvergleichlichem Luxus, erstklassigem Spa und exquisitem Essen« versprach. Obendrein wurde einem versichert: »*Wenn Sie erst einmal in diesem weißen Schmuckstück mitten im Meer angekommen sind, wollen Sie nie wieder weg.*«

Und es stimmte. Ich wollte hier *nie wieder weg*. Als ich den schimmernden weißen Palast vom Boot aus sah, war es Liebe auf den ersten Blick. Ich konnte es kaum erwarten, die schmale Meerenge zu überqueren, die mich von ihm trennte. Ich war betört von seiner Schönheit und verzaubert von dem, was er mir bieten würde. Aber das Fitzgerald's barg auch ein paar dunkle Geheimnisse. Von meinem Sonnenschirm am Strand aus bekam ich nicht mit, wie das Gebäude vor Leben, Lust und Rachsucht strotzte. Und dieser Sommer machte uns so leichtsinnig, dass wir es gar nicht bemerkten, aber zusammen mit den glamourösen Gästen und den tropischen Cocktails hatte auch das Böse Einzug gehalten.

2

DAISY

»Man hatte mir versprochen, dass es hier keinen Handyempfang gibt«, sagte Daisy und holte ihr Smartphone aus ihrem Handtäschchen. »Ich hatte gehofft, dass wir uns hier mal komplett zurückziehen und uns auf uns selbst besinnen können, aber ich bekomme immer noch Mitteilungen.« Sie schaute hoch zu ihrem Ehemann.

»Das Signal kommt und geht«, sagte Tom, der auf sein eigenes Handy schaute, das zu seiner Enttäuschung keine Nachrichten anzeigte.

»Ich habe *so* viele SMS und PMs«, murmelte sie und scrollte mit zwei Fingern nach unten.

»Ignorier sie doch einfach.«

»Ja, gleich«, antwortete sie zerstreut. »Ach, da ist *schon wieder* eine Direktnachricht von dieser jungen Frau, die nach einem Volontariat beim Magazin fragt. Sie studiert Fotografie. Ich habe mir ihren Instagram-Account angeguckt, die kann was. Ich frage sie mal, ob wir uns treffen wollen.«

»Ich würde mich nicht mit irgendwem aus den sozialen Medien verabreden, man weiß ja gar nicht, wer das ist. Vielleicht ist das gar keine Frau, sondern irgendein Perverser?«

»Nein, sie ist auf der Kunsthochschule in London, sie hat sogar ein paar Fotos von hier gemacht – die sind echt gut.«

»Was, die ist hier, im Hotel?«

»Nein, die Bilder sind von letztem Sommer, sie hat Freundinnen als Models benutzt. Aber es ist eine tolle Idee, hier draußen ein Shooting zu machen. Ob sie wohl hier im Hotel gewohnt hat?«

»Als Studentin? Bei den Preisen?« Er schnaubte.

»Wer weiß? Vielleicht haben Mama und Papa ihr das bezahlt. Oder das Hotel hat ihr erlaubt, hier Fotos zu machen. Wobei ich das bezweifle. Egal, wenn wir zurück sind, werde ich dafür sorgen, dass es Arbeit für sie gibt.«

»Musst du schon wieder an die Arbeit denken? Du bist im Urlaub. Und du bist wieder zu nett, du kannst nicht einfach irgendwelchen dahergelaufenen Leuten alles geben, was sie wollen. Immer kümmerst du dich um irgendwen. Wird Zeit, dass du dich zur Abwechslung mal um dich selbst kümmerst.«

»Das macht mir nichts aus – aber du hast recht, ich antworte ihr, wenn wir wieder zu Hause sind. Tut mir leid, Pink Girl, du musst noch warten«, murmelte sie in das Display, bevor sie ihr Telefon wieder einsteckte.

Daisy gab sich alle Mühe, ihren Luxusurlaub mit Ehemann Tom zu genießen. Sie hatten sich schon so lange vorgenommen, einmal ins Fitzgerald's Hotel zu fahren, und es war genauso, wie sie es sich vorgestellt hatte. In dem Moment, als sie die Insel betreten hatten, hatte Daisy das Gefühl gehabt, in eine andere Welt einzutauchen. Ihr war klar, was für ein Glück sie hatte, dass sie hier sein durfte, aber sie hatte so viel durchgemacht, dass es ihr schwerfiel, loszulassen. Zu vergessen.

»Alles gut bei dir?«, fragte er.

Sie nickte. »Mir geht's gut, ich bin nur etwas nervös. Und ich habe Durst«, sagte sie. Nach der Hitze des Tages braute sich gerade ein Gewitter zusammen, die Luft war schwer. Der Luftdruck bereitete ihr Kopfschmerzen, und ihr Mund war ganz trocken. »Ich bin wie ausgedörrt«, sagte sie und schaute sich nach jemandem um, der ihnen etwas Kaltes zu trinken bringen konnte.

Daisy war Art-Direktorin eines bekannten Hochglanzmagazins und sah selbst aus wie eines der Models, mit denen sie zusammenarbeitete. Ihre kurzen blonden Locken umrahmten ihr Gesicht wie eine Explosion aus weißem Sonnenschein. Sie war sich bewusst, wie hübsch sie war, machte aber kein Aufhebens davon. Sie wusste, was funktionierte, und ihr glitzerndes Charleston-Kleid passte perfekt in die Art-déco-Kulisse; der blass-silberne, perlenbesetzte Stoff glitzerte wie das Meer im Sonnenschein und leuchtete auf ihrer Haut wie Diamanten, genau wie sie es sich vorgestellt hatte. Fast hätte sie auch das Zeug zum Modeln gehabt, aber mit einsfünfundsechzig war sie zu klein gewesen, und so hatte sie sich entschlossen, stattdessen hinter den Kulissen zu arbeiten. Ende der Neunziger waren so viele Möchtegern-Models am Boden zerstört gewesen, als sie nicht in die faschistoide Mode passten, die damals angesagt war, aber Daisy hatte immer das Beste aus jeder Situation gemacht. Bis jetzt. Sie lehnte sich in ihrem Stuhl zurück und spürte, wie die Blicke der Männer im Raum wie sanfte, aber hartnäckige Berührungen auf ihr landeten. Aber was sie einst zur Ruhe hatte kommen lassen, hatte jetzt keine Wirkung mehr. Sie wollte nur noch eines. Es pulsierte in ihren Adern, raubte ihr den Schlaf, ließ sie weinen wie ein Baby. Genau wie ein Baby.

Daisy war sich nur zu bewusst, dass es Tom genauso ging wie ihr. Auch er hatte keine Ahnung, wie es weitergehen sollte. Der Weg, den sie hatten gehen wollen und der am Horizont so lange auf sie und ihn gewartet hatte, war plötzlich verschwunden. In diesem Urlaub ging es für sie buchstäblich um alles oder nichts, denn alles, was sie gemeinsam geplant hatten, war zu Staub zerfallen. Die Zukunft würde anders aussehen, als sie es sich vorgestellt hatten, aber würden sie da trotzdem hineinpassen? Wie sehr sehnte sie sich nach damals, nach der Zeit, als sie zusammengekommen waren. Die ganze Welt hatte ihnen damals offen gestanden – zumindest hatte sie das geglaubt. Sie hatten sich vor vier Jahren auf einer hippen Party in London kennengelernt.

Tom arbeitete für eine große deutsche Bank, und Daisy war Art-Direktorin. Bei Canapés und Sekt plauderten sie kurz, aber Daisy sah sofort, dass er ein ganzes Stück jünger war als sie. Sie hatte genug von den Partyboys, und als er sie fragte, ob er sie zum Abendessen ausführen dürfe, lehnte sie höflich ab. Aber wie so oft im Zeitalter der Online-Freundschaften und -Liebeleien folgte er ihr bis ans Ende der Welt – na gut, zumindest folgte er ihr auf Instagram. Hier postete sie immer Fotos von sich in glamouröser Umgebung bei Mode-Shootings mit der Zeitschrift. Ob auf der Pariser Fashion Week oder beim Bikini-Shooting auf den Malediven – sie führte ein glamouröses Jetset-Leben, um das alle ihre Freundinnen sie beneideten. Und als der jüngere, aber extrem gutaussehende Tom ihr auf einmal online Nachrichten schrieb, drängten ihre Freundinnen sie, trotz des Altersunterschieds mit ihm auszugehen. »Was sind schon acht Jahre, wenn einer so aussieht?«, sagte ihre Freundin Abby. »Außerdem leben Frauen im Durchschnitt sieben Jahre länger als Männer, ihr seid also praktisch gleich alt!«

Eine Zeitlang flirteten sie im Cyberspace, und eines Wochenendes, als sie gelangweilt und einsam in ihrer Wohnung saß, lud sie ihn zu sich ein, auf einen Drink. Er kam und brachte Blumen mit – allerdings nicht irgendwelche Blumen, sondern Blumen von ihrem Lieblingsfloristen. Er blieb das ganze Wochenende, und am Montag verkündete sie ihren Freundinnen beim Gin Tonic in einer Weinbar in der Wardour Street: »Er sieht umwerfend aus, er ist gut im Bett, und ich habe ihn für nächstes Wochenende nach Marrakesch eingeladen, wo wir uns vom Heißluftballon aus den Sonnenaufgang anschauen werden.«

Das war ein ganz fantastisches zweites Date, und innerhalb eines Monats wusste sie, dass sie den Mann fürs Leben gefunden hatte. Ihm ging es nicht anders. Auf einem Berg in Wales machte er ihr einen Antrag, sie heirateten in Italien, und ihr neues Zuhause war ein wunderschönes Haus in den Cotswolds mit einem riesigen Garten, der wie dafür gemacht war, dass Kinder und Hunde darin herumtollten.

Als Daisy nach einem halben Jahr Ehe feststellte, dass sie schwanger war, war das keine Überraschung; ihre Beziehung war so perfekt, da war das nur der logische nächste Schritt. Daisy hatte sich schon lange nach Nachwuchs gesehnt. Nach einer Chance, es besser zu machen als ihre eigenen Eltern.

Daisy liebte ihren Job, aber mit ihren fünfunddreißig Jahren war sie bereit, das Londoner Großstadtleben hinter sich zu lassen, freiberuflich zu arbeiten und sich in den Cotswolds häuslich niederzulassen. Fotoshootings in exotischen Ländern, exklusive Hotels, im Flugzeug um die Welt jetten – all das hatte sie aufgegeben, um ein Kinderzimmer einzurichten, es hellgelb und blau zu streichen, ein Mobile aus Mond und Sternen aufzuhängen und Wolken an die Wände zu malen. Sie wusste, was für ein Glück sie gehabt hatte, dass sie in diesem Raum sitzen und mit dem Baby plaudern durfte, das sie schon so gut zu kennen glaubte, obwohl es noch gar nicht auf der Welt war. Sie erzählte ihrem ungeborenen Kind von dem gemeinsamen Leben, das sie beide erwartete, von den Abenteuern, die sie zusammen erleben würden, und davon, wie sehr Mama und Papa es schon jetzt liebhatten. Ihre Freundinnen und Toms Familie schenkten ihnen Spielsachen, Babydecken und viele Dinge, von denen werdende Eltern gar nicht wissen, dass sie sie brauchen werden. Die Monate vergingen, und ihr Bauch wurde immer dicker. Sie erfuhren, dass es ein Junge war, und machten sich Gedanken darüber, wie sie ihn nennen würden. Toms Vater hieß James, und beiden gefiel der Name, also wurde aus dem Babybauch James, und von da an hatten sie das Gefühl, ihr

Baby noch besser zu kennen. Ihr Sohn hatte jetzt eine eigene Persönlichkeit. Tom meinte, aufgrund seiner überragenden Intelligenz würde er einmal ein brillanter Chirurg werden, aber Daisy fand, er solle werden, was er wollte, solang er glücklich sei. Sie waren sich einig, dass er ein fröhliches Kind sein würde, mit blondem Haar und blauen Augen, genau wie sie beide. Sie befragten den kleinen James regelmäßig zu diesem Thema, und seine Tritte in ihrem Bauch wurden zu einer ganz neuen Sprache.

»Ein Tritt für Ja, zwei für Nein«, sagte Tom immer, wenn er James fragte, wie das Fußballspiel am Samstag ausgehen würde. Das ungeborene Baby half Daisy sogar beim Einrichten ihres Hauses. Die Farbpalette mit hellgelb und blau und die Wolken an den Wänden des Kinderzimmers, all das waren laut Daisy Anweisungen von James aus dem Mutterleib.

Als Daisy im achten Monat einen ganzen Tag lang keine Bewegung von ihrem Baby spürte, war das mehr als ungewöhnlich. Sie rief ihre Hebamme an, die schnell vorbeikam, um nachzuschauen, ob alles in Ordnung war.

Nichts war in Ordnung.

Einen Tag später wurde James Robert Jones auf die Welt gebracht, in ohrenbetäubender Stille. Er hatte nie wirklich gelebt. Babys sollten nicht sterben dürfen. Die darauffolgenden Tage, Wochen und Monate waren die schlimmsten, die Daisy je erlebt hatte. Sie konnte nichts mehr essen, sie konnte nicht mehr arbeiten, sie brauchte Tabletten, um einzuschlafen, und Tabletten, um wach zu bleiben. Sie konnte keine Babys ansehen, und mit Wolken bemalte Wände brachten sie zum Weinen. Sie hatte das Gefühl, dass sie kaputtgegangen war und nie wieder heil werden würde. Später versuchten sie es noch einmal, und als nichts passierte, probierten sie es mit künstlicher Befruchtung. Dreimal durchlief sie den qualvollen Prozess, dreimal schlug er fehl. Und jetzt, mit achtunddreißig, versuchte Daisy, zu akzeptieren, dass sie nie ein eigenes Kind haben würde. Aber sie dachte immer noch an James, auch jetzt, fast drei Jahre nachdem sie ihn verloren hatte. In jeder Stunde, an jedem Tag.

Selbst wenn sie adrett und mit guten Manieren im Restaurant eines wunderschönen Hotels zu Abend aß, ging er ihr nicht aus dem Kopf. Sie konnte sich ein Leben ohne James oder überhaupt ohne eigenes Kind nicht vorstellen, und wenn Daisy ehrlich war, wusste sie nicht einmal, wie sie ohne Nervenzusammenbruch auch nur das Abendessen hier überstehen würde, geschweige denn den Rest ihres Lebens. Jedes Mal, wenn sie Tom anschaute, sah sie ihr Kind und die ganzen Kinder, die vielleicht später noch gekommen wären. Und während sie da saß und an ihrem Dirty Martini nippte, war ihr klar, dass sie nicht die Frau war, die Tom geheiratet hatte, und sie fragte sich, ob es das jetzt vielleicht mit ihnen beiden gewesen war.

»Also, was kommt jetzt, Tom?«

Er atmete tief ein und aus. »Der Hauptgang?«, fragte er. Er lächelte nicht.

»Du *weißt*, was ich meine.« Sie spürte, wie ihr die Tränen in die Augen schossen. Sie war in letzter Zeit so verdammt emotional. Was war bloß aus Daisy geworden, der toughen Frau, die sich durch nichts unterkriegen ließ?

»Ich habe keine Ahnung, was jetzt kommt«, murmelte er.

Sie seufzte so tief, dass er von seinem Drink aufblickte. »Ich weiß nicht, was ich tun soll, Tom, zum ersten Mal in meinem Leben weiß ich überhaupt nicht weiter.« Zusammen mit dem Klumpen zerkautem Brot in ihrem Mund schluckte sie ihre Tränen hinunter. Aber sie wusste, dass es ihm genauso ging. Die schöne junge Kellnerin mit dem langen blonden Haar kam auf sie zu. Sie war sicher erst Mitte zwanzig. Sie brachte ihnen einen Krug mit Wasser und stellte ihn auf den Tisch.

»Wünschen Sie noch etwas?«, fragte sie.

Daisy wollte sagen: *Ja, dass es nicht zu spät für mich ist, ein*

Baby zu bekommen, aber sie riss sich zusammen. Daisy wünschte sich, jemand hätte sie vorgewarnt, aber hätte sie auf denjenigen gehört? Ehrgeiz, lange Arbeitszeiten und ständiges Reisen – so hatten ihre Zwanziger ausgesehen. Und als sie schließlich bereit gewesen war, alles aufzugeben, um ein Baby in ihren Armen zu halten, war das Alter gegen sie gewesen. Natürlich hatte sie immer noch ihre Karriere, aber die konnte sie nicht vollkommen ausfüllen. Kürzlich war sie für eine große Modekampagne ausgezeichnet worden, an der sie monatelang gearbeitet hatte, und Fotografen und Moderedakteure von Magazinen aus der ganzen Welt hatten sie zum Essen eingeladen, ihr Komplimente gemacht und ihr gesagt, ihre Arbeit sei »herausragend«, »bedeutend«, »ein Meilenstein der Artdirektion und Modefotografie«, »visuell atemberaubend« und so weiter und so fort, aber auch das hatte den Schmerz, der sie nachts wachhielt, nicht lindern können.

Tom griff über den Tisch und nahm ihre Hand.

»Nach James ... und der fehlgeschlagenen künstlichen Befruchtung dachte ich, dass ich nicht mehr weitermachen kann«, sagte sie. »Aber letztlich haben wir keine Wahl, oder?«

»Wir werden weitermachen, wir stehen das gemeinsam durch«, sagte er voller Mitgefühl. »Es gibt eine Alternative, wir können ein anderes Leben haben – ein Leben ohne Kinder.«

Aber Daisy hatte den Blick wieder von ihm abgewandt. Sie betrachtete den Sonnenuntergang, dann musterte sie die hübsche Kellnerin, die die Vorspeise brachte. Sie beobachtete sie immer noch, als sie wieder ging.

»Ob die wohl mal Kinder haben wird?«, murmelte Daisy. Sie beneidete die junge Frau um ihre Jugend, ihre Schönheit. Anders als sie hatte diese gesunde junge Frau ihr Leben noch vor sich.

»Wer, Stella?«, fragte er und sah von seiner Vorspeise auf.

»Kennst du die?«

»Nur von hier. Sie ist Kunststudentin und jobbt hier den Sommer über.«

Daisy neigte eigentlich nicht zur Eifersucht. Aber nach allem, was passiert war, fühlte sie sich einfach nur alt und hatte das Gefühl, dass sie ihrem jüngeren Mann nichts mehr zu bieten hatte. Sein Baby hatte sie bereits verloren. Sie hatte die Stimme ihrer Mutter im Ohr, wie sie nuschelte: »Nicht mal das hast du hingekriegt.«

Mit seinen dreißig Jahren hatte Tom noch genug Zeit, ein junger Vater zu sein, Geburtstagskerzen auszublasen und mit einem anderen James Fußball zu spielen; dazu musste er nur eine jüngere Frau kennenlernen, eine, die ihm einen Sohn schenken konnte. Daisy nippte an ihrem Drink und beobachtete Tom dabei, wie er Stella hinterherblickte. Und sie fragte sich unwillkürlich, ob sie sich Sorgen machen sollte.

3

BECKY

Unser Tag beginnt ganz entspannt, angenehme Düfte füllen den Raum, beruhigende Musik spielt. Hier im Resort gibt es keine Wecker, denn wie der Slogan verheißt: *Wir sorgen dafür, dass Sie zur Ruhe kommen.*

»Den Slogan finde ich ja ganz gut, aber ich glaube, so richtig *Zen* fühle ich mich noch nicht«, sage ich zu Josh, der auf den strahlend weißen Laken liegt und noch nicht ganz wach ist. Es ist so warm, dass man keine Bettdecken braucht, wir haben uns nur halb mit dünnen Laken zugedeckt. Die laminierten Kärtchen, die überall herumliegen, enthalten Ratschläge, wie man seinen Aufenthalt hier optimieren kann. Auf einem steht: *Nachtwäsche ist nur eine überflüssige Schicht, die den Prozess des emotionalen Peelings behindern kann.*

Ich lese die Karte laut vor. »Emotionales Peeling? Was zur Hölle soll das denn sein? Klingt ganz schön schmerzhaft.«

»Ich glaube, das ist aus irgendeinem Song«, meint Josh und kichert.

»Vor allem ist es Bullshit«, sage ich.

»Becks, du solltest versuchen, ein bisschen offener zu sein.« Plötzlich klingt er ganz ernst.

Ich habe sofort ein schlechtes Gewissen. Mein Ehemann ist mit mir hierhergefahren, weil er mich glücklich machen will. Er kauft mir ständig Sachen, nimmt mich an interessante Orte mit, und das Fitzgerald's ist ein weiterer Punkt auf seiner Liste der Dinge, die mir Freude bereiten sollen. Ich muss ihm wirklich dankbar sein.

»Soll ich dir nachher grünen Tee bestellen?«, fragt er. »Den magst du doch so gerne.« Er rollt sich aus dem Bett und geht zum Fenster, wo er die Vorhänge weit genug aufzieht, dass ein Sonnenstrahl ins Zimmer fällt.

Ich mag überhaupt keinen grünen Tee, aber damit er nicht enttäuscht ist, sage ich: »Au ja, das wäre toll.« Ich schüttele mein Kissen auf, setze mich auf und beobachte ihn, wie er da am Fenster steht. »Deine Beine sehen richtig muskulös aus«, sage ich und bewundere seine neue Silhouette im hellen Licht. »So wie die von David Beckham ... Na gut, fast«, füge ich grinsend hinzu. Ich beneide ihn um seinen straffen Oberkörper, den er von seinem neuesten Hobby hat, dem Laufen.

»*Fast* wie Beckham? Soll mir recht sein.« Er nimmt eine alberne Bodybuilder-Pose ein und spannt den Bizeps an.

»Du warst gestern schon wieder so spät im Bett«, sage ich. »Ich bin eingeschlafen, als ich auf dich gewartet habe. Das war jetzt schon die zweite Nacht hintereinander.«

»Oh, echt?« Sein Gesicht verfinstert sich.

Ich wünschte, ich hätte den Mund gehalten. Egal.

»Ja, ja, ich bin noch zwei, drei Runden gelaufen.« Er wendet sich wieder ab und schaut aus dem Fenster.

Zwei, drei Runden? In beiden Nächten bin ich erst gegen eins eingeschlafen, und da war er immer noch nicht zurück.

»Wie findest du dich im Dunkeln überhaupt hier auf der Insel zurecht?«, frage ich. Ich kann mir ohnehin nicht erklären, warum man nach Mitternacht im Dunkeln herumlaufen will.

Er sieht mich nicht an, sondern schaut immer noch durch

das Fenster aufs Meer. »Es war gar nicht dunkel, der Mond schien auf den Strand.«

»Na ja, Vollmond war in den letzten zwei Nächten nicht, so hell kann es nicht gewesen sein.«

»Becky, was sollen die ganzen Fragen?«, fragt er irritiert.

»Es war hell genug. Ich gehe nachts am Strand laufen, das bin ich *gewöhnt*.«

»Also, wenn wir zu Hause sind, gehst du nachts nicht joggen.«

»Tja, hier aber schon. Ich mag den Strand, die Klippen, die Einsamkeit, da kann ich wunderbar nachdenken.« Er versucht, den Ärger in seiner Stimme zu verbergen, aber er kommt heraus wie ein erstickter Schrei. »Du weißt doch, wie ich bin: Ich mache mir Sorgen, und ich will nicht alles auf dich abwälzen.« Er starrt immer noch aus dem Fenster.

Ich schaue an mir hinab und spiele ein paar Augenblicke lang schweigend mit meinem Ehering. Das ausgelassene morgendliche Geplänkel von eben ist dahin. »Von dem vielen Laufen bekommst du Muskeln, von denen du gar nicht wusstest, dass du sie hast, oder?«, sage ich, um die Stimmung wieder zu heben.

Er dreht sich um und lächelt mich an.

»Ich weiß nicht, woher du die Zeit oder die Energie nimmst«, sage ich und unterdrücke ein Gähnen. »Ich bin schon erschöpft, wenn ich nur an Sport *denke*.«

»Du *sollst* auch nicht an Sport denken«, sagt er in einem leicht tadelnden Tonfall.

»Ein bisschen Sport sollte ich schon mal wieder machen«, murmele ich.

»Nein, solltest du nicht. Als du das letzte Mal gelaufen bist, hast du dir den Knöchel verstaucht.«

»Ich könnte ja mit dir mitlaufen«, schlage ich vor.

»Auf keinen Fall, ich steigere mein Tempo immer mehr und

stelle jedes Mal einen neuen persönlichen Rekord auf. Da kannst du nicht mithalten.«

Seine Worte nagen an mir, tief in mir drin, aber ich lächle und spiele das Spielchen weiter mit. Er denkt, ich sei zerbrechlich, wie aus Glas. Aber ich bin stärker als wir beide zusammen. Und das muss ich auch sein.

»Es ist wunderschön hier«, sage ich.

Er schaut mich einfach nur an. Die Liebe in seinem Gesicht blendet mich, es ist fast *zu* viel. Gibt es das, dass man jemanden *zu sehr* liebt?

»Aber ich weiß nicht, ob ich es so toll finde, von der Außenwelt abgeschnitten zu sein«, füge ich hinzu. »Es macht mich wahnsinnig, dass man hier keinen Handyempfang hat, das ist für mich echt stressig.« Ich höre den jammernden Tonfall in meiner Stimme und hasse mich dafür. Aber ich fühle mich nun mal gefangen. Wie immer mit Josh.

»Das ist doch alles Teil des Prozesses«, sagt er, geht zum Bett hinüber, setzt sich und schenkt mir seine volle Aufmerksamkeit.

»Ja, aber wir haben nicht einmal Festnetzanschluss im Zimmer.«

»Das gehört alles zu den Eigenheiten des Hotels. Wenn man hier Urlaub macht und die ganzen Einrichtungen nutzt, sich gesund ernährt, jeden Tag schwimmen geht, bringt es doch nichts, wenn dauernd das Telefon klingelt und man von irgendwelchen Leuten belästigt wird.«

»Für mich ist es stressiger, *kein* Telefon zu haben. Ich mache mir Sorgen um die Kinder. Treiben sie meine Mutter und meine Schwester gerade in den Wahnsinn? Hat jemand die Katze gefüttert, muss jemand mit mir über irgendetwas reden? Die Arbeit oder das Leben oder ...«

Er seufzt. »Ich habe dir doch gesagt, den Kindern geht es gut. Becky, sie sind fast erwachsen.«

»Aber was ist mit meiner Schwester und meiner Mutter? Ich habe seit drei Tagen nichts mehr von ihnen gehört.«

»Ich habe es dir doch *gesagt.*« Er versucht ganz offensichtlich, sich nicht anmerken zu lassen, dass er sich über mich ärgert. »Deine Mutter und Liz haben die Nummer der Hotelrezeption. Ich habe sie gebeten, nur im absoluten Notfall anzurufen. Du brauchst eine Pause. Wir brauchen diese gemeinsame Zeit für uns. Lass mich doch bitte einfach mal für dich da sein, dir geben, was du brauchst, und hör auf, dir über alle anderen Sorgen zu machen.«

Ich atme tief durch. Er kann so hartnäckig sein! »Ich kann mich nicht ändern, Josh, ich kann nicht einfach abschalten. Und ich mache mir auch Sorgen um die Arbeit.«

»Du hast gekündigt, also brauchst du dir keine Gedanken mehr über die Arbeit zu machen. Selbst wenn es einen Notfall gäbe, würden sie dich nicht anrufen.«

Ich sage nichts mehr, wozu auch? Dabei fände ich es eigentlich ganz schön, wenn mich jemand von der Arbeit anrufen würde, und sei es nur zum Plaudern. Ich bin Lehrerin, und das ist kein Beruf, das ist eine Berufung. Ich kann nicht einfach so aufhören, an meine Schülerinnen und Schüler zu denken, auch wenn ich nicht mehr unterrichte. Ich bin immer noch der Meinung, dass ich hätte weitermachen sollen, aber Josh hat einen Riesenaufstand gemacht und gesagt, ich würde das nicht schaffen, und er hat sogar mit meiner Schulleiterin darüber gesprochen. Ich versuche, nicht wütend zu werden, wenn ich daran denke, er meint es ja nur gut. Trotzdem, ich wünschte, Mum oder meine Schwester würden anrufen – es klingt verrückt, aber ich hätte so gerne, dass es zu Hause eine Krise gibt, nur eine klitzekleine Krise, dann hätte ich etwas, um das ich mich kümmern kann.

»Komm, wir ziehen uns an und gehen runter zum Frühstück«, sagt er. »Heute Vormittag gibt es einen Yogakurs am Pool, ich dachte, da könnten wir vielleicht hingehen.«

»Ach so?«, frage ich, und plötzlich bekomme ich Angst. »Aber du hast doch immer gesagt, dass du so was albern findest ...«

»Ich habe einfach Lust darauf, das ist alles.«

»Lust auf Yoga oder Lust auf die Yoga*lehrerin*?« Ich versuche, es so klingen zu lassen, als wäre es witzig gemeint, aber wahrscheinlich hört es sich einfach verbittert an, ja, ganz sicher.

Er wirft mir einen Blick zu, geht aber nicht auf das ein, was ich gesagt habe. »Als Yogalehrerin ist sie bestimmt besser als als Barfrau – an der Poolbar wuselt sie überall herum, aber man wird trotzdem nicht bedient.«

»Kellnerin ist sie auch noch? Offenbar arbeitet sie von früh morgens bis weit nach Mitternacht«, sage ich und merke, wie müde es mich macht, wenn ich bloß daran denke.

»Jetzt komm und zieh dich an, nicht dass du das Frühstück oder den Kurs verpasst.«

Ich werde auf keinen Fall zu diesem Kurs gehen – der Herabschauende Hund ist das Letzte, was ich jetzt brauche. Die körperliche Anstrengung, gepaart damit, dass alle anderen so fit und beweglich sind, das ist gar nicht gut für mein Selbstwertgefühl. Ich muss an die Frau denken, die gestern Abend beim Dinner war, die in dem hübschen Glitzerkleid, wahrscheinlich Vintage. Ich wette, die geht auch zum Yoga, dann können alle sehen, wie braungebrannt und durchtrainiert sie ist. Der Mann, mit dem sie beim Essen war, ist genauso attraktiv. Als sie den Speisesaal betraten, haben ihm alle Frauen hinterhergeschaut. Und ihr alle Männer.

»Die Wachtel war interessant, gestern beim Abendessen«, sage ich und erinnere mich daran, wie die Frau im Glitzerkleid an ihrer Wachtel herumgestochert hat. »Die Frau am Nachbartisch hat gar nichts davon gegessen, sie hat sie dem Typen gegeben, mit dem sie da war. Der hat sie komplett verputzt, und dann hat er auch noch ihre Austern geschlürft.«

»Gott, bei diesen Preisen kann ich ihm das nicht verdenken. Zu teuer, um es wegzuwerfen.«

»Sie war sehr schön, oder?«

»Darauf habe ich gar nicht geachtet«, sagt er ausweichend und berührt meinen Arm. »Gut, dass du das meiste vom Dinner gegessen hast«, fügt er hinzu.

Aber ich weiß genau, dass er lügt. Ich habe genau gesehen, wie er sie angeschaut hat. Wie er sie mit seinen Augen ausgezogen hat, genau wie alle anderen Männer.

»Es waren sieben Gänge, und du hast alles aufgegessen, klasse!« Es klingt, als würde er mit einer Sechsjährigen sprechen.

»Es war ein Degustationsmenü, die Portionen waren winzig.« In mir rumort es, weil ich mich bevormundet fühle, und ich spüre, wie die Panik in mir wächst, die mich in diesen Tagen dauernd befällt. Ich fühle mich wieder gefangen.

»Ich glaube, die Seeluft macht dir Appetit.«

»Ich bin wirklich gerne am Meer, aber ich vermisse die Kinder.«

»Denen geht es *gut*. Ich sage es dir nur ungern, Liebes, aber die hätten hier eh keinen Spaß. Amy kann nicht ohne ihren Alex, und Ben kann nicht ohne seinen Computer.«

Ich muss lächeln beim Gedanken an die sechzehnjährige Amy, die schon einen Freund hat, und an meinen kleinen Liebling, der mit seinen vierzehn Jahren mitten im Stimmbruch ist. Bei dem Gedanken an meine Kinder kommen mir die Tränen.

»Komm schon, Liebes, wir sind doch hier, um Spaß zu haben.«

Josh findet es furchtbar, wenn ich weine, er weiß nicht, wie er damit umgehen soll.

»Die Wellnessbehandlung gestern war klasse, oder? Du sahst toll aus, als du vom Spa zurückkamst. Hat dir das gutgetan?« Er gibt sich redlich Mühe. Zu viel Mühe.

»Ja ... ja«, lüge ich. Es war ein Facial mit angenehmen Ölen, aber an meinem Grundgefühl hat es nichts geändert. »Wie viel hat die Behandlung eigentlich gekostet?«, frage ich und hoffe, dass ich seine aufmerksame Geste, mir einen Spabesuch zu buchen, damit nicht verderbe.

Er zuckt mit den Schultern. »Ist doch egal.« Er steht vom Bett auf und geht ins Bad.

»Josh«, rufe ich ihm nach. »Wir können uns das doch hoffentlich leisten, oder?«

»Natürlich können wir das«, ruft er aus dem Bad. Seine Stimme klingt gedämpft, er putzt sich gerade die Zähne.

»Gut«, sage ich wie zu mir selbst. »Ach, und danke!«, rufe ich und hoffe, dass ich möglichst aufgeräumt und positiv klinge.

Er lehnt sich aus der Tür hinaus, die Zahnbürste im Mund. »Wofür?«

»Für alles.« Ich schaue mich um in dem wunderschönen, in zartem Rosa und Gold gehaltenen Zimmer mit der freistehenden Badewanne am Fenster und der luxuriösen Bettwäsche. »Danke für all das hier.«

Er nimmt die Zahnbürste aus dem Mund. »Das hast du verdient«, sagt er, bevor er wieder im Bad verschwindet.

Ich lege mich zurück auf die Kissen, die weich sind wie Wolken, und döse ein wenig vor mich hin. Sonnenlicht und Stille füllen den Raum, und ich frage mich, ob es sich so anfühlt, wenn man stirbt.

»Hey, du Schlafmütze, willst du dich nicht langsam mal anziehen?« Gefühlt wenige Sekunden später durchbricht Joshs Stimme meinen Schlummer. »Sonst verpassen wir noch das Frühstück.«

Am liebsten würde ich mich einfach nur zusammenrollen und hier liegen bleiben. Mein Geist kommt in diesen Tagen nur zur Ruhe, wenn ich schlafe. »Ich habe eigentlich gar keinen Hunger, und ich habe auch keine Lust, heute Morgen mit all den Leuten im Restaurant zu sitzen.«

»Ach, Becky.« Er klingt enttäuscht, als er sich auf das Bett setzt. Er schlingt die Arme um mich und drückt mich.

Ich hasse es, ihn zu enttäuschen. »Es geht mir gut, ehrlich«, lüge ich. Mein Leben ist inzwischen eine einzige große Lüge. Ich klammere mich an der Kante zum Abgrund fest und sage meinen ständigen Refrain auf: »Ich bin bloß müde.«

»Es wird dir guttun, aufzustehen, und wenn du keine Lust hast, dir das Yoga anzugucken, kannst du nach dem Frühstück ja wieder aufs Zimmer gehen. Okay?«

»Ich will nicht schon wieder im Zimmer bleiben, ich habe gestern den ganzen Tag hier gesessen. Bitte, Josh?«

»Okay, aber du weißt ja, wie du bist.«

»Ja, ich weiß, ich bin dauernd müde, ich schlafe in aller Öffentlichkeit ein, aber das sind die Tabletten.«

Wie aufs Stichwort geht er ins Bad und kommt mit einem Glas Wasser und drei Tabletten in der offenen Hand wieder heraus. »Die hätte ich fast vergessen«, sagt er und wirkt sehr zufrieden mit sich.

»Ich will nicht, bitte zwing mich nicht.«

»Du *musst*, die Antidepressiva sind fast so wichtig wie die Schmerzmittel. Dir wird es gleich besser gehen.«

»Die geben mir das Gefühl, als ob ich in Watte gepackt bin!« Jetzt weine ich schon fast, aber er rührt sich nicht. Er wird so lange mit ausgestreckter Hand dastehen, bis ich die verdammten Pillen schlucke. Also schlucke ich sie brav, obwohl ich weiß, dass ich keine Antidepressiva brauche, sondern nur jemanden, mit dem ich reden kann.

»Braves Mädchen«, sagt er.

Am liebsten würde ich ihm eine Ohrfeige verpassen.

»Ich habe mir überlegt, ob ich nicht ein paar der anderen Gäste dazu bringen kann, mich zu sponsern«, sagt er, als er in seine Shorts steigt.

»Ach ja?« Mir wird leicht flau im Magen.

»Wir sollten mit den Leuten ins Gespräch kommen, dann

kann ich ihnen von meinen Läufen erzählen. Ich könnte einen Lauf um die Insel machen. Die Leute hier haben doch Geld wie Heu, oder?«, sagt er und beugt sich vor, um seine Muskeln zu dehnen.

»Ach, Josh, keine Ahnung. Ich dachte, wir wären hier, um auszuspannen und etwas Zeit miteinander zu verbringen.«

»Machen wir doch auch, aber die Reise in die USA Ende August wird teuer, allein die Flüge kosten ein Vermögen, ganz zu schweigen von —«

»Ich dachte, wir hätten genug Geld für die Amerikareise?«

»Haben wir ja auch«, sagt er, ohne mir in die Augen zu schauen, und dann noch mal, diesmal leiser: »Haben wir ja auch.« Einen Moment lang driftet er ab, und wir sind meilenweit voneinander entfernt. Dann sagt er: »Aber es sind halt nicht nur die Flüge, das ganze Drum und Dran wird ein Vermögen kosten, und falls uns das Geld ausgeht ...« Er bricht ab und wechselt abrupt das Thema: »Also, Frühstück und Yoga?« Es klingt ein wenig zu fröhlich.

»Ja, gehen wir frühstücken und zum Yoga«, stimme ich ihm wie ein willenloser Roboter zu.

Etwas später sitzen wir beim Frühstück, und ich nicke widerwillig, als er darauf besteht, dass ich das Rührei nehme. Ich mag kein Rührei.

»Kaffee, bitte«, sage ich zur Kellnerin, als sie mich fragt, was ich trinken möchte – aber schon während ich es sage, warte ich darauf, dass er mir ins Wort fällt. Mein Herz schlägt wie wild.

»Becks?« Genau wie erwartet. »Kein Koffein«, sagt er und schüttelt langsam den Kopf.

Ich möchte schreien und brüllen und mein Glas Orangensaft nach ihm schleudern. Stattdessen wende ich mich zur Kellnerin, lächle und sage: »Tut mir leid, ich habe es mir anders überlegt, ich nehme einen grünen Tee, bitte.«

Ich beobachte Josh, wie er uns aus dem Krug, der auf dem Tisch steht, vorsichtig Wasser einschenkt, wie ein Priester den

Wein beim Abendmahl. Er hat diesen frommen Gesichtsausdruck – jetzt, wo er mir den Kaffee verboten hat, irritiert mich
sein Verhalten mehr, als es das wahrscheinlich sollte. Ich darf so
vieles nicht! Ich beobachte, wie er die attraktive blonde Frau
anschaut, die gestern Abend das Vintage-Glitzerkleid getragen
hat. Sie sieht heute Morgen genauso hübsch aus. Ich habe sie
schon mehrmals im Hotel gesehen, sie ist immer so gepflegt und
glamourös, als ob sie sich über jeden Aspekt ihrer Kleidung und
ihres Make-ups Gedanken gemacht hat. Sie hat einen *Look*,
während ich mich in letzter Zeit einfach nur wie zusammenge-
würfelt fühle. Heute Morgen trägt sie Knallrot und sieht von
Kopf bis Fuß frisch und kühl aus, während der Rest von uns vor
Hitze vergeht.

»Es ist so warm, dabei ist es noch nicht einmal neun Uhr«,
sage ich, als die Kellnerin meinen verdammten grünen Tee
bringt, aber Josh hört mir gar nicht zu. Er beobachtet wie
gebannt die hübsche, junge Blondine.

»Sie ist wirklich reizend, oder?«, frage ich.

»Wer?«

Ich antworte ihm nicht, sondern nippe still an meinem ekel-
haften grünen Tee und denke über die vergangenen zwei
Nächte nach. Ich glaube ihm nicht, dass er so spät ins Zimmer
kam, weil er am Strand joggen war. Es wäre nicht das erste Mal,
dass Josh mich anlügt.

4

SAM

Am nächsten Morgen freute ich mich sehr auf den Yogakurs mit Stella. Es war der vierte Tag unserer Flitterwochen, und ich fand die Vorstellung toll, für den Rest des Urlaubs täglich Yoga zu machen.

»Wenn ich jeden Tag in Stellas Kurs gehe, sehe ich vielleicht so aus wie sie, wenn wir wieder abreisen«, sagte ich am Morgen in unserem Zimmer zu David und grinste.

»Sie ist zwanzig Jahre jünger und mindestens zwölf Kilo leichter als du, da müsste schon ein Wunder geschehen«, antwortete er.

Ich muss zugeben, ich schmollte ein wenig, aber als er nicht einmal mitbekam, dass ich schmollte, musste ich dann doch etwas sagen. »Ich weiß, dass du das alles nicht so meinst, aber manchmal tust du mir mit dem, was du sagst, ganz schön weh«, murmelte ich.

Er sah mich an und wirkte ehrlich überrascht. »Oh, Sam, das ist doch wohl ein Scherz, oder?«

Ich schüttelte den Kopf.

»Wow.«

»Was soll das heißen: *Wow*?«

»Du musst echt mal ein wenig lockerer werden«, sagte er und stieg aus dem Bett, mit dem Rücken zu mir. »Hast du gar keinen Sinn für Humor?«

»Natürlich habe ich Sinn für Humor, aber du weißt genau, dass ich immer sehr unsicher bin, was mein Aussehen angeht. Ich weiß, dass ich nicht besonders hübsch bin und keinen durchtrainierten Körper habe, aber ich kann darauf verzichten, dass mein Mann mich ständig daran erinnert.«

Er drehte sich zu mir um und sah mich an. »Ich bin heute Morgen nicht in der Stimmung, ich habe Kopfschmerzen, und die kann ich wirklich nicht gebrauchen.«

»Kein Wunder, dass du Kopfschmerzen hast, du bist ja erst um zwei ins Bett gekommen«, sagte ich in gereiztem Ton.

Er stand auf, zog seine Jeans an und schaute auf mich herab, mit einem Ausdruck in den Augen, den ich nur als Abscheu bezeichnen kann.

»Willst du wissen, warum ich erst um zwei ins Bett gekommen bin?«, fragte er und ging ins Bad.

»Ja, warum?«, fragte ich, und ein allzu vertrautes flaues Gefühl breitete sich in meinem Magen aus.

Er kam zurück ins Zimmer und starrte mich an. David mochte es gar nicht, wenn ich ihm Contra gab, und jetzt holte er zum Gegenschlag aus. »Wenn du wissen willst, warum ich so spät ins Bett gekommen bin, dann schau mal in den Spiegel. Da findest du die Antwort.« Er schloss die Tür zum Bad hinter sich, und ich hörte Wasser laufen.

Mir kamen die Tränen. So hatte ich mir die Flitterwochen nicht vorgestellt. Die sollten doch eigentlich die schönsten Wochen einer Ehe sein, oder? Sollten die Probleme nicht erst später anfangen? David sagte immer, ich sei eine Tagträumerin und niemand würde jemals meine hohen Erwartungen erfüllen. Vielleicht hatte er damit recht, aber bis zu den Flitterwochen dachte ich wirklich, er sei der perfekte Partner. Damit mir seine Bemerkung nicht so wehtat, redete ich mir ein, dass er es nicht so gemeint hatte, und schob seine schlechte Laune auf die lange Nacht und seinen Kater. Ich war um elf ins Bett gegangen und hatte ihn an der Bar zurückgelassen.

Als er endlich aus dem Bad kam, war ich gerade dabei, mich anzuziehen. Ich redete nicht mit ihm, dazu hatte er mich zu sehr verletzt. Eigentlich wollte ich ihn fragen, warum er denn nun so spät ins Zimmer gekommen war und warum er direkt auf den Balkon gegangen war, als ob er es nicht ertragen könnte, in meiner Nähe zu sein. Und ich wollte ihn fragen, ob er sich mit Stella, der Kellnerin, unterhalten hatte, nur um seine Reaktion zu sehen. Aber ich hatte Angst, dass mich seine Antwort verletzen würde, und das wollte ich nicht riskieren, also setzte ich mich wortlos an den Schminktisch und trug mein Make-up auf.

»Willst du wirklich so vor die Tür gehen?«, fragte er.

Ich konnte ihn im Spiegel sehen, er stand mit dem Rücken zu mir und blickte aus dem Fenster.

»Manchmal sorgst du echt dafür, dass ich mich mies und unsicher fühle«, sagte ich. Ich trug meine Mascara auf und sagte mir, dass sich das später alles legen würde; es gehörte halt zum gegenseitigen Kennenlernen.

»Oh, das tut mir leid, wenn du dich *meinetwegen* so fühlst. Ich habe da eine tolle Idee: Warum fängst du nicht endlich einmal an, selbst Verantwortung für deine Schwächen zu übernehmen?«, schnauzte er mich an. »Ich habe dir doch alles gegeben, ich habe ein Vermögen für die perfekte Hochzeit ausgegeben, du hattest doch alles ... oder etwa nicht?«

Ich konnte nicht antworten, die Tränen schnürten mir die Kehle zu.

»Oder etwa nicht?«, brüllte er.

Ich reagierte nicht, sondern blieb einfach nur sitzen, schminkte mich und versuchte, nicht zu weinen.

»Ich hasse es, wenn Frauen so sind«, zischte er. Ich spürte die Wut, die in seinen Worten mitschwang, und in diesem

Moment fühlte ich mich einsamer, als ich mich jemals gefühlt hatte, als ich noch Single gewesen war.

Ich versuchte gar nicht erst, gegen ihn anzuargumentieren. Ich wollte nur, dass er sich beruhigte und dass alles so war, wie es in den Flitterwochen sein *sollte*.

Ein paar Minuten später erfüllte sich mein Wunsch. Er kam zu mir herüber, und ich spürte, wie er die Hände von hinten um meine Taille legte.

»Tut mir leid«, sagte er in den Spiegel. »Ich hätte mich nicht so gehen lassen dürfen.«

»Du hast mir ganz schön wehgetan, David.«

»Ich weiß, aber ich habe es nicht so gemeint. Ich habe gestern Nacht zu viel getrunken, ich habe einen Kater, und manchmal flippe ich halt aus.«

»Trotzdem, so geht das nicht.«

»Ich weiß, es tut mir wirklich leid. Ich liebe dich so sehr, ich wollte dich wirklich nicht verletzen.«

Ich gab nach, und ich drehte mich um, um ihn zu umarmen, dann küssten wir uns und versöhnten uns wieder, und schon ging es mir wieder etwas besser.

Trotzdem war die Saat des Zweifels in meinem Herzen gepflanzt. Er war jetzt mein Ehemann, und ein Ehemann sollte keine bösen, verletzenden Dinge zu seiner Frau sagen. Aber es waren Momente wie diese, in denen ich mich fragte, wer er eigentlich wirklich war. Schließlich kannte ich ihn ja noch gar nicht richtig. Und von diesem Morgen an war ich meinem Mann gegenüber ständig ein wenig misstrauisch, denn was er gesagt hatte, zeugte von einer Grausamkeit, die ich ihm bis dahin nicht zugetraut hatte.

»Gehst du nach dem Frühstück zum Yoga?«, fragte er mich, als wir uns weiter für den Tag fertig machten.

»Ja, ich glaube schon«, sagte ich. Ich war noch immer aufgewühlt von unserem Streit, während er ihn schon komplett vergessen zu haben schien.

»Super! Da komme ich mit.« Er rieb sich die Hände in Vorfreude. Er musste meinen Gesichtsausdruck gesehen haben, denn er sagte: »Keine Sorge, ich mache nicht mit, ich schaue nur zu.«

Ich wusste nicht, was ich schlimmer fand: dass mein Mann den Herabschauenden Hund ausprobierte oder dass er am Rand stand und meine Figur mit der der anderen Frauen in ihren engen Leggings verglich. Aber er schien wild entschlossen, denn gleich nach dem Frühstück begleitete er mich in den Poolbereich, wo schon die Yogamatten ausgelegt waren.

David setzte sich an einen Tisch, und ich unterhielt mich mit der Frau auf der Matte neben mir, während wir auf Stella, die Kursleiterin, warteten. Doch stattdessen erschien nach etwa zwanzig Minuten Paulo, der stellvertretende Geschäftsführer des Hotels.

»Es tut mir sehr leid, meine Damen, aber der Yoga-Kurs findet heute leider nicht statt«, sagte er. »Unserer Yogalehrerin geht es nicht so gut, und sie musste absagen.«

»Oh nein, ich hatte mich schon so darauf gefreut«, sagte die Frau neben mir. Ich drehte mich zu ihr um und sah erst jetzt, dass es die Frau vom Vorabend war, die mit dem Glitzerkleid. Sie hatte ihr Haar hochgesteckt, und ohne die vielen Locken hatte ich sie nicht wiedererkannt.

Aus der Nähe betrachtet, war sie etwas älter, als ich gedacht hatte, aber immer noch hübsch. David fand das offenbar auch. Als ich zu ihm hinübersah, winkte er mir zu und tat so, als würde er mich anschauen, in meinem riesigen Sport-BH und den Leggings. Dabei wusste ich ganz genau, dass er das nicht tat. Offenbar stand er auf Blondinen, zumindest hatte er Stella am Abend vorher auch schon ständig angeglotzt. Der Partner der blonden Frau gesellte sich zu ihm. Er war auf eine sehr männliche Art ähnlich attraktiv wie sie – so ein Typ, der in Unterwäsche herumlaufen kann und dabei aussieht, als wäre er eine Fleisch gewordene Werbung für Aftershave. *Designer-Aftershave.*

»Ich bin übrigens Daisy«, sagte die Frau und hielt mir die Hand hin.

Ich schüttelte sie, stellte mich vor und versuchte, sie nicht anzustarren. Sie sah aus wie ein Model. Sie strahlte förmlich und hatte, obwohl bereits eine brütende Hitze herrschte, keinen Tropfen Schweiß am Leib. In diesem Urlaub entdeckte ich eine ganz neue Spezies Mensch. Alle waren so glamourös und reich und fühlten sich in dieser märchenhaften Umgebung wie zu Hause.

»Das ist mein Mann, Tom«, sagte sie und zeigte auf ihren hübschen Mann, der sein langes Haar offen trug und gerade aufmerksam David lauschte.

Wahrscheinlich erzählte mein Mann ihm gerade von seinem neuen Auto. Ich mochte schöne Autos auch, aber wenn David einmal von seinem Auto anfing, hörte er nicht wieder damit auf, er war wie besessen davon. Ich hoffte, dass sie sich nicht zu sehr anfreundeten. Solche Urlaubsbekanntschaften sind immer ein Risiko. In den ersten Tagen lernt man jemanden kennen, dann stellt man fest, dass man sich doch nicht so sehr mag, wie man dachte, und dann verbringt man den Rest der zwei Wochen damit, demjenigen aus dem Weg zu gehen.

»Ist Ihr Mann auch hier?«, fragte Daisy.

»Ja.« Ich sah zu David hinüber, um ihr zu zeigen, wer mein Mann war, aber sie schaute ihn bereits an. Und er schaute sie an.

»Sieht so aus, als hätten sich unsere Männer schon ange-freundet«, sagte sie und winkte den beiden zu, wobei ihre vollen Brüste in den winzigen korallenroten Körbchen ihres Bikinis enthusiastisch wippten. Sie sah erfrischt und hübsch aus, während ich schon wieder am Schwitzen war, obwohl ich gerade erst geduscht hatte. Sie war also nicht nur schön, sondern schien auch keine Schweißdrüsen zu haben, und mir gefiel überhaupt nicht, wie sie David ansah. Er war ein echter Charismatiker, daher konnte ich es keiner Frau verübeln, dass sie ihn anhimmelte. Am Tag zuvor war es Stella mit ihrem Schlafzimmerblick und ihrem prallen Busen gewesen, und jetzt hüpfte Daisy hier im Bikini herum und schenkte ihm ein breites Lächeln, bei dem sie alle ihre Zähne zeigte. Kein Wunder, dass meine Flitterwochen so schnell den Bach hinuntergingen. David war ständig von sexy Frauen umgeben, die ihm schöne Augen machten, und man konnte nicht behaupten, dass er sie ignorierte.

Ich war überrascht (und ein wenig geschmeichelt), als Daisy meinte, wir sollten uns »den Männern anschließen«. Ich fand sie nett, hatte aber wenig Lust, mich mit ihr anzufreunden. Immerhin waren das unsere Flitterwochen, und David sah sie jetzt schon an, als ob er sich wünschte, ich wäre sie.

Ich war nervös und hatte Angst, ich würde nach dem ersten Smalltalk keine Ahnung haben, worüber ich mich mit diesen Leuten unterhalten sollte. Als ich mich zu ihnen setzte, fühlte ich mich komplett fehl am Platz, aber David plauderte ganz locker vor sich hin und bestellte uns Getränke. Trotz der Umgebung war er einfach er selbst. Die drei unterhielten sich, Daisy stieg ins Gespräch der Männer ein, und ich fühlte mich wie das fünfte Rad am Wagen. Allein schon ihre Designerkleidung und ihre Haltung machten mir deutlich, dass sie aus einer anderen Welt kamen als ich. Eine luxuriöse Umgebung und Geld waren für solche Menschen offensichtlich etwas ganz Selbstverständliches, während ich mir ständig Gedanken darüber machte, was ich anziehen sollte, und mich darüber aufregte, was das hier alles kostete.

Nach ein paar Minuten gesellten sich ein Mann und eine blasse, dünne Frau zu uns, die sehr anhänglich wirkte. Ich hatte sie schon ein paarmal im Hotel gesehen. Sie schien immer einige Schritte hinter ihm zu gehen, und immer wenn sie den Speisesaal betrat, sah sie ängstlich und besorgt aus. Tatsächlich war sie der einzige Mensch im Hotel, der noch eingeschüchterter wirkte als ich. Ich musste daran denken, wie er ihr am Abend zuvor beim Abendessen den Stuhl zurechtgerückt und ihr die Serviette aufs Knie gelegt hatte – der tat wirklich *alles* für sie. Ich hatte zu David gesagt: »Guck mal, als Nächstes nimmt er ihr noch Messer und Gabel weg, schneidet ihr das Essen klein und füttert sie.«

Ich nickte der blassen Frau zu, und sie gab ein Nicken zurück, zumindest so was in der Art, und dann bestellte Daisy beim Kellner, das war an diesem Vormittag Paulo, einen Aperol Spritz. »Mit viel Eis«, sagte sie, ohne zu lächeln. Er blieb etwas zu lange bei ihr stehen, so als ob er ihren Duft einatmen würde. Ich fand das ganz schön peinlich, aber ich glaube, außer mir fiel es niemandem auf. Ich schaute zu David hinüber, der sich immer noch unterhielt und den Eindruck machte, als würde er mit seinen neuen Freunden noch eine Weile plaudern wollen. Da Paulo immer noch bei uns herumlungerte, bestellte ich das gleiche Getränk wie Daisy. Ich glaube, ich hatte gehofft, dass dann etwas von ihrem Glamour auf mich abfärben würde.

Sie stand auf und präsentierte den straffen, braun gebrannten Bauch über ihrem winzigen Bikinihöschen. Sie streckte die Arme in die Höhe und begrüßte die Sonne, und dann schlüpfte sie in einen Bademantel in einem wunderschönen Orange, das zu ihrem Bikini und zu ihren Lippen passte. Der Bademantel bedeckte kaum ihre Brüste. Ich hoffte, dass ich neben ihr nicht zu fad aussah, und schaute zu David, in der Hoffnung, von ihm einen Blick zu erhaschen, der mich beruhigte, aber statt mich schaute er Daisy an.

»Wo ist denn eure Yogalehrerin heute Morgen?«, fragte Tom, Daisys Ehemann.

Daisy zuckte mit den Schultern. »Offenbar krank.«

»Oh, das ist aber schade«, sagte David und wandte sich zu mir um. »So viel zu deinem Plan, jeden Tag Yoga zu machen und am Ende wie Stella auszusehen.« Er lachte.

Ich lachte auch. Dabei wäre ich am liebsten gestorben. Hatte er das gerade wirklich gesagt?

»*Das war ein Scherz*, David«, sagte ich, während die anderen höflich lächelten.

»Du solltest laufen gehen, wenn du abnehmen willst«, empfahl mir der Mann der blassen Frau.

Ich schämte mich in Grund und Boden. Niemand, nicht einmal David, hatte mir je gesagt, ich müsse abnehmen. Und jetzt tat das ausgerechnet ein völlig Fremder.

»Ich kann nicht laufen gehen«, sagte ich, »ich habe Asthma.«

»Das muss nichts heißen. Ein Kumpel von mir hat auch Asthma, und der geht trotzdem laufen. Ich bin jeden Morgen um sechs draußen und drehe eine Runde. Dabei sehe ich, wie die Sonne aufgeht.« Er seufzte genießerisch.

»Ach, du warst das!«, rief Daisy aus. »Ich habe heute im Morgengrauen jemanden den Strand runterlaufen sehen, und da meinte ich zu Tom: ›Der da ist echt eine *Maschine*.‹« Sie schnurrte beinahe, als sie das Wort sagte.

Der Ehemann der blassen Frau errötete, und ich schwöre, ich sah, wie sich ihm vor Stolz die Brust schwellte. »Ich gehe jeden Morgen und jeden Abend laufen. Ich laufe auch viel für wohltätige Zwecke. Im Moment ungefähr dreißig Kilometer pro Tag, und dann ...«

Ich hörte, wie seine Frau »Josh« murmelte. Ich glaube, sie wollte, dass er Ruhe gab. Aber das klappte nicht, er fuhr fort, sein Laufpensum darzulegen.

Daisy unterdrückte ein Gähnen, offenbar ging es ihr genauso wie mir.

»Sorry, ich habe euch noch gar nicht meine Frau vorgestellt«, sagte David plötzlich und unterbrach damit Josh, der immer noch seine Kilometer und Marathons herunterratterte. David konnte gut mit Menschen umgehen. Für nervige oder langweilige Leute hatte er nichts übrig, aber bei allen anderen sorgte er stets dafür, dass sie sich wohlfühlten. Mein neuer Ehemann war nicht perfekt, aber trotz unseres Streits am Morgen wusste ich die positiven Seiten seines Charakters immer noch zu schätzen. Ich sagte mir: Niemand ist perfekt. Es gibt doch in jeder Ehe Höhen und Tiefen, vielleicht sollte ich mich einfach auf die Höhen konzentrieren.

Nachdem alle einander vorgestellt worden waren, bestellte David weitere Drinks für die Männer, und da Daisy und ich ja bereits bestellt hatten, fragte er die blasse Frau, ob sie auch etwas trinken wolle.

»Sie nimmt ein Wasser«, sagte ihr Mann, bevor sie antworten konnte. Sie schaute ein wenig verärgert drein, aber als David sich bei ihr vergewisserte, ob sie nicht doch »einen richtigen Drink« wolle, schüttelte sie den Kopf. Ich dachte bei mir: Selbst wenn eine Ehe aus Höhen und Tiefen besteht – in einer solchen Beziehung möchte ich nicht stecken!

Wir erfuhren, dass sie Becky hieß und ihr Mann Josh. Sie wirkten für mich gar nicht wie ein Ehepaar; irgendwie passten sie nicht zusammen. Er war gesprächig und schien voller Energie zu sein, während sie einfach nur dasaß, als würde sie gleich einschlafen.

»Wenn eure Yogalehrerin nicht da ist, warum veranstaltet ihr nicht euren eigenen Yoga-Kurs?«, fragte David plötzlich.

»Hä? Wo denn?« Daisy schien verblüfft.

»Na hier, da liegen die Matten doch noch da.« David deutete auf den Stapel Yogamatten, der ein paar Meter von uns entfernt lag.

»Na sicher doch.« Sie lachte. »Ihr würdet nur zu gerne zugucken, wie Sam und ich die Hintern in die Luft strecken, oder?«

»Ich kann mir was Schlimmeres vorstellen«, sagte David und zwinkerte.

Ich zuckte zusammen, und als Daisy sich vorbeugte und ihm kokett einen Klaps auf sein nacktes Bein gab, kribbelte es in meinem Magen. »Nun ist aber gut, David«, sagte sie lächelnd.

Wahrscheinlich war es nur meine Unsicherheit, aber die Art und Weise, wie sie miteinander umgingen, weckte wieder die Eifersucht in mir. David hatte sich erst am Tag zuvor beschwert, wie besitzergreifend ich sei, und er hatte recht, ich musste lernen, loszulassen. Ich stellte mich zu sehr an, es war nichts als unschuldiges Geplänkel.

Dennoch wollte ich nichts dem Zufall überlassen, also setzte ich mich neben David, als unsere Getränke kamen. Ich hatte noch nie Aperol Spritz getrunken und staunte über die Farbe – ein leuchtendes Neonorange mit zerstoßenem Eis. Den Aperol Spritz brachte Paulo, der hinter jeder Ecke des Hotels zu lauern schien. Sorgfältig platzierte er einen frischen Untersetzer vor Daisy und stellte vorsichtig ihr Glas darauf ab. Er schaute sie dabei die ganze Zeit an und vergewisserte sich, dass ihr Glas perfekt auf den Untersetzer passte, dass ihr Strohhalm genau richtig angewinkelt war, damit sie ihn in ihren schönen Mund nehmen konnte, diesen Mund, den er bestimmt am liebsten geküsst hätte. Aber sie schaute nicht zurück, sondern starrte nur geradeaus. Nachdem er sich um Daisy gekümmert hatte, stellte er mein Glas vor mir ab, aber als ich zu ihm aufblickte, um mich zu bedanken, war er schon weg.

»Lecker!«, sagte Daisy, nahm einen Schluck aus dem großen geeisten Glas und stöhnte lustvoll. Nach ihrem Quasi-Orgasmus zog sie den Strohhalm sanft aus ihrem perfekt geformten Mund und nahm die Blutorangenscheibe, die den Rand des Glases zierte, zwischen die Finger. Ich schaute kurz weg, konnte aber nicht anders, als mich sofort wieder diesem Schauspiel zu widmen, das auch die drei Männer beobachteten, mit feuchten Lippen und schweißnasser Stirn.

»Dein Getränk passt echt gut zu deinem Outfit und deinem Lippenstift und ... na ja, *allem*«, sagte ich.

»Ach ja, schaut mich an, wie ich hier sitze, wie eine riesige

Apfelsine«, sagte sie und schaute von mir zum Glas und auf ihre Hände. Sie sah aus, als sei sie überrascht davon, was sie da erblickte.

Erst jetzt bemerkte ich ihre Nägel, die genauso neongrell strahlten wie das Getränk. Mit all dem Orange und Korallenrot ihres Outfits und der goldenen Bräune ihrer Haut leuchtete sie förmlich in der Vormittagssonne.

Ihr ganzer Look war genau durchdacht, selbst der Aperol war ein Accessoire.

»Bist du Model?«, fragte ich sie, wohl wissend, dass ich wie ein Teenager klang.

Daraufhin lachte sie. »Schön wär's! Dafür war ich leider zu klein. Aber ich arbeite mit Models, ich bin Art-Direktorin bei einer Modezeitschrift.«

»Oh, wow! Ich nehme an, da wohnst du öfter in solchen Luxushotels?«

Sie nickte, leerte ihr Glas und zerkaute die letzten Reste der Eiswürfel, dann führte sie vorsichtig eine ihrer neonkorallfarbenen Krallen an die Lippen, um ein Stückchen Eis wegzuwischen, das ihren Lippen entkommen war. Es sah einfach sexy aus. (Ich versuchte das später in unserem Zimmer vor dem Spiegel mit einem Eiswürfel aus dem Kühlschrank nachzumachen, aber bei mir sah es leider gar nicht sexy aus.)

»Das Essen hier ist fantastisch«, schwärmte ich.

»Ja, für britische Verhältnisse ist es ganz gut, aber wir sind eher wegen der Landschaft hier – man kommt sich vor wie im Mittelmeer, und das mitten in Devon«, sagte sie, seufzte, wandte ihr Gesicht der Sonne zu und schloss die Augen.

»Wart ihr schon mal hier?«, fragte ich.

Sie öffnete die Augen und schaute ins Leere. »Nein, noch nie«, sagte sie, aber ich spürte, dass sie mir etwas verschwieg.

Ich war an solche Gespräche gewöhnt, bei denen jemand etwas andeutete und eigentlich wollte, dass man weiter nachhakte. Ich hatte solche Gespräche mit meinen Klienten ständig, und bei ihr hatte ich den starken Eindruck, dass sie ein trauriges Geheimnis hütete, über das sie gerne sprechen würde, aber nicht den Mut dazu aufbrachte.

»Habt ihr etwas zu feiern?«, fragte ich.

»Ja, gewissermaßen.« Dann wandte sie sich zu mir um. »Und ihr? Seid ihr in den Flitterwochen?«

»Ja! Sieht man uns das an?« Ich schnappte nach Luft und stellte fest, dass ich plötzlich breit grinste.

»Ich dachte nur, weil du ihn dauernd anschaust«, murmelte sie und sah zu David hinüber. »Ich habe dich gestern Abend beobachtet, wie du ihn angeguckt hast. Du hast ihn förmlich in dich aufgesogen«, fuhr sie fort und starrte ihn dabei immer noch an.

Es versetzte mir einen Stich, dass sie gar nicht erwähnt hatte, wie er mich anschaute. Aber vielleicht fand sie das einfach selbstverständlich.

»Und ihr, was habt ihr zu feiern?«, fragte ich noch einmal.

Sie schüttelte den Kopf. »Höchstens, dass dieses Jahr endlich vorbei ist«, sagte sie leise. »Das war ein ziemlich schwieriges Jahr für uns.« Sie hob den Kopf und drehte ihr Gesicht wieder in die Sonne, wie zum Zeichen dafür, dass unser Gespräch beendet war. Ich nippte an meinem Getränk und wusste nicht, wie ich darauf reagieren sollte, doch dann drehte sie sich mir wieder zu und sagte: »Ich kann keine Kinder bekommen.«

»Oh, das tut mir leid.«

»Mein Therapeut sagt, ich soll darüber reden, aber jedes Mal, wenn ich davon anfange, habe ich das Gefühl, dass ich es selbst noch gar nicht richtig begriffen habe.«

»Das ist sicher nicht leicht.«

»Nein, das ist es wirklich nicht. Wir müssen uns unsere Niederlage eingestehen und uns von dem Gedanken verabschieden, dass wir Kinder haben werden, weißt du?«

Ich nickte.

»Du fühlst dich wie ein Spieler, wie ein Süchtiger, mit Engelchen und Teufelchen auf der Schulter. Das Engelchen sagt: ›Hör endlich auf, sonst bricht es dir noch einmal das Herz.‹ Und das Teufelchen: ›Komm schon, einmal noch, dann knacken wir garantiert den Jackpot.‹«

»Wenn man etwas aufgeben muss, das man sich so sehr wünscht – das muss furchtbar sein«, sagte ich. »Auch wenn man weiß, dass es keine Chance gibt.«

»Ganz genau. Und ich gebe mir selbst die Schuld, ich habe es zu lange aufgeschoben, ich wollte erst Karriere machen und das Leben genießen und dachte, ich könnte das einfach für später auf meine To-do-Liste setzen, dann würde es schon noch klappen.«

»Es ist doch nicht deine Schuld, dass es bei dir nicht geklappt hat«, sagte ich. »Es ist schon seltsam, aber ich hatte nie geglaubt, dass ich mal Kinder bekommen würde. Ich wollte immer welche haben, aber ich dachte, das wird sowieso nichts. Genau wie mit der Ehe. Und jetzt habe ich plötzlich den Richtigen gefunden und bin so glücklich – ich traue mich gar nicht, noch mehr zu verlangen.« Für mich hatte sich das Leben immer so angefühlt, als müsse alles im Gleichgewicht sein: Wenn das Leben mir etwas gibt, muss es mir irgendetwas anderes wegnehmen. Daher war ich damals einfach nur dankbar, dass ich jemanden gefunden hatte, den ich liebte und der meine Gefühle erwiderte. Heute weiß ich, dass ich damals glaubte, ich sei es eigentlich gar nicht wert, dass mich jemand liebt; da wollte ich nicht gierig sein und auch noch Kinder haben wollen.

»Ja, ich weiß, aber Tom hätte so gerne Kinder.« Sie hielt inne und drehte sich zu mir um. »Er ist jünger als ich. Und er könnte noch Kinder machen, wenn er alt ist. Vielleicht lernt er morgen eine andere kennen, mit der er eine Familie gründen kann. Das ist so verdammt ungerecht!«

»Ja, total.«

Sie seufzte. »Ist das nicht verrückt? Ich gehe zum Fitnesstraining, ich ernähre mich gesund, ich reibe mich mit irgendwelchen teuren Ölen ein – ich nehme seit meinem ersten Date mit Tom Folsäure, nur für den Fall. Und alle sagen mir, was für einen tollen Körper ich habe, aber er funktioniert nicht, er tut nicht, wofür er eigentlich da ist: ein Kind bekommen. Ich war immer einfach so davon ausgegangen, dass ich irgendwann Kinder haben würde, und als ich Tom kennenlernte, konnte ich an gar nichts anderes denken. Wir haben drei In-Vitro-Behandlungen hinter uns, die haben meinen Körper kaputt gemacht und mir das Herz gebrochen. Und selbst als es die ersten beiden Male nichts wurde, war da immer noch dieser winzige Hoffnungsschimmer, wie ein kleines Licht irgendwo in meinem Inneren, dass es doch noch klappen würde. Ich meine, bei so vielen Leuten klappt es, warum denn nicht bei uns?«

»Und was wurde aus dem Hoffnungsschimmer?«

»Der verschwand, als wir nach der dritten künstlichen Befruchtung erfuhren, dass meine Chance, ein Kind auszutragen, nicht mal mehr ein Prozent beträgt. Tom meinte, er könne nicht mit ansehen, wie ich das noch einmal durchmache, und ich solle aufhören, mir etwas vorzumachen. Ich müsse akzeptieren, dass es keinen Zweck mehr hat. Wir haben uns vorgenommen, diesen Urlaub dafür zu nutzen, das akzeptieren zu lernen. Wir haben die Behandlung abgebrochen, und wir müssen uns von der Zukunft verabschieden, die wir uns ausgemalt hatten. Da ist kein Gold am Ende unseres Regenbogens.«

»Das ist traurig, und es tut mir leid, dass es nicht geklappt hat. Aber einen Regenbogen gibt es doch immer noch, oder? Auch ohne Gold.«

Sie sah mir in die Augen. »Das ist nett, dass du das sagst, danke.«

Ich tätschelte ihren Arm. »Vielleicht sollten wir einen Club gründen«, sagte ich.

Sie lächelte und nickte. »Das wär doch was. Der Club der Kinderlosen!«

Sie warf ihr goldenes Haar zurück, kippte sich den letzten Rest Aperol in den Mund, schluckte und knallte das leere Glas auf den Tisch. Das Geräusch veranlasste Tom, aufzublicken. Er wirkte in ihrer Nähe nervös, als müsste er jeden Moment eingreifen und sie davon abhalten, etwas Verrücktes zu tun. Bestimmt war sie manchmal eine tickende Zeitbombe. Sie wirkte auf mich wie eine Frau, die sich eher von ihren Trieben und ihrer Intuition leiten ließ als von irgendwelchen konkreten Plänen.

»Noch einen Drink?«, fragte sie, und bevor ich antworten konnte, hatte sie noch einmal zwei Aperol Spritz bestellt. Ich war immer noch bei meinem ersten, als die nächste Runde kam. Sie trank ihr neues Glas so schnell aus, dass mir klar wurde, dass ich mit ihr niemals würde mithalten können. Sie trinkt, um zu verdrängen, wie unglücklich sie ist, dachte ich. Um ihren verblassten Hoffnungsschimmer endgültig zu begraben. Die selbstbewusste, schöne Frau, die ich am Abend zuvor erlebt hatte, wirkte jetzt traurig und verzweifelt. Ich hoffte für sie, dass sie darüber hinwegkommen würde. Sie musste einen Weg finden, um zu akzeptieren, dass sich ihr Leben anders entwickeln würde, als sie es geplant hatte. Aber sie würde Zeit brauchen, um sich damit abzufinden, was sie *nicht* haben konnte, bevor sie herausfinden würde, was sie *haben* konnte.

Sie nahm ihr Telefon in die Hand und schaute auf das Display. »Kein Empfang«, sagte sie und seufzte. »Ich muss wissen, ob beim Shooting in Australien alles läuft, wie es soll.« Sie fuhr sich ängstlich mit den Händen durchs Haar und setzte ihren Schlapphut auf.

»Dein Hut ist toll.«

»Gucci«, sagte sie beiläufig. »Den finde ich auch toll ... Das Ding ist, in Perth ist es acht Stunden später, die sind da bald schon fertig. Ich muss sichergehen, dass alles in Ordnung ist.« Sie stand auf.

»Wow, das klingt nach Stress.«

»Stimmt.« Sie rollte mit den Augen. »Alle wollen in die Modebranche, und hin und wieder geht es da ja auch ganz glamourös zu, aber meistens ist es eine verdammte Schinderei, und das viele Reisen zehrt einen auf. Es klingt verrückt, aber ich würde lieber Windeln wechseln als Flüge umbuchen!« Sie wandte sich ab und setzte sich in Bewegung.

Ich sah zu ihr auf und schirmte meine Augen vor der Sonne ab. »Wohin gehst du?«, wollte ich wissen. Ich war ein wenig enttäuscht, ich hätte mich gerne noch weiter mit ihr unterhalten.

»Ganz am Ende vom Strand ist eine Stelle, wo man Empfang hat, da gehe ich hin.« Während sie das sagte, blickte sie zu Tom hinüber, der lächelnd zurückblickte. In dem Blickwechsel zwischen den beiden lag etwas, das ich nicht genau zuordnen konnte, so als hätte sie gerne gehabt, dass er mitkam, aber offenbar wollte er nicht.

»Bis gleich«, sagte sie zu mir und ging in Richtung der Treppe, die zum Strand führte.

So schön ich es fand, mit einem Drink in der Sonne zu sitzen: Ich wollte auch Handyempfang haben! Die Männer unterhielten sich angeregt, und die blasse Becky hatte die Augen geschlossen. Es war nett gewesen, mich mit Daisy zu unterhalten, sie war ein interessanter Mensch. Also setzte ich meine Sonnenbrille auf, stand auf und gab David ein Zeichen, dass ich zum Strand gehen wollte. Er lächelte und hob den Daumen. Einen Moment lang überlegte ich, ob ich die blasse Becky fragen sollte, ob sie nicht lieber mit mir mitkommen wolle, als hier allein mit den Männern am Pool zu sitzen. Ich hasse es, Leute auszuschließen – früher in der Schule war ich immer die, die von den anderen ausgeschlossen wurde, und es tut mir heute noch weh, daran zu denken. Aber Becky hatte die Augen zu, und Daisy war schon fast bei den Stufen zum Strand. Ich würde laufen müssen, um sie einzuholen, und

Becky sah mir nicht aus, als wäre ihr gerade zum Laufen zumute.

Ich wollte eigentlich gar nicht zum Strand, ich war ganz zufrieden gewesen, hier zu sitzen und mich mit meiner neuen Bekannten zu unterhalten. Ich hatte ja noch nicht einmal mein erstes Glas Aperol leer getrunken. Und der Gedanke, ans andere Ende vom Strand zu gehen, wo die tückischen Klippen aufragten, bereitete mir ein ungutes Gefühl. Aber irgendetwas veranlasste mich, ihr zu folgen. Es war wie ein innerer Zwang. Also tat ich es, ich rannte hinter ihr her, rief ihren Namen und winkte. Aber sie schien mich nicht zu hören und ging die Stufen zum Strand hinunter.

Ich hätte einfach umkehren können. Manchmal frage ich mich, ob die Dinge anders gelaufen wären, wenn ich zum Tisch zurückgegangen wäre, wo sich die Männer über Fußball unterhielten, diese Frau vor sich hin dämmerte und mein eisgekühltes Getränk auf mich wartete. Aber ich lief weiter in Richtung Daisy und in Richtung Strand. Für das, was dann passierte, kann ich niemand anderem die Schuld geben als mir selbst.

5

DAISY

Daisy wollte unbedingt ihr Handy checken. Sie war gespannt, wie das Shooting gelaufen war, wenn auch nicht ganz so gespannt, wie sie es früher bei so etwas gewesen wäre. Der eigentliche Grund, warum sie an den Strand wollte, war Paulo, dessen Anwesenheit sie als störend empfand. Genau wie schon am Abend zuvor beim Dinner, als er sich beim Servieren der Getränke so nahe neben sie gestellt hatte, dass sie seinen Atem auf ihrer nackten Schulter spüren konnte. Er war ihr total unheimlich. War es wirklich Zufall, dass er immer genau da auftauchte, wo sie gerade war? Daisy stieg die klapprige Holztreppe zum Strand hinunter und zog ihre Sandalen aus. Der warme Sand zwischen ihren Zehen fühlte sich herrlich an. Für einige Augenblicke kam sie zur Ruhe, aber dann dachte sie daran, wie sie mit ihrem kleinen James an einem solchen Strand gespielt hätte. Da stand sie nun am Fuß der Treppe und malte sich aus, wie ihr Kind mit Eimerchen und Schäufelchen durch den Sand watschelte und wie sie und Tom Hand in Hand hinter dem Kleinen herschlenderten.

Sie versuchte, nicht daran zu denken, was hätte sein können, und sich stattdessen klarzumachen, wie gut es ihr trotz allem ging. Mit dem Auge der Art-Direktorin suchte sie die Aussicht nach potenziellen Fotomotiven ab, vor sich der weitläufige Privatstrand des Hotels mit den weißen Sonnenschirmen und Liegestühlen, die in perfekten parallelen Reihen aufgestellt waren.

Niemand war zu sehen. Der Strand war immer halb leer, selbst wenn das Hotel voll war, denn er erstreckte sich einmal komplett rund um die Insel, und es gab immer mehr Strand als Gäste. Das war einer der Gründe, warum die Leute hier ihre Flitterwochen verbrachten: die Abgeschiedenheit, die kleinen Buchten, die nicht einsehbar waren und in denen Paare nackt baden konnten und ganz für sich allein waren. Daisy sah sich um und erblickte in der Ferne eine Frau und einen Mann, die am Wasser spazieren gingen, und jemanden, der oder die auf den Klippen saß und aufs Meer hinausstarrte, während am Himmel die krächzenden Möwen ihre Runden drehten. Sie fühlte sich verletzlich und wünschte, Tom wäre mitgekommen, aber er hatte von ihrer Beklemmung gar nichts gemerkt. Bestimmt dachte er, alles wäre gut. Sie nahm ihre Sonnenbrille ab, schirmte die Augen ab und schaute zu den Klippen hinauf. Die Person, die dort saß, schien zurückzublicken. Es war ein Mann. Vielleicht Paulo? Ihre Beklemmung wurde so groß, dass ihre Fingerspitzen kribbelten. Da tippte ihr plötzlich jemand auf die Schulter.

Sie zuckte zusammen und fuhr herum, bereit, zuzuschlagen.

»Sorry, hast du mich nicht gehört?«

Es war Sam.

»Du hast mich fast zu Tode erschreckt!«, rief Daisy.

Sam lächelte. »Tut mir leid, ich wollte dich nicht erschrecken.«

»Gerade eben dachte ich: Hier allein am Strand könnte man so laut schreien, wie man will, niemand würde einen hören.«

»Aber hier ist doch nichts, wovor man Angst haben müsste, der Strand gehört zum Hotel, und ohne Boot kann ja niemand Fremdes hierherkommen.« Sam legte ihren Arm um Daisy. »Alles gut bei dir? Sollen wir vielleicht lieber wieder zurückgehen?«

»Nein, nein, ich muss mein Handy checken.«

»Aber im Hotel hat man doch hin und wieder auch Empfang, willst du es nicht lieber da probieren? Hier am Strand ist es ganz schön heiß und ...«

»Kümmer dich nicht um mich, ich mache ja nur Spaß. Ich war ein bisschen nervös, und du hast mich erschreckt, das ist alles.«

»Bist du sicher?«, fragte Sam. »Du siehst furchtbar blass aus.«

Daisy dachte, dass sie auf Sam wahrscheinlich wie eine echte Frau von Welt wirkte, wie sie so in ihrem schicken Bikini Aperol schlürfte. Aber in Wahrheit war sie verängstigt und zerbrechlich. Sie versicherte Sam, dass es ihr gut gehe, und nahm sich vor, sich zusammenzureißen.

Die beiden Frauen gingen gemeinsam den Strand hinunter und schauten auf ihre Handys, ob sie endlich ein Signal anzeigten.

»Wo habt ihr euch eigentlich kennengelernt, du und Tom?«, fragte Sam. Von der Anstrengung war sie ein wenig außer Atem.

»Ich und Tom? Auf einer Party. Und gar nicht lange danach haben wir schon geheiratet.«

»Dann wusstest du sofort, dass er der Richtige ist?«

Daisy lächelte. »Ja, ich glaube schon.«

»Hattest du gar keine Zweifel?«

»Klar hatte ich Zweifel. Ich fragte mich, was wir eigentlich für Gemeinsamkeiten haben. Er war Banker, ich in der Modebranche, wir lebten in ganz verschiedenen Welten. Aber die Zweifel waren nicht angebracht. Wir sind uns sehr ähnlich, wir wollten dieselben Dinge.« Sie spürte, wie weh es tat, als sie daran dachte, dass sie das, was sie beide in ihren ersten gemeinsamen Jahren gewollt hatten, nicht bekommen konnten: ein Kind. Sie hielt einen Moment inne, dann fragte sie: »Und du und David?«

»Wir haben auch sehr schnell geheiratet, wie ihr. Wir sind erst seit sechs Monaten zusammen.« Sam sah zu Daisy auf. Offenbar wartete sie auf ihre Reaktion.

»Wow! Ich dachte, wir wären schnell gewesen, bei uns waren es acht Monate, aber ihr wart ja noch schneller! Tja, wenn man es weiß, weiß man es, oder?«

Sam nickte. »Stimmt. Ich werde nie vergessen, wie ich ihn das erste Mal gesehen habe. Das war im Februar in einer Bar, er kam rüber, um mit mir zu plaudern. Ich fand ihn umwerfend, aber ich war mit meiner Schwester zusammen da, und ich dachte, er würde auf sie stehen und nicht auf mich. Sie ist ganz anders als ich, ganz hübsch und selbstbewusst.« Sie rollte mit den Augen.

Sie tat Daisy ein bisschen leid. »Ich finde dich sehr hübsch«, sagte sie.

Sam zuckte mit den Schultern. »Nicht so hübsch wie meine Schwester, die ist wirklich zauberhaft – blondes Haar, große blaue Augen, eigentlich genau Davids Typ.«

Daisy starrte die Frau, die ihr gegenüberstand, ungläubig an. Sam war blond, hatte blaue Augen, sie war hübsch und witzig. *Es ist immer wieder erstaunlich, wie anders wir uns selbst wahrnehmen,* dachte sie. Sie wusste, was auch immer sie dieser Frau sagen würde, sie würde ihr nie klarmachen können, wie gut sie aussah. Frauen wie Sam hatten nun einmal das Gefühl, dass sie all des Guten, das ihnen im Leben widerfuhr, gar nicht würdig waren. Da halfen auch keine Komplimente.

»David unterhielt sich mit ihr«, fuhr Sam fort, »und ich stand nur dumm rum wie ein Mauerblümchen, aber dann kam ihr Freund, mit dem waren wir verabredet. Ich dachte, David würde gleich wieder verschwinden, aber nein: Er blieb, und später begleitete er mich nach Hause, und das war's, jetzt sind wir verheiratet«, sagte sie und klang beinahe überrascht, dass ihr das passiert war.

Daisy schaute sie an und lächelte. Sie fragte sich, ob er vielleicht tatsächlich eher für die Schwester geschwärmt hatte.

»Seid ihr denn sofort zusammen ins Bett gegangen?«, fragte sie und lächelte.

Sam lachte auf. »Nicht ganz«, antwortete sie, »diesmal wollte ich es anders machen. Ich war schon mit ein paar echten Losern zusammen, die haben mich nur ausgenutzt und dann abserviert. Nein, damit habe ich so lange gewartet, bis ich mir ganz sicher war.«

»Also so zehn, fünfzehn Minuten?«

Sam lachte wieder. »Du bist witzig. David hätte sich garantiert gefreut, wenn es nur zehn Minuten gewesen wären. Das war ziemlich ungewohnt für uns beide, und er zog mich immer damit auf, ich würde Nonne werden wollen und würde überhaupt nie mit ihm schlafen wollen. Das war gar nicht so einfach, er war *echt* scharf darauf. David hat einen ziemlich ausgeprägten Sexualtrieb, es muss eine Qual für ihn gewesen sein, und es gab Momente, wo ich fast nachgegeben hätte.«

»Aber du bist stark geblieben?«

»Ja, und das obwohl David ein paar fiese Verführungstricks draufhat, die er auch täglich anwendet«, fügte Sam hinzu und kicherte.

So genau hatte Daisy das gar nicht wissen wollen, und sie wusste nicht, was sie darauf erwidern sollte. Also ging sie einfach weiter. Die Vormittagssonne brannte auf ihrer Haut, und nur ab und zu brachte eine kühle Meeresbrise ein wenig Erleichterung.

»Und wann hat er dich gefragt, ob du ihn heiraten willst?«, fragte Daisy schließlich.

»Da waren wir knapp drei Monate zusammen.« Sam hob

den Blick zum Horizont und ließ den Moment noch einmal Revue passieren. »Wir waren bei ihm zu Hause, er hatte für uns gekocht, und als ich mich setzte, lag an meinem Platz neben Messer und Gabel eine kleine Schachtel. Ich tat so, als würde ich sie gar nicht bemerken, und wartete darauf, dass er mich darauf hinwies, und selbst da war ich mir noch nicht sicher, ob da wirklich ein Ring drin war. David spielt mir ständig solche Streiche.«

Daisy hoffte, Sam meinte damit nicht, dass er so getan hatte, als würde er ihr einen Heiratsantrag machen. Mit so etwas Wichtigem sollte man keine Witze machen.

»Jedenfalls öffnete ich die Schachtel, und darin war ein goldener Ring mit einem Diamanten.« Sam lächelte, als sie daran dachte.

»Wie romantisch.«

»Ja, total, ich war so glücklich. Also habe ich natürlich ja gesagt, und er hat mir den Ring an den Finger gesteckt ...« Sie hielt inne. »Aber ein paar Stunden später war ich in der Notaufnahme, wo sie ihn aufgesägt haben.«

»Wie bitte?«

»Ich habe eine Gold-Allergie.«

»Oh nein, und David wusste das nicht?«

»Nein, das Thema war nie zur Sprache gekommen. Ich ließ zu, dass er mir den Ring ansteckt, weil ich den Moment nicht verderben wollte, aber ich hätte fast meinen Finger verloren!«

»Wow, was für ein Start ins Eheleben.«

»Ja, wir haben stundenlang im Wartezimmer gesessen, und spätestens als sie mit der Säge auf mich zukamen, war die ganze Romantik dahin.«

»Das kann ich mir lebhaft vorstellen!« Daisy fragte sich, warum in aller Welt er nicht gewusst hatte, wogegen sie allergisch war. Die zwei kannten sich wirklich nicht besonders gut. Wobei, so wie sie David bisher kennengelernt hatte, war es bei ihm sicher nicht ganz einfach, überhaupt zu Wort zu kommen.

Wahrscheinlich hatte er die ersten Monate damit verbracht, über sich selbst zu reden, und sich nie die Mühe gemacht, Sam nach irgendetwas zu fragen.

»Und trotz allem hat er hinterher gesagt, dass sein Antrag weiterhin gilt. Da dachte ich mir: Der liebt mich *wirklich*«, fügte sie hinzu.

Daisy hörte Hoffnung, aber auch Ungewissheit in ihrer Stimme und spürte, wie leid ihr diese Frau tat, mit der sie sich über so private Dinge unterhielt und die sie doch kaum kannte. »Und wie lange seid ihr schon verheiratet?«

»Fünf Tage, nicht einmal eine Woche«, antwortete sie und strahlte.

»Und ihr seid richtig glücklich miteinander, oder?«, fragte Daisy.

»Ja, total, höchstens –«

»Was?«

»Ach, ich liebe ihn schon sehr. Aber, na ja, ich bin manchmal so unsicher, weißt du?«

»Wieso? Wegen David?«

»Ja, manchmal denke ich mir, ich kennen ihn noch gar nicht lange genug, um zu wissen, wer er wirklich ist. Hin und wieder denke ich, ich kenne ihn total gut, und dann kommt er mir plötzlich wieder wie ein Fremder vor. Ach, das hört sich blöd an, ich bin einfach nur dämlich.«

Sie gingen eine Weile schweigend weiter, dann sagte Daisy: »Du bist nicht dämlich. Manchmal ist so eine Angst auch aus einem ganz bestimmten Grund da. Als Tom und ich geheiratet haben, hatte ich dasselbe Gefühl, aber ihr werdet euch bald besser kennenlernen, ihr müsst euch einfach gegenseitig viele Fragen stellen«, fügte sie mit Nachdruck hinzu.

»Ach, ich bin einfach immer viel zu ängstlich«, murmelte Sam und griff in einer verschwörerisch wirkenden Geste nach Daisys Arm. »Dass meine eigene Mutter mir bei der Hochzeit gesagt hat, ich solle gut aufpassen, dass er keine Dummheiten macht, hat auch nicht gerade geholfen.« Sie lächelte.

»Ernsthaft?« Daisy schnappte nach Luft. »Mütter wissen es immer am besten, was?«

»Na ja, geht so. Meine Mutter hat eine beginnende Demenz, dabei ist sie erst Mitte sechzig. Sie sagt über viele Leute seltsame Sachen. Neulich rief sie ihre Freundin an und erzählte ihr, deren Mann sei in Paris und habe eine Affäre mit ihrer Cousine.«

»Und, war er mit ihrer Cousine in Paris?«

»Natürlich nicht, er war in der Küche. Und ihre Cousine ist schon vor zehn Jahren gestorben.«

Daisy musste unwillkürlich kichern. »Tut mir leid, aber das ist lustig. Ich meine nicht, dass deine Mutter krank ist, sondern wie du das erzählt hast ...«

»Ach, wir lachen ständig darüber, ich und meine Schwester und David. Man muss darüber lachen, sonst macht es einen fertig. David kennt sie gar nicht anders. Er geht ganz wunderbar mit ihr um, er ist so lieb.«

»Das ist doch schön«, antwortete Daisy. Als sie sich den Klippen näherten, ging sie endlich langsamer. »Ich glaube, irgendwo hier war die Stelle, wo man Empfang hat. Da, wir müssen zu den Felsen da drüben gehen.« Sie marschierte weiter und starrte dabei auf ihr Handy, um festzustellen, ob sich endlich ein Balken zeigte. Aber als sie an den großen hellgrauen Felsen vorbeiging, sah sie dazwischen etwas, das aussah wie ein einzelner Converse-Turnschuh. Sie ging darauf zu und als sie den Schuh aufheben wollte, staunte sie, wie schwer er war. Erst dann wurde ihr klar, dass darin ein Fuß steckte.

Das Blut gefror ihr in den Adern. Sie schaute weg, konnte sich nicht bewegen, stand nur da und hielt den Schuh mit dem Fuß. »Sam! Sam ...!« Wie von fern hörte sie ihre eigene Stimme, während Sam über die Felsen kletterte, um zu ihr zu gelangen.

Daisy ließ den Fuß fallen, erst dann sah sie den Rest des Körpers. Sie hielt sich entsetzt eine Hand vor den Mund.

»Was hast d...« Sam brach ab, als sie den Ausdruck auf Daisys Gesicht sah. Dann fiel ihr Blick auf die Frau zwischen den Felsen. »Ist sie ... tot?«, fragte Sam mit aschfahlem Gesicht. Panik erfasste sie, und sie begann zu weinen.

Währenddessen versuchte Daisy festzustellen, ob die Frau nicht vielleicht doch noch lebte. Sie starrte sie an und konnte sich nicht dazu durchringen, sie zu berühren. Ihr Gesicht war voller Blut – sowohl frischem, rotem Blut als auch älterem, geronnenem, das dunkel war wie Blaubeerkonfitüre. Ihre Gliedmaßen waren so seltsam angewinkelt, dass sie unmöglich noch am Leben sein konnte. Daisy starrte auf die verdrehten Arme und Beine der Frau und das viele Blut. Die hellen Felsen strahlten eine enorme Hitze ab.

Erst jetzt erkannte sie in dem roten, klebrigen Durcheinander ein Gesicht. »O Sam!« Ihre Stimme zitterte, und nun füllten sich auch ihre Augen mit Tränen. »Oh nein!« Ihr Herz schlug mit einem Mal so schnell, dass sie dachte, dass sie gleich selbst sterben würde.

Sam, das Gesicht nass von Tränen und Rotz, sah Daisy verwirrt an. »Was?«

Daisys Beine gaben nach, und sie ließ sich auf die Felsen sinken. »Das ist Stella ...«

6

BECKY UND JOSH

Als die beiden Frauen vom Strand zurückkehren, brennt weiterhin die Sonne vom Himmel und die Möwen krächzen über ihren Köpfen, aber davon abgesehen ist nichts mehr wie zuvor.

»Wo habt ihr zwei euch denn rumgetrieben?«, fragt David, als sie zu uns zurückkommen. Wir sitzen an einem Tisch neben der Bar. »Ich dachte, ihr wolltet nur kurz gucken, wo es Handyempfang gibt, aber ihr wart ja eine Ewigkeit weg.«

Sie sind beide blass und wirken steif, und ich weiß sofort, dass etwas Schreckliches passiert ist.

»Was ist los?«, frage ich vorsichtig.

Sam bricht einfach in Tränen aus. Sie hört gar nicht mehr auf zu weinen, und so bleibt es an Daisy hängen, uns zu erzählen, was passiert ist.

»Ich glaube, wir haben gerade Stella gefunden«, sagt sie. »Die Kellnerin, die auch Yoga unterrichtet hat. Sie lag am Fuß der Klippen ...« Sie hält einen Moment inne. »Sie ist tot«, fügt sie mit schockiert klingender, brüchiger Stimme hinzu. Sie wirkt fast, als höre sie selbst zum ersten Mal davon.

»Scheiße! Habt ihr die Polizei benachrichtigt?«, fragt Tom.

»Ja, klar. Wir sind sofort zur Rezeption gelaufen, die haben da für uns angerufen. Die Polizei ist schon unterwegs.« Daisy hält wieder einen Moment inne, dann murmelt sie wie zu sich selbst: »So was Schreckliches, so viel Blut.« Ihre Stimme klingt belegt, sie versucht ganz offensichtlich, nicht zu weinen.

»O Gott.« David steht auf und führt Sam zu einem freien Stuhl. Er umarmt sie und sagt: »Das muss so schrecklich für dich gewesen sein, ist alles okay mit dir?«

Tom bedeutet Daisy, sich zu ihm zu setzen. Sie nimmt Platz und legt ihren Kopf auf seine Schulter, während wir alle verdauen, was sie gerade erzählt hat.

»Ich kann das gar nicht glauben«, sage ich und halte mir die Hand vor den Mund. »Hat ihr denn jemand was *angetan*, oder hat sie sich von den Klippen gestürzt?«

»Ich weiß es nicht«, antwortet Daisy. »So genau haben wir sie uns nicht angeguckt. Als wir gemerkt haben, dass sie tot ist, sind wir sofort losgerannt.«

»Die Polizei kommt wahrscheinlich aus Plymouth, das müsste die nächstgelegene Dienststelle sein«, sagt Josh.

David, der immer alles besser weiß, meint, es wäre wohl eher Cornwall, und dann mischt sich Tom mit seinen Theorien ein, und die beiden liefern sich ein ziemlich sinnloses Streitgespräch darüber, woher die Polizei denn nun anrücken wird. Josh ist das egal, er ignoriert die beiden, die sich schon fast in die Haare kriegen. Er macht sich offenbar mehr Sorgen um Daisy und Sam. Typisch.

»Das muss schrecklich für euch gewesen sein, sie so vorzufinden«, sagt er.

Daisy nickt. »Ich war wie erstarrt. Ich bin nur froh, dass Sam bei mir war, sie hat meinen Puls überprüft und alles andere.«

»In dem Friseursalon, wo ich arbeite, bin ich die Ersthelferin«, berichtet Sam. »Ich habe extra einen Kurs gemacht, daher wusste ich, was zu tun ist.« Sie erschaudert bei der Erinnerung, ihr Gesicht ist immer noch nass von Tränen. Beide Frauen sind ganz offensichtlich traumatisiert.

»Wir müssen zurück in die Lobby. Wir sind nur gekommen, um euch zu sagen, wo wir sind«, sagt Daisy und steht auf. »Die Polizei hat uns gebeten, dort zu warten, damit wir ihnen sagen können, wo sie ist und wie wir sie gefunden haben.«

»Ich komme mit«, sagt Tom, und natürlich verkündet auch David, dass er Sam, die immer noch nicht aufhören kann zu weinen, begleiten wird, und so gehen alle weg und lassen mich und Josh allein. Wir starren uns geschockt an.

»Sie war so jung«, sage ich. »Sie schien doch bei den Gästen beliebt zu sein, oder?«

»Ich denke schon.« Er zuckt mit den Schultern, als würde er sich gar nicht so genau an sie erinnern.

»Weißt du nicht mehr, wir waren am ersten Tag in der Lobby, es wurde gerade richtig heiß, und mir wurde schwindlig, da hat sie mir geholfen. Das war sie.«

»Stimmt, sie hat dir ein Glas Wasser gebracht.«

»Ja, und dann hat sie sich zu mir gesetzt, während du eingecheckt hast«, füge ich hinzu. »Und später am selben Tag, als du laufen warst, kam sie und setzte sich zu mir an den Pool und fragte, ob es mir gut gehe. Ich fand das sehr nett von ihr.«

Jetzt ist mir auch zum Weinen zumute, als ich die quirlige Mittzwanzigerin vor mir sehe, die sich die Mühe machte, mich später an jenem Tag noch einmal aufzusuchen. »Ich habe mir Sorgen um Sie gemacht, Mrs …?«, sagte sie, und ich meinte, sie solle mich Becky nennen. Wir unterhielten uns eine ganze Weile, und als ich ihr erzählte, dass ich Lehrerin bin, sagte sie, dass sie Kunst studiert habe und vielleicht eines Tages ebenfalls unterrichten wolle. Mit ihren zweiundzwanzig Jahren war sie nicht viel älter als meine Amy, und ich weiß noch, wie ich dachte: Was für ein Glück, so jung und schön zu sein und sein Leben noch vor sich zu haben.

»Ist ja gut, Becks, ich weiß, es ist schrecklich, aber du solltest dich nicht so aufregen«, sagt Josh und legt seine Arme um mich. »Lass dich davon nicht runterziehen. Es ist ja nicht so, als ob du sie *kanntest* ...«

Ich löse mich aus seiner Umarmung. »Josh, eine junge Frau ist *tot*. Wir haben eine Tochter, die nur ein paar Jahre jünger ist als sie, da kann ich nicht anders, das geht mir sehr nahe. Ich muss sie nicht *gekannt* haben, um mich an sie zu erinnern, daran, was sie getan hat und wer sie war. Ganz egal, wie wenig wir sie kannten, sie war ein Mensch, und wir können einen Menschen doch nicht einfach vergessen, wenn er stirbt ... Das kann doch nicht der Sinn der Sache sein?« Ich fange an zu weinen und sehe die Panik in seinen Augen.

Josh kann nicht damit umgehen, wenn ich traurig bin, er meint, es sei seine Aufgabe, dafür zu sorgen, dass es mir gut geht. Dass ich wieder fröhlich bin. »Du hast ja recht«, sagt er, »aber ich finde das alles ziemlich überwältigend. Und beunruhigend. Hat sie sich umgebracht, oder hat ihr jemand etwas angetan?«

»Das frage ich mich auch«, sage ich. Ich kann mir nicht vorstellen, warum sich jemand, der so jung und hübsch ist und so glücklich wirkt, umbringen wollen würde. Aber viele Menschen verbergen ihr wahres Ich. Sie verstellen sich für den Rest der Welt, und der Rest der Welt kauft ihnen das allzu oft ab. Vielleicht war sie ganz anders, als sie zu sein schien?

»Ich finde das ganze Thema Tod schwierig«, sagt er.

»Ich weiß. Ich frage mich nur, ob ich ihr irgendwie hätte helfen können, aber nach dem ersten Tag habe ich sie nicht mehr wiedergesehen. Ich habe nie etwas an der Bar bestellt, denn das machst ja immer du, und ich bin nicht zum Yoga gegangen, weil du meintest, ich solle nicht«, sage ich schnippisch.

»Ach, Becky, fang doch nicht schon wieder damit an, du weißt doch, warum.«

»Ja, aber das ist nicht *nötig*«, erwidere ich leise. Ich will mich nicht streiten, nicht hier, wo Leute dabei sind, und jetzt guckt er mich wieder so komisch an, also bleibe ich einfach ein paar Minuten still sitzen. Aber es nagt die ganze Zeit über an mir, also greife ich schließlich den Faden wieder auf: »Sie war gestern Abend bis spät in die Nacht in der Bar, danach muss doch etwas passiert sein, oder?« Ich schaue ihm ins Gesicht, aber er zuckt nur mit den Schultern und dreht sich weg. Joshs Reaktion auf das, was passiert ist, passt überhaupt nicht zu ihm. Eigentlich müsste er genauso fasziniert und entsetzt sein wie ich. Aber er scheint überhaupt nicht darüber reden zu wollen. Er schaut an mir vorbei und wirkt plötzlich ungemein interessiert an einem Typen, der gerade im Pool seine Runden dreht.

»Das könnte ich auch«, sagt er.

»Das glaube ich gern«, antworte ich und seufze. Ich finde sein Desinteresse an Stellas Tod beunruhigend, ich kann die Sache nicht auf sich beruhen lassen. »Hast *du* was gesehen?«, frage ich. »Gestern Abend ... hat sich Stella da mit dir unterhalten?«

Er dreht sich mir wieder zu und sieht mich überrascht an. »Stella?«

»Ja, als sie gestern Abend hinterm Tresen stand, hat sie da irgendwas zu dir gesagt, an das du dich erinnerst?«, frage ich noch einmal.

»Warum sollte sie zu *mir* irgendwas gesagt haben?« Er klingt abwehrend und genervt, und er wird rot. Das ist so verräterisch!

»Es muss ja gar nicht relevant scheinen, vielleicht hat sie nur über das Wetter geredet, aber egal was sie gesagt hat, es könnte von Bedeutung sein, wenn sie sich umgebracht hat. Vielleicht kannst du der Polizei ja etwas sagen, das denen dabei hilft, aufzuklären, was passiert ist?«

»Ich war doch gar nicht am Tresen. Ich war laufen.«

»Ja klar, ich dachte nur ...«

»Da liegst du falsch.«

»Ich weiß, aber ich dachte, du hättest vielleicht vor oder nach dem Laufen etwas getrunken.«

»Ja, ich habe ein Glas Wasser getrunken, dann bin ich laufen gegangen, und anschließend bin ich direkt zurück aufs Zimmer gekommen«, sagt er, aber ich weiß, dass er lügt.

»Keine Ahnung, ich habe ja schon geschlafen, als du zurückkamst, wahrscheinlich weil du mir zwei Schlaftabletten gegeben hast. Die haben mich echt umgehauen.«

»Du nimmst doch immer zwei.«

»Ich weiß, aber gestern Abend habe ich die irgendwie stärker gespürt als sonst.«

»Gut so, du brauchst deinen Schlaf. Das erinnert mich daran, dass es fast Mittag ist ... Wir sollten ein bisschen was essen, und dann kannst du dein Nickerchen machen.«

»Ich brauche kein Nickerchen«, sage ich.

»Ich glaube doch, du bist ganz schön nervös, Becky«, sagt er mit ganz sanfter Stimme, was mich noch wütender macht.

»Sprich nicht mit mir, als wäre ich ein Kind, Josh.«

»Das tue ich nicht, ich versuche nur, dir zu *helfen*, ich weiß, wie müde du immer bist.«

»Ja, und ohne die Medikamente wäre ich viel weniger müde.«

»Das ist keine Option, also reden wir nicht weiter darüber, ja?« Er steht auf. »Komm, wir gehen etwas essen.«

Ich stehe von meinem Stuhl auf, und sofort packt er meinen Ellbogen. »Ich kann allein laufen!«, zische ich.

Er hebt beide Hände in einer defensiven Geste und tritt einen Schritt zurück, damit ich an ihm vorbeigehen kann.

»Ich möchte draußen auf der Terrasse Mittag essen«, sage ich, als er versucht, mich in Richtung des Speisesaals zu dirigieren.

»Bist du sicher?«, ruft er mir nach. »Es ist ganz schön heiß hier draußen, du weißt, was die Hitze mit dir macht.«

Ich ignoriere ihn, gehe weiter in Richtung Sonnenterrasse,

wo gerade der Lunch serviert wird, und setze mich an einen Tisch mit Blick aufs Meer. Es ist warm, *sehr* warm, aber vom Meer her weht eine Brise, die die Hitze erträglich macht, und die Aussicht ist atemberaubend. Er setzt sich wortlos zu mir, wir bestellen, dann steht er wieder auf, um auf Toilette zu gehen, und in diesem Moment fühle ich mich zum ersten Mal seit langer Zeit beinahe frei. Aber meine Gedanken schwirren hin und her, und so sehr ich mich auch bemühe, nicht daran zu denken, dass Stella tot ist, ich kriege es nicht aus dem Kopf.

Josh hat ja recht, ich habe Stella nicht wirklich gekannt, aber ich kenne meinen Mann, und ich weiß, wann er mich anlügt. Wir lügen uns beide dauernd an, das ist nichts Neues. Ich habe gelogen, als ich Josh sagte, ich hätte geschlafen, als er letzte Nacht zurück ins Zimmer kam. Ich habe meine Schlaftabletten nicht genommen. Ich habe sie unter der Zunge versteckt und nur so getan, als würde ich sie schlucken. Nachdem er unser Zimmer verließ, weil er angeblich laufen wollte, habe ich ihn im Dunkeln vom Balkon aus beobachtet.

Er lief nicht sofort los, sondern ging in die Bar, wo er sich einen Drink bestellte und eine ganze Weile herumsaß. Stella hatte Dienst und gesellte sich nach ein paar Minuten zu ihm. Dann stand er auf und ging hinter das Gebäude, und sie folgte ihm. Vom Balkon aus konnte ich die beiden nicht mehr sehen, ich weiß also nicht, was sie da taten. Aber ich wartete und wartete, und eine Viertelstunde später tauchte er wieder auf und kam schließlich zurück ins Zimmer. Ich tat so, als ob ich schlief, und er ging ein paar Minuten im Raum umher, dann verschwand er wieder. Ich ging zurück auf den Balkon und sah ihn rennen. Ich nahm an, dass er wie immer laufen ging. Aber jetzt frage ich mich: Ist er vielleicht vor etwas weggelaufen? Ich weiß es nicht, und ich weiß auch nicht, warum er mir nicht erzählt, dass er Stella begegnet ist. Ich kann ihm schlecht sagen, was ich gesehen habe ... Er wäre total besorgt, dass er mich vielleicht verletzt hat. Er hat schon so viel durchgemacht, warum sollte ich ihm diese kleine Freude nicht gönnen? Wir haben schon lange keinen Sex mehr gehabt. Aber das war, bevor sie Stellas Leiche gefunden haben. Jetzt kann ich nur noch an eines denken: Warum gibt jemand seiner Ehefrau Schlaftabletten und trifft sich dann mit einer hübschen jungen Frau in einer Bar? Und warum ist diese Frau plötzlich tot?

7

SAM UND DAVID

Es war furchtbar. Da waren wir auf unserer Hochzeitsreise, und alles war wunderbar, und im nächsten Moment saßen wir in einem Abstellraum des Hotels vor einem Polizisten, der unsere Aussage aufnahm.

»Wo sollen wir anfangen?«, fragte Daisy ganz selbstbewusst. Sie konnte das viel besser als ich. Ich war schon immer ein wenig eingeschüchtert gewesen, wenn ich mit der Polizei zu tun hatte, und seit ich Stellas Leiche zwischen den Felsen gesehen hatte, stand ich regelrecht unter Schock. Gott, war das schrecklich gewesen! Ich werde diesen Anblick nie mehr vergessen. All das Blut und das zerschundene Gesicht – es war ganz furchtbar zu wissen, dass das einmal ein Mensch gewesen war, der gelebt und geatmet und gelacht hatte.

»Glauben Sie, dass sie sich das Leben genommen hat? Oder hat sie jemand umgebracht?«, fragte Daisy den Polizisten, der das Kommando hatte.

»Wir haben die Spurensicherung hingeschickt«, antwortete der Beamte.

Bevor er noch mehr sagen konnte, ergriff Daisy wieder das

Wort: »Und wird die feststellen können, ob jemand sie ermordet hat?«

»Das hoffen w...«

»Ich meine, wenn jemand sie *umgebracht* und danach von den Klippen gestoßen hat, könnte es dann trotzdem wie Selbstmord *aussehen*? Wird man jemals erfahren, ob jemand sie vorsätzlich getötet hat?«

Der Polizist schien sich ein Grinsen verkneifen zu müssen – sie stellte so spezifische Fragen und ließ ihn dennoch nicht zu Wort kommen. »Diese Fragen können wir nicht beantworten, bevor wir mehr forensische Informationen haben und alle Vernehmungen durchgeführt haben. Ich danke Ihnen beiden für Ihre Aussage.« Er stand auf und stieß dabei fast einen Karton mit der Aufschrift *Weingläser* um.

»Hier ist vielleicht nicht ganz der richtige Ort für Ihre Befragungen«, sagte ich.

»Wir richten gerade anderswo im Hotel einen größeren Vernehmungsraum ein«, erwiderte er. »Wir werden Sie wahrscheinlich bitten, noch einmal eine ausführlichere Aussage zu Protokoll zu geben, sobald wir damit fertig sind und wissen, was genau zum Tod dieser jungen Frau geführt hat.«

»Ist das alles schrecklich«, sagte Daisy zu mir, als wir gingen. »Ich kann gar nicht klar denken. Wollen wir vielleicht was trinken gehen?«

Es war niemand in der Cocktailbar, zumal es mitten am Tag war und uns eine enorme Hitze empfing. Die Bar war an die Rückseite des Hotels angebaut und wirkte wie ein riesiges rundes Gewächshaus. Die Sonne knallte auf die großen Scheiben und staute sich unter der gläsernen Decke.

Aber nach dem, was wir durchgemacht hatten, waren Daisy und mir die Hitze und alles andere ziemlich egal. Was passiert war, stellte alles in den Schatten. Ich bekam den Anblick nicht aus meinem Kopf. Überall sah ich Blut. Ich musste mich konzentrieren, um nicht ohnmächtig zu werden.

»Mir ist schlecht«, sagte ich, als wir in der Bar saßen, jede einen doppelten Gin vor sich.

»Ja, mir auch«, antwortete Daisy und schwenkte ihr Glas mit Gin, Eis und Zitrone, bevor sie einen großen Schluck nahm.

»Stella wirkte so sorglos, so lebensfroh, aber anscheinend war sie unglücklich, oder?«, mutmaßte sie.

»Ja, wer weiß, womit die Menschen alles zu kämpfen haben? Jetzt hat sie sich offensichtlich die Klippen hinunter-gestürzt.«

»Ja, aber was ist, wenn sie sich gar nicht das Leben genommen hat, sondern jemand sie getötet hat?«, fragte sie.

»Vielleicht hatte sie einen Stalker?«

»Warum sagst du so was?« Mir gefiel nicht, worauf das hinauslief, es machte mir Angst.

»Gerade *weil* sie so hübsch und freundlich und warmherzig war – oder so schien. Manche Spinner meinen doch, wenn ein hübsches Mädchen nett zu ihnen ist, dass sie sie anmachen will, und bevor man sich versieht, reden sie sich ein, sie hätten eine Beziehung mit ihr.«

»Klar, das könnte sein. Aber vielleicht war es auch einfach ein Unfall.« Ich hob fragend die Augenbrauen.

»Bestimmt nicht.« Daisy schüttelte den Kopf und nahm noch einen Schluck. »Was zum Teufel soll sie mitten in der Nacht allein auf den Klippen gewollt haben?«

»Keine Ahnung ... Vielleicht wollte sie sich ja wirklich umbringen.«

»Ich muss die ganze Zeit an den Moment denken, als ich merkte, dass in dem Turnschuh ein Fuß steckte und nicht irgendwer einfach nur seinen Schuh am Strand liegen gelassen hat. Ein Fuß!« Sie zuckte unwillkürlich zusammen.

»Ich weiß, und das ganze Blut«, flüsterte ich, als könnte uns jemand hören, aber bis auf uns und den Barmann war die Bar leer. Trotzdem hatte ich das Gefühl, dass sich irgendwer hinter einer der Säulen im dunklen Flur versteckte und uns belauschte. Litt ich jetzt schon unter Verfolgungswahn? »Ich bekomme das Bild nicht aus dem Kopf. Ich weiß genau, wenn ich heute Nacht versuche, einzuschlafen, wird es riesengroß und in Farbe vor mir auftauchen«, murmelte ich und dachte an die verdrehten Gliedmaßen, das schöne tote Gesicht, die vor Überraschung weit aufgerissenen Augen. »Solang ich lebe, werde ich diesen Anblick nie mehr vergessen.«

»Ich auch nicht«, sagte Daisy. »Dabei kannte ich sie überhaupt nicht. Ich habe kein Wort mit ihr gesprochen ... Ich weiß nur, wie sie hieß, weil Tom es mir gesagt hat.«

»Kannte Tom sie denn?«

Sie schüttelte den Kopf. »Nein, nicht wirklich. Ich glaube, er hat erwähnt, dass sie Studentin war.«

Sie schaute besorgt drein, und ich fragte mich, ob sie Tom mehr vertraute als ich David.

»Glaubst du, dass irgendein Mann mit nur einer Frau zufrieden ist?«, fragte ich sie, ehrlich interessiert an ihrer Meinung als Frau, die schon ein paar Jahre verheiratet war.

»Oh, ich hoffe es. Ich hoffe es wirklich«, sagte sie und seufzte. Ich sah eine große Traurigkeit in ihren Augen und fragte mich, ob sie gerade daran dachte, wie sehr sie Kinder gewollt hatte. Ich hatte nie ernsthaft daran gedacht, Mutter zu werden, und dafür war ich dankbar – jetzt, mit achtunddreißig Jahren, war es eh fast zu spät dafür, und die Krankheit meiner Mutter nahm so viel von meiner Zeit in Anspruch. So sehr sie mir auch fehlen würde: Wenn meine Mutter eines Tages nicht mehr da wäre, dann würde ich hoffentlich endlich frei sein und würde reisen und meine Träume verwirklichen können. Ich wollte keine Verantwortung mehr tragen. Aber ich merkte, dass das bei Daisy ganz anders war. Es war ihr Traum gewesen, und er war in die Brüche gegangen. Ich konnte ihren Schmerz fühlen, die unerträgliche Qual, wenn man etwas so sehr will und einfach nicht haben kann.

»Ich bin sicher, dein Tom ist mit einer Frau zufrieden«,

sagte ich, um sie zu beruhigen. »Ihr zwei seht aus wie das perfekte Paar, und man merkt sofort, wie verliebt ihr beide seid. Setz bloß nicht all das Gute, was du hast, aufs Spiel, weil du dir etwas noch Besseres wünschst. Manchmal ist das, was wir suchen, direkt vor unserer Nase.«

Daisy lächelte. »Du bist süß, aber ...« Ich sah, wie der Zweifel in ihren Augen aufflackerte, doch bevor sie weiterreden konnte, tauchten Tom und David auf.

»Geht's euch beiden gut?«, fragte David. »Wir haben uns Sorgen um euch gemacht. Habt ihr mit der Polizei gesprochen?«

Ich nickte, und er nahm neben mir Platz. Ich legte meine Hand auf seinen Oberschenkel und war dankbar, dass sich jemand um mich sorgte.

»Was hat die Polizei denn gesagt?«, wollte David wissen.

»Eigentlich nichts«, antwortete ich. »Sie haben uns gefragt, wie es war, als wir die Leiche gefunden haben, warum wir dort waren, aber sie wissen noch nicht, ob es sich um Suizid oder Mord handelt.«

David schnaubte. »Das war kein Mord, doch nicht hier im Fitzgerald's.«

»Warum denn nicht?«, fragte Daisy.

»Weil hier nur anständige Leute sind, und alle sind im Urlaub.«

»Ach ja? Und *anständige* Leute töten niemanden?«, fragte Daisy sarkastisch. Ihre Augen funkelten.

»Eher, weil es eine Insel ist«, warf Tom ein, vermutlich um die aufgebrachte Daisy zu beruhigen. »Kein Mörder, der etwas auf sich hält, bringt jemanden auf einer Insel um, von der man nicht wegkommt, bis das Boot eintrifft.«

»Also, ich sage Suizid«, verkündete ich.

»Was ist mit diesem Paulo, dem Geschäftsführer? Beim Abendessen neulich hast du mir erzählt, dass er so dicht bei ihr stand, dass es quasi sexuelle Belästigung war«, sagte Tom zu Daisy und ignorierte meine Bemerkung.

Sie rollte mit den Augen. »Ich habe nicht gesagt, dass es sexuelle Belästigung war. Ich habe gesagt: Ich hoffe, dass er sie nicht sexuell belästigt. Ich finde ihn einfach unheimlich. Selbst wenn er es nicht getan hat, besteht immer noch die Möglichkeit, dass er oder jemand *wie* er ihr das Leben schwer gemacht hat und sie sich deshalb umgebracht hat.«

»Oder *er* hat sie umgebracht, weil sie nicht tat, was er von ihr verlangte«, mutmaßte Tom.

»So was in der Art könnte schon passiert sein«, sagte ich. Mir war klar, dass Paulo wahrscheinlich zum Kreis der Verdächtigen gezählt werden würde. »Ich nehme an, sie wohnt ... *wohnte* im Personalhaus, und er vermutlich auch?«

»Ich weiß nicht, wo sie gewohnt hat, aber ich glaube, wir übertreiben alle ein bisschen«, schaltete David sich ein. »Ich bin sicher, dass sich das arme Mädchen aus irgendeinem tragischen und schrecklichen Grund das Leben genommen hat, und wir werden vielleicht nie erfahren, warum. Hoffen wir, dass sie endlich von den Qualen erlöst ist, die sie auf Erden ertragen musste.«

»Amen, Herr Pastor«, murmelte Tom, und David warf ihm einen wütenden Blick zu. Ich tat so, als würde ich es nicht bemerken, aber ich fand es ganz schön fies von Tom, dass er sich darüber lustig machte, dass jemand etwas Nettes sagte.

»Ich sehe das wie David«, sagte Daisy. »Wenn wir hier rumspekulieren, geht nur unsere Fantasie mit uns durch. Lasst uns lieber noch einen Drink bestellen und hoffen, dass das arme Mädchen in Frieden ruhen kann.«

David schenkte Daisy ein kleines Lächeln, ein diskretes Dankeschön dafür, dass sie, was die gemeine Bemerkung ihres Mannes anging, seiner Meinung war.

David signalisierte dem Barmann, dass wir bestellen wollten, und als der Barmann nach unserer Zimmernummer fragte, sagten Tom und David gleichzeitig ihre Nummer, aber Tom war lauter.

»Nein, also wirklich, ich zahle die Getränke«, sagte David, wütend auf Tom, dass er ihn schon wieder vorzuführen schien.

»Kinderchen, zankt euch nicht!«, sagte Daisy scherzhaft. »Ihr könnt doch beide die Getränke bezahlen, wenn ihr wollt. Gebt einfach zwei Bestellungen auf!«

»Okay, tun wir, was die Lady sagt«, meinte David zum Barmann. »Ich tue immer, was eine Lady mir sagt.« Er zwinkerte ihr zu, zum zweiten Mal an diesem Tag, und schaute sie ein wenig zu lange an.

Ich spürte, wie mir ein Schauer über den Rücken lief. Am Tag zuvor hatte er Stella genauso bewundernd angeschaut, und ich fühlte mich plötzlich sehr unwohl, auch wenn ich versuchte, mir einzureden, dass es keinen Anlass zur Sorge gab. Ich musste aufhören, alles zu hinterfragen und mir Dinge einzubilden, die nicht existierten. David war halt ein freundlicher Mensch. Dass er sich in der Nähe von Frauen wohlfühlte, bedeutete nicht, dass er mit allen schlafen wollte. Während ich noch darüber nachdachte und mich schalt, dass ich wieder paranoid war, betrat Josh die Bar.

Die anderen begrüßten ihn, aber ich hielt Ausschau nach Becky. Mir tat es leid, dass ich sie vorhin ignoriert hatte, als wir an der Poolbar gesessen hatten.

»Wo ist denn deine Frau?«, fragte ich.

»Die trinkt keinen Alkohol«, antwortete er.

»Stimmt, vorhin hat sie auch nur Wasser bestellt. Aber sie hätte ja trotzdem in die Bar kommen können«, sagte ich. Ich hatte das Gefühl, dass das etwas schroff geklungen hatte, und versuchte es mit einem Lächeln wiedergutzumachen.

»Genau, sie könnte sich doch einen Saft bestellen oder einen alkoholfreien Gin«, mischte sich Daisy ein.

»Na ja, es ist nicht nur wegen dem Alkohol, sie macht ein Nickerchen, das macht sie gerne am Nachmittag.« Josh wandte sich von uns ab und begann, sich mit Tom über das Bier zu unterhalten, was ich ein bisschen unhöflich fand.

Ich wollte mich nicht mit »sie macht gerne Nickerchen« abspeisen lassen. Was zum Teufel ging zwischen den beiden vor? Eine tolle Ehe war das. Der Mann verbrachte seinen Urlaub in der Bar, während seine Frau im Zimmer Nickerchen machte.

»Also, ich hätte wenig Lust, allein in unserem Zimmer zu sein, solang wir nicht wissen, was mit Stella passiert ist ... Ich hoffe, sie hat die Tür abgeschlossen«, sagte ich mit Nachdruck.

»Ja, ich habe sie eingeschlossen«, sagte er, sichtlich genervt von diesem Thema.

»Du hast sie *eingeschlossen*?« Daisy schnappte nach Luft. »Du meinst, sie kann nicht raus?«

»Gott, nein, nein, ich meinte, ich habe dafür gesorgt, dass sie sich einschließt.« Er lächelte Daisy an. »Bei dieser Hitze muss sie halt schlafen.« Er klang plötzlich viel freundlicher. Offenbar fand er Daisys Bemerkung zum Nickerchen seiner Frau nicht halb so nervig wie meine. Ich weiß noch, wie ich dachte: Hübsche Frauen haben es wirklich leichter. Und ich dachte an Stella, die immer gelächelt hatte, immer fröhlich gewesen war. Ich versuchte, nicht darüber nachzudenken, aber unwillkürlich überlegte ich, was ihre letzten Gedanken gewesen waren, als sie von der Klippe gestürzt und auf den zerklüfteten Felsen unten aufgeschlagen war. Mich schauderte. Ich musterte meine Mitreisenden. Ob nicht doch einer von ihnen ganz genau wusste, was mit ihr geschehen war?

8

DAISY UND TOM

Das Fitzgerald's Hotel war immer noch schön und glamourös, trotz seiner über hundert Jahre. Und dennoch war es nach Stellas Tod ein anderer Ort. In die allgemeine Fröhlichkeit und den Hedonismus mischten sich plötzlich Angst und Misstrauen. Hitze und zwischenmenschliche Spannungen stauten sich im Gebäude auf, drangen hinaus in den Garten und an den Pool und machten alle nervös.

Nach dem Abendessen versammelten sich einige Hotelgäste in der Bibliothek zu Kaffee und Likör. Daisy mochte die Bibliothek sehr; sie war auf eine ganz altmodische Weise stilvoll, und Daisy liebte den Geruch von Leder und alten Büchern, der einem entgegenschlug, wenn man sie betrat. Der Raum war gemütlich, aber trotzdem groß genug für zehn Personen, die es sich auf den Sesseln, zwei Sofas und einer Chaiselongue bequem machen konnten. Alle nahmen sofort auf den mit Samt bezogenen Sesseln und den knarrenden ledernen Chesterfields Platz. Daisy setzte sich neben Sam, die aus dem großen Fenster aufs Meer hinausblickte. Seit den Ereignissen vom Vormittag fühlte sie sich Sam sehr nahe. So schrecklich es gewesen war, Stella zu finden, es hatte sie zusammengeschweißt. Beide Frauen suchten die Nähe der anderen, sehnten sich nach ein wenig Trost, nach einer Gelegenheit, über das Erlebte zu sprechen. Und als Becky zu ihnen stieß, hießen sie sie in ihrer Mitte willkommen, und bald merkten sie, was für eine gute Zuhörerin und Gesprächspartnerin sie war. Becky gab ihnen einen neuen Blick auf die Dinge. Sie war der Ruhepol, den die beiden brauchten. Als Lehrerin war sie es gewohnt, Probleme zu lösen. Sie ließ sich auf die Gedanken der zwei Frauen ein, diskutierte darüber und stellte Theorien auf, und dann spiegelte sie ihnen ihre Gedanken zurück, als wären es korrigierte Hausaufgaben.

»Wahrscheinlich leidet ihr beide unter leichtem traumatischem Stress«, konstatierte sie. »Ich bin keine Therapeutin, aber ich würde euch raten, miteinander im Gespräch zu bleiben. Ihr habt etwas Schreckliches erlebt, und wahrscheinlich könnt ihr euch gegenseitig helfen, damit umzugehen. An meiner Schule hatten wir einmal eine Messerstecherei, da habe ich auch dafür gesorgt, dass meine Schüler mit mir und untereinander darüber sprechen, und das hat ihnen geholfen, darüber hinwegzukommen, was geschehen war. Sprecht auch mit euren Partnern. Sie sollten euch dabei unterstützen.«

Daisy kam der Gedanke, dass Tom sie in dieser Hinsicht nicht gerade unterstützt hatte. Vielleicht fand er, er hätte bereits seine Schuldigkeit getan?

»Im Hotel geht das Gerücht um, dass die Rechtsmediziner sagen, ihre Arme wären schon mit blauen Flecken übersät gewesen, *bevor* sie von den Klippen gestürzt ist«, sagte Tom munter.

Daisy ärgerte sich darüber, wie begeistert er von dem Gerücht war. Als sie ihm hatte erzählen wollen, was sie am Strand gesehen hatte, hatte er ihr gesagt, sie solle aufhören, weil ihm davon schlecht würde. Und plötzlich diskutierte er wie ein Forensiker über die Feinheiten von Ante-Mortem-Hämatomen und gebrochenen Gliedmaßen.

»Wie auch immer, ich kriege heute Nacht garantiert kein Auge zu«, sagte Sam. »Ich habe David gesagt, dass wir abschließen und einen Stuhl unter die Türklinke klemmen sollten, nur für den Fall.«

»Tom und ich wollen uns erkundigen, ob wir morgen Früh abreisen können«, sagte Daisy. »Wir halten es hier keine Minute länger aus. Das ist doch kein Urlaub mehr. Man kommt sich ja langsam vor wie im Gefängnis.« Eigentlich war es nur Tom, der abreisen wollte, und zuerst war Daisy gar nicht einverstanden gewesen; es war ihr gemeinsamer Urlaub, und sie hatten beide Erholung nötig. Aber er hatte darauf beharrt, dass sich die ganze Atmosphäre im Hotel verändert hätte, seit sie Stellas Leiche gefunden hatten. »Selbstmord oder Mord, Daisy, ich habe keine Lust, in einem Hotel herumzuhängen, wo ich ständig von der Polizei befragt werde. Ich möchte mich einfach nur entspannen.«

Sie schaute durch das Fenster nach draußen. Noch gestern hatte sie sich darüber gefreut, dass sie auf einer Insel waren, die so klein war, dass jedes Fenster aufs Meer hinausging. Jetzt fühlte sie sich eingesperrt, und es schien kein Entkommen zu geben. Wohin sie auch blickte, war das weite Meer, und es war kein schöner Anblick mehr. Das Meer sperrte sie ein.

»Seht euch mal den Himmel an«, sagte Becky und versuchte, die doch ziemlich reißerische Diskussion der Männer darüber, auf welche Weise Stella gestorben sein könnte, zu ignorieren. »Ich glaube, da kommt ein Sturm auf.«

Wie aufs Stichwort begann es zu regnen, und Tropfen klopften an die Scheibe.

Daisy schaute sich in dem Raum um, der offenbar aussehen sollte wie die Bibliothek eines der typischen herrschaftlichen Landhäuser an der Küste. Sie stellte sich vor, wie sich eine Familie vor dem Kamin versammelte, während draußen der Sturm peitschte, und für den Bruchteil einer Sekunde vergaß sie, dass sie nie eine eigene Familie haben würde. Doch dann kam die Erinnerung zurück, ungebremst wie eine Sturmflut, die sie mit sich fortriss und ertränkte. Sie hatte nie eine Familie gehabt, und sie würde auch nie eine haben.

Draußen begann es zu blitzen und zu donnern, und die Gäste drinnen waren durch ihre Urangst vor dem Sturm miteinander verbunden – und durch die Nachwirkungen der Ereignisse des Tages. Es wurde langsam dunkel, und im Haus war es still und behaglich, während draußen der Sturm peitschte, das Meer wütete und der Regen immer heftiger gegen das Fenster prasselte.

»Ich glaube, ich kann vielleicht hellsehen«, sagte Sam plötzlich.

Daisy lächelte. Sie hatte sich schon gefragt, wie lange es dauern würde, bis sie in die Muster ihrer Kindheit zurückfallen und sich Gruselgeschichten erzählen würden, als säßen sie zusammen am Lagerfeuer.

»Als wir hier ankamen, hatte ich gleich so ein komisches Gefühl«, fuhr Sam fort. »Es ist schwer zu erklären ... So eine Art Vorahnung. Hast du so was schon mal gespürt, Becky?«

Becky schaute an die Decke und dachte über die Frage nach. »Nicht wirklich. An Hellseherei glaube ich nicht unbedingt. Aber ich bin sicher, wir alle haben unsere Instinkte, und denen sollten wir vertrauen. Wenn du dich bedroht fühlst oder meinst, du wärst in Gefahr, wird das seine Gründe haben.«

»Das glaube ich auch«, bestätigte Daisy, »ich hatte eine schwierige Kindheit, und manchmal habe ich auch solche düsteren Vorahnungen.« Sie zitterte leicht. »Vielleicht ist es ja Quatsch, aber ich spüre in diesem Moment, dass hier etwas in der Nähe ist, das vielleicht gefährlich ist.« Ihre Worte hingen einige Augenblicke in der Luft. Die anderen Frauen starrten sie an, aber mehr fiel Daisy nicht ein.

»Ich wusste sofort, als ich zum ersten Mal die Lobby betrat, dass etwas nicht stimmt«, sagte Sam. »Es ist wirklich schön hier, aber hier sind schon früher unheimliche Dinge passiert, und ich glaube, dass von so was immer etwas zurückbleibt, eine böse Macht.«

»Was für unheimliche Dinge?«, wollte Becky wissen.

»Eine Schauspielerin wurde von den Klippen gestoßen ...« Sam hielt sich die Hand vor den Mund. »O Gott, daran habe ich bis jetzt noch gar nicht gedacht, das war ja genau wie bei Stella.«

»Oh, da kriege ich gleich eine Gänsehaut«, sagte Daisy und schlang beide Arme um sich. Eigentlich mochte sie sich das gar nicht anhören. Sie hatte einen anstrengenden Tag hinter sich und wollte nur ungern in Sams Geisterbahn einsteigen, aber irgendwie konnte sie nicht anders.

»Oh, und vor rund fünfzehn Jahren, da hat man ein junges Paar tot in ihrem Hotelzimmer aufgefunden.« Sie beugte sich vor und flüsterte leise: »Zimmer 24 – die Hochzeitssuite ... Da, wo ich und David wohnen.«

Im nächsten Moment war direkt über ihnen ein lauter Donnerschlag zu hören, und die Lampen flackerten.

»O Gott, ich kann nicht mehr«, sagte Daisy.

»Das ist doch nur das Wetter«, sagte Becky ruhig.

Daisy konnte sich auf Becky keinen Reim machen. Sie war stets beherrscht, wirkte ruhig, vernünftig und intelligent. Warum ließ sie dann zu, dass ihr Mann jeden ihrer Schritte kontrollierte? Das passte einfach nicht zusammen.

»Hast du eigentlich Kinder?«, fragte Daisy. Das war normalerweise eine ihrer ersten Fragen an Fremde, ihr Kompass.

»Ja, zwei«, sagte Becky und strahlte. »Amy ist sechzehn und Ben vierzehn, sie werden viel zu schnell erwachsen. Ich wünschte, sie wären jetzt hier bei uns, aber Josh fand, es wäre entspannter ohne sie – was es natürlich auch ist«, sagte sie mit einem bedauernden Lächeln. So lebhaft wie jetzt, da sie von ihren Kindern erzählte, hatte Daisy sie noch nie erlebt. Sie versuchte, nicht allzu viel darüber nachzudenken, was das bedeuten mochte. Sie spürte, dass sie das in eine Richtung lenken würde, die sie nicht einschlagen wollte.

»Man merkt, dass du Mutter bist«, sagte Sam. »Du wirkst so weise und vernünftig und ...«

»... und das klingt superlangweilig!«, sagte Becky und kicherte. Dann erzählte sie, dass man auch als Mutter noch ganz verrückte Dinge tun könne und dass ihre Kinder dauernd mit ihr schimpften, wenn sie fluchte oder etwas Unerwartetes tat.

Obwohl sie das Thema Kinder selbst angesprochen hatte, konnte Daisy es kaum ertragen, ihr zuzuhören. Also versuchte sie, an etwas anderes zu denken, und konzentrierte sich auf einen Stapel Brettspiele im untersten Fach eines Bücherregals. Plötzlich erinnerte sie sich daran, wie sie als Kind einmal mit ihrer Mutter Urlaub am Meer gemacht hatte. Das Frauenhaus, in dem sie damals wohnten, hatte die Reise organisiert. Es war ihre schönste Erinnerung, das einzige Mal, dass sie sich sicher genug gefühlt hatte, um ein- und bis zum Morgen durchzuschlafen. Das gelang ihr nicht einmal heute besonders oft, auch wenn sie sich jetzt, als Erwachsene, nachts an Tom festhalten konnte. Normalerweise kamen ihr die Erinnerungen mitten in der Nacht. Wie sich die Tür öffnete, Licht ins Zimmer fiel. Dann das beängstigende Geräusch, als die Tür leise geschlossen wurde. Knarrende Dielen, das Gewicht neben ihr im Bett, der Geruch von Alkohol und das rasselnde Flüstern. Sie war zehn Jahre alt, und Mummy hatte gerade ihren neuen Freund geheiratet. »Du hast jetzt einen Daddy«, hatte sie gesagt. Ein paar Nächte später hatte er sich wortlos in sie hineingezwängt. Und war nie wieder verschwunden.

Auch jetzt, allein an einem Strand, zu Hause im Garten, nachts, wenn sie versuchte zu schlafen: Er war immer da. Von einem auf den anderen Moment konnte die Erinnerung sie einholen, und dann waren sie da, wie gestern – »Daddy« und die Dunkelheit.

Auch jetzt, an diesem Abend, in diesem schönen Hotel, Lichtjahre von den Qualen ihrer Kindheit entfernt, spürte Daisy die Angst: das vertraute Gefühl, dass vor der Tür die Gefahr lauerte und sie den Morgen vielleicht nicht mehr erleben würde.

»Ich bin heilfroh, dass wir nicht da draußen sind«, sagte Sam.

Daisy folgte ihrem Blick zum Fenster, hinter dem es jetzt ganz dunkel war. Hoch am Himmel sah man einen Fetzen vom Mond, und der Regen peitschte immer noch herunter.

Plötzlich ertönte ein weiterer Donnerschlag, und alle drei Frauen zuckten zusammen und sahen einander an. »Ich hatte immer Angst vor Donner, bis meine Mutter mir sagte, das wäre nur Gott, dem der Magen knurrt«, sagte Sam und lächelte.

Sie kam Daisy vor wie jemand, der unbedingt gemocht werden wollte und immer versuchte, die anderen aufzumuntern.

»Das Gewitter wird dafür sorgen, dass es sich abkühlt«, fuhr Sam fort. »Letzte Nacht konnte ich gar nicht schlafen, so heiß war es.«

Becky nickte und nahm einen Schluck von ihrem Mineralwasser.

Dann lehnte sich Sam näher zu den beiden anderen Frauen und sagte in verschwörerischem Tonfall: »David und ich haben beide nackt geschlafen, ohne Bettdecke und bei offenem Fenster.« Sie musste bei dem Gedanken kichern, und die anderen beiden kicherten mit.

»Unerhört!«, sagte Daisy mit gespielter Empörung.

»Ich erinnere mich an die Zeit, als wir frisch verheiratet waren und alles noch neu war, und als ich dachte, dass dieses Gefühl niemals enden wird«, sagte Becky. »Es fühlt sich an, als wäre es gestern gewesen, dabei ist es eine halbe Ewigkeit her.« Sie seufzte. »Wir sind seit zwanzig Jahren verheiratet, wir ziehen uns nicht aus, wenn es heiß ist. Ich gehe duschen, und Josh geht laufen.« Sie gluckste.

»Was? Josh geht *laufen*? Bei dieser Hitze? Puh!« Sam holte ein Taschentuch hervor und tupfte ihr Gesicht ab.

»Ja, seit wir hier sind, geht er jede Nacht laufen. Mitten in der Nacht. Er sagt, dann ist es kühler.«

»Ist es doch gar nicht. Nachts war es genauso warm«, stimmte Daisy zu, »und die Klimaanlage hier im Hotel ist totaler Mist!«

»Er geht an den Strand? Wie spät denn, nach Mitternacht?«

Becky zuckte mit den Schultern. »Kommt hin, auf jeden Fall spät.«

Sam sah sich kurz um, rückte ihren Sessel näher an die der anderen heran und fragte: »War er auch letzte Nacht unterwegs? Hat er vielleicht was gesehen ...?«

Sam schien unbedingt mehr wissen zu wollen, aber Daisy wünschte sich, sie würde aufhören, über Josh und sein Laufen zu reden. Er hatte ja kaum ein anderes Thema, da musste sie sich nicht auch noch anhören, wie Sam darüber redete.

»Nein, er hat nichts gesehen«, antwortete Becky, aber Daisy fiel auf, dass Sam stutzte.

»Ach, es ist nur ... Wenn er so spät noch draußen war, um die Zeit, als sie starb, da dachte ich, er hätte vielleicht etwas gesehen«, beharrte Sam. Sie gab wirklich nicht schnell klein bei.

Daisy spürte, wie angespannt Becky war. Sicher wünschte sie sich gerade, sie hätte nichts über die nächtlichen Ausflüge ihres Mannes erzählt. »Hat er aber nicht. Er hat nichts gesehen«, sagte Becky mit Nachdruck. Offensichtlich wollte sie Sam damit zu verstehen geben, dass sie mit ihrer Fragerei und den Andeutungen aufhören sollte.

»Mir würde es nicht einfallen, bei der Hitze joggen zu gehen«, verkündete Sam, »egal ob bei Tag oder Nacht.«

Daisy fragte sich, warum Sam so erpicht darauf schien, über

Josh herzuziehen. Ihre Kommentare vergifteten langsam, aber sicher die Atmosphäre. »Es *ist* aber auch heiß«, sagte sie, um das Thema zu wechseln.

»Als wären wir in den Tropen, oder?« Sam wedelte mit der Hand vor ihrem Gesicht, um sich abzukühlen.

»Unerbittlich«, sagte Becky, und Daisy überlegte, ob sie damit die Hitze oder Sam meinte.

»Ja, David und ich haben uns letzte Nacht so lange hin und her gewälzt, bis wir irgendwann den Zimmerservice gerufen haben.«

Sam war offensichtlich immer noch wild entschlossen, von ihren Schlafzimmeraktivitäten von letzter Nacht zu erzählen. Aber Becky lächelte, wahrscheinlich weil sie froh war, dass das Kreuzverhör vorbei war. Sam war amüsant, auch wenn sie das gar nicht beabsichtigte, aber Daisy fragte sich, ob Sam nicht vielleicht ihre Unsicherheit, was ihren eigenen Mann betraf, auf Josh projizierte. Andererseits schien sich Josh schon ziemlich merkwürdig zu verhalten. Ständig beobachtete er Becky und schrieb ihr vor, was sie zu trinken und zu essen hatte. Früher am Abend, als Josh Getränke bestellen wollte, hatte Daisy Becky sagen hören: »Ich hätte gerne einen richtigen Drink«, aber er hatte den Kopf geschüttelt und ihr ein Glas Wasser bestellt. Daisy fand das einfach nur grausam; sie konnte nicht nachvollziehen, wie eine Frau sich so unterordnen konnte, vor allem eine dermaßen kluge und intelligente Frau wie Becky.

Derweil fuhr Sam fort, ihnen von ihren Eskapaden von letzter Nacht zu berichten. »Also, es war zwei Uhr morgens, und David war am Telefon und bestellte beim Zimmerservice drei Eiskübel, aber keine Getränke … nur das Eis!« Sie lächelte und schüttelte den Kopf. Sam fand eindeutig, dass ihr frischgebackener Ehemann ein total witziger, innovativer, toller Typ war. Was er selbst zweifellos auch fand.

»Moment mal«, schaltete sich Becky ein. »Wie habt ihr

denn den Zimmerservice angerufen? Du hast doch wohl in deinem Zimmer keinen Handyempfang, oder?«

»Nein, in den Zimmern hat niemand Empfang«, bestätigte Sam. »Über das Festnetz natürlich.«

Daisy bemerkte, dass Becky aufgehört hatte zu lächeln.

»Aber Josh hat mir gesagt ...« Becky hielt inne. »Er hat gesagt, dass hier niemand ein Festnetztelefon auf dem Zimmer hat – damit man sich besser entspannen kann.«

Sam runzelte die Stirn und schaute von Becky zu Daisy. Beide schienen dasselbe zu denken: *Warum erzählt Josh so einen Quatsch?*

»Natürlich gibt es Telefone auf den Zimmern, zumal da doch kein Handyempfang ist. Was, wenn es einen Notfall gibt? Und wie sollte man den Zimmerservice erreichen?«

Alle drei Frauen verstummten und saßen zum ersten Mal an diesem Abend eine Weile schweigend da.

Schließlich sah Becky Daisy an. »Hast du auch Telefon in deinem Zimmer?«

Sie nickte und fühlte sich fast schuldig dabei. Wieder fragte sie sich, was zum Teufel zwischen Becky und Josh vor sich ging. Daisy warf Sam einen diskreten Blick zu, und die reagierte mit kaum verhohlenem Entsetzen.

Becky blickte zu Josh hinüber, und Daisy überlegte, wie sie das Gespräch wieder aufnehmen konnte, um herauszufinden, ob die Beziehung der beiden wirklich so verkorkst war, wie es sich anhörte. Aber bevor jemand das Thema Zimmertelefon wieder aufgreifen konnte, kam David von der Bar zurück, gefolgt von zwei Kellnern, die jeder eine Flasche Sekt und mehrere Gläser trugen.

»Für dich«, sagte er und beugte sich über seine Frau hinweg, um das erste tropfende Glas Daisy zu reichen, die verlegen lächelte.

Sie fand das ziemlich anmaßend von David. Mit dieser Art von Wichtigtuerei konnte sie wenig anfangen.

»Was ist mit mir?«, fragte Sam mit gespielter Empörung. »Sollte ich nicht das erste Glas kriegen? Immerhin bin ich die Braut.«

David stand immer noch und sah auf sie hinab, doch was er sagte, richtete sich an alle.

Daisy hatte das Gefühl, dass David alles, was er tat, groß ankündigen musste. Wenn man ihn kennenlernte, erzählte er einem innerhalb von Minuten, wie reich er war, wie großzügig er war und wie gut seine Geschäfte liefen.

»Jeden Tag bringt mir meine neue Ehefrau etwas bei«, sagte er und hob sein Glas. »Meine heutige Lektion ist, dass sie sehr ungeduldig ist und ihren Sekt immer als Erste serviert bekommen muss ...« Er hielt inne, und seine strenge Miene wurde sanfter. »Aber sie ist meine Frau, also muss ich gehorchen!« Alle lächelten, und Sam kicherte, als er ihr ein Glas reichte, dann ihre andere Hand ergriff und mit einer gekünstelten romantischen Geste küsste.

Daisy war das alles sehr unangenehm. Warum hatte er nicht Sam das erste Glas gereicht, sondern sich so demonstrativ zu ihr, Daisy, herübergebeugt, um es ihr zu geben? Das war einfach nur peinlich, und auch wenn Sam darüber scherzte, hatte es sie ganz eindeutig geärgert, dass er sich so an Daisy heranwarf.

Dann reichte er Becky ein Glas. »Na los, Mädchen, trink das. Vielleicht zaubert es dir ja mal ein Lächeln ins Gesicht, dann hat dieser arme Kerl auch was davon.« Er zeigte auf Josh, dem diese Bemerkung ganz offensichtlich gar nicht passte.

Die letzte Aussage brachte bei Daisy das Fass zum Überlaufen. »Wow! Du möchtest also, dass Becky Alkohol trinkt, der ihr ein Lächeln ins Gesicht zaubert, damit ihr *Mann* zufrieden ist?«, fragte sie sarkastisch. »Ihr *Lächeln* gehört also ihm?« Sie konnte sich nicht zurückhalten. Josh war offensichtlich ein Kontrollfreak, und David war ein arroganter Schnösel, der sich zudem gerade als Frauenfeind entpuppt hatte.

David runzelte die Stirn, sein Gesicht war knallrot vor Wut. »Siehste! Ich wusste doch, dass mit dir was nicht stimmt. Bist du in deiner Freizeit eine von diesen feministischen Aktivistinnen, oder was?«, fragte er. Jetzt machte er aus seiner Frauenfeindlichkeit und Ignoranz gar keinen Hehl mehr.

»Ich *habe* keine Freizeit, ich bin zu sehr damit beschäftigt, die Hemden meines Mannes zu bügeln und ihm Essen zu kochen«, sagte sie.

»David«, murmelte Sam nur. Man sah ihr an, wie sie sich schämte, und obwohl Daisy noch viel mehr zu sagen gehabt hätte, wollte sie sie nicht in Verlegenheit bringen. Also hielt sie den Mund.

Leider nahm David das zum Anlass, gleich wieder das Wort zu ergreifen. »Kümmer dich nicht um Miss Spaßbremse hier«, sagte er zu Becky, »trink einen Schuck, meine Liebe!«

Jeder konnte sehen, wie abstoßend Becky diesen Mann fand, aber sie blieb höflich: »Danke, aber ich bin nicht *deine Liebe*, und ich möchte nichts trinken.«

»Du möchtest nichts trinken?« Er drehte sich zu den anderen um, die ihm zuhören mussten, denn immerhin tranken sie gerade den Sekt, den er bezahlt hatte. De facto hatte er sich gerade fünf Personen als Publikum gekauft. »Ich habe noch nie von jemandem gehört, der nichts *trinken* möchte«, fuhr er fort. »Du musst irre sein.«

»Lass gut sein, David«, sagte Sam und setzte ein falsches Lächeln auf, um die Wogen zu glätten. Aber es nützte nichts.

»Sag mir bitte nicht, was ich zu tun und zu lassen habe, Liebling«, sagte er. Es sollte versöhnlich klingen, aber Daisy hörte den Zorn in seiner Stimme. Alle nippten schweigend an ihrem Sekt. Die Spannung, die in der Luft lag, wurde von Donnerschlägen begleitet, während alle nach einem möglichst unverfänglichen Thema suchten, über das man sich unterhalten konnte.

Aber das war gar nicht nötig, denn plötzlich ertönte

inmitten von Blitz und Donner der Hotellautsprecher und lud alle Gäste in den Ballsaal ein, wo man ihnen »Neues von der Polizei« verhieß.

Plötzlich redeten alle durcheinander, und es entstand ein ziemliches Gewusel. Man begab sich wie angewiesen in den Saal. Das Personal geleitete die Gäste zu den Tischen, und an einem langen Tisch vor den kleineren Tischen saßen mehrere uniformierte Polizisten sowie ein Mann und eine Frau in Zivil, offenbar von der Kriminalpolizei. Daisy musste daran denken, wie bei Hochzeitsfeiern an einem langen Tisch an der Stirnseite immer Braut und Bräutigam mit Familie saßen. Dazu passte auch wunderbar der große Ballsaal, der mit seiner Dekoration und den Kristalllüstern an die Zwanzigerjahre erinnerte. Allerdings war dieser Anlass alles andere als feierlich. Daisy fand es ziemlich unpassend, an so einem Ort über die Umstände des Todes einer jungen Frau zu berichten, aber wie Tom sagte: Sie waren in einem Hotel, und die Polizei musste mit dem Vorlieb nehmen, was sie da vorfand.

Inmitten der vielen anderen Gäste saßen die sechs neuen »Freunde« alle am selben Tisch, was ihre Bekanntschaft gewissermaßen besiegelte. Bizarrerweise nahm das Personal Bestellungen für Kaffee und Tee entgegen. Daisy bemerkte Paulo, der mit seinem Notizblock am Tisch an der Stirnseite stand und dort die Getränkebestellungen aufnahm. Natürlich lehnte er sich viel zu nahe zu der einzigen Frau dort, die ein paar Minuten später aufstand und sich als Detective Chief Inspector Granger vorstellte.

»Für alle, die es vielleicht noch nicht mitbekommen haben: Stella Foster, eine sehr beliebte Mitarbeiterin hier im Fitzgerald's Hotel, ist letzte Nacht gestorben.« Sie kam sofort zur Sache. »Ihre Leiche wurde am Privatstrand des Hotels von zwei Gästen gefunden, die uns sofort alarmiert haben. Was zunächst wie ein tragischer Todesfall mit simpler Ursache aussah, hat sich bei näherer Betrachtung als komplexer erwiesen, als wir zunächst angenommen hatten. Folglich handelt es sich von jetzt an um eine Mordermittlung, und wir werden die rechtsmedizinische Untersuchung des Tatorts fortsetzen.« Sie hielt inne und sah sich im Raum um. »Ich habe Sie heute Abend hierhergebeten, um Sie über den aktuellen Stand der Ermittlungen zu informieren und Ihnen mitzuteilen, dass wir in den nächsten Tagen alle Gäste und Angestellten des Hotels befragen werden.« Die Leute im Saal fingen an zu tuscheln, sodass sie lauter sprechen musste. »Daher möchten wir alle Gäste bitten, hier auf der Insel zu bleiben, bis die ersten Vernehmungen stattgefunden haben. Bitte warten Sie, bis wir Ihnen grünes Licht geben, bevor Sie abreisen.«

»Soll das heißen, dass wir hier nicht wegdürfen?«, fragte Tom lautstark.

DCI Granger runzelte die Stirn. »Falls Sie einen medizinischen oder einen anderen triftigen Grund haben, die Insel zu verlassen, lassen Sie es bitte einen unserer Beamten wissen, wir helfen Ihnen dann weiter. Wir hoffen jedoch, dass alle, die jetzt hier sind, im Hotel bleiben und uns bei unseren Ermittlungen unterstützen werden«, sagte sie schnippisch. »Seien Sie in der Zwischenzeit wachsam. Wenn Ihnen etwas oder jemand verdächtig vorkommt, melden Sie es einem der diensthabenden Beamten. Die Polizei wird rund um die Uhr im Hotel und auf der Insel präsent sein. Ihre Sicherheit hat für uns oberste Priorität, während wir den Täter ausfindig machen. Und bis uns das gelingt, schlage ich vor, dass Sie Ihre persönliche Sicherheit sehr ernst nehmen und alle Ihre Zimmer- und Balkontüren abschließen.«

Daisy fand, dass das im Grunde nichts anderes bedeutete als: *Wenn Sie nicht tun, was wir sagen, machen Sie sich verdächtig, und wir haben Sie genau im Auge!* Sie rutschte unruhig auf ihrem Stuhl hin und her, während alle tuschelten und murmelten und laut überlegten, was das für sie bedeutete.

»Ich hoffe, die halten uns nicht länger auf, als wir geplant hatten, ich muss mich ja irgendwann wieder um mein Geschäft kümmern«, sagte David, wichtigtuerisch wie gewohnt.

»Ich auch«, pflichtete Sam ihm bei. »Mehrere meiner Kundinnen haben für den Tag nach unserem Urlaub einen Termin gebucht. Die drehen durch, wenn ich nicht da bin!«

Noch schlimmer erging es der armen Becky. »Was ist denn mit den Kindern? Ich muss doch nach Hause zu den Kindern!«, rief sie und sah Josh flehend an, aber der zuckte nur hilflos mit den Schultern.

Daisy musterte die anderen, und mit einem Mal fühlte sie sich wie eingesperrt. Sie schaute zu Sam hinüber, die mit zitternder Stimme verkündete: »Ich habe Angst.«

David legte ihr einen Arm um die Schultern und wandte sich an den Rest der Gruppe. »Die Polizei geht offenbar davon aus, dass sich der Mörder von Stella noch auf der Insel befindet, und ich werde nicht herumsitzen und darauf warten, dass er wieder zuschlägt.«

Daisy schauderte. So dämlich und aufgeblasen er auch war, er hatte recht: Bis die Polizei herausfand, wer Stella getötet hatte, waren sie alle leichte Beute. »Heute Nacht müssen wir unsere Tür und die Balkontür doppelt verriegeln«, sagte sie zu Tom. »Aber ich weiß, dass ich auch so kein Auge zumachen werde, denn wer auch immer Stella getötet hat, ist immer noch hier.« Sie sah sich im Saal um, und alle schauten zurück und dachten dasselbe: *Wer ist es?*

9

BECKY

Es ist der Abend unseres zwanzigsten Hochzeitstags, und ich bin allein. Vor einer Stunde brachte der Zimmerservice zwei Dutzend Rosen, eine Flasche Limo in einem Eiskübel, die wohl aussehen sollte wie Champagner, und ein Tablett mit Erdbeeren mit Schokoladenüberzug. Die Limonade ist inzwischen warm, die Schokolade schmilzt, mein Make-up zerläuft, und Josh ist immer noch nicht zurück vom Laufen. Seit der Versammlung mit der Polizei gestern Abend fühle ich mich isoliert und traurig. Wir wollten eigentlich Ende der Woche abreisen, ich kann es kaum erwarten, die Kinder zu sehen. Und dann das – wer weiß, wann wir wieder nach Hause dürfen? Josh hat versucht, mit der Kripobeamtin zu sprechen, aber sie hat gesagt: »Rein rechtlich gesehen, können wir niemanden zwingen, hier zu bleiben. *Noch* nicht. Aber ich muss Ihnen mitteilen, dass jeder, der abreist, vorher befragt werden wird, und auch dann wird es noch eine Weile dauern, denn wir müssen erst einen Durchsuchungsbeschluss für das Hotelzimmer beantragen.« Er sagte, sie sei unfreundlich und kurz angebunden gewesen und habe das Gespräch beendet, bevor er weitere Fragen stellen konnte.

Ich bin am Boden zerstört. Ich will nicht von der Kripo befragt werden, ich will einfach nur nach Hause. Ich vermisse die Kinder ganz schrecklich, es würde mir helfen, wenn ich wenigstens mit ihnen telefonieren könnte. Als wir gestern Abend ins Zimmer zurückkehrten, fragte ich Josh nach dem Festnetzanschluss, und er wiederholte, was er mir bereits gesagt hatte: dass es die Philosophie des Hotels sei, dass es keine Telefone auf den Zimmern gebe.

»Offenbar scheinen aber alle anderen eines zu haben«, sagte ich.

»Vielleicht haben sie die auf besonderen Wunsch. Ich sage dir doch: Eigentlich gibt es hier keine Telefone auf den Zimmern, und zwar genau aus dem Grund, den ich dir genannt habe: Ruhe und Entspannung.«

Mag sein, aber jetzt, wo wir hier festsitzen, werde ich dafür sorgen, dass wir auch ein Telefon auf unser Zimmer bekommen. Ich muss mit den Kindern und meiner Mutter sprechen. Wenn unser Hotel in den Nachrichten erwähnt wird, werden sie sich große Sorgen machen.

Manche finden jetzt bestimmt, dass das doch toll klingt: Lockdown mit meinem Mann im Luxushotel. Er hat immer gesagt, dass wir diesen Urlaub dazu nutzen sollten, Zeit miteinander zu verbringen und uns einfach nur zu entspannen. Sieht ganz so aus, als würde Joshs Wunsch in Erfüllung gehen. Nicht nur, dass wir zusammen hier sind: Wir dürfen gar nicht mehr weg! Erst dachte ich, er würde sich freuen, dass ich auf einer Insel eingesperrt bin, wo er jeden Moment nach mir sehen kann. Stattdessen kommt er mir ängstlicher vor denn je. Heute war er so nervös, dass er nicht mit mir reden konnte, ohne mich anzublaffen. Insofern war ich ganz froh, als er laufen ging und ich Zeit hatte, mich für den Abend fertigzumachen. Aber dann kam die Kellnerin mit der Limonade und den Erdbeeren. Und statt mich darüber zu freuen, fühle ich mich jetzt nur noch einsamer und schaue zu, wie die

Schokofrüchte auf dem festlichen Tablett von Minute zu Minute unansehnlicher werden, während ich in meinem schicksten Kleid auf dem Bett liege und auf meinen Mann warte.

Ich schrecke hoch, als ich plötzlich ein Geräusch an der Tür höre. Ist das die Polizei? Haben sie einen Durchsuchungsbefehl für unser Zimmer, weil Josh die Kommissarin gefragt hat, ob wir abreisen dürfen? Stehen wir jetzt unter Verdacht? Oder ist da jemand anderes? Ich halte den Atem an, als die Türklinke heruntergedrückt wird. Wer auch immer da vor der Tür ist, er probiert gerade, ob abgeschlossen ist. Das würde die Polizei nicht tun.

»Hallo?«, sage ich leise. Mir ist klar, dass ich kein Telefon habe, falls derjenige vor der Tür in irgendeiner Weise gefährlich ist, und als keine Antwort kommt, beschließe ich, die Tür nicht zu öffnen.

Ich halte wieder den Atem an, und in der angespannten Stille taucht plötzlich Stella in meinem Kopf auf. Ich stelle mir vor, wie sie zwischen den Felsen liegt, ihr Kopf vom Sturz zerschmettert. Zerschrammte Arme, verdrehte Beine. Daisy und Sam haben das am Vorabend ja alles sehr detailliert geschildert. Ich wünschte, sie hätten das gelassen. Ich kann den Atem nicht länger anhalten und versuche, langsam auszuatmen, aber dann muss ich husten. Der Hustenanfall ist so heftig, dass ich mich frage, was in meinem Inneren vorgeht. Als ich endlich wieder zu Atem komme, fliegt die Tür auf, und im nächsten Moment beugt sich Josh über mich. »Becky, o Gott, geht es dir gut?« Er sieht zu Tode erschrocken aus.

»Warst du das an der Tür?«, keuche ich und zeige auf ihn.

»Ja, entschuldige, habe ich dich erschreckt?«

Ich nicke und huste wieder.

»Hast du deine Tabletten genommen?«, fragt er.

»Ja, natürlich.« Ich lehne mich zurück. Gleich breche ich in Tränen aus.

Er geht durch den Raum und ist sichtlich erleichtert, dass ich meine Medikamente genommen habe.

»Ich habe gerade in der Lobby mit einem Polizisten gesprochen, und der meint, dass es zwei oder drei Tage dauern kann, bis sie die Ergebnisse der Spurensicherung bekommen.«

»Ich will aber *jetzt* weg von hier«, sage ich und stehe vom Bett auf, vor lauter Angst und Tränen zittert meine Stimme.

»Beruhige dich«, sagt er, kommt auf mich zu und bugsiert mich behutsam in den Sessel neben dem Bett. »Das ist alles halb so wild, du darfst dich nicht so aufregen, uns kann hier gar nichts passieren.«

»Wenn wirklich jemand Stella geschubst hat, können die Forensiker das überhaupt feststellen? Vielleicht hat sie sich ja doch umgebracht, und die Polizei veranstaltet das alles hier nur auf gut Glück, um zu sehen, ob jemand gesteht?« Ich klinge immer noch heiser von meinem Hustenanfall.

»So etwas dürfen die nicht«, sagt er. »Sie müssen Beweise haben, die darauf hindeuten, dass sie getötet wurde. Kann doch sein, dass sie geschubst wurde?«

»Aber wie soll man das *feststellen*?«

Er zuckte mit den Schultern. »Keine Ahnung, ich bin Buchhalter, kein Kriminalbeamter«, antwortete er. »Es ist ganz schön stickig hier. Soll ich mal das Fenster aufmachen?« Er hat offensichtlich kein großes Interesse daran, das Gespräch fortzusetzen, und ohne meine Antwort abzuwarten, beugt er sich vor, um das Fenster zu öffnen. Ich warte auf einen Luftzug, aber die Luft steht. Trotz des Gewitters letzte Nacht ist die Hitze nicht verschwunden. Im Gegenteil, es ist noch wärmer geworden, und kein Lüftchen regt sich. Ich habe Schwierigkeiten zu atmen.

»Ah, gut, der Pseudo-Champagner ist schon da«, sagt er und nimmt die Flasche aus dem Sektkübel. Mir wäre richtiger Champagner lieber gewesen, aber ich will nicht undankbar sein, es ist wohl der Gedanke, der zählt. Das geschmolzene Eis tropft überall hin, und da er offenbar erwartet hat, dass ich begeistert in die Hände klatsche oder mich wenigstens bedanke, ich aber weder das eine noch das andere tue, steckt er die Flasche wieder in den Kübel.

»Die Schokolade ist auch geschmolzen«, murmle ich und deute auf die Erdbeeren, ohne zu lächeln.

»Tut mir leid. Ich war laufen, du weißt doch, dass ich beim Laufen immer die Zeit vergesse«, sagt er.

»Du scheinst nicht nur die Zeit zu vergessen, wenn du laufen gehst«, sage ich. Ich muss wieder daran denken, wie ich ihn und Stella bei der Poolbar beobachtet habe, in der Nacht, als sie starb. Es muss eine vernünftige Erklärung dafür geben, warum er dort war, aber ich möchte ihn nicht direkt fragen. Ich will nicht, dass er weiß, dass ich ihn beobachtet habe. Ich will auch meine Geheimnisse haben. Sie sind alles, was ich noch habe, das Einzige, was er nicht kontrollieren kann.

Jetzt kniet er sich hin und legt seinen Kopf auf die Sessellehne wie ein Kind. »Ich hoffe, ich habe unseren besonderen Abend nicht ruiniert, ich habe mir solche Mühe gemacht, dass alles perfekt ist.«

Ich berühre seinen Kopf und streiche ihm über das Haar.

»Du siehst bezaubernd aus«, sagt er und schaut zu mir hoch, mustert mein neues Kleid, mein gewaschenes Haar und mein geschminktes Gesicht. Ich muss an Ben denken, der die großen, braunen Augen seines Vaters hat, und in diesem Moment wird mir klar, dass ich mich, was auch immer passiert, nie von Josh trennen werde.

»Das Blau steht dir«, sagt er.

»Das Kleid ist zu groß.« Ich nestele an den Falten im Stoff herum. Er lässt seinen Kopf wieder auf die Sessellehne sinken, und obwohl ich mich immer noch über ihn ärgere, spüre ich den Drang, ihn aufzumuntern.

»Ich finde das alles ganz toll«, sage ich und zeige auf die Limonade und die Erdbeeren. »Aber ich wünschte, du wärst hier gewesen, hier bei mir, ich bin schon seit Ewigkeiten fertig und sitze hier allein rum.«

»Ich war doch nur laufen«, murmelt er in meinen Arm hinein, auf den er jetzt seinen Kopf gebettet hat.

»Liebling, du gehst ja nicht mehr ›nur‹ laufen, du läufst Meile um Meile, und dann hast du für nichts und niemanden mehr einen Gedanken übrig. Du hast selbst gesagt, dass du dabei das Zeitgefühl verlierst. Und jetzt läuft auch noch ein Mörder im Hotel frei herum, da fände ich es schön, wenn du mich nicht mehr so viel allein lässt.«

»Das werde ich, versprochen«, sagt er und klingt wie ein Kind, dem man eine Tracht Prügel verpasst hat.

»Ich weiß, dass du unter Druck stehst«, sage ich zärtlich, »und ich weiß auch, dass du bei Stress komisch wirst.«

»Was meinst du?« Er hebt den Kopf und sieht mich an.

»Weißt du, manchmal bist du von etwas wie besessen, und alles andere bleibt auf der Strecke, auch ich.«

»Du und die Kinder sind das Allerwichtigste für mich, das weißt du.«

»Ich weiß, dass du uns liebst, aber du lässt uns trotzdem manchmal im Stich, erst mit der Kirche, dann mit dem Tennis, und jetzt passiert es wieder, mit dem Laufen und mit dem Geld.«

»Ich finde halt, dass das Laufen mir guttut, und es könnte auch ein Ausweg aus dem ganzen Schlamassel sein, ich *kann* damit nicht aufhören, denn wenn ich genug Sponsoren bekomme, dann ist das Geld ...«

»Schon gut, Josh.« Ich kann den Schmerz in seinen Augen sehen. »Mir ist wichtiger, dass du bei mir bist, ich hätte lieber *dich* als das Geld. Wie letzte Nacht. Obwohl die Polizei uns geraten hat, die Türen abzuschließen und wachsam zu sein, bist du einfach rausgegangen und hast mich hier allein gelassen, und du bist erst nach eins zurückgekommen! Du warst mehr als zwei Stunden weg, Josh«, füge ich hinzu und muss daran denken, wie er sich ins Zimmer schlich und dachte, ich würde schlafen.

»Tut mir leid.«

»Das muss dir nicht leidtun, ich möchte nur, dass du an unsere Sicherheit denkst – wir wissen nicht, ob der Täter es auf Frauen oder Männer abgesehen hat, auf das Personal oder auch auf die Gäste. Denk bitte auch daran, was deine Besessenheit mit dem Laufen dir und mir antut.« Ich versuche, mir die Augen trockenzuwischen, ohne dass er es mitbekommt, aber er umarmt mich jetzt wieder, und ich merke, dass ich nicht zu ihm durchdringe. Und ich bin müde. Ich bin müde vom Leben und von Josh und all den Versprechen, die er nicht hält. Und ich merke, es hat keinen Sinn, mit ihm zu reden – es gibt einfach zu viel, über das wir reden müssten.

»Gleich gibt es Abendessen, warum duschst du nicht und ziehst dich an?«, sage ich betont munter und ziehe meine Hand zurück.

Er steht auf und marschiert durch den Raum, zieht sein T-Shirt und seine Shorts aus und lässt beides mitten im Zimmer auf dem Boden liegen.

»Tut mir leid, dass du dir Sorgen gemacht hast«, sagt er. »Ich habe die Zeit aus den Augen verloren.«

»Vor allem gibt es keinen Handyempfang, ich konnte dich nicht einmal anrufen.«

»Ich habe dir doch gesagt, das machen die, damit man komplett zur Ruhe kommt.« Er kommt zum Sessel zurück und küsst mich.

»Egal, ich werde morgen um ein Telefon für unser Zimmer bitten, ob du willst oder nicht.«

»Ja, ja«, murmelt er. »Kann ich jetzt bitte duschen gehen, damit ich meine wunderschöne Frau an unserem zwanzigsten Hochzeitstag zum Essen ausführen kann?« Er geht ins Badezimmer, lässt die Tür offen und ruft über das Geräusch der Dusche hinweg: »Zwanzig Jahre. Kaum zu glauben, oder?«

»Es kommt mir vor wie gestern«, sage ich und seufze. Ich wünschte, es wäre so. Ich kann mich genau an den jungen Mann erinnern, den ich geheiratet habe. Daran, dass wir dachten, wir hätten auf jede Frage, die das Leben uns stellt, eine Antwort. Ich bin so müde, dass ich für ein paar Minuten einnicke, und wache auf, als er wieder ins Zimmer kommt.

»Ich muss vor dem Dinner nur noch schnell die Formulare für die Sponsoren ausdrucken«, sagt er, während er sich das Haar trocken rubbelt.

»Dann kommen wir zu spät, Josh«, sage ich, setzte mich auf und schlüpfe in meine Schuhe.

»Das dauert nur eine Minute«, sagt er, geht in die Hocke und bindet mir die Schuhe zu. »Ich dachte, ich lege ein paar Flyer an die Rezeption, und ich möchte einige Gäste auf Facebook einladen, unsere Seite zu liken. Ich bin schon mit fast allen, die ich bisher hier im Urlaub kennengelernt habe, auf Facebook befreundet«, sagt er stolz.

»Wozu? Damit sie dich sponsern?« Mir wird flau. »In Anbetracht dessen, was passiert ist, finde ich das ziemlich geschmacklos, Josh. Es ist schon schlimm genug, dass du Leute um Geld anbettelst, aber alle machen sich Sorgen wegen Stellas Tod, da interessiert sich doch keiner für dein Gerenne.«

»Meine Güte, Becky.« Er hat meine Schuhe fertig zugebunden, steht auf und reißt die Arme in die Luft. »Es geht doch gar nicht darum, dass ich laufe! Und ich bettele die Leute nicht einfach um Geld an, sie *sponsern* mich; du sagst das, als wäre ich ein Betrüger!« Er lässt die Arme sinken und wendet sich von mir ab. Ich habe ihm wehgetan. »David und Tom haben mir jeder schon hundert Pfund angeboten«, sagt er.

Ich habe nicht genug Energie, um mich mit ihm zu streiten. Nach all den Jahren weiß ich, dass man ihn nicht bremsen kann, wenn er so ist, also versuche ich es gar nicht erst.

»Tom ist ein bisschen still, aber ...«

»Seine Frau ist reizend«, werfe ich ein, »ich frage mich, was die zwei beruflich machen?«

»Sie ist Art-Direktorin, was auch immer das ist, und ich glaube, er macht irgendwas mit Finanzen, der wäre bestimmt ein guter Sponsor.«

»Nicht unbedingt«, sage ich, allerdings eher zu mir selbst, denn er hört mir gar nicht zu.

»Sie hat rund zweihunderttausend Follower auf Instagram«, fährt er fort. »Es wäre toll, wenn sie etwas über mein Sponsoring und das Crowdfunding posten würde.«

»Sie hat zweihunderttausend Follower? Woher weißt du das denn? Wir haben sie doch erst gestern kennengelernt.« Obwohl es sich nach allem, was passiert ist, schon viel länger anfühlt. Ich glaube, dass der tragische Tod von Stella und der Umstand, dass die beiden Frauen sie gefunden haben, uns alle viel schneller zusammengeschweißt haben, als das bei einer Urlaubsbekanntschaft unter gewöhnlichen Umständen der Fall gewesen wäre.

»Ich habe mir ihr Instagram-Profil angesehen. Du etwa nicht?«, fragt Josh, aufrichtig erstaunt.

»Wie denn, wenn ich im Hotel kein Netz habe und kaum das Zimmer verlasse?«, gebe ich zurück und hoffe, er versteht, was ich damit sagen will. »Was postet Daisy denn so?«

»Ach, nur sich selbst in ihren knappen Shorts zusammen mit Models und Fotografen in diversen Ländern.«

»Schon gut, das reicht. Schöne Menschen an schönen Orten finde ich im Moment ziemlich deprimierend.«

Er nickt. »Ja, widerlich.«

»Knappe Shorts?«, frage ich. Mir wird jetzt erst klar, was er da eben gesagt hat. »Kein Wunder, dass du dir ihr Instagram-Profil angeschaut hast.«

»Nach Bildern von *ihr* habe ich da garantiert nicht gesucht. Man braucht kein Instagram, um zu wissen, was sie drunter hat. Komm, in dem Bikini, den sie gestern anhatte, konnte man genug von ihrem Hintern sehen!« Er hört sich an, als wäre er zwölf. »Und gestern Abend hatte sie dieses tief ausgeschnittene Kleid an, das hat auch nichts der Fantasie überlassen.«

»Du hättest ja nicht hingucken müssen«, sage ich und lächle nachsichtig. Unser Sexleben ist schon seit einiger Zeit ziemlich eingeschlafen, da kann ich es ihm nicht verübeln, wenn er jemandem hinterherguckt.

»Man wusste ja gar nicht, wo man sonst hingucken soll«, sagt er. »Der Stoff von ihrem Kleid war so dünn, dass man ihre Unterwäsche sehen konnte, und ... und wie sie ihre Brüste zur Schau gestellt hat, war einfach nur peinlich.«

»Ihre Brüste zur Schau gestellt?« Ich muss kichern. »Ach, Josh, du klingst wie ein prüder viktorianischer Opa. Es ist furchtbar warm, deshalb hatte sie ein tief ausgeschnittenes Kleid aus dünnem Material an. Und dagegen, dass eine Frau im Urlaub im Bikini herumläuft, ist ja wohl auch nichts einzuwenden«, stelle ich fest. »Ach, guck mal, du wirst ja rot, wenn du daran denkst.« Er schaut so verlegen drein, dass ich grinsen muss.

»Ich weiß, ich bin nur froh, dass sie nicht meine Frau ist. Wenn du da so offenherzig sitzen würdest, wäre mir gar nicht wohl dabei.«

»Meine Güte, du klingst ja wie David«, sage ich.

»Oh nein«, stöhnt er, »das ist die schlimmste Beleidigung, die ich mir vorstellen kann.«

Ich schaue ihm dabei zu, wie er sich zu Ende abtrocknet und für das Abendessen anzieht. Josh hat so hohe Ansprüche, dass die Welt ihn immer wieder überrascht und enttäuscht.

»Vielleicht kann Daisy ja jemanden bei ihrer Zeitschrift dazu bringen, einen Artikel über uns zu schreiben?«, murmelt er. »Vielleicht gibt es dafür sogar Honorar. Wir müssen die Flüge für Ende August noch bezahlen.«

»Ich dachte, wir haben durch Spenden und das Sponsoring schon vierundzwanzigtausend Pfund auf der Bank?«

»Haben wir ja auch«, sagt er und wendet sich instinktiv von mir ab, »aber ein bisschen mehr kann ja nicht schaden.«

Nach dem Abendessen gehen wir mit den anderen auf einen Drink in die Cocktailbar. Ich bin müde, aber wie alle anderen will ich wissen, wie der Stand der Ermittlungen ist.

Sam erzählt, dass die Frau, die in ihrem Zimmer sauber macht, einen Neffen bei der Polizei hat und versuchen will, uns auf dem Laufenden zu halten: »Sie nennt mich Miss Marple, und sie hat mir gesagt, dass die Polizei vielleicht die Fingerabdrücke des Mörders finden kann.«

Mir läuft ein Schauer über den Rücken, aber ich versuche, ruhig und gelassen zu bleiben und so zu tun, als ob mich diese Neuigkeit in keinster Weise berührt. Aber innerlich bin ich wie versteinert.

»Also, ich habe mich mit einer der Frauen an der Rezeption unterhalten«, berichtet Daisy, »und die hat mir etwas sehr Interessantes erzählt.« Sie hält inne, als ob sie nicht genau weiß, ob sie es uns verraten soll oder nicht.

Wir sind alle verstummt und warten darauf, dass sie weiterredet. Jeder von uns will wissen, was die Rezeptionistin denn nun so Interessantes erzählt hat, und ich frage mich, wer es wohl am dringendsten wissen will – und warum?

»Nun sag schon!«, durchbreche ich die angespannte Stille. Ich kann es kaum erwarten, dass sie endlich mit der Sprache herausrückt.

»Die Rezeptionistin kannte Stella gut«, sagt Daisy, »und sie meinte, in letzter Zeit wäre da ein Gast gewesen, der jeden Abend in die Bar kam und vor dem sie richtig Angst hatte. Anscheinend hat der Typ sie dauernd angestarrt und schlüpfrige Bemerkungen gemacht.«

Offenbar gucken wir alle gleichzeitig unsere Ehemänner an,

um zu sehen, wie sie reagieren. Aber sie reagieren überhaupt nicht.

»Und du glaubst der?«, fragt David.

»Warum nicht? Immerhin war sie mit Stella befreundet.« Sie sieht David an. »Und offenbar mochte Stella nicht, wie er sie immer anstarrte, und sie hat es ihm gesagt, und sie haben sich gestritten, und in derselben Nacht ist sie gestorben.«

»Was?«, ruft Sam und schnappt nach Luft.

»Blödsinn!«, schnaubt David.

»Hat die Frau gesagt, wer der Typ war?«, fragt Tom, sichtlich verärgert. Ich weiß nicht, ob er sich über das ärgert, was sie gesagt hat, oder darüber, dass sie es ihm nicht schon vorher erzählt hat. Er wischt sich mit dem Handrücken den Schweiß von der Oberlippe, und plötzlich lächelt niemand mehr. Die Stimmung im Raum ist eisig, die Stille unerträglich. Josh hat noch kein einziges Wort gesagt.

»Nein, hat sie nicht. Ich glaube, sie weiß es gar nicht. Aber *ich* habe da so meine Theorien.« Sie leckt sich über die Lippen. Ich frage mich, ob sie die anderen bloß auf den Arm nimmt.

»Was glaubst du denn, wer es ist?«, fragt Sam, die vor Aufregung ganz kurzatmig ist.

Sie schüttelt den Kopf. »Sage ich nicht.«

»Aber der Polizei wirst du es ja wohl hoffentlich erzählen?«, sagt Josh.

»Natürlich, ich habe mich für morgen schon mit DCI Granger verabredet.«

»Wirklich?« Tom sieht überrascht aus. »Davon weiß ich ja gar nichts. Warum erzählst denn ausgerechnet *du* das der Polizei? Sollte das nicht eher die Rezeptionistin tun?«

»Die arbeitet doch hier, bestimmt will sie keine Scherereien.«

Jetzt bin ich mir sicher, dass Daisy nur Spielchen spielt und versucht, den Schuldigen aus der Reserve zu locken. »Außerdem wird die Kripo uns doch eh alle befragen. Dann bin ich hoffentlich schon durch damit. Ich muss nächste Woche arbeiten, ich habe ein Shooting auf den Seychellen.«

»Viel Glück damit«, sagt David. »Ich habe ein Geschäft, da geht es um Millionen Pfund, und nicht einmal ich darf hier weg. Ich bezweifle, dass sie dich zu einer Fotosession fliegen lassen.«

»Na, dann bin ich mal gespannt auf nächste Woche. Ist bestimmt interessant zu sehen, wer noch auf der Insel ist und wer schon im Gefängnis sitzt, oder?« Sie starrt ihn an, als würde sie ihn umbringen wollen.

Jeder, der ein Mindestmaß an sozialer Intelligenz besitzt, hätte jetzt den Mund gehalten, aber nicht so David. »Bestimmt hast du deine Theorien, und bestimmt hört sich die Polizei liebend gern deine Geschichte an«, räumt er ein. »Vielleicht wird sogar jemand festgenommen. Aber trotzdem bringt das nichts. Ich wette, es gibt eine Menge männliche Gäste hier im Hotel, die an der Poolbar saßen und Stella angestarrt und ihre Sprüche gebracht haben.«

»Ja, und wir alle wissen, wer das ist«, giftet sie zurück.

»Wenn du also morgen zu einem kleinen Stelldichein mit der Polizei gehst, dann schlag denen doch am besten vor, dass sie alle echten Kerle verhaften, die hier im Hotel herumlaufen.« Dann lacht er über seine dumme Bemerkung, die er offensichtlich extrem komisch findet.

»David!«, weist Sam ihn zurecht.

Daisy sieht ihn böse an und murmelt: »Wow.«

»Sorry, meine Damen«, sagt er herablassend, »aber so ist es nun mal.« Er hebt die Hände in einer defensiven Geste, aber mit einem schelmischen Ausdruck in den Augen.

Neben mir rutscht Josh in seinem Sessel ungeduldig hin und her, und sobald Daisy uns erzählt hat, was sie weiß, flüstert er mir zu, dass es schon spät ist und wir zurück auf unser Zimmer gehen sollten. Ich hätte gerne noch mehr erfahren, aber wenn ich mich weigere, macht er mir bestimmt eine Szene, und ich bin müde, also füge ich mich. Er hakt mich unter, und wir sagen gute Nacht.

Zurück in unserem Zimmer sagt er, er sei müde, und geht direkt ins Bett – natürlich nachdem er aufgepasst hat, dass ich auch ja meine Schlaftabletten nehme. Ob er nachher wieder einen nächtlichen Ausflug machen will, nachdem mich das Schlafmittel ausgeknockt hat? Langsam kann ich das richtig gut, die Tabletten unter meiner Zunge verstecken. Ich bleibe hellwach und warte ab. Sobald ich sein tiefes, gleichmäßiges Atmen höre, überzeuge ich mich, dass er auch wirklich schläft, und dann steige ich vorsichtig aus dem Bett. Mit der Taschenlampenfunktion meines ansonsten nutzlosen, netzlosen Handys tue ich, was eine Ehefrau niemals tun sollte: Ich durchsuche die Sachen meines Mannes. Ich weiß nicht, warum, und ich weiß, dass sich das nicht gehört, aber ich habe einfach das Gefühl, dass er etwas vor mir verbirgt.

Ich öffne die oberste Schublade und betaste die gefalteten T-Shirts, die Unterwäsche – alles ganz harmlos. Doch dann fühle ich ganz hinten in der Schublade etwas Festes unter dem weichen Stoff. Ich leuchte mit der Taschenlampe hinein, um nachzuschauen, was sich dort befindet. Und da ist es, versteckt unter seinem schwarzen Kapuzenpullover: das zimmereigene Festnetztelefon.

10

SAM

Es war der Morgen, nachdem Daisy uns allen erzählt hatte, dass Stella einen Stalker gehabt hatte, und zwei Tage, nachdem Stellas Leiche gefunden worden war. David und ich hatten uns gestritten, weil er immer noch der Meinung war, dass wir hier weg mussten, aber ich fand, dass das so aussehen würde, als hätten wir etwas zu verbergen, und ich wollte nicht, dass die Polizei uns besondere Aufmerksamkeit schenkte. Doch ich musste feststellen, dass David fand, dass er über dem Gesetz stand, und dass er vor der Polizei genauso wenig Respekt hatte wie vor allen anderen Menschen. Ich sagte ihm, dass er sich durch sein Verhalten total verdächtig machen würde. Er wollte trotzdem um jeden Preis abreisen. »Das sieht doch aus, als würdest du fliehen«, sagte ich. Damit hatte ich wohl einen wunden Punkt getroffen, denn er fing an herumzubrüllen, und ich brüllte zurück, und schließlich lief ich einfach aus unserem Zimmer und warf die Tür hinter mir zu.

Um herunterzukommen, beschloss ich, frühstücken zu gehen, und im Foyer sah ich Tom und Daisy sitzen. Ich konnte gar nicht glauben, was ich da sah. Ihr seidenes Nachthemd war eingerissen und voller Schmutz und etwas, das aussah wie Blut.

Ihr Gesicht war ebenfalls verdreckt, und in ihrem weißblonden Haar klebten Klumpen von Schmutz und Blut. Als ich näher kam, sah ich rote Schwellungen und blaue Flecken an ihrem Hals.

»Was ist denn mit dir passiert?«, fragte ich voller Entsetzen.

Langsam hob sie den Blick und zog die Decke, die ihr um die Schultern lag, fester an sich.

Die Arme fest um sich geschlungen, schaute sie mich völlig ausdruckslos an. Ihre Augen waren blutunterlaufen, darunter waren dunkle Ringe.

»Sie wurde letzte Nacht überfallen«, sagte Tom. »Sie hat gerade bei der Polizei eine Aussage gemacht. Wir warten nur noch auf die Erlaubnis der Polizei, dass sie sich anziehen darf. Die müssen ihre Kleidung noch auf DNA untersuchen. Dann fahren wir auf das Festland, zum Krankenhaus.«

»Oh nein, Daisy?« Ich setzte mich neben sie.

Sie sah mich an, und ihr Kinn begann zu zittern. Ihre Augen waren geschwollen, ihr Gesicht fleckig von Dreck, Blut und Tränen.

»Sie war draußen unterwegs«, sagte Tom. Er brachte kaum einen Satz heraus, so wütend war er. »Oben auf den Klippen hat sie jemand angegriffen.«

Ich hielt mir die Hand vor den Mund; ich bekam keinen Ton heraus. Daisy saß einfach ganz still da.

»Sie hätte nicht rausgehen sollen, so was Dummes. Ich habe ihr noch gesagt, bleib hier, aber sie war irgendwie sauer und ist einfach losgerannt.«

»Ach, fick dich, Tom«, zischte sie leise. »Wenn du mitgekommen wärst, wäre das nicht passiert.«

»Ich habe es satt, deine Spielchen mitzuspielen«, sagte er, und ich sah, wie an der Seite seines Kopfes eine Ader pulsierte.

Sie so miteinander reden zu hören, war der nächste Schock. Ich hatte gedacht, die beiden wären genauso glücklich verheiratet, wie sie hübsch waren. Vor allem überraschte mich, dass sie beide so wütend schienen. Ich konnte mir gut vorstellen, dass Tom hin und wieder etwas jähzornig war. Er kam mir vor wie jemand, der nicht viel sagte, sondern wahrscheinlich alles in sich hineinfraß, bis er irgendwann ausrastete. Aber doch nicht Daisy. Sie war immer so lieb und freundlich gewesen. Sie da in der Lobby in einem zerrissenen Nachthemd sitzen zu sehen, bedeckt mit Schlamm und Blut und übersät von blauen Flecken, hatte mich komplett überrumpelt. Doch den Hass in ihren Augen, als sie Tom anschaute, den verbitterten Zug um ihren Mund und dass sie »fick dich« zu ihm sagte, fand ich nicht weniger schockierend ... Es war, als säße da ein ganz anderer Mensch. Ich muss gestehen, einen Moment lang dachte ich, dass sie vielleicht besessen war, dass eines der Opfer aus der düsteren Vorgeschichte des Hotels aus dem Jenseits zurückgekommen war, um sich an den Lebenden zu rächen. Ich fand das wirklich gruselig, das war eine Seite von ihr, die ich noch gar nicht zu sehen bekommen hatte. Offenbar hatten beide ein Aggressionsproblem.

So unangenehm ich es auch fand, dabeizusitzen, wenn sich die beiden anschwiegen, ich wollte nicht einfach aufstehen und gehen. Nach ein paar Minuten durchbrach ich die Stille und fragte Daisy: »Hast du eine Ahnung, wer dich angegriffen hat?«

Sie schüttelte den Kopf.

»So dämlich, da draußen rumzulaufen«, murmelte Tom.

»Halt die Klappe, Tom!«, zischte sie.

»Glaubt die Polizei, dass es derselbe Kerl sein könnte, der ... Stella getötet hat?« Wahrscheinlich war diese Frage ein bisschen unsensibel, aber ich wollte es unbedingt wissen.

»Weiß ich nicht.«

»Sie konnte ihn nicht beschreiben, sonst hätten sie ihn vielleicht schon geschnappt, und wir könnten alle nach Hause fahren«, meckerte Tom.

Daisy begann zu weinen.

Ich legte meinen Arm um sie. Ich war froh, dass ich die

beiden zufällig hier getroffen hatte. Sie brauchte jemanden, der ihr beistand – sie war so aufgewühlt, und Tom war überhaupt nicht verständnisvoll. In diesem Moment kam ein Polizist aus dem Wellnessbereich und sagte, das Boot sei da, an Bord könne sie sich umziehen, und in Plymouth warte der Polizeiarzt auf sie. Daisy und Tom standen auf, verabschiedeten sich von mir und gingen dann begleitet von zwei Polizeibeamten durch die Hotellobby. Ich blieb am Fenster stehen und beobachtete die beiden dabei, wie sie zu dem kleinen Anleger gingen, wo das Boot auf sie wartete.

Ich wollte gerade den Speisesaal betreten, als ich Becky am anderen Ende der Lobby sitzen sah, gar nicht weit von da, wo ich mit Daisy und Tom gesessen hatte.

Ich ging zu ihr hinüber. »Becky, es ist etwas Schreckliches passiert«, verkündete ich, als ich neben ihr auf der Chaiselongue Platz nahm.

Sie sah so dünn aus – zum Glück war der Sturm vom Vorabend abgeflaut, sonst hätte sie nicht vor die Tür gehen können, ohne weggepustet zu werden.

»Daisy wurde angegriffen, offenbar hat der Mörder von Stella es schon wieder versucht«, sagte ich.

»Glaubt die Polizei das auch?«

»Wahrscheinlich. Ich meine, ist doch so, eine Frau wird getötet, und innerhalb von zwei Tagen wird an derselben Stelle eine weitere Frau angegriffen, das kann doch kein Zufall sein.«

»O Gott!« Sie stöhnte und hielt sich die Hand vor den Mund. Becky kam mir so zerbrechlich vor, dass ich mir beinahe Vorwürfe machte, ihr überhaupt davon erzählt zu haben.

Aber sie stöhnte noch einmal, und dann legte sie ihren Arm um mich. Das hatte ich nicht erwartet. Bis dahin war sie mir immer ein wenig unnahbar vorgekommen, aber anscheinend hatte ich Becky falsch eingeschätzt.

»Was ist denn passiert?«, fragte sie schließlich.

»Ich weiß nur, dass sie sich mit Tom gestritten hat und dann allein in die Nacht hinausgerannt ist, und draußen wurde sie dann angegriffen. Sie hat sich in eine sehr gefährliche Lage gebracht, immerhin hatte sie schon ein paar Drinks intus, und es war stockdunkel, als sie rausgegangen ist. Wir müssen vorsichtig sein, Becky.«

»Ja, wir dürfen kein Risiko eingehen, irgendjemand hier ist gefährlich«, bestätigte sie.

»Ich muss immer noch ständig an Stella denken, und jetzt das«, murmelte ich.

»Gott sei Dank ist Daisy okay«, sagte sie.

»Ich habe ein schlechtes Gewissen, weil ich David gestern Abend angeblafft habe, nachdem er mit Daisy geflirtet hat. Wenn ich es mir recht überlege, hat er auch mit Stella geflirtet. Sie haben sich auf Französisch unterhalten, und ich kann kein Französisch, also konnte ich nicht mitreden.«

»Hat David nicht für dich gedolmetscht oder dich in das Gespräch einbezogen?«

»Nein, dabei haben sie sich minutenlang unterhalten. Mit einem der Kellner spricht er auch immer Französisch. Und ganz im Vertrauen: David hat ein Problem damit, dass ich manchmal etwas eifersüchtig bin, er meint, das soll ich mir abgewöhnen. Und bei Stella wollte ich nicht als eifersüchtige Ehefrau rüberkommen, weißt du?«

Sie hob die Augenbrauen. »Klingt trotzdem ein bisschen unhöflich, dich so auszuschließen.«

Ich wünschte, ich hätte ihr das nicht erzählt. Ich hatte das Gefühl, dass sie auf David herabsah und vielleicht auch auf mich, weil ich kein Französisch konnte. Das Resort war wunderschön, aber manchmal fühlte ich mich dort fehl am Platz, so als ob jeder andere Gast mindestens eine Fremdsprache sprach und irgendwo an der Küste eine Yacht liegen hatte. Wenigstens schien Becky nett zu sein, nicht versnobt oder reich. In ihrer Nähe fühlte ich mich wohl.

»Unhöflich war David nicht«, beharrte ich. »Er scheint

einfach diese Wirkung auf Frauen zu haben, egal in welcher Sprache.« Ich seufzte.

»Er ist halt ein Supertyp«, murmelte sie, aber ich merkte sofort, dass das nicht ganz ernst gemeint war.

»Ich frage mich manchmal, ob Daisy auf ihn steht. Ich weiß, sie hat Tom und der ist ein prima Kerl, aber Daisy sucht immer einen Anlass, um sich mit David zu streiten. Es kommt mir vor, als ob sie seine Aufmerksamkeit sucht.«

»Das glaube ich nicht«, sagte Becky. »Ich habe eher den Eindruck, dass sie sich gegenseitig ziemlich auf die Nerven gehen.«

»Ja, wahrscheinlich«, sagte ich erleichtert. Ich war insgeheim froh, dass Becky anderer Meinung war als ich. Eigentlich glaubte ich auch weniger, dass Daisy heimlich in meinen Mann verknallt war, als vielmehr dass David auf sie stand, aber so genau wollte ich darüber jetzt nicht diskutieren. Ich hätte es nicht ertragen, wenn Becky das ebenfalls bemerkt und mir bestätigt hätte. Vergangene Nacht im Bett hatte David mir gesagt, er fände, Daisy sei »eine harte Nuss«, die jemand »knacken« müsse. Ich fand das furchtbar, für mich war das eine deutliche sexuelle Anspielung, aber ich sagte nichts, denn dann hätten wir nur wieder darüber gestritten, dass ich so besitzergreifend bin. Trotzdem konnte ich nicht schlafen. Ich musste immer wieder daran denken, was er gesagt hatte, und wie er es gesagt hatte.

Becky wechselte das Thema. »Und wann ist das mit Daisy passiert?«

»Ich weiß nicht genau, sie ist abgereist und wird auf dem Festland vom Arzt untersucht, ich hatte keine Gelegenheit mehr, nachzufragen. Aber es muss ja passiert sein, nachdem wir uns verabschiedet hatten, das war so gegen elf, oder?«

»Kann sein, Josh und ich waren da ja schon weg.«

»Als David und ich zu Bett gegangen sind, sind sie und Tom in der Bibliothek sitzen geblieben«, sagte ich. »Vermutlich sind sie dann zurück auf ihr Zimmer gegangen und haben sich dort gestritten, denn sie hatte schon ihr Nachthemd an.«

»Worüber sie sich wohl gestritten haben?«, fragte Becky.

»Wer weiß? Worüber streitet man sich so als Ehepaar? Wir haben uns gestern Abend auch gestritten, und ich bin mir ziemlich sicher, dass das in den Flitterwochen eigentlich nicht normal ist.«

»Aber es könnte auch eine Möglichkeit sein, ein paar Dinge zu klären, bevor ihr zu Hause in das echte Eheleben einsteigt«, sagte sie. »Worüber habt ihr euch denn gestritten?«

»Ehrlich gesagt, war ich sauer auf David, weil er mich den ganzen Abend über ignoriert hat.« Mir war klar, dass ich gerade aus dem Nähkästchen plauderte, aber ich hatte das Gefühl, dass Becky mir wirklich zuhörte, und immerhin hatte sie gefragt. »›Ach, sei doch nicht so bescheuert, Sam‹, hat er gesagt, ›du klingst ja fast wie Marie. Ich hasse besitzergreifende Frauen.‹ Das machte mich so sauer! Ich meine, kann ja sein, dass ich ein bisschen zu eifersüchtig bin, aber wie kann er es wagen, mich mit Marie zu vergleichen!«

»Marie?«, fragte sie verwirrt.

»Ja, entschuldige, das ist seine Ex. Die ›verrückte Marie‹ sage ich immer – sie hat ihn quasi gestalkt, sogar nachdem sie schon geschieden waren. Jedenfalls haben wir beide ein paar Dinge gesagt, die wir nicht hätten sagen sollen, und am Ende bin ich rausgestürmt, und er hat auf dem Balkon geschlafen.«

»Das war gestern Nacht?«

»Ja.«

»Er war auf dem Balkon? Während des Gewitters?«

»Auf dem Balkon ist eine Markise, die ganz gut den Regen abhält. Ich nehme an, unter der hat er geschlafen. Ich war so wütend auf ihn, dass ich ihn einfach ignoriert habe. Heute Morgen hat er dann immer noch darauf bestanden, dass wir abreisen, und ich habe gesagt, dass ich nicht mitkomme, und da ging das Ganze wieder von vorne los.«

»O Gott. Na, hoffentlich lassen sie uns abreisen, nachdem sie uns verhört haben«, sagte Becky.

»Ja.«

Meine Gedanken schweiften ab. David hatte erzählt, dass viele Adlige und Promis hier Urlaub machten, aber dass sie unter sich blieben, wir würden gar nicht mitbekommen, dass sie hier wären. Allein die Vorstellung, dass jemand Berühmtes in den Tod von zwei Frauen verwickelt sein könnte, machte mir Angst. Dann dachte ich an die Gäste, die ich kannte, wie Tom und Josh – und David. Hatte er wirklich auf dem Balkon geschlafen, oder war er über das Geländer geklettert und auf Daisy gestoßen, die betrunken an den Klippen entlangspazierte? Die Palme im Kübel neben mir erzitterte, als wäre ein Windhauch durch sie hindurchgeweht, aber da war kein Windhauch, die heiße Luft stand. Ich wischte mir mit einem Taschentuch die nasse Stirn ab und versuchte, mir einen Reim auf Davids Flirterei zu machen. So war er nun einmal, er mochte die Frauen. Das bedeutete aber nicht, dass er Daisy angegriffen hatte. Ich machte mir schon wieder zu viele Gedanken und war viel zu besitzergreifend. Ich musste mich am Riemen reißen, sonst würde David wieder wütend werden.

»Ich glaube kaum«, sagte Becky, während ich die schreckliche Vorstellung abzuschütteln versuchte, wie David die Hände um Daisys Hals legt, um die »harte Nuss zu knacken«. Ich sagte mir, dass das Quatsch war. Das hier war kein Hitchcock-Film, das war das wirkliche Leben, und da wurden schöne blonde Frauen nicht umgebracht, nur weil sie schön und blond waren. Trotzdem, irgendetwas stimmte nicht. Ich hatte Angst, und allein dass ich es für möglich hielt, dass David in irgendeiner Weise beteiligt war, machte mir klar, dass ich meinen frischgebackenen Ehemann gar nicht wirklich kannte. Und das machte mir am meisten Angst.

11

DAISY

Es war furchtbar. Daisy konnte sich nur daran erinnern, dass sie mit Tom und den Polizeibeamten an Bord des Bootes gegangen war und ihr plötzlich schwindelig geworden war. Sie hatte erst gedacht, sie wäre einfach nur seekrank, und hatte Tom um ihre Wasserflasche gebeten, und im nächsten Moment war sie in einem Krankenhausbett aufgewacht. Sie konnte kaum die Augen öffnen, und als es ihr gelang, wünschte sie sich sofort, sie hätte es bleiben lassen. Schläuche steckten in ihrem Arm, eine Maschine surrte neben ihr, und ein merkwürdiger Typ im weißen Kittel stand über ihr und schaute ihr ins Gesicht.

»Wir gehen nicht davon aus, dass Sie bleibende Schäden davontragen werden«, sagte er. Daisy war desorientiert und dachte einen Moment lang, sie wäre in Goa, wo sie ihr einundzwanzigstes Lebensjahr damit verbracht hatte, zu viel Gras zu rauchen und am Strand zu tanzen. In der Ferne hörte sie Trommelschläge, doch dann merkte sie, dass das gar keine Trommel war, sondern ihr pochendes Herz. Sie hatte Angst. Wo war sie, und warum war sie hier? Sie öffnete den Mund, um den Mann zu fragen, aber alles um sie herum schien so weit weg, und das Wummern in ihrer Brust und hinter ihrer Stirn übertönte jedes andere Geräusch. Vorsichtig hob sie den Kopf, um zu fragen, was passiert war. Sie holte Luft, öffnete die Lippen, aber als sie zu sprechen versuchte, brachte sie keinen Laut heraus. Sie erinnerte sich an eine behandschuhte Hand, die sich auf ihren Mund gepresst hatte. Sie hatte nicht einmal schreien können, dafür versuchte sie es jetzt. Mit aller Kraft. Ihre Augen schrien, ihre Lippen waren so angespannt, dass sie blass wurden. Aber aus ihrem Mund kam kein Ton.

In der vorangegangenen Nacht hatten Daisy und Tom sich furchtbar gestritten – eine längst überfällige, heftige Auseinandersetzung, in der all das steckte, was sich seit Jahren zwischen ihnen aufgestaut hatte. Die vielen Enttäuschungen, der schreckliche Verlust, all das hatte auf ihnen beiden gelastet, hatte aber immer unter der Oberfläche gegärt, bis es sich jetzt nicht mehr zurückhalten ließ. Der Schmerz und die so lange unterdrückte Wut darüber, wie ungerecht ihr Schicksal war, hatte ihnen jede Hemmung genommen. Ihre Emotionen waren so authentisch und ihre Worte so heftig gewesen, dass Daisy jetzt noch spürte, dass der Streit weitergehen würde, selbst wenn sie sich trennen sollten.

»Du musst endlich mal aufhören, um etwas zu trauern, das du nie hattest«, hatte er sie angebrüllt. Aber das war ja genau das Problem: Sie konnte ihre Trauer nicht ablegen wie einen Mantel. Daisys Verlust war ein Teil von ihr, er war in ihr Fleisch eingebrannt, manchmal konnte sie an nichts anderes denken, und sie trauerte um das, was sie verloren hatte und niemals würde haben können. Wie sollte sie das jemals vergessen?

Dass auf der Insel ein Mörder frei herumlief, war ihr völlig egal gewesen. In dem Moment konnte ihr eine reale Gefahr keine Angst machen. Und nicht nur das: Hätte man sie in dem Moment vor die Wahl gestellt, dann wäre sie lieber gestorben, als weiter in diesem furchtbaren Schwebezustand zu verharren, in dem sie sich befand, seit sie und Tom ihren Sohn verloren hatten. Sie hatte den Schmerz nicht mehr ertragen können, also war sie einfach weggelaufen. Nur mit einem dünnen Nachthemd bekleidet und mit nackten Füßen war sie mitten in das tobende Gewitter gerannt. Ihr war egal, wo sie war, Hauptsache, sie war nicht bei ihm, in diesem stickigen Hotelzimmer mit all den Vorwürfen und dem Schmerz und den Schuldgefühlen, die sie einander bereiteten.

Daisy lief und lief und lief. Sie lief durch die Hotellobby hinaus in den Garten und durch das Gebüsch hinauf zu den Klippen. Sie wusste weder, wohin sie lief, noch was sie tun würde, wenn sie dort ankam. Sie ahnte, dass sie sich auf dem Fußweg befand, der oberhalb des Strandes entlangführte. Hier waren sie und Tom an ihrem ersten Tag auf der Insel spazieren gegangen. Der Regen peitschte, es donnerte, und Blitze zuckten am Himmel wie ein Feuerwerk an Silvester. Als sie langsamer ging, um nach Luft zu schnappen, hatte Daisy trotz des nächtlichen Unwetters um sie herum das Gefühl, dass sie nicht allein war. Es war wie ein Urinstinkt; zuerst spürte sie es in ihrem Bauch, dann merkte sie, dass das Plätschern, das sie seit einer Weile hörte, einen regelmäßigen Rhythmus hatte. Jemand lief hinter ihr her! War es Tom? Hoffentlich. Sie blieb stehen und drehte sich um, aber in der Schwärze der Nacht konnte sie niemanden sehen. Sie redete sich ein, dass das Geräusch vom Wind kommen musste, der durch die Äste pfiff, vielleicht sogar vom rauschenden Meer. Vom Weg aus konnte sie sehen, wie hoch der Sturm die Wellen aufpeitschte. Sie lief weiter, aber dann hörte sie schon wieder die schweren, rhythmischen Schritte hinter sich. Und jetzt spürte sie auch ganz deutlich, dass da ein Mensch war; jemand war hinter ihr, und er kam immer näher. Sie lief schneller, aber selbst in der Finsternis war ihr bewusst, dass sie auf den Rand der Klippen zulief. Sie konnte nur noch denken: *Was mit Stella passiert ist, passiert jetzt auch mit mir.* Aber sie hatte keine Wahl. Hier konnte sie nur denselben Weg zurücklaufen, und dann würde sie ihrem Verfolger direkt in die Arme laufen.

Sie wandte den Kopf. Jetzt war es ganz eindeutig: Jemand rannte auf sie zu, und sie staunte, wie nah derjenige schon war; innerhalb von Sekunden war ihr Verfolger bei ihr. Noch während sie sich umdrehte, sah sie die ausgestreckten Arme, die nach ihr griffen. Sie wollte ausweichen, aber ihr Verfolger packte sie an den Haaren und zog sie zu Boden. Der Untergrund war schlammig, und sie rutschte aus und landete unsanft im Matsch. Dann warf sich ihr Verfolger auf sie. Kräftige Hände legten sich um ihren Hals. Sie war sich vage bewusst, dass die Person Handschuhe trug. Sie lag da und dachte: Das war's, jetzt sterbe ich. Ein paar Augenblicke lang war Daisy drauf und dran, es geschehen zu lassen. Vielleicht konnte sie so der inneren Qual entkommen, mit der sie die letzten Jahre gelebt hatte, und sich von einer Zukunft verabschieden, die ihr nichts mehr zu bieten hatte? Aber gerade, als sie spürte, dass es gleich mit ihr vorbei sein würde, durchströmte sie ein anderes Gefühl, ein ganz instinktiver Drang, am Leben bleiben zu wollen. Ja, sie wollte leben, sie wollte wissen, wie ihre Geschichte enden würde. Sie blickte in das Gesicht der Person, die auf ihr kniete. Sie trug eine Kapuze und eine Maske, es war unmöglich zu erkennen, wer es war. Irgendwoher nahm sie in diesem Moment die Kraft, ihrem Angreifer ihr Knie mit aller Kraft zwischen die Beine zu rammen. Er schrie auf vor Schmerzen. Es war ein Mann; sie war sich vorher nicht ganz sicher gewesen, aber da hatte eindeutig eine Männerstimme gebrüllt. Ihr Angreifer rollte stöhnend von ihr herunter, und sie versuchte sich aufzurappeln, wobei sie mehrmals im Schlamm ausrutschte. Doch dann war sie endlich auf den Beinen, rief um Hilfe und lief zurück in Richtung Hotel. Sie hörte nicht auf zu rufen, schaute nicht zurück und hielt erst an, als sie die Lobby erreichte. Und jetzt war sie in einem weißen Krankenzimmer. Tom war auch da, sie konnte seine Stimme hören.

Er betete laut und versprach dem lieben Gott, dass er ein besseres Leben führen und sich besser um Daisy kümmern würde, wenn sie das hier überstand. Er war nicht mehr von Daisys Seite gewichen, seit sie ins Krankenhaus eingeliefert worden war, und redete seitdem die ganze Zeit auf sie ein. Später erzählte er ihr, der Arzt habe ihm gesagt, das könne helfen – Daisy liege zwar nicht im Koma, aber vielleicht müsse man sie »wieder zurückholen«.

Tom redete und redete. Er bat sie um Entschuldigung dafür, dass er am Vorabend mit ihr gestritten hatte, und nahm einiges von dem zurück, was er gesagt hatte. Irgendwann am Nachmittag fing er dann an, sich richtig zu öffnen und so ehrlich mit ihr zu reden, wie er es noch nie getan hatte. »Ich weiß, du denkst, dass es mir egal ist und dass ich deinen Schmerz nicht spüre, aber ich spüre ihn genauso wie du. Ich wollte genauso sehr Vater werden, wie du Mutter werden wolltest. Ich bin total traurig, dass wir James verloren haben, ich denke jeden Tag an ihn. Nie werde ich ihn zur Schule oder zum Fußball bringen können, nie werde ich ihm eine Gutenachtgeschichte vorlesen können, und dieses Wort ›nie‹ ist immer da, aber wir dürfen uns darüber nicht zerfleischen, weder gegenseitig noch uns selbst. Wir werden ihn nie vergessen, er wird immer ein Teil von uns sein, von unserem Leben, aber ich glaube, wir müssen jetzt einsehen, dass es für uns keinen James mehr geben wird. Dafür war dieser Urlaub gedacht, um uns darauf einzustellen und zu akzeptieren, wie unsere Zukunft ohne ihn aussehen wird. Und ohne einen anderen James oder eine Emily oder irgendwelche Mini-Toms und -Daisys. Warum machen wir uns nicht einfach ein tolles Leben zusammen, nur wir beide? Es wird vielleicht nicht so sein, wie wir es uns ausgemalt haben, aber es kann doch trotzdem ein schönes Leben sein. Wir können unser Leben trotzdem mit Liebe und Glück füllen, und wir können wieder lachen, wie früher. Ich kann ohne Kinder leben, aber ich kann nicht ohne dich leben, Daisy.«

Und da spürte sie plötzlich, wie ihr linkes Auge zuckte, und sie konnte sich bewegen, und sie stöhnte, und dann riss sie die Augen auf, ganz weit, so als stünde sie immer noch unter Schock.

Tom war nicht ganz klar, was das bedeutete, und wich zurück. »Daisy, Daisy ...« Er sagte immer wieder ihren Namen, während er den Notfallknopf drückte. Nach wenigen Sekunden erschienen zwei Krankenschwestern und begannen sofort, Daisys Beine und Arme zu massieren und mit ihr zu sprechen. Bald saß sie, immer noch etwas benommen, aufrecht im Bett und trank einen Becher Tee.

Die Krankenschwestern hatten den Arzt verständigt, der sich als Dr. Krishnan vorstellte. Er war über diese Entwicklung ganz offensichtlich genauso erfreut wie Tom.

***

Später am Tag wurde Daisy bereits wieder aus dem Krankenhaus entlassen. Auf Bitten der Polizei kehrten sie und Tom auf die Insel zurück. Jetzt lag sie in der riesigen Badewanne ihres Hotelzimmers, und Tom ließ Rosenblätter auf das Wasser fallen. Durch den Dampf hindurch schaute er sie an. Ihre Blicke trafen sich, und sie hatte das Gefühl, sie würde sich noch einmal neu in ihn verlieben.

»Danke, dass du da warst«, sagte sie, und sie meinte es von ganzem Herzen.

»Ich kann immer noch nicht fassen, dass jemand dir das angetan hat«, sagte er mit kaum verhohlener Wut. »Wenn ich jemals herausfinde, wer das war, dann bringe ich den mit bloßen Händen um, das schwöre ich dir. Ab jetzt bleibe ich immer an deiner Seite.«

»Danke. Ich wünschte nur, ich könnte mich an irgendein

Detail von dem Kerl erinnern, das der Polizei weiterhelfen könnte.« Sie berührte das große weiße Pflaster an ihrem Kopf, und Tom zuckte zusammen. Sie sah, wie sehr er mit ihr mitlitt, und sie bekam eine Ahnung davon, wie viel sie zu verlieren hatten. Dass es sich lohnte, um das, was sie zusammen hatten, zu kämpfen.

»Ich habe Angst, ich fühle mich so schwach und verletzlich, das finde ich ganz schrecklich«, schluchzte sie. Tränen liefen ihr über die Wangen. »Ich habe das Gefühl, die Antwort ist in meinem Kopf, ich muss sie nur finden.« Den letzten Satz sagte sie wie einen großen, langen Seufzer. Die Wärme des Dampfes prickelte in den Poren ihrer Haut. Sie war erschöpft, und ihr Kopf zeigte ihr Dinge, die sie nicht begriff. Die dunstige Wärme vermischte sich mit dem Duft der Rosenblätter und entführte sie auf einen Basar in Marrakesch, wo sie in unzählige Geräusche und Gerüche eintauchte, während ihr Verstand auf Reisen ging.

»Der Geist ist etwas so Schönes und zugleich so Schreckliches«, murmelte sie. Sie glaubte, dass das der Arzt vorhin zu ihr gesagt hatte, aber sie war immer noch durcheinander und war sich nicht sicher, wo sie diesen Satz gehört hatte – vielleicht doch inmitten der Rosenblätter in Marrakesch? Sie schloss probeweise die Augen, aber jedes Mal, wenn sie das tat, hörte sie Donner, sah Blitze und spürte die behandschuhten Hände um ihren Hals.

»Tom, was ist, wenn der, der mich töten wollte, zurückkommt und es noch einmal versucht? Kann ich hier überhaupt noch jemandem trauen?«

Als er nicht antwortete, hob sie den Blick und sah durch den Dampf, dass er sie einfach nur stumm anschaute.

12

BECKY

Nach dem Unwetter ist die Hitze zurückgekehrt wie ein unangenehmer alter Bekannter. Im Hotel hat die Polizei jetzt das Sagen, aber bei der Suche nach Stellas Mörder und Daisys Angreifer haben sie immer noch keinen Durchbruch erzielt. Ich frage mich, ob sie das jemals tun werden. Inzwischen haben alle Angst, und sowohl die Gäste als auch die Hotelangestellten wollen die Insel verlassen. Josh und ich auch. Der altmodische Glamour des Hotels wirkt jetzt irgendwie schäbiger als bei unserer Ankunft; der Kristalllüster glitzert nicht mehr, die opulente Farbpalette ist gedeckten Tönen gewichen. Die verschnörkelte Glasdecke und die riesigen Fenster der Cock-tailbar sind immer noch wunderschön, aber statt Licht herein-zulassen, verwandeln die Glasscheiben den Raum in einen Ofen. Im ganzen Hotel ist die Hitze noch intensiver geworden. Man kann ihr nicht entkommen. Wie ein Stalker verfolgt sie uns, schleicht um uns herum und lässt sich überall nieder, wo wir sind, macht uns müde, angespannt und streitsüchtig. Und in dieser heißen, klaustrophobischen Umgebung trauen Freunde einander nicht mehr, sehen Frauen ihre Ehemänner mit anderen Augen, traut keiner keinem.

Und dann sind da natürlich noch die Gerüchte; sie verstecken sich unter den Tischen, tummeln sich am Tresen und am Pool, machen uns manchmal Angst, manchmal amüsieren sie uns aber auch. Sie begleiten uns durch die langen, ereignislosen Tage, während derer wir nur in Gruppen nach draußen gehen dürfen, und in den langen, heißen Nächten halten sie uns wach. Es fühlt sich gar nicht mehr wie Urlaub an, sondern wie ein Aufenthalt auf einer Gefängnisinsel. Wir dürfen nicht einmal allein an den Strand gehen, weil er nicht als sicher gilt. Außerdem werden mehrere Strandabschnitte von der Polizei untersucht, weshalb wir nur in bestimmten Bereichen spazieren gehen dürfen, und ehrlich gesagt habe ich so oder so wenig Lust, mich in der Nähe der Stelle aufzuhalten, wo jemand gewaltsam ums Leben gekommen ist. Wenn wir also nicht zusammen in der Bar oder in der Bibliothek oder am Pool sitzen, bleiben wir im Zimmer, und dort ist es unerträglich warm. Aber wir trauen uns nicht, über Nacht das Fenster aufzulassen, falls *er* einbricht.

Im Grunde bedeutet das, dass wir alle mit unseren Ehepartnern in einem Raum festsitzen, in dem es viel zu warm ist – es ist ein bisschen wie damals beim Lockdown, und die allgemeine Anspannung ist greifbar. Davids Kommentar dazu war ziemlich ungalant: »Ich kann nicht den ganzen Tag mit Sam zusammenhocken, das hier soll ein Urlaub sein, keine Strafe.« Aber die Theorien sind faszinierend, und da alle Langeweile haben, heißen sie gierig jede Art von Unterhaltung willkommen. Ihre Fantasie geht mit ihnen durch. Los ging es mit Paulo – natürlich. Anscheinend stößt er schon seit Jahren regelmäßig Frauen von den Klippen.

Neben anderen reißerischen und haarsträubenden Geschichten über so ziemlich jeden Angestellten des Hotels geht es immer wieder auch um einzelne Gäste. Ich höre immer nur wilde Anschuldigungen gegen die Ehemänner der *anderen*, aber eigentlich ist das ganz logisch – *die Ehefrau erfährt es immer als Letzte.* Es gibt auch Gerüchte darüber, dass eine übernatürliche Kraft am Werk sei, vor allem darüber, dass der Geist der Schauspielerin, die sich vor Jahren von den Klippen gestürzt hat, zurückgekehrt sei, um sich zu rächen. Das Gleiche gilt für die Geister des Ehepaars, das sich umgebracht hat. Aber laut dem Gerücht, das heute die Runde macht, wurde Daisy gar nicht wirklich angegriffen, sondern hat sich das alles nur ausgedacht, um Aufmerksamkeit zu erregen. Wer kennt die Wahrheit? Offenbar kann die Polizei den Angreifer nicht finden, Daisy kann sich an nichts erinnern, und – auch das erzählt man sich – die Polizei hat keine Beweise dafür, dass überhaupt ein Angriff stattgefunden hat. Ich glaube ihr, dass sie angegriffen wurde, aber der sintflutartige Regen in der Nacht hat alle Indizien weggespült. Doch auch wenn die Blutergüsse an ihrem Hals ein ziemlich deutlicher Beweis sind: Wenn jemand eine spannende Geschichte in Umlauf gebracht hat, lässt sie sich nicht einfach so aus der Welt schaffen, und die meisten hier scheinen halt glauben zu wollen, dass sie sich alles nur ausgedacht hat. Ich hoffe, dass es ihr gut geht; sie und Tom sind gestern Abend nicht zum Essen erschienen, und das ist eigentlich nicht ihre Art.

Die Anspannung und die albernen Horrorgeschichten haben einen gemeinsamen Ausgangspunkt: Angst. Alle hier haben Angst. Auch ich habe ganz schreckliche Angst. Aber gleichzeitig gibt es, wie bei so vielen schlimmen Ereignissen, auch eine unerwartete Kehrseite: Inmitten all der Unsicherheit ist ein echtes Gemeinschaftsgefühl entstanden. Sam und David haben gestern nach dem Abendessen eine ältere Dame zu ihrem Zimmer begleitet und dort alles kontrolliert, bevor sie eintreten durfte. Josh hat für alle, die sich bewegen wollen und nicht den ganzen Tag im Hotel herumsitzen wollen, einen täglichen Spaziergang organisiert. Abends nach dem Dinner tut man sich zu kleinen Gruppen zusammen. Alle unterstützen sich gegenseitig, in den öffentlichen Bereichen lässt man niemanden allein. Ich habe ein schlechtes Gewissen, dass mir das neue Gemeinschaftsgefühl so gefällt, aber in einer Situation wie dieser kann man nicht wählerisch sein, wo man ein wenig Freude findet. Das Wichtigste ist, dass wir alle zusammen sind und wissen, dass wir in Sicherheit sind, solang wir zusammenbleiben.

Andererseits habe ich das Gefühl, dass ich hier in der Gefangenschaft langsam paranoid werde, sogar was Josh betrifft. Er ist wahnsinnig nervös, und das war er seit dem Moment, als wir von Stellas Tod erfuhren. Ich bin mir sicher, dass ich mir das nicht einbilde. Ich frage mich ständig, ob er etwas gesehen hat. Weiß er mehr als wir anderen? Aber dann muss ich daran denken, dass ihn ganz andere Dinge beschäftigen – seine Arbeit, unsere finanzielle Situation und ich. Dass die Polizei sich nicht festlegen will, wann wir die Insel wieder verlassen dürfen, verstärkt den allgemeinen Druck nur noch. Sie scheinen nicht zu begreifen, dass die Leute ein Leben haben, zu dem sie zurückkehren müssen. Ich will *unbedingt* meine Kinder sehen, und Josh macht sich Sorgen um seinen Job. Ich weiß, dass sein Chef in letzter Zeit nicht gut auf ihn zu sprechen war, weil er so viel Urlaub genommen hat, und ich glaube, er macht sich Sorgen, dass unser verlängerter Aufenthalt hier das Fass zum Überlaufen bringt. Deshalb haben wir unbedingt abreisen wollen, aber gestern haben wir mitbekommen, wie eine Gruppe von Gästen entgegen der Bitte der Polizei ihre Sachen gepackt hat und am Anleger auf das Boot gewartet hat – vergebens. Das Boot ist nicht gekommen. Ich hoffe wirklich, sie finden den Mörder bald, die Leute können hier nicht ewig festsitzen. Hinzu kommt, dass wir gerade den heißesten Sommer haben, den England je erlebt hat, und die drückende, unerbittliche Hitze ist kaum zu ertragen. Wir hatten gehofft, dass das Gewitter Abkühlung bringt, aber hinterher hatte man das Gefühl, dass es nur noch mehr heiße Luft in die Atmosphäre gepumpt hat. Die Klimaanlage im Hotel ist uralt und funktioniert nicht richtig, man hat also nicht einmal auf dem Zimmer ein wenig Abkühlung, sodass einen die Hitze dann sogar noch am Schlafen hindert.

»Ich bin einfach permanent erschöpft«, sage ich zu Josh, als er endlich vom Laufen zurückkommt und wir uns wie verabredet am Pool treffen. Ich hatte gehofft, Daisy und Tom wären hier, aber sie ist wahrscheinlich immer noch zu aufgewühlt von gestern.

Ich fächele mir mit der Speisekarte Luft zu und erzähle Josh, was es von der Polizei und aus der Gerüchteküche Neues gibt, und berichte, worüber sich die Leute heute Morgen in der Lobby unterhalten haben.

»Mit diesem Hotel als Kulisse kommt man sich vor wie in einem Agatha-Christie-Krimi«, sage ich.

Er starrt mich an und hat dabei einen ganz seltsamen Gesichtsausdruck.

»Was ist?«, frage ich.

Aber er schüttelt nur den Kopf.

»Was ist los mit dir?«, frage ich erneut. So zu schmollen ist eigentlich gar nicht seine Art.

»Nichts, ich wünschte nur, du würdest nicht immer wieder davon anfangen. Eine Frau ist tot, eine weitere Frau wurde angegriffen und misshandelt. Überall ist die Polizei, alle sind furchtbar angespannt – das ist kein Krimi, Becks, das ist echt.«

»Ist ja gut, Josh«, sage ich leise. »Nur weil ich das sage, heißt das nicht, dass mir die betroffenen Menschen egal sind.«

»Mir wäre es nur lieber, wenn du nicht ständig so was sagen würdest.«

Er wartet gar nicht ab, ob ich darauf noch etwas erwidern möchte. Stattdessen ruft er Paulo herbei und bestellt für sich einen Kaffee und für mich den dämlichen grünen Tee.

Ich hätte mich lieber mit Sam unterhalten. Wenigstens macht sie mir keinen Vorwurf daraus, dass ich mich dafür interessiere, was hier vor sich geht. Meine Güte, es hat einen Mord und einen tätlichen Angriff gegeben, und anscheinend wollen nur die Frauen darüber reden. Wir sitzen ein paar Minuten schweigend da und beobachten die anderen Urlauber, die sich mit Sonnencreme einreiben, in den Pool springen und sich über die unerträgliche Hitze beschweren. Sie versuchen verzweifelt, sich zu amüsieren, aber eigentlich ist der Urlaub für uns alle vorbei. Wir wollen einfach nur nach Hause, wo wir in Sicherheit sind und wissen, dass wir nicht nachts in unseren Betten ermordet werden.

»Okay?«, sagt Paulo, der urplötzlich an unserem Tisch steht, vorsichtig die Getränke abstellt und mich so ansieht, wie mich schon lange niemand mehr angesehen hat. Ich erröte leicht. Ich kenne diesen Typ Mann. Einer wie er muss ständig flirten. Aber das hier geht zu weit.

»Danke«, sage ich und schaue ihn an.

Er zwinkert mir zu. »Wie geht es euch heute?«, fragt er. »Ist es warm genug für euch?« Er tut so, als würde er sich die Stirn abwischen, und wir beide lachen höflich.

»Uns ist heiß, aber sonst ist alles gut«, sagt Josh und lächelt.

Dann beugt sich Paulo plötzlich vor, stützt eine Hand zwischen uns auf dem Tisch ab und raunt: »Ich darf mit den Gästen eigentlich nicht darüber sprechen, aber wurdet ihr schon von der Polizei befragt?«

Wir schütteln beide den Kopf. »Du etwa?«, frage ich.

»Nein, noch nicht. Ich kenne die Frauen nicht.«

»Du kennst Stella wahrscheinlich besser als wir, du hast doch mit ihr zusammengearbeitet, oder nicht?«, sage ich.

»Ich habe keinen privaten Kontakt zu meinen Arbeitskollegen«, antwortet er und schüttelt energisch den Kopf.

Er glaubt wohl, ich würde andeuten, er habe etwas mit den Vorfällen zu tun. »Ich wollte nicht –«

»Ich habe Stella nicht gekannt, ich habe mit ihr zusammengearbeitet, aber ich habe sie nicht gekannt.« Er geht weg und lässt mich mit offenem Mund sitzen.

»Das war seltsam«, sage ich.

Josh rollt mit den Augen. »Ich hab's dir doch gesagt, Becks: Nicht alle wollen darüber reden.«

Ich atme tief durch. »Er hat das Thema angesprochen, nicht ich. Was ist denn im Moment mit dir los, Josh? Du hast in den letzten Tagen nur noch schlechte Laune.«

»Stimmt ja gar nicht.« Er nimmt einen Schluck Kaffee. »Mir geht's prima«, fügt er hinzu, was fröhlich klingen soll, aber mir ist klar, dass er nur so tut.

»Du regst dich beim nichtigsten Anlass auf, und wenn ich auch nur irgendetwas erwähne, das mit den ... den ... mutmaßlichen *Verbrechen* oder wie auch immer zu tun hat, dann bist du gleich wütend.«

»Ich bin überhaupt nicht wütend, das stimmt doch gar nicht«, blafft er und knallt seine Tasse auf die Untertasse, dass Kaffee auf den Tisch spritzt. »Ich finde einfach, dass sich da zu viele Leute einmischen wollen, jeder hat eine Meinung, aber keiner weiß etwas.«

»Ich finde dich ganz schön zynisch, Josh. Die Leute machen sich Sorgen, sie sind wütend und haben Angst. Ich habe auch Angst, dass jemand mich angreift oder ertränkt oder –«

»Deshalb solltest du, wenn ich nicht da bin, im Zimmer bleiben und nicht draußen herumlaufen.«

Mir wird ganz flau bei diesem Gedanken. Will er die Geschehnisse als Vorwand benutzen, um mich noch mehr als sonst wie eine Gefangene zu behandeln? »Ich habe nicht die Absicht, Tag und Nacht auf dem Zimmer zu bleiben«, sage ich und komme mir vor wie eines unserer Kinder, das nicht zu Bett gehen will.

»Das sage ich doch nur, weil ich mir Sorgen um dich mache.«

»Ich bin hier, um Spaß zu haben, das hast du selbst gesagt, und in einem stickigen Hotelzimmer zu sitzen und darauf zu warten, dass du vom Laufen zurückkommst, ist für mich kein Spaß.«

»Wundert mich gar nicht, dass du schlechte Laune hast. Alles, was du nach dem Dinner tust, ist dich mit Sam und Daisy darüber zu unterhalten, wer Stella getötet und wer Daisy angegriffen hat. Das ist nicht gerade gesund, Becks.«

Wir trinken wortlos aus und gehen zurück in die Lobby, wo mehrere Leute darauf warten, von der Polizei befragt zu werden.

Wir setzen uns schweigend hin. Ich schaue zu Josh hinüber und frage mich, was er wohl gerade denkt. Gäste und Personal wuseln herum, niemand kommt zur Ruhe, und ich habe das Gefühl, dass alle so tun, als hätten sie nichts zu verbergen. Dabei hat letztlich doch jeder etwas zu verbergen, oder?

»Josh ... warum haben wir kein Telefon in unserem Zimmer?«

Er sieht mich an. Wir sind lange genug verheiratet, dass ich schon vorher weiß, wann er lügen wird. Bevor er antworten kann, fahre ich fort.

»Alle anderen haben ein Telefon im Zimmer. Offenbar gehört es wohl doch nicht zum ›ganzheitlichen Ansatz‹ des Hotels, dass man kein Telefon im Zimmer hat, oder?«

Er scheint überrascht darüber, wie wütend ich bin. Ich habe mir in letzter Zeit wirklich Mühe gegeben, nicht wütend zu sein, aber ich kann nicht anders. Es ist nicht das erste Mal, dass er mich belogen hat, und ich fühle mich dabei immer ganz furchtbar.

»Hast du das Telefon versteckt?«

»Nein.« Er versucht, erstaunt auszusehen, aber Josh ist ein miserabler Lügner.

»Warum liegt es dann in dein Sweatshirt eingewickelt in einer Schublade in unserem Zimmer?«, frage ich ruhig.

Er holt tief Luft, aber bevor er antworten kann, öffnet sich die Tür zum Spa und ein Polizist erscheint, in eine Wolke aus

Jasmin und Bergamotte gehüllt. Er hat ein Stück Papier in der Hand, offenbar eine Liste mit Namen. Er bittet um Entschuldigung dafür, dass die Vernehmungen auf Kosten unseres Urlaubs gehen, und verspricht, dass sie so zügig wie möglich durchgeführt werden.

»Mir ... mir ist schlecht«, murmelt Josh. Sein Gesicht ist aschfahl.

»Die Hitze?«, frage ich, aber er schüttelt nur den Kopf, und zu meinem Entsetzen sehe ich echte Angst in seinem Gesicht. »Becks ...?«, hebt er an, doch bevor er weiterreden kann, wird sein Name aufgerufen.

»Josh Andrews?«, sagt der Polizist. »DCI Granger ist jetzt bereit für Sie.«

Josh folgt widerwillig dem Beamten den Korridor hinunter, ohne sich noch einmal umzublicken.

Ich bin ganz durcheinander. Was wollte er mir sagen?

13

SAM

Ich war komplett aufgewühlt. Was Daisy passiert war, machte mir solche Angst, ich konnte nicht schlafen. Ich lag wach und grübelte, wer wohl die Nächste sein würde. Erst als David mir eine seiner Schlaftabletten gab, schlief ich ein, aber am nächsten Tag fühlte ich mich beschissen. Beim Frühstück musste ich meine Sonnenbrille tragen, weil meine Augen so verheult waren, und ich hatte überhaupt keinen Hunger, was ganz ungewöhnlich für mich war – ich trank nur eine Tasse schwarzen Kaffee, während David Toast, Tomaten, Bohnen, Würstchen, Bacon und zwei Eier verspeiste.

Mir wurde langsam bewusst, wie sehr David von sich eingenommen war. Es war vier Tage her, dass wir Stellas Leiche gefunden hatten, und erst vorgestern war Daisy überfallen worden, und doch saß er hier, aß sein Frühstück und tat so, als wäre nichts gewesen. Seine einzige Reaktion auf den tätlichen Angriff auf Daisy war gewesen, dass er versucht hatte, die Insel zu verlassen, weil er meinte, dass er sich um sein Geschäft kümmern müsse. Ich war hin- und hergerissen zwischen meiner Wut darüber, wie gleichgültig er Daisy gegenüber war, und meiner Erleichterung darüber, dass er offenbar doch keine

Affäre mit ihr plante. Das Problem war eher, dass mein Mann alle Frauen mochte und es gar nicht zu verbergen versuchte. Ich hatte genau mitbekommen, wie er Stella hinterhergeschaut hatte und wie er seine Augen gar nicht von Daisy in ihrem Neon-Bikini hatte losreißen können. Ich hatte auch mitbekommen, wie sie David ihrerseits herausgefordert hatte, indem sie statt mit ihm mit Josh geflirtet, ihm die Haare zerzaust und ihn wegen seiner Lauferei aufgezogen hatte. Und die ganze Zeit über hatte ich zusehen müssen, wie David sie beobachtete, und mich gefragt, ob er lieber mit jemandem wie Daisy verheiratet wäre als mit mir.

Bis zu unseren Flitterwochen war ich überzeugt gewesen, dass David der richtige Mann für mich war. Aber seit dem Moment, als wir die Lobby des Fitzgerald's Hotel betreten hatten, war ich mir da nicht mehr so sicher. Ich bildete mir ein, er würde jeder Frau in Sichtweite hinterherschauen. Erst gestern hatte er zu einer Frau am Pool hinübergestarrt, und als sie zurück ins Hotel gegangen war, hatte er gesagt, er müsse auf die Toilette, und war ihr hinterhergegangen. Er war so lange weg, dass ich mir ausmalte, er würde sich heimlich mit dieser Frau treffen, aber schließlich fand ich ihn in der Bar. Ich war schon so oft betrogen worden, dass ich einfach nicht mehr in der Lage war, einem Mann zu vertrauen. Ich dachte, das würde sich ändern, wenn ich verheiratet bin, aber ich war genauso unsicher wie früher. Ich sagte mir, dass er sich auch erst mal umstellen musste. Marie war so eine Klette gewesen, dass er automatisch davon ausging, ich wäre genauso. Aber ich wollte meine Flitterwochen nicht damit verbringen, meinem Mann irgendwelche Dinge zu unterstellen, also nahm ich mir vor, nicht zu viele Fragen zu stellen, sonst würde er mir wieder vorwerfen, ich wäre so besitzergreifend.

Doch von meiner Eifersucht abgesehen, war ich mir bei David generell nicht so ganz sicher, was er für ein Mensch war. Offensichtlich hatte er eine Schwäche für Stella gehabt und dann für Daisy, und ich hatte meine Zweifel, dass er in der Nacht, als Daisy überfallen worden war, wirklich die ganze Nacht auf dem Balkon gewesen war. Er hätte ganz einfach vom Balkon klettern können oder auf den nächsten Balkon und von da auf den Rasen springen können. Diese Gedanken gingen mir ständig im Kopf herum. Ich wollte keine verdammten Schlaftabletten, ich wollte die Wahrheit wissen.

»David, können wir reden?«, sagte ich später an jenem Vormittag, als wir am Pool lagen.

»Natürlich«, sagte er, schaute von seinem Buch auf und lächelte mich an.

»Es ist nur – ich finde, dass du in den letzten Tagen etwas distanziert warst.«

Er brauchte einen Moment, um zu begreifen, was ich gesagt hatte, und schien ehrlich überrascht. »Ach, Sam, das tut mir leid, habe ich dich vernachlässigt?«, fragte er, berührte meinen Oberarm und begann, ihn langsam zu streicheln. »Willst du, dass ich öfter mit dir schlafe, ist es das?«

»Nein, in der Hinsicht ist alles in Ordnung«, sagte ich. Es ärgerte mich, dass er offenbar glaubte, Sex wäre das Heilmittel für alles. Er beugte sich zu mir herüber, um mich zu küssen, und als sich unsere Lippen trafen, spürte ich ihn wieder, diesen Rausch, den ich bei David immer empfand. Wir hatten eine echte Verbindung, aber langsam fragte ich mich, ob das nicht vielleicht nur Lust war statt Liebe ... Er sagte mir mehrmals am Tag, dass er mich liebte, aber meistens schliefen wir da gerade miteinander. Und wie hätte ich ihm auch widerstehen können? Er sah unglaublich gut aus, war ein begabter Verführer und enorm selbstbewusst. Kein Wunder, dass ich mich so schnell in ihn verliebt hatte. Aber war es vielleicht zu schnell gewesen? Nach den aufregenden, romantischen ersten Monaten, in denen er so aufmerksam und fürsorglich gewesen war, lernte ich nun langsam einen ganz anderen David kennen.

Ich hoffte, wenn ich ihm meine Ängste mitteilte, dass er

mich beruhigen würde und alles wieder gut werden würde und wir bis ans Ende unserer Tage glücklich sein würden.

»Worüber willst du denn unbedingt reden?«, fragte er, machte ein Eselsohr in die Seite, legte sein Buch weg und sah mich an, als sei ich ein Kind, dem man einen langgehegten Wunsch erfüllte.

»Es ist nur ... In den letzten Nächten habe ich lange wach gelegen ...« Ich hielt inne. »Ich habe an Stella gedacht und jetzt auch an Daisy ...«

Er schaute mir so tief in die Augen, dass ich mich wie entblößt fühlte, aber das war genau das, was ich wollte – ich hatte seine Aufmerksamkeit.

Da bist du ja, dachte ich. Ich hatte ihn also doch nicht verloren, er war nur eine Weile fort gewesen.

Er nahm die Hand von meinem Arm und berührte mein Gesicht. Seine Augen waren auf meine Brüste gerichtet. »Na komm, sprich mit mir«, murmelte er mit seiner Schlafzimmerstimme, die Intimität zwischen uns war jetzt sehr groß. Ich hoffte, dass er nicht versuchen würde, die Situation in Richtung Sex zu steuern. Das tat er ziemlich oft. Er nahm wenige Dinge so ernst wie Sex. Ich setzte mich in meinem Liegestuhl auf, und er sah zu, wie ich die Beine zur Seite schwang und meine Arme um mich legte.

»Ich habe immer noch Stella vor Augen, wie sie am Strand liegt«, sagte ich, starrte vor mich hin und dachte an ihr schönes blondes Haar, das vom Sand verkrustet gewesen war, und wie sich ihr Körper im Tod gekrümmt hatte. »Ich bekomme das Bild einfach nicht aus dem Kopf.«

»Ich weiß, das ist nicht leicht für dich, vor allem, weil du sie gefunden hast.«

»Ja, das hat mich verändert, dieses Erlebnis hat dafür gesorgt, dass ich alles in Frage stelle. Ich nehme auch die Menschen plötzlich ganz anders wahr, keiner ist der, der er zu sein scheint«, sagte ich. »Dauernd denke ich bei mir: ›War's der da? Oder der da?‹«

Er nickte.

»Josh zum Beispiel, der war in der Nacht, in der Stella starb, joggen, und er war am Strand, als Daisy angegriffen wurde – wer geht denn bei Gewitter joggen?«

Er hob die Augenbrauen. »Normal ist das nicht.«

»Und Tom hat Daisy nach ihrem Streit einfach so hinauslaufen lassen, mitten in der Nacht?« Ich lehnte mich vor. »Ich habe gehört, wie jemand gesagt hat, dass sie vielleicht gar nicht angegriffen wurde. Oder was, wenn es Tom war, der sie angegriffen hat, und sie nur deshalb keine Details über den Angreifer verrät, weil sie ihn deckt? Wenn das so ist, könnte er auch Stella getötet haben. Ich habe ihn ein paarmal mit Stella reden sehen, als er allein an der Poolbar saß.«

»Stimmt, und Tom scheint ruhig, aber er kann auch ziemlich aufbrausend sein, wenn er wütend ist. Ihn könnte ich mir als Verdächtigen gut vorstellen.«

»Aber das ist ja eben das Problem: Wenn man sich umschaut, kommt einem jeder verdächtig vor – jeder hat ein Motiv. Daisy meinte, die Rezeptionistin hätte ihr erzählt, dass Stella von irgend so einem gruseligen Gast belästigt wurde, der hier immer abhing. Und du hast ja selbst gesagt, jeder Mann hier im Hotel könnte der Täter sein.«

Bei meiner letzten Bemerkung rutschte er unruhig in seinem Sessel hin und her und hob die Hand – unbewusst verriet seine Körpersprache, dass er damit nicht einverstanden war. »Das war doch nur ein Witz.«

»Aber in so manchem Witz steckt ein Fünkchen Wahrheit«, sagte ich. »Und es stimmt ja auch: Theoretisch könnte jeder männliche Gast Stella gegenüber anzügliche Bemerkungen gemacht oder sie angebaggert haben.« Ich hielt inne. »Vielleicht hat sie gedroht, es seiner Frau zu erzählen?« Ich ließ das einen Moment lang wirken und beobachtete seine Reaktion.

Er zuckte abweisend mit den Schultern und schaute in die Ferne. »Wer weiß?«

»Also, was ich eigentlich sagen will: Ich habe mir all diese Szenarien ausgemalt. Und ... und dann warst du so distanziert seit ... na ja, seit Stellas Tod ... und ich mag das gar nicht sagen, aber ich habe mir sogar überlegt, ob *du* nicht der Täter bist.«

Für einen kurzen Moment war ein Schatten auf seinem Gesicht zu sehen, fast wie Wut, aber dann war er wieder verschwunden, und er schaute mich entgeistert an. »Ich?«

»Ich weiß, es ist verrückt«, sagte ich, »aber du beachtest mich kaum noch, außer im Bett. Ich hatte halt das Gefühl, dass du dich mir gegenüber verändert hast. Und ich musste immer an die Nacht denken, in der Stella starb. Ich bin aufgewacht, und du warst nicht da ...« Jetzt war es endlich raus. Ich spielte ein Spiel mit ihm, und er wusste nichts davon. Ich fand es gut, dass ausnahmsweise mal ich am Ruder war.

Er zuckte zusammen, wich instinktiv zurück und schaute mich an, als hätte ich ihm eine Ohrfeige verpasst. Bis eben hatte seine Hand auf meiner Schulter geruht, jetzt zog er sie fort.

Wir sahen einander an. Mir kam es so vor, als hätte die Welt aufgehört, sich zu drehen, und alle Leute um uns herum mit ihrer Sonnencreme und ihrem Geplansche schienen sich in Zeitlupe zu bewegen.

»Tut mir leid, aber ich wollte dir halt erzählen, was mich bewegt, darum geht es doch in einer Ehe, oder?«

»Wovon redest du?«, fragte er und versuchte, seinen Ärger zu verbergen, doch das gelang ihm nicht.

Ich holte tief Luft und sagte es ihm: »Dass ich dich in der Nacht, in der sie starb, draußen gesehen habe. Ich habe dich gesehen, wie du mit Stella im Garten geredet hast.«

Er zuckte kurz, und dann stand er langsam auf. Ich hielt den Atem an und dachte: *Jetzt geht er. Ich habe in den Flitterwochen meine eigene Ehe zerstört.*

Doch dann überrumpelte er mich komplett, als er sagte:

»Ich bin wirklich froh, dass du mir das gesagt hast, Sam.« Er schob seinen Liegestuhl direkt neben meinen und setzte sich so hin, dass seine Knie meine berührten. Wir saßen uns gegenüber, und eine Weile sagte er nichts, dann sah er mich an und lächelte.

»Ich finde es toll, dass du so ehrlich bist – das gehört zu den Dingen, die ich so an dir liebe.« Er hielt inne und holte tief Luft. »Ja, kann gut sein, dass ich im Garten mit Stella geplaudert habe, ich kann mich nicht mehr genau erinnern, aber ich plaudere mit allen Hotelangestellten.«

»Hast du der Polizei gesagt, dass du in der Nacht, in der sie starb, mit ihr gesprochen hast?«, fragte ich.

»Nein, wieso sollte ich?« Es war deutlich zu hören, wie sehr ihn diese Frage ärgerte.

»Weil DCI Granger gesagt hat, dass wir alles erwähnen sollen und dass jedes Detail darüber entscheiden kann, ob die Sache hier beendet wird oder sich noch weiter hinzieht.«

»Aber es ist nicht relevant, wir haben über nichts Relevantes gesprochen.«

»Woher willst du wissen, dass es nicht relevant war?«

»Ich weiß es halt. Das war ganz unschuldig, wir haben nur ein paar Minuten geplaudert.«

»Das waren mehr als ein paar Minuten, das habe ich genau gesehen.«

»Dann hast du mir also nachspioniert?«

Ich war nicht wirklich überrascht. Langsam erkannte ich das Muster: Ich warf ihm etwas vor, und er drehte es so um, dass ich am Ende diejenige war, die etwas falsch gemacht hatte.

Ich schüttelte den Kopf. »Ich habe dich zufällig vom Balkon aus gesehen. Ich habe mir die Sterne angeguckt.«

»Ich kann dir versichern, es war ein ganz unschuldiges Gespräch über Karrierechancen, sie wollte einen beruflichen Rat von mir, und dann bin ich in die Bar gegangen, um vorm Zubettgehen noch einen zu trinken. Der Barmann kann das bestätigen, falls die Polizei herausfindet, dass ich mit ihr geplaudert habe, aber das wird sie ja nicht, oder? Weil es nicht relevant war.«

»Ich weiß nur, dass du erst gegen zwei ins Zimmer gekommen bist«, sagte ich, was ja auch stimmte.

»Ich bin mir ziemlich sicher, dass ich vor zwei zurück war, du hast wahrscheinlich schon geschlafen. Und ich habe wahrscheinlich auf dem Balkon geschlafen, um dich nicht zu wecken.«

»Was hast du denn bis zwei Uhr morgens gemacht?«

»Ich hatte halt ein paar Drinks«, sagte er entnervt, und um wieder mir den Schwarzen Peter zuzuschieben, fügte er hinzu: »Du hast also immer noch Schwierigkeiten, mir zu vertrauen?«

»Ja, ich habe Schwierigkeiten, dir zu vertrauen, weil du bis zwei Uhr morgens Gott weiß was gemacht hast. Ich habe auf die Uhr geschaut.«

»Wow, du hast auf die Uhr geschaut? Du überprüfst ständig, wo ich bin und was ich tue, was?«, stichelte er.

»In der Nacht, in der Daisy überfallen wurde, warst du auch nicht bei mir im Zimmer«, fuhr ich fort, wohl wissend, dass ich ihn damit noch mehr reizte, aber so war es nun einmal gewesen.

»Ich war auf dem Balkon, nur ein paar Meter entfernt von dir. Du weißt genau, warum ich ein paar Nächte dort geschlafen habe – weil es so unerträglich heiß war, das *weißt* du doch.« Er versuchte, vernünftig zu klingen, als hätte er sich unter Kontrolle, aber sein Gesicht war knallrot.

»Ich konnte dich aber auf dem Balkon nicht sehen«, sagte ich und holte Luft.

»Ich war unter der Markise, das Gewitter war unglaublich. Du hättest mit nach draußen gehen und es dir ansehen sollen.«

»Ist doch völlig egal, was du *sagst*, was du getan hast. Wenn die Polizei mich nach der Nacht fragt, in der Stella starb, dann werde ich wahrheitsgemäß aussagen, dass ich gesehen habe, wie du mit ihr geredet hast. Und wenn sie mich nach der Nacht fragen, in der Daisy überfallen wurde, kann ich nicht beschwören, dass du die ganze Nacht bei mir warst, denn das warst du nicht. Ich werde nicht für dich lügen, David.«

»Ich verlange ja gar nicht, dass du für mich lügst, sondern nur, dass du das nicht von dir aus erwähnst. Du bauschst das alles viel zu sehr auf und stichst damit in ein Wespennest. Warum musst du denen erzählen, dass ich mit Stella gesprochen habe, wenn ich mich nicht einmal mehr genau daran erinnern kann, worüber wir uns unterhalten haben? Und musst du denen erzählen, dass ich nicht auf dem Balkon geschlafen habe, wenn ich es doch getan habe?«

Ich nahm an, dass er gleich aufstehen und gehen würde; das tat er immer, wenn er in einem Streit den Kürzeren gezogen hatte oder wütend war.

Aber wieder überraschte er mich – irgendetwas veranlasste ihn, bei mir zu bleiben. Anscheinend fand er, dass er mich wieder auf seine Seite ziehen musste. Er sah mir in die Augen und legte seine Hände links und rechts an meine Oberschenkel.

»Ich will nicht, dass das zwischen uns steht. Was wir zusammen haben, ist etwas ganz Besonderes, dagegen ist das alles unwichtig. Wir haben nichts damit zu tun, also lass uns doch einfach die Zeit genießen, die uns von unseren Flitterwochen noch bleibt – und Schluss mit dem albernen Gerede, ja?«

»Das ist kein albernes Gerede, im Gegenteil. Ich habe das Gefühl, dass ich dich gar nicht kenne, David.«

Er hob beide Hände. »Da musst du mir schon vertrauen«, blaffte er. Doch dann schien er es sich anders zu überlegen, beugte sich vor und legte die Handflächen wieder auf meine Oberschenkel. »Du machst dich nur verrückt, wenn du dir einredest, ich würde dich vernachlässigen, um mit irgendwelchen anderen Frauen weiß der Himmel was anzustellen«, sagte er. Dann kam er noch näher, und seine Stimme wurde sanfter. »Ich finde eher, dass *du* mich vernachlässigt hast. Dein Kopf war so voll mit dem, was hier alles passiert ist, dass du gar keine Zeit für mich hattest.«

Ich dachte über seine Worte nach, während er mir in die Augen schaute und sanft meine Beine streichelte. War ich wirklich so besessen von dem Mord und dem, was mit Daisy passiert war, dass ich in meine eigene Welt abgetaucht war und meinen Mann vernachlässigt hatte? Ich sah ihn an und versuchte, die Wahrheit in seinem Gesicht zu lesen, aber das gelang mir nicht.

Er merkte, dass ich hin und her gerissen war. »Ich mache dir keine Vorwürfe, Liebling«, sagte er leise. Es tat gut, dass er mir seine volle Aufmerksamkeit schenkte. Wie er mich ansah, war wie Sonnenschein auf meinem Gesicht. Noch nie hatte mich jemand so geliebt. »Jemand ist gestorben, und deine Freundin ist verletzt worden, klar ist das beängstigend«, sagte er, »und es ist völlig verständlich, dass du dir Sorgen machst und durcheinander bist.« Er küsste mich auf die Stirn.

Ich spürte, wie eine Welle der Liebe durch mich hindurchströmte, die viel tiefer ging als bloßes sexuelles Verlangen. Und ich dachte: *Ich habe ihm gerade gesagt, dass ich ihn für einen Mörder halte, und er liebt mich trotzdem.*

Ich beugte mich zu ihm hinunter und küsste ihn auf den Mund, meine Hand glitt sein nacktes Bein hinauf, und seine tat dasselbe an meinem.

»Ich liebe dich, Mrs Harrison«, sagte er.

»Ich liebe dich auch, Mr Harrison«, antwortete ich. Wir lehnten uns beide händchenhaltend auf unseren Liegen zurück und schauten einander an.

»Danke, dass du mich verstehst«, murmelte ich.

Er drückte meine Hand. »Ist doch klar, dass du dich manchmal unsicher fühlst, das mit uns ist so schnell passiert, wir müssen uns Zeit lassen. Und es tut mir leid, dass wir hier, wo ständig Leute sterben, nicht gerade die entspannte Hochzeitsreise haben, die wir geplant hatten.«

»Daisy ist nicht tot«, erinnerte ich ihn.

»Nein, natürlich nicht, aber du weißt, was ich meine, oder?«

Ich nickte. »Ja, unsere Hochzeitsreise ist bisher ein ziemliches Auf und Ab, oder?«

»Stimmt. Aber mit uns ist alles wieder gut, oder?«, fragte er, und wieder wurde mir ganz warm ums Herz.

»Besser als gut.« Ich streckte die Hand aus und berührte seine Brust, streichelte die glatte, vor Schweiß glänzende Haut bis hinunter zu seinem Sixpack.

»Ich kann gar nicht still sitzen, wenn du das tust. Pass auf, sonst verlier ich die Kontrolle und stürze mich auf dich, hier, vor allen Leuten«, sagte er, und seiner Stimme war anzuhören, wie viel Lust er auf mich hatte.

»Willst du mich wirklich so sehr?« Wie immer war ich geschmeichelt von seinen leidenschaftlichen Gefühlen für mich.

»Natürlich. Ist doch auch ganz normal.«

»Ich weiß nicht, ich frage mich manchmal, was du in mir siehst, wenn es Frauen wie Daisy gibt«, sagte ich.

»Glaub bitte nicht, dass ich auf Daisy stehe«, sagte er und lächelte.

»Um ehrlich zu sein, in den Sinn gekommen ist mir das schon.«

»Die ist überhaupt nicht mein Typ, viel zu streitsüchtig und selbstverliebt.«

»Nein, die ist wirklich nett«, sagte ich, »selbstverliebt ist sie gar nicht.«

»Doch, und wie! Ihr Instagram ist voll von Selfies und Fotos, auf denen sie halb nackt zu sehen ist.«

»Du hast doch gar kein Instagram.« Ich war sofort in Alarmbereitschaft.

»Ach, Sam, du klingst schon wieder wie eine Stalkerin«, sagte er mit einem Singsang in der Stimme. »Keine Angst«, fuhr er fort und hob die Hände in einer defensiven Geste. »Sie hat es mir selbst gezeigt.«

»Ehrlich?«, fragte ich zweifelnd.

»Ja, gleich am ersten Tag, als dein Yogakurs ausfiel und wir alle am Pool saßen, hat sie mir auf dem Handy gezeigt, wohin sie wegen ihrer Arbeit gefahren war.«

Daran konnte ich mich überhaupt nicht erinnern. Und ich war die ganze Zeit in Daisys Nähe gewesen, ich war sogar mit ihr an den Strand gegangen auf der Suche nach Handyempfang. Sie hatte ihm kein einziges Mal ihr Telefon gezeigt.

Er beugte sich vor und küsste mich auf den Hals. Es war so aufregend wie immer, aber ich war trotzdem beunruhigt. Ich wurde einfach nicht schlau aus David, und jetzt verlangte er auch noch von mir, dass ich die Polizei anlog, wenn sie von mir wissen wollten, wo er in den beiden Nächten gewesen war. Wieder einmal fragte ich mich: Mit wem war ich da eigentlich verheiratet?

14

DAISY

Daisy stand auf dem Balkon ihres Hotelzimmers, schaute hinab auf die Insel und betrachtete das unendliche Meer. Es war ein wunderschöner Tag, das türkise Meer glitzerte, die Sonne schien. Und sie hatte furchtbare Angst.

Die Stelle am Strand, wo sie Stellas Leiche entdeckt hatten, war mit Tatortband abgesperrt, genau wie der Bereich oberhalb der Klippen, wo Daisy fast ihr Leben verloren hätte. Wer auch immer Stella getötet und sie angegriffen hatte, er war immer noch auf freiem Fuß. Von ihrem Aussichtspunkt aus suchte sie den Strand ab und hoffte, etwas zu entdecken, das ihr weiterhalf. Oder jemanden. Aber da war nichts. Daisy konnte weder ihren Angreifer identifizieren noch konnte sie der Polizei irgendetwas anderes Nützliches mitteilen. Das Einzige, was sie mit Sicherheit wusste, war, dass ihr Angreifer ein Mann gewesen war: Die Person war kräftig gewesen wie ein Mann, und als sie ihn zwischen die Beine getreten hatte, da hatte ganz eindeutig eine Männerstimme aufgestöhnt.

Daisy war gerade vom Spa zurückgekehrt, wo die Polizei ihre Einsatzzentrale eingerichtet hatte. Sie hatte bei DCI Granger und ihrem Assistenten ihre Aussage zu Protokoll gegeben. Granger war sehr verständnisvoll und einfühlsam gewesen, als sie Daisy befragt hatte, insbesondere als es darum ging, herauszufinden, ob es ein sexuelles Motiv gab.

Nicht einmal da war Daisy sich sicher. »Wir haben halt gekämpft, kann sein, dass er *versucht* hat, mich auf sexuelle Weise zu berühren, und wenn ich mich nicht gewehrt hätte, wer weiß? Vielleicht wollte er mich vergewaltigen. Aber er hat versucht, mich zu erwürgen, während ich mich gewehrt habe, und für manche Männer *ist* das Sex«, sagte sie und seufzte.

Die ärztliche Untersuchung hatte ergeben, dass sie Blutergüsse am Hals hatte und eine Kopfverletzung, weil der Angreifer sie an den Haaren zu Boden gezogen hatte. Er hatte ihr nicht nur Haare ausgerissen, sie war auch unsanft auf dem steinigen Weg gelandet und hatte sich dabei den Kopf verletzt, was das Blut und den anfänglichen Gedächtnisverlust erklärte. Als Granger sie bat, Größe und Gewicht ihres Angreifers zu schätzen, konnte Daisy ihr überhaupt nichts sagen. Sie hatte ihn nur zu Gesicht bekommen, als er versucht hatte, sie zu erwürgen, und selbst da hatte sie kaum etwas gesehen. Das Gewitter hatte getobt, er hatte dunkle Kleidung angehabt, und sie wusste noch, dass er eine Maske getragen hatte.

Detective Granger schüttelte den Kopf und sagte: »Gesichtsmasken waren Coronas Geschenk an die Verbrecher. Ein Albtraum – man kann niemanden identifizieren, wenn er eine Maske trägt. Überwachungskameras? Kann man vergessen.« Sie schüttelte frustriert den Kopf und blätterte in ihren Notizen, dann sah sie wieder zu Daisy auf. »Sie sind die zweite Frau, die angegriffen wurde, und da der erste Angriff ein Mord war, gehen wir bei Ihnen von versuchtem Mord aus.«

Daisy schnappte nach Luft. »Genau davor hatte ich Angst. Dann ist es also wirklich derselbe Mann, und er wollte mich wirklich umbringen, wie Stella?«

»Ich muss betonen, dass wir zum jetzigen Zeitpunkt keine konkreten Hinweise auf Ihren Angreifer oder sein Motiv haben. Wir haben auch nicht genug Anhaltspunkte, um herauszufinden, wer Stella getötet hat, aber wir haben mehrere Theorien, und es spricht einiges dafür, dass es sich um dieselbe Person handelt.« Sie lehnte sich hinter dem Schreibtisch zurück und sah Daisy in die Augen. »Ich will Sie nicht verängstigen, aber es könnte sein, dass er einen bestimmten Typ bevorzugt; Sie und Stella haben eine ähnliche Figur und blondes Haar.«

»Mein Gott!« Daisy stöhnte. »Also ist es vielleicht ein Verrückter, der mal von einer schlanken Blondine verlassen wurde und jetzt alle schlanken Blondinen hasst?«

Granger holte tief Luft. »Interessante Theorie, aber wir arbeiten lieber mit Fakten und Beweisen als mit Mutmaßungen. Ich möchte damit nur sagen, dass es Grund zu der Annahme gibt, dass sich unsere gesuchte Person, wer auch immer das ist, nach wie vor hier auf der Insel befindet, wahrscheinlich sogar im Hotel. Deshalb sage ich allen Gästen: Seien Sie wachsam. Schließen Sie Ihre Tür ab. Die Polizeipräsenz wurde erhöht, und meine Kollegen wissen darum, welche besondere Rolle Sie in dieser Sache spielen.«

»Ich darf also nicht abreisen?«

Granger schüttelte den Kopf. »Es wäre uns lieber, wenn Sie das nicht täten. Vielleicht können Sie uns ja doch noch helfen, den Täter zu finden, vielleicht erinnern Sie sich an etwas, und natürlich können wir auch Sie als Täterin noch nicht ausschließen.«

»Mich?«

Granger lächelte. »Ich arbeite streng nach Vorschrift, und ich glaube Ihnen, dass Sie angegriffen wurden, aber solang wir keine Beweise dafür haben – und die haben wir nicht –, müssen wir die Möglichkeit in Betracht ziehen, dass Sie nur von Ihrer Tat ablenken wollen.«

»Nein, nein, ich …«

»Ich sage ja gar nicht, dass Sie das tun, ich weise nur darauf hin, dass wir das in Betracht ziehen müssen. Bei so einer Untersuchung muss alles wasserdicht sein.« Sie lächelte Daisy an. »Und ein Vorteil ist, dass hier auf der Insel alles unter Kontrolle ist. Wir haben Grund zu der Annahme, dass der Täter noch hier ist. Und es könnte jeder sein. Bleiben Sie also bitte rund um die Uhr wachsam, und sagen Sie uns sofort Bescheid, wenn es irgendetwas gibt, das Sie beunruhigt oder von dem Sie meinen, dass wir es wissen sollten. Wir werden verstärkt rund um das Hotel, die Klippen und den Strand Patrouille laufen, aber ich muss Ihnen leider auch sagen, Mrs Brown, die Kapazitäten meines Teams sind begrenzt. Die Ressourcen der Polizei sind so gering wie nie zuvor, und wir tun alles, was in unserer Macht steht, um Sie zu schützen, aber mehr als das können wir nicht leisten. Also tun Sie bitte nichts, was Ihre eigene Sicherheit gefährdet.«

»Sie meinen, wie bei Gewitter am Rand der Klippen entlanglaufen?«, erwiderte Daisy und merkte sofort, wie dumm das geklungen hatte.

DCI Granger hob nur bestätigend die Augenbrauen.

»Der Mord an Stella und der tätliche Angriff auf mich hängen also zusammen?«, murmelte Daisy.

Granger nickte. »Die Vorgehensweise war sehr ähnlich. Es gibt nur einen Unterschied – es sieht so aus, als hätte Stellas Angreifer sie mit bloßen Händen gewürgt, bevor er sie von der Klippe stieß, und Sie sagen, Ihr Angreifer hätte Handschuhe getragen ...« Sie sah in ihre Notizen.

»Ja, definitiv. Theoretisch könnte es sich also um denselben Mann handeln, und ihm ist klar geworden, dass er anhand seiner Spuren an der Leiche beziehungsweise den Blutergüssen identifiziert werden könnte?«

Granger holte tief Luft. »Es kann natürlich sein, dass er das glaubt, aber ich halte das ehrlich gesagt für unwahrscheinlich. Wenn er mit den Fingernägeln die Haut der Verstorbenen geritzt hat oder es DNA-Spuren von seinem Schweiß gibt, könnte man anhand dessen *vielleicht* jemanden überführen.

Aber mit DNA ist das in Wirklichkeit leider nicht so einfach, wie es in Büchern und Filmen dargestellt wird, sondern ziemlich kompliziert.« Sie lächelte.

»Trotzdem kann es doch sein, dass er *glaubt*, man könne an den Hämatomen seine Fingerabdrücke finden, und deshalb trägt er jetzt Handschuhe?«

»Möglich ist das«, räumte Granger ein. »Vielleicht ist er jetzt auch einfach nur vorsichtiger. Er glaubt, dass er beim ersten Mal davongekommen ist, und will nicht riskieren, beim zweiten Mal erwischt zu werden. Aber möglich ist alles, und wir können zum jetzigen Zeitpunkt nichts ausschließen. Seien Sie versichert, dass unsere besten Leute an dem Fall arbeiten, also überlassen Sie es bitte uns, Theorien aufzustellen, und konzentrieren Sie sich darauf, sich nicht in Gefahr zu begeben.«

Daisy nickte. Sie überlegte, ob sie aufstehen und gehen sollte, aber etwas in Grangers Blick veranlasste sie, sitzen zu bleiben.

Die Kriminalbeamtin stützte den Kopf auf den Händen ab und sah Daisy an. »Eines noch.«

Daisy fühlte sich leicht unwohl.

»Sagen Sie«, fuhr Granger fort, »gibt es abgesehen von der äußeren Ähnlichkeit, also den blonden Haaren und der Statur, und der Tatsache, dass Sie ihre Leiche gefunden haben, irgendeine Verbindung zwischen Ihnen und Stella Foster? Fällt Ihnen da irgendetwas ein?«

Daisy schüttelte den Kopf. Grangers Frage bereitete ihr Unbehagen.

»Kannten Sie Stella Foster?«

»Nein, ganz und gar nicht. Ich wusste, wer sie war, aber ich habe nie mit ihr gesprochen. Wir waren ja erst ein paar Tage hier, als sie starb, und in dieser Zeit hat sie vielleicht mal an unserem Tisch bedient, aber ansonsten bin ich ihr nie begegnet. Mein Mann kannte sie besser als ich.«

»Wirklich?«

»Ja, er hat sich an der Bar mit ihr unterhalten, als sie ihn bedient hat. Aber nur beiläufig.«

»Hat Ihr Mann Ihnen jemals irgendetwas über Stella erzählt?«

»Nicht wirklich. Wenn ich sage, dass er sie besser kannte als ich, dann nur, weil ich sie überhaupt nicht kannte und er halt ein paarmal an der Poolbar war.«

Granger nickte, und Daisys Herz klopfte. Sie hätte sich ohrfeigen können, aber sie musste ehrlich sein. Tom hatte sich nun einmal mit Stella unterhalten. Er hatte mit ihr an der Poolbar abgehangen, als sie selbst im Spa oder im Fitnessraum gewesen war, und einmal war er spätabends, als Daisy aufs Zimmer ging, noch »auf einen letzten Drink« in die Bar verschwunden, und vermutlich hatte Stella da auch gearbeitet. Aber selbst wenn er Zeit mit Stella verbracht und mit ihr an der Bar gesprochen hatte, bedeutete das noch lange nicht, dass er sie ermordet hatte. Trotzdem hatte sie jetzt die Polizei darauf angesetzt. Hatte sie ihren Mann gerade, ohne es zu wollen, des Mordes bezichtigt?

»Fällt Ihnen sonst nichts ein? Irgendetwas, egal wie unbedeutend es auch erscheinen mag?«, fragte Granger.

Daisy schien es, als hätte die Polizistin gemerkt, dass sie zögerte, und glaubte jetzt, sie würde ihr etwas verheimlichen. Sie fühlte sich auf ganz irrationale Weise schuldig. »Nein ... nein, gar nichts.«

Granger seufzte und lehnte sich in ihrem Stuhl zurück. »Tja, mysteriös ist es auf jeden Fall. Ich bin überzeugt, dass es eine Verbindung gibt, wie abseitig sie auch sein mag. Ich versuche nur, an alles zu denken. Was auch immer er vorhat, ich hoffe nur, wir kriegen ihn, bevor er noch jemandem etwas antut.« Sie stapelte ihre Papiere aufeinander und stand auf, ein sicheres Zeichen, dass das Gespräch beendet war.

Daisy nahm ihre Tasche und ging aus dem Spa in die Lobby, wo Tom auf sie wartete. Er umarmte sie sofort, und einen Moment lang war sie erleichtert und fühlte sich sicher, bis er sich von ihr löste und sie mit Fragen bombardierte. »Was hat sie gesagt? Haben sie eine Ahnung, wer dich angegriffen hat? Hat sie gesagt, ob sie schon wissen, wer Stella getötet hat?«

»Wow. So viele Fragen, und auf alle muss ich antworten: Nein«, sagte sie spitz. Sie marschierte an ihm vorbei, aber er blieb ihr dicht auf den Fersen, und sie sah ihm an, dass er unbedingt wissen wollte, was es Neues gab. »Granger hat bestätigt, dass er es auf mich abgesehen haben könnte, ich soll mich nicht in Gefahr begeben.«

Genau in diesem Moment erschien Paulo und ging schnellen Schrittes durch die Lobby und an ihnen vorbei. Daisy zuckte zusammen.

»Alles okay?«, murmelte Tom und sah zu, wie er verschwand.

»Ja, ich bin nur ein bisschen nervös, das ist alles«, antwortete sie. Sie stiegen in den Aufzug, um auf ihre Etage zu fahren.

»Ich fühle mich ganz seltsam«, sagte sie, als sie in ihrem Zimmer waren. »Ich habe das Gefühl, dass alle Leute hier potenzielle Mörder sind und es auf mich abgesehen haben.«

»Vielleicht kommt das noch von der Kopfverletzung?«, mutmaßte er.

»Die hat doch nicht mein Denken beeinträchtigt, Tom, ich werde nicht verrückt. Ich denke mal, das ist eine ganz normale Reaktion nach einem solchen Überfall«, sagte sie, schloss die Balkontür auf und ging hinaus. Nach dem Gespräch mit der Polizistin fühlte sie sich eingeengt. Sie fragte sich, ob Granger ihr eine Falle gestellt hatte, als sie gesagt hatte, es gäbe keinen Beweis dafür, dass sie angegriffen worden war.

»Ich bin mir nicht sicher, ob Granger mir auch wirklich glaubt, dass ich angegriffen wurde«, murmelte sie, als Tom zu ihr auf den Balkon kam. Sie suchte immer noch die Gegend nach einer schattenhaften Gestalt mit Gesichtsmaske ab.

Er zuckte mit den Schultern. »Na ja, sie haben keine

Beweise, weil sie den Angreifer nicht finden können. Wahrscheinlich würde es dir besser gehen, wenn du der Polizei irgendwelche Informationen hättest geben können. Wenn du dich an irgendwas erinnert hättest.«

»Kann sein.« Sie fühlte sich schon wieder gereizt. »Ich kann doch nichts dafür, dass ich mich nicht erinnern kann. Was für Beweise braucht sie denn, um zu begreifen, dass ich mir diese Verletzungen nicht selbst zugefügt habe?«

Tom antwortete nicht. Er lehnte sich neben ihr auf das Balkongeländer und blickte auf das Meer hinaus.

»Sie hat mich gefragt, ob es zwischen mir und Stella irgendeine Verbindung gibt«, berichtete Daisy.

»Und, gibt es eine?« Er wandte sich ihr zu.

»Zumindest keine offensichtliche, es ist ja nicht so, dass ich sie gekannt hätte oder so.«

»Nein, nein, das wohl nicht«, murmelte er.

»Aber du, oder?«

Er schien verwirrt, aber gleichzeitig merkte sie, dass er genau wusste, was sie meinte. »Wir waren ja nicht befreundet oder so.« Er sah sie an. »Daisy, was willst du damit sagen?«

»Nichts.« Sie konnte ihm nicht in die Augen sehen. Sie hatte ein furchtbar schlechtes Gewissen, weil sie ihm jetzt vielleicht die Polizei auf den Hals gehetzt hatte.

»Das will ich stark hoffen«, antwortete er, »denn da war ja nun wirklich nichts. Ich habe sie nicht gekannt. Ich habe mal mit ihr geredet, sie hat mich an der Bar bedient, meinte, das wäre ihr zweiter Sommer hier, und sie wolle im September wieder aufs College gehen, um ihren Master zu machen, das war so ziemlich alles, was sie gesagt hat.«

»Hast du der Polizei gesagt, dass du mit ihr geredet hast?«

»Nein, habe ich nicht«, sagte er mit zusammengebissenen Zähnen, »denn es war nur ein belangloses Gespräch.«

Sie sah die Ader an seiner Schläfe, die sich immer dann abzeichnete, wenn er wütend war oder unter Druck stand, und hoffte bei Gott, dass er die Wahrheit sagte. Granger hatte ihr gesagt, sie solle dafür sorgen, dass sie nicht allein war, aber jetzt, wo er so ein auffälliges Interesse daran zeigte, was die Polizei dachte, war ihr in seiner Gegenwart plötzlich nicht mehr ganz so wohl.

»Ich muss raus aus diesem Zimmer«, sagte sie. »Der Balkon fühlt sich an, als würde er immer kleiner und heißer werden. Nachmittags wird es so heiß, dass es kaum noch zu ertragen ist.«

»Ich komme mit. Es hieß doch, niemand soll allein irgendwo hingehen.«

»Nein, lass gut sein.«

»Sei nicht dumm, das letzte Mal, als du allein losgegangen bist, wurdest du beinahe ermordet.« Sie merkte an seinem Tonfall, dass er verletzt und wütend war, aber die Vorstellung, den Rest des Tages mit ihm zusammen in diesem beengten, klebrigen Raum zu verbringen, war kaum zu ertragen.

»Mir geht es gut, ich brauche nur eine Pause«, beharrte sie, zog ihre Sandalen an, verließ ohne sich zu verabschieden das Zimmer und fuhr mit dem Aufzug hinunter in die Lobby.

Als sich die Aufzugtüren öffneten, schlug ihr die warme Luft ins Gesicht wie schwerer Atem. Das Fitzgerald's Hotel fühlte sich jetzt völlig anders an als zuvor – statt gedämpften Stimmen und leiser Hintergrundmusik stapften nun Rechtsmediziner und Polizeibeamte durch das pastellfarbene Dekor, bellten Befehle und ließen ihre Funkgeräte knistern. Plötzlich erfuhren die Menschen in dieser Petrischale des Reichtums und der Privilegien zum ersten Mal in ihrem Leben, wie es war, wenn man herumkommandiert wurde und nicht mehr tun und lassen konnte, was man wollte.

Der Rezeptionstresen war voller Gäste, die von hier weg wollten, die Informationen wollten, die eine Entschädigung wollten. Die meisten wollten einfach nur mit dem nächsten Boot abreisen, aber anscheinend war das Boot an diesem Tag nicht gekommen und würde voraussichtlich auch am nächsten

Tag nicht kommen. Daisy fragte sich, ob sie jemals wieder von dieser verdammten Insel herunterkämen. Sie schlenderte in die Bar und hielt nach einem freundlichen Gesicht Ausschau, traf aber nur auf David.

»Wir sind doch keine Gefangenen! Rein rechtlich gesehen können die uns hier überhaupt nicht festhalten«, rief er ihr von seinem Barhocker aus zu, ein Bierglas in der Hand.

»Tja, wenn du nicht zurück zum Festland *schwimmen* willst, sieht es ganz so aus, als würden sie uns hier eben *doch* festhalten – ob das nun legal ist oder nicht«, sagte Daisy. Dann ging sie zurück in die Lobby und saß eine Weile herum; wenigstens war sie hier nicht mit Tom im Zimmer eingesperrt.

»Warten Sie auf jemanden?«, blaffte eine unfreundliche Stimme. »Wir müssen diesen Bereich nämlich räumen.« Es war ein Polizeibeamter. Er machte nur seine Arbeit und hatte offensichtlich viel zu tun, aber der Ton seiner Stimme ließ Daisy in Tränen ausbrechen. In diesem Moment wurde ihr klar, dass sie so sehr in dieser Luxus-Blase mit aufmerksamem Personal und zufriedenen Urlaubern gefangen gewesen waren, dass sich das reale Leben im Vergleich lieblos und schroff anfühlte. Da sie nirgendwo hingehen und mit niemandem reden konnte, beschloss Daisy, auf ihr Zimmer zurückzugehen.

Sie fühlte sich zu wackelig, um die Treppe zu nehmen, also betrat sie den Aufzug, aus dem sie erst wenige Minuten zuvor gestiegen war, und drückte auf den Knopf, der sie in den zweiten Stock brachte. Es war ein langsamer, altmodischer Aufzug, der zum Rest der Einrichtung passte, eher dekorativ als praktisch. Die Wände der kleinen Kabine waren mit zahlreichen sechseckigen Spiegeln im Art-déco-Stil versehen. Sie hielt den Atem an, als sich der Aufzug langsam dem ersten Stock näherte, dann fiel ihr auf, dass der Knopf blinkte – jemand im ersten Stock hatte den Fahrstuhl gerufen. Wer auch immer es war, er würde zu ihr in den Aufzug steigen, sobald sich die Türen öffneten, und sie wäre mit ihm hier eingesperrt. Sobald der Aufzug weiterfuhr, wären die Türen geschlossen, und es gäbe keinen Ausweg mehr. Sie war ihm ausgeliefert. »Scheiße«, murmelte sie leise vor sich hin und versuchte, ruhig zu bleiben, als der Aufzug im ersten Stock ruckartig zum Stehen kam. Wer stand da wohl vor der Tür? Ihr Herz schlug schneller, als sie an DCI Grangers Worte dachte: *Unsere gesuchte Person befindet sich nach wie vor hier auf der Insel, wahrscheinlich sogar im Hotel.* Sie hielt den Atem an, jedes Glied, jede Sehne angespannt, bereit, loszurennen. Sie starrte auf die Aufzugtüren und hatte Angst, was gleich geschehen würde. Sie hatte wieder den Donner im Ohr und musste daran denken, wie der Mann über ihr gestanden hatte, dunkle Kleidung, Maske, kurz erleuchtet von einem Blitz. Und als sich die Türen langsam öffneten und nach und nach den Blick auf die Person freigaben, die auf der anderen Seite stand, schnappte sie voller Angst nach Luft, drängelte sich an der Person vorbei und rannte den Flur hinunter. Erst als sie sich weit genug weg wähnte, drehte sie sich um.

»Wohin so eilig, Lady?« Es war Paulo. Er hielt ein Tablett in der Hand und schaute verärgert und verwirrt drein. »Hey, alles in Ordnung?«, rief er.

Sie ging kein Risiko ein und rannte weiter den Flur hinunter. In ihrer blinden Panik konnte sie die Treppe nicht finden. Eine Weile irrte sie im Flur hin und her. Tränen liefen ihr die Wangen hinunter.

Sie hörte Paulos Stimme, aber sie musste weg. Schließlich fand sie die Treppe und nahm zwei Stufen auf einmal, bis sie den zweiten Stock erreichte, wo sie zu ihrem Zimmer rannte, an die Tür hämmerte und Toms Namen rief. Als er öffnete, fiel sie ihm schluchzend in die Arme. Es dauerte noch ein wenig, aber schließlich war sie in der Lage, ihm zu erzählen, was los war.

Er legte die Arme um sie und drückte sie fest an sich. »Babe, es ist alles in Ordnung, du bist jetzt in Sicherheit. Ich habe dir doch gesagt, ich bleibe bei dir, und das werde ich von jetzt an auch.«

»Danke«, sagte sie durch ihre Tränen hindurch. Vorhin hatte sie noch Angst vor ihrem Mann gehabt, aber jetzt, wo er sie umarmte, verschwand dieses Gefühl. Sie legten sich auf das Bett, und sie schlief in seinen Armen ein.

Als Daisy erwachte, verschmolz die Abendsonne gerade mit dem Horizont, und Tom war fort. Ihre erste Reaktion war Angst, dann Wut: Wieso war er ohne ein Wort gegangen? Er hatte ihr doch versprochen, bei ihr zu bleiben und sich um sie zu kümmern, nach allem, was passiert war. Sie nahm an, dass er allein zum Abendessen oder in die Bar gegangen war und sie einfach hatte schlafen lassen.

Als er schließlich auftauchte, war sie außer sich.

»Ich war bei der Polizei«, sagte er und sah erschöpft aus. »Ein Polizist kam, um mich abzuholen. Er klopfte an die Tür, und ich beschloss, dich nicht zu wecken. Ich nahm an, ich wäre in ein paar Minuten zurück. Aber sie haben mich da über eine Stunde festgehalten.« Er setzte sich auf das Bett, stützte den Kopf in die Hände, und Daisy hatte sofort ein schlechtes Gewissen. Warum hatte sie bloß erzählt, dass er Stella kannte?

»Granger war eine totale Zicke«, sagte er und hob den Kopf.

»O Gott, ehrlich?« Daisy machte sich Vorwürfe. Bestimmt war alles ihre Schuld.

»Ja, und sie hat mich immer wieder gefragt, wann du weggegangen bist und warum ich dir nicht hinterhergegangen bin. Ich hatte den Eindruck, dass sie mich in Widersprüche verwickeln wollte. Als hätte sie noch nie davon gehört, dass Paare sich streiten und einer wegläuft.«

»Wahrscheinlich kann sie das nicht nachvollziehen, aber es war doch ganz einfach, ich hatte was getrunken und war sauer«, sagte Daisy. »Hat sie Stella erwähnt?«

»Sie hat gefragt, ob ich sie kannte, und ich habe nein gesagt.«

Daisy wurde übel; entweder wollte Granger ihn testen, oder sie gab sich mit seiner Antwort zufrieden. Aber Daisy konnte es nicht ertragen, darüber zu sprechen. Vor allem konnte sie nicht riskieren, dass Tom klar wurde, dass sie ihm das eingebrockt hatte, also lenkte sie ihn ab.

»Wollen wir uns heute mal Essen aufs Zimmer bestellen?«, fragte sie. Es funktionierte. Sie sahen sich die Speisekarte an, was sie ein wenig aufmunterte. Und nach dem Abendessen mit frischem Krabbensalat, einem schön kühlen weißen Sauvignon und einer herrlich säuerlichen Himbeermousse stand Tom auf, reichte ihr die Hand und führte sie zum Bett hinüber.

»Mir ist nicht gerade nach …«

»Schon okay«, sagte er, »mir auch nicht. Ich bin nur froh, dass es dir gut geht. Es war alles so furchtbar, von dem Moment an, als du die Leiche gefunden hast, bis gestern Abend, als … Ich kann es kaum ertragen, daran zu denken. Und dann diese Begegnung mit dieser Zicke von der Kripo …«

»Lass uns einfach das Licht ausmachen und zusammen im Dunkeln liegen«, schlug sie vor, da sie keine Lust hatte, weiter darüber zu reden.

»Soll ich die Balkontür öffnen, damit frische Luft hereinkommt?«, fragte er.

Sie schüttelte den Kopf. »Auf keinen Fall, dann würde ich kein Auge zukriegen. Wir müssen uns heute Nacht mit der lauten Klimaanlage begnügen.«

»Das alte Ding – das ist garantiert die Originalklimaanlage, die sie installiert haben, als das Hotel gebaut wurde«, sagte er. »Was machst du da?«

Daisy hob die Kissen hoch und fuhr mit den Händen unter die Bettdecke. »Mein Nachthemd, das rosafarbene. Ich hatte es unter dem Kopfkissen liegen lassen, aber es ist nicht mehr da.«

»Dann schlaf halt nackt, es ist doch warm genug«, sagte er und stieg ins Bett.

»Das meine ich nicht, es ist nur – warum ist es nicht da? Hast du es irgendwo hingelegt?«

»Nein, warum in aller Welt sollte ich dein Nachthemd irgendwo hinlegen?«

»Sehr mysteriös«, murmelte sie. Daisy stieg vom Bett und suchte das Zimmer ab, aber ihr Nachthemd war nirgends zu finden. Sie schaute in den Schubladen nach, vielleicht hatte das Zimmermädchen es beim Saubermachen weggeräumt. Aber auch da war es nicht. Sie fragte sich, ob Paulo vielleicht in den Zimmern der Gäste herumschnüffelte, und musste an den Kellner denken, der ihr so frech zugezwinkert hatte, als er ihnen das Essen gebracht hatte. Das Nachthemd hatte unter ihrem Kopfkissen gelegen. War jemand in ihrem Zimmer gewesen? Aber wer?

Jetzt bekam sie es wirklich mit der Angst zu tun. Sie sah ihren Mann an und sagte: »Tom, es wurde definitiv gestohlen, jemand war in unserem Zimmer.« Ihre Stimme zitterte vor Furcht.

»Wovon sprichst du? Wer um alles in der Welt sollte in unser Zimmer kommen, um dein Nachthemd zu klauen, Daisy? Was ist denn los mit dir?«

»Tom, vielleicht war es der Mörder.«

»Vielleicht macht deine Kopfverletzung dich ein bisschen paranoid. Du benimmst dich ziemlich seltsam, Babe.«

»Das würdest du auch, wenn du überfallen worden wärst und um dein Leben hättest kämpfen müssen!«

Tom verdrehte die Augen. Er unterstellte ihr immer, dass sie alles überdramatisierte, aber das tat sie nicht. Im Grunde spielte sie die Tatsache, dass sie dem Tod ins Auge geblickt hatte, sogar noch herunter.

Und dann wurde ihr plötzlich klar, warum er sie nicht ernst nahm. »Du glaubst mir nicht, oder? Nicht einmal du glaubst mir, dass ich angegriffen wurde.«

Er sah verlegen aus, fast schuldbewusst. »Doch, schon, aber ... Na ja, bis jetzt gibt es halt keine wirklichen Beweise.«

»Du glaubst also, ich hätte versucht, mich *selbst* zu erwürgen?«, schrie sie aus vollem Halse.

Bevor er antworten konnte, klopfte es an die Zimmertür.

»Scheiße, das ist wahrscheinlich ein Gast, der sich beschwert, weil wir so laut sind«, zischte Tom. Doch als er die Tür öffnete, wich er überrascht zurück. Zwei Polizeibeamte standen davor.

»Ist Mrs Daisy Brown hier?«, fragte einer von ihnen.

Mit vor Schreck offenem Mund trat Daisy an die Tür. »Das bin ich. Was gibt es denn?«

»Daisy Alice Brown«, sagte der Beamte, »Sie sind im Zusammenhang mit dem Mord an Stella Foster festgenommen. Sie haben das Recht, die Aussage zu verweigern, aber es kann gegen Sie ausgelegt werden, wenn Sie sich vor Gericht auf etwas berufen, zu dem Sie im Ermittlungsverfahren geschwiegen haben. Alles, was Sie sagen, kann gegen Sie verwendet werden.«

15

BECKY

Als Josh von seiner Vernehmung zurückkommt, ist er ziemlich wortkarg. Ich frage ihn mehrmals, was sie von ihm wissen wollten und ob sie ihm irgendetwas gesagt haben, aber er meint, das hätten sie nicht.

»Es war reine Routine«, sagt er, aber ich merke, dass ihn etwas bedrückt.

»Kurz bevor du zur Vernehmung gegangen bist, wolltest du mir etwas sagen. Als hättest du dir etwas von der Seele reden wollen, weißt du noch?«

Er errötet. Josh errötet immer, wenn er bei etwas ertappt wird oder auf irgendeine Weise bloßgestellt wird. Das ist ungewöhnlich für einen Mann, und ich fand es schon immer reizvoll, dass er mich nicht anlügen kann, weil sein Gesicht immer verrät, wenn er flunkert. Unser Sohn Ben ist genauso: Ich weiß sofort, wenn er lügt.

Er antwortet zunächst nicht, sondern schaut mich bloß an, als würde ihn meine Frage irritieren, aber ich kenne ihn gut genug, dass mich sein verwirrter Gesichtsausdruck nicht täuschen kann. Er weiß genau, wovon ich spreche.

»Josh«, hake ich nach, »was wolltest du mir sagen?«

»Ach, ich wollte ... ich ... ich wollte nur sagen, dass ich dich liebe.«

Das überzeugt mich überhaupt nicht. »Geht es dir gut, bist du gestresst? Ich finde einfach, dass du dich untypisch verhältst. Du verheimlichst mir irgendwas ... ganz abgesehen von dem versteckten Telefon«, füge ich hinzu, um ihm klarzumachen, dass ich nicht vergessen habe, dass er mich wegen des Festnetz-telefons angelogen hat.

Er wirft einen Blick auf das Telefon, das jetzt auf unserem Nachttisch steht. »Das wollte ich dir gerade sagen«, druckst er herum. »Ich habe das Telefon versteckt, weil ich wollte, dass es in diesem Urlaub nur um uns geht.«

Darüber muss ich beinahe lachen. In diesem Urlaub ist er nie bei mir, ständig geht er laufen. Aber ich sage nichts, sondern warte auf weitere Erklärungen.

»Ich wusste, dass du dich weigern würdest, wenn ich vorschlage, das Telefon abzustöpseln, also habe ich gelogen und gesagt, das wäre Vorschrift im Hotel. Ich wollte doch nur, dass du dich entspannen kannst und wir mehr Zeit für uns haben.«

Ich rolle mit den Augen. »Aber wir haben leider kaum Zeit für uns, weil du immer stundenlang verschwunden bist.«

»Schau mal, ich laufe, um einen klaren Kopf zu bekommen. Sonst habe ich das Gefühl, ich werde verrückt.«

Ich verstehe das. Josh hat im Laufe der Jahre immer wieder unter Stress und Ängsten gelitten, aber in den letzten zwölf Monaten wurde es wirklich extrem. »Ich weiß, dass das ein Ventil für dich ist«, sage ich, »und das ist ja auch völlig in Ordnung. Aber musst du das mehrmals am Tag machen und dann auch noch nachts? Und wenn ja, warum lässt du mir dann nicht wenigstens ein funktionierendes Telefon da, damit ich mit jemandem reden kann?«

»Okay, das war blöd von mir. Aber du weißt doch, wie das

ist – ständig würden die Kinder anrufen und fragen, wo ihre Socken sind oder wie man Pfannkuchen macht. Und dann rufen deine Schwester an und deine Freundinnen und deine Mutter, um sich zu erkundigen, ob wir uns amüsieren, und alle wollen einen detaillierten Bericht. Ich wollte einfach sichergehen, dass uns niemand nervt.«

Ich glaube ihm. Er beschwert sich zu Hause auch immer darüber, dass ich zu viel telefoniere, also ergibt das schon Sinn. Und ich weiß, dass er es nur gut mit mir meint. »Alles, was ich tue, tue ich für dich.« Das sagt er mir jeden Tag, und es stimmt auch. Als wir uns damals am ersten Schultag der zwölften Klasse kennenlernten, beide sechzehn, schüchtern und still, machte es bei uns einfach Klick. Ich liebe ihn, aber ohne jede Ablenkung durch die Kinder und ohne jede Verbindung zu meiner Familie und meinen Freundinnen finde ich diesen Urlaub ziemlich anstrengend, wenn ich ehrlich bin.

Ich warte gerade darauf, dass Josh aus dem Bad kommt, damit wir zum Lunch runtergehen können, als das Telefon klingelt. Ich nehme den Hörer ab, und DCI Granger ist dran.

»Könnte ich bitte mit Josh Andrews sprechen?«, sagt sie, und es klingt irgendwie hochnäsig.

Ich rufe Josh, und der kommt aus dem Bad und drückt sich ein nasses Handtuch ins Gesicht. »Um mich abzukühlen«, sagt er zur Erklärung, während er mir den Hörer abnimmt. »Wer ist denn dran?«

»Granger«, flüstere ich, und alles Blut weicht aus seinem Gesicht.

Er sagt: »Hallo?«, und dann ein paarmal: »Ja«, und endet dann mit: »Okay, ich bin gleich da.«

Mir wird flau. Er legt den Hörer auf, und ich warte darauf, dass er mir sagt, was los ist. »Ich nehme an, sie hat dich nicht gerade zum Mittagessen eingeladen?«, frage ich.

Er schüttelt den Kopf. »Nein, ich soll zu ihr ins Büro

kommen, sie haben neue Informationen. Keine Ahnung, was für welche.«

Mein Herz pocht. Ich möchte ihn am liebsten umarmen und ihm sagen, dass alles gut werden wird. Aber ich bin mir nicht sicher, ob das stimmt.

»Ich komme mit dir runter«, sage ich. »Ich sitze lieber allein da unten als hier oben.« Ausnahmsweise fängt er keinen Streit an und besteht nicht darauf, dass ich im Zimmer bleibe. Er zuckt nur mit den Schultern, und wir gehen schweigend hinunter in die Lobby. Ich sehe ihm zu, wie er in dem Flur verschwindet, der zum Spa führt. Er geht an zwei Polizisten vorbei, die ihn nicht beachten, aber ich schwöre, dass sie sich gegenseitig einen Blick zuwerfen, sobald er an ihnen vorbei ist. Ich bin ganz aufgeregt und den Tränen nahe, als ich Sam erblicke, die auf mich zukommt. Ich bin erleichtert, ein bekanntes Gesicht zu sehen.

»Alles in Ordnung, Liebes?«, fragt sie. Ihr unbekümmertes Lächeln und ihre offene Art haben etwas ganz Erfrischendes hier an diesem Ort, wo jeder jeden verdächtigt. Als ich ihr herzliches Lächeln sehe, fange ich an zu weinen, und sie umarmt mich. Ich kenne sie erst ein paar Tage, aber es kommt mir vor, als wären wir alte Freundinnen, und ich erzähle ihr, dass Josh schon wieder von der Polizei vorgeladen wurde.

Sie versucht, mich zu beruhigen.

»Mir ist schlecht«, sage ich und frage mich, ob ich krank werde.

»Komm, wir gehen raus.« Sie nimmt mich mit auf die Sonnenterrasse mit Blick aufs Meer. Der Himmel ist von einem strahlenden Blau, und trotz der Hitze liegt ein erfrischender Hauch Salz in der Luft. Sie bestellt Pfefferminztee und Gurkensandwiches. Die Sandwiches werden auf Porzellantellern serviert, der Tee auf marokkanische Art in hohen Gläsern mit frischer Minze. Obwohl ich mir immer noch Sorgen um

Josh mache, geht es mir hier an der frischen Luft gleich viel besser.

»Danke, dass du mich erlöst hast«, sage ich.

Sie lächelt. »Das war für mich nur ein Vorwand, um schicke Sandwiches zu essen und mich wie eine Lady zu fühlen. Ich fühle mich nicht sehr oft wie eine Lady.« Sie sitzt mir gegenüber. Ihr goldenes Haar glänzt in der Sonne, ihr rundes Gesicht lächelt; sie ist hübscher, als sie glaubt.

»Du weißt schon, dass man den kleinen Finger abspreizen muss, wenn man so einen edlen Tee trinkt, oder? Sonst schmeckt er nicht richtig«, sage ich.

Sie lacht. »So in etwa?« Sie spreizt übertrieben den kleinen Finger ab und nippt am Tee, dann verzieht sie das Gesicht, als hätte sie gerade in eine Zitrone gebissen. Ich muss grinsen.

»Na, geht es dir jetzt besser?«, fragt sie, aufrichtig besorgt.

»Auf jeden Fall, dank dir! Du bist nicht zufällig Krankenschwester?«, witzele ich.

»Nein, aber Friseurin ist davon gar nicht so weit entfernt.« Sie lächelt. »Ich bin an alles Mögliche gewöhnt, von medizinischen Notfällen bis hin zu Geburten. Tränen, Scheidungen, Heiratsanträge – es gibt nichts, was wir in unserem Salon nicht schon erlebt hätten.«

»Mensch, darüber könntest du doch ein Buch schreiben.«

»Das könnte ich bestimmt. Wir hören uns von allen Leuten die Probleme an, und mit der Zeit bekommt man dabei einen sechsten Sinn für die Menschen.« Sie beißt in ein Sandwich. »Du weißt sofort, ob sie glücklich oder traurig sind oder ob sie etwas bedrückt.«

Ich habe das Gefühl, sie wartet nur darauf, dass ich ihr von *meinen* Problemen erzähle. »Das kann ich mir vorstellen. Ich bin früher auch gerne zum Friseur gegangen, aber das ist lange her.«

»Warum?«

Ich winke ab. »Dafür habe ich keine Zeit.«

»Die Zeit solltest du dir aber nehmen«, sagt sie. »Oder möchte Josh nicht, dass du zum Friseur gehst?«

»Nein, das hat nichts mit Josh zu tun, ich habe einfach zu viel zu tun.«

»Becky, ich hoffe, es macht dir nichts aus, wenn ich das sage, aber ...«, beginnt sie, doch ich unterbreche sie.

»Okay, ja, es ist eine Perücke, ich trage eine Perücke.«

Sie sieht ehrlich schockiert aus. »Verdammt, das ist eine echt gute Perücke, das ist mir noch gar nicht aufgefallen«, sagt sie und mustert von der anderen Seite des Tisches aus mein Haar.

Ich glaube, sie will nur nett sein, denn eigentlich ist es keine besonders gute Perücke.

»Weißt du, wie ich schon sagte, als Friseurin bekommt man so einiges mit«, sagt sie.

»Hm.«

»Also, du bist sehr still, und du trinkst keinen Alkohol, oder?«

»Im Moment nicht«, sage ich. Warum wittern die Leute bei jemandem, der keinen Alkohol trinkt, sofort ein Problem? Sollte es nicht eher andersherum sein?

Sie redet zunächst nicht weiter, sondern isst ihr Sandwich auf und nimmt einen Schluck von ihrem Tee. Dann fährt sie fort: »Sorry, wenn mich das nichts angeht, aber ... Es ist nur, dass ...« Sie sieht von ihrer Tasse auf und schaut mich an. »Du meintest, Josh hätte dir erzählt, dass es in den Hotelzimmern keine Telefone gibt.«

Ich rolle mit den Augen. »Ach, das war ein Missverständnis. Er wollte nur nicht, dass ich ständig meine Mutter und meine Schwester wegen der Kinder anrufe. Oder dass die Kinder mich wegen allem Möglichen anrufen«, sage ich und lächle. »Er will, dass wir unseren Urlaub ohne Unterbrechungen genießen können. Wir wollen hier eigentlich unseren Hochzeitstag feiern.«

»Es ist nur, dass er so oft laufen geht, und nachmittags ist er in der Bar, und wenn wir ihn fragen, wo du bist, sagt er, du wärst müde und würdest ein Nickerchen machen. David hat neulich Witze darüber gemacht, er würde dich da drinnen einsperren.«

Beim Gedanken, dass David über Josh und mich redet, wird mir ein wenig mulmig.

Sie sieht mich an und wartet auf meine Reaktion. Ich zucke nur mit den Schultern – was soll ich dazu sagen?

»Ich hoffe, du nimmst mir die Frage nicht übel, aber ist zwischen dir und Josh alles in Ordnung? Es kommt mir etwas seltsam vor, dass du ständig auf dem Zimmer bist und nichts trinkst und er alles zu kontrollieren scheint.«

»Das tut er doch gar n– Na gut, wahrscheinlich tut er das tatsächlich.« Ich seufze.

»Ich frage nur, weil neulich, als wir alle zusammen in der Bar waren, da hat einer von uns gefragt, ob mit dir alles okay ist, und er meinte, er hätte dich zur Sicherheit im Zimmer eingeschlossen. Und einmal habe ich gehört, wie er gefragt hat, ob du deine Tabletten genommen hast. Gibt er dir Medikamente? Bist du deshalb nachmittags so müde, und er schließt dich im Zimmer ein?«

»Ja und nein«, sage ich. Ich bin mir unschlüssig, ob ich wirklich jemand anderem mein Leben erklären muss. Oder will.

»Also, eine Freundin von mir, deren Freund hat ihr immer zermahlene Schlaftabletten ins Getränk gemischt, wenn sie nicht hingeschaut hat. Die war wie du die ganze Zeit müde, weißt du?«

Ich sage kein Wort. Was für eine furchtbare Geschichte!

»Als sie ins Krankenhaus kam, sagte der Arzt, ein paar Tabletten mehr und er hätte sie vielleicht *umgebracht*.« Das letzte Wort flüstert sie, als würde sie es nicht über sich bringen, es laut auszusprechen. Sie berührt eines ihrer Sandwiches, dann überlegt sie es sich anders und wischt sich die Hände an der Leinenserviette ab. »Was wir nicht begreifen: Josh scheint ein echt netter Kerl zu sein, und wir können uns nicht vorstellen, dass er so einer ist. David meint, ich hätte eine viel zu lebhafte Fantasie, und er hat mir gesagt, ich solle dir nichts sagen und mich um meine eigenen Angelegenheiten kümmern. Aber ich finde, wir kennen uns doch jetzt schon etwas besser, und wenn du reden möchtest oder Hilfe brauchst ...«

»Ich wusste gar nicht, dass wir so interessant sind«, sage ich. Vielleicht sollte ich ihr doch erzählen, was mit mir los ist.

Sie schenkt uns beiden noch einmal ein, und wir sitzen schweigend da und schlürfen den Tee.

»Jetzt mache ich mir Vorwürfe. Ich hätte nichts sagen sollen«, meint sie.

»Nein, ist schon in Ordnung, du machst dir halt Sorgen um mich, und wenn du das alles aufzählst, die Medikamente, dass ich früh ins Bett gehe, Josh, der mich scheinbar davon abhält, dies und das zu tun, dann kann ich schon verstehen, warum du denkst, dass ich kontrolliert werde. Aber so ist es nicht ... Ich spreche nur nicht gerne darüber.«

»Ach so? Na gut, du musst es mir nicht sagen, nur wenn du möchtest«, beharrt sie. »Ich möchte dir helfen, und wenn du dich von ihm trennen willst ...«

Ich schüttele den Kopf. »Die Art von Hilfe brauche ich nicht. Wir führen eine gute Ehe, haben zwei wunderbare Kinder, und wir sind glücklich, zumindest meistens. Und wenn er laufen geht, mache ich ein Nickerchen und er schließt die Zimmertür von außen ab, aber das ist nur zu meiner eigenen Sicherheit. Ich habe einen Schlüssel.«

»Ach komm, das macht doch keinen Sinn ...«, hebt sie an.

»Es macht absolut Sinn, weil er mich liebt, weil er Angst hat. Weil ich sterbe.«

»Was?« Sam sieht mich verwirrt an, als ob sie auf eine Pointe wartet.

»Ich habe Krebs, und laut den Ärzten habe ich nur noch ein paar Monate zu leben.«

Sie lässt das Sandwich, in das sie gerade beißen wollte, fallen. Sie sieht aus, als müsste sie sich übergeben, so blass wird sie. »Oh, Becky, ich weiß gar nicht, was ich sagen soll.«

»Siehst du, das ist einer der Gründe, warum ich es niemandem erzähle. Sobald die Leute es wissen, behandeln sie einen ganz anders.«

»Das ist ... Ich will versuchen, dich nicht anders zu behandeln, Becky, ich muss das nur erst mal verarbeiten. Können sie dir denn gar nicht mehr helfen?«

Ich schüttele den Kopf. »Nein, als ich die Diagnose bekam, war es schon zu spät, der Tumor hatte bereits gestreut.«

»Das tut mir so leid!«

»Nein, bitte nicht – schau, ich möchte, dass du mir gegenüber genauso bist wie vor zwei Minuten. Lass uns so tun, als ob mit mir alles in Ordnung wäre, als ob ich genauso gesund wäre wie du. Wenn ich es dir nicht gesagt hätte, könnte ich jetzt noch so tun.«

»Wäre es dir lieber, wir würden nicht darüber reden?«

»Nein, denn jetzt habe ich es dir ja gesagt, und natürlich schaust du mich an und fragst dich: *Wo sitzt es? Wie fühlt es sich an? Wie ist ihre Geschichte?*«

Sie lächelt, als wüsste sie genau, was ich meine. »Du hast recht. Aber es geht nicht darum, was ich will, es geht um dich. Wenn du mir deine Geschichte erzählen willst, dann gerne. Wenn nicht, dann drehen wir die Uhr ein paar Minuten zurück und tun so, als hättest du nie etwas gesagt.«

»Ich glaube, ich muss sie erzählen, damit du mich und Josh besser verstehst. Auf Außenstehende muss unsere Beziehung tatsächlich ziemlich merkwürdig wirken«, sage ich und lächle. »Also, vor ungefähr zwei Jahren fand ich einen Knoten in meiner Brust. Ich war beunruhigt, aber ich hatte so viel zu tun, ich arbeitete Vollzeit und musste nebenbei die Kinder zur

Schule fahren und wieder abholen, und so wurden aus einem Monat zwei, und ehe ich mich versah, war ein halbes Jahr vergangen. Josh hatte ein paar psychische Probleme, er war gestresst von der Arbeit, und dann verlor er auch noch seinen Führerschein – er wurde beim Rasen erwischt. Von da an war ich die Einzige in der Familie, die Auto fahren konnte, und ich musste nicht nur die Kinder hin und her fahren, sondern auch Josh zur Arbeit bringen und abholen. Ich hatte einfach so viel zu tun, dass ich keine Zeit hatte, mich um meinen kleinen Knoten zu kümmern. Alle anderen kamen immer zuerst. Als ich dann endlich mit dem kleinen Knoten zum Arzt ging, war es Brustkrebs in Stadium vier.«

Sam starrt mich entsetzt an. »Oh, Becky.«

Ich nippe an meinem Tee und erinnere mich an die leichte Panik, die mich in der Klinik überkam, als der Arzt meine Scan-Ergebnisse in der einen und meine Brust in der anderen Hand hielt und eine der Schwestern bat, die Fachärztin zu rufen. In dem Moment wusste ich, dass ich in Schwierigkeiten war. Ich weiß noch, wie die Fachärztin kam und ich dachte, dass mir ihre Bluse gefiel; mit den dünnen roten Streifen erinnerte sie mich an eine Zuckerstange. Ich schloss die Augen, während sie mich untersuchte und sich den Scan genauer anschaute, und ich fragte mich: *Ob ich Weihnachten noch erlebe?* Wir klammern uns an das, was wir kennen, an die Erinnerungen, in denen wir uns geborgen fühlen, und anscheinend waren das bei mir die Zuckerstangen zu Weihnachten. Die Ärztin war freundlich, aber sie konnte ihr Mitleid nicht verbergen, als sie mir zusammen mit dem anderen Arzt mitteilte, der Scan gebe »Anlass zur Sorge«. Nach einer Biopsie und mehreren Tagen quälenden Wartens kam ich zurück in die Klinik, um das Ergebnis zu erfahren. Im Untersuchungsraum fühlte ich mich, als würde ich mir einen spannenden Film anschauen, der auf den Höhepunkt zusteuerte – ich konnte kaum atmen, so gespannt war ich, wie der Film ausging: Musste ich sterben, oder würde es ein Happy End geben? Während der zweiten Untersuchung sprachen die beiden Ärzte weiterhin in ihrer eigenen Sprache über meinen Körper, als wäre ich bereits tot. Ob ich das für sie schon war? Sie wussten, wie meine Geschichte enden würde, bevor ich es wusste.

»Deshalb muss Josh bei mir sein, deshalb achtet er darauf, dass ich meine Medikamente nehme, deshalb versteckt er das Telefon und passt auf, dass ich mir nicht zu viel zumute«, sage ich. »Ich finde das furchtbar. Früher war ich so fit, so voller Energie, aber jetzt bin ich in diesem nutzlosen Körper gefangen. Ich habe Angst und sehne mich nach einem Ausweg, aber der einzige Ausweg ist der Tod, und ich will nicht sterben. Aber Josh und ich erzählen es nicht herum, weil ich nicht anders behandelt werden will als sonst. Ich will nicht die ›sterbende Frau‹ sein.«

»Jetzt, wo du es mir gesagt hast, macht alles Sinn: dass du immer müde bist, die Medikamente, und wie Josh dich davon abhält, bestimmte Dinge zu tun. Er kontrolliert dich nicht, er kümmert sich um dich.«

»Auf jeden Fall. Er ist ein ganz liebevoller und rücksichtsvoller Mensch, aber es fällt ihm nicht leicht, mit der Situation umzugehen. Realität und Verantwortung waren noch nie seine Stärke, das war schon immer mein Ressort. Aber für mich wächst er über sich hinaus, und das kostet ihn jedes Quäntchen Mut und Kraft, das er hat. Also geht er laufen, er läuft *buchstäblich* davon. Nur so kann er ertragen, was gerade mit mir passiert.«

»Jetzt macht alles Sinn. Danke, dass du es mir erzählt hast. Mir ist klar, dass du wahrscheinlich gehofft hast, in deinem Urlaub nicht darüber reden zu müssen, und dann komme ich mit meinen dämlichen Fragen.«

»Schon gut. Mir ist es lieber, du erfährst die Wahrheit, als dass du schlecht über Josh denkst. Er liebt mich so sehr, und ich weiß, wie sehr er mit mir mitleidet.« Ich merke, dass sich meine

Augen mit Tränen füllen, und versuche, sie fortzublinzeln. »Ich erinnere mich noch genau an den Tag, als ich es ihm gesagt habe. Es war, als würde ich ihm mitteilen, dass *er* sterben muss. Er kommt ohne mich ja kaum zurecht. Aber die Kinder ... Es den Kindern zu sagen, war das Schlimmste, was ich je tun musste. Das war für mich schlimmer, als die Prognose zu hören.«

»Ich kann mir gar nicht vorstellen, wie schrecklich das gewesen sein muss.«

Ich wische mir mit einem Papiertaschentuch über die Augen. »So ist das, wenn man Mutter ist«, sage ich, halte das Taschentuch hoch und versuche zu lächeln. »Man hat immer Taschentücher dabei, auch wenn die Kinder schon groß sind. Nur für den Fall.«

»Und wie haben die Kinder es aufgenommen?«, fragt sie.

»Ganz toll, wie ich es erwartet hatte. Ich weiß, dass sie das traurig macht, aber sie geben sich große Mühe, dass ich es nicht ständig mitbekomme. Sie nehmen solche Rücksicht auf meine und Joshs Gefühle – eigentlich sind sie bei uns die Erwachsenen.«

»Das ist schön, ich wette, deine Kinder sind wie du. Gelassen und vernünftig.«

»Danke, aber ich habe genauso meine Fehler wie jeder andere, und manchmal schreie ich alle an und heule herum und ...« Ich wische mir wieder über die Augen, als mir einfällt, wie ich kurz vor unserer Abreise die Kinder angebrüllt habe, weil sie sich gestritten haben. »Ich will sie so schnell wie möglich wiedersehen, sie umarmen ... Die Zeit mit ihnen ist so kostbar.«

Wir sitzen eine Weile schweigend da. Mir ist bewusst, dass sich die Dynamik zwischen uns jetzt verändern wird. Wenn ich Leuten von meiner Erkrankung erzähle, braucht es immer ein bisschen, bis man gemeinsam nach vorne schauen kann – das ist mit neuen Bekanntschaften genauso wie mit alten Freunden.

Alle reagieren gleich, sie sind peinlich berührt und distanzieren sich unbewusst, als wäre ich schon fort.

»Aber Josh versucht, dich zu retten ... zumindest nehme ich das an. Auch das habe ich völlig falsch verstanden, ich dachte, das mit dem Laufen wäre sein Ego oder so. Aber der gute Zweck, für den er laufen geht, hat mit dir zu tun, oder?«

Ich nicke. »Ja, das ist eine ganz andere Geschichte. Josh will kämpfen, er will nicht hinnehmen, dass es keine Hoffnung für mich gibt. Ich habe mich behandeln lassen, aber die Chemo hat mich fast umgebracht. Josh will, dass ich alles versuche, aber ich weiß, das würde mein Leben nur unwesentlich verlängern, vielleicht um ein paar Monate. Und meine letzten Monate will ich nicht im Krankenhaus an Schläuchen verbringen. Ich will *leben*.«

Sie erschaudert, als ich das sage; es fällt den Menschen schwer, dem Tod ins Auge zu sehen, selbst wenn es nicht der eigene ist.

»Also spiele ich mit und lasse mich auf Joshs sinnlose Träumereien ein, dass es in Amerika ein Heilmittel gibt, weil ich es nicht ertragen kann, wenn *er* resigniert. Unsere gemeinsame Zeit ist kostbar, aber er verschwindet einfach immer stundenlang, um für den nächsten gesponserten Lauf zu trainieren. Während er versucht, mein Leben zu retten, verpasst er es.«

»Stimmt«, sagt sie so leise, es ist beinahe ein Flüstern. In ihren Augen liegt jetzt ein anderer Ausdruck, aber zur Abwechslung ist es kein Mitleid, sondern Verständnis. Sie seufzt. »Ich kann verstehen, dass du frustriert bist. Aber im Grunde will er ja nur dein Leben retten. Das ist wahre Liebe.«

Ich spüre, wie mein Kinn zittert, aber ich schlucke die Tränen hinunter. Sam ist eine gute Zuhörerin. Ich kann mit niemandem auf eine Weise reden wie mit ihr, nicht einmal mit meiner Schwester oder meiner Mutter.

»Ihr seid schon lange zusammen, oder?«

»Ja, und ich weiß gar nicht, wie er ohne mich zurechtkommen soll. Manchmal habe ich das Gefühl, dass es zwei Versionen von ihm gibt: eine ist traurig und hilflos, und die andere will am liebsten sofort in ein Flugzeug nach Amerika springen und ein Heilmittel finden. Ich liebe ihn, aber ich verstehe ihn nicht.«

»Verstehen wir unsere Partner denn jemals wirklich?«, fragt sie.

»Wahrscheinlich nicht.«

»David verstehe ich auf jeden Fall nicht.« Sam seufzt. »Meine Schwester meinte, ich solle warten und ihn nicht so schnell heiraten, aber ich hatte Angst, dass ihn mir jemand wegschnappt.« Sie lehnt sich zurück und schaut sich um, bis ihr Blick auf eine glamouröse junge Frau fällt, die ganz in der Nähe sitzt.

Sie beugt sich vor und schaut mich verschwörerisch an. »Becky, glaubst du …«, setzt sie in gedämpftem Ton an, und ich mache mich auf eine weitere heikle Frage über meine Krankheit gefasst. Aber dann überrumpelt sie mich total: »Da drüben, siehst du die Frau da? Glaubst du, das ist eine echte Hermès-Handtasche?« Sie deutet mit dem Blick auf die Tasche.

Ich muss unwillkürlich lächeln, und mir wird ganz leicht ums Herz. Ich bin immer noch Sams neue Freundin, und so frisch unsere Bekanntschaft auch ist, sie wird nicht von meiner Krankheit beeinträchtigt – Sam lässt das gar nicht zu. Sie wird weiter über Handtaschen und Ehemänner plaudern und mich leben lassen, bis ich sterbe.

»Ich habe keine Ahnung, ob die von Hermès ist oder nicht.« Ich kichere.

»Ich glaube schon, aber es gibt heutzutage so viele gute Fälschungen, auf die Entfernung kann man das kaum erkennen.«

»Und ich würde dir nicht empfehlen, hinüberzugehen und es nachzuprüfen«, sage ich.

Sie lacht. »Wen interessiert das schon? Wie wär's mit einem

Drink? Irgendwo auf der Welt ist bestimmt schon Cocktailstunde.« Sie ruft eine Kellnerin herbei und bestellt trotz meines Protests zwei große Gin Tonic.

»Josh wird ausflippen. Er meint, Alkohol ist Gift für mich.«

»Oh, wenn du nicht möchtest, verstehe ich das natürlich.«

»Nein, wir machen das jetzt«, sage ich und spüre ein Kribbeln, das ich schon lange nicht mehr gespürt habe.

»Becky, würdest du jemals für Josh lügen?«, fragt sie plötzlich.

Ich merke, dass ich unruhig werde. Weiß sie irgendetwas über Josh, hat sie etwas gehört? »Das kommt ganz darauf an. Warum?«

»Es ist nur ... Ich muss immer wieder an etwas denken, was David gesagt hat.« Sie wendet den Blick von mir ab und schaut mich dann wieder an. Offensichtlich will sie mir etwas sagen, weiß aber nicht so recht, wie.

»Was?«, platze ich heraus und halte den Atem an.

»Na ja, David hat mich gebeten, auszusagen, dass er in der Nacht, als Stella starb, bei mir war, und auch als Daisy angegriffen wurde.«

»Und war er das?«

»Nicht wirklich.«

Ich bin ehrlich schockiert. Was hat David zu verbergen?

»Die Polizei darfst du auf keinen Fall anlügen«, sage ich.

Bevor sie etwas erwidern kann, erscheint ein Hotelangestellter und teilt mir mit, dass ich an der Reihe bin, mich mit der Kripo zu unterhalten. »Ich muss los«, sage ich zu Sam, »lass uns später weiterreden, okay?«

Sie nickt, und ich gehe mit einer Million Gedanken im Kopf zu meiner Vernehmung. David hat definitiv eine Schwäche für Frauen. Er war immer an der Poolbar, wenn Stella arbeitete, und auf seine furchtbar respektlose Art hat er selbst gesagt, dass alle echten Kerle im Hotel sie gerne anschauen. Und vielleicht ist die Spannung zwischen ihm und

Daisy – zumindest von seiner Seite aus – sexueller Natur? Er sucht ständig ihre Aufmerksamkeit, indem er Streit mit ihr anfängt, und vielleicht hat er sie beobachtet, als sie das Hotel verließ, und ist ihr hinterhergelaufen. Ich möchte Sams Vertrauen ungern missbrauchen, aber es wäre im Interesse aller, wenn die Polizei erfährt, was sie mir erzählt hat. Ich bin noch dabei, das alles zu verarbeiten, als ich am anderen Ende der Lobby Josh erblicke. Er sitzt da, den Kopf in den Händen vergraben, und als ich nach ihm rufe, scheint er mich nicht zu hören. Ich wende mich ab und folge dem Polizeibeamten in den Raum, in dem die Vernehmungen stattfinden. Ich mache mir Sorgen um Josh, aber ich muss mich jetzt auf die Befragung konzentrieren. Als ich den Spabereich betrete, bin ich sofort hellwach – der säuerliche Duft von Bergamotte und das süßliche Aroma von Sandelholz hauen mich beinahe um. Die Regale an den Wänden sind voll mit Wundermitteln für die Haut, und unter einem Poster, auf dem eine Frau auf dem Bauch liegt und Steine auf dem nackten Rücken hat, sitzt DCI Granger.

»Guten Tag, Mrs Andrews, bitte setzen Sie sich.« Sie lächelt nicht. »Wie Sie wissen, sprechen wir mit allen Hotelgästen über den Tod von Stella Foster und den anschließenden tätlichen Angriff auf Daisy Brown. Und jetzt möchten wir Ihnen ein paar Fragen zu den Vorfällen stellen. Vor allem geht es darum, was Sie an den Tagen, an denen sich das beides zugetragen hat, möglicherweise gesehen haben. Bitte denken Sie daran, dass es sich um eine Mordermittlung handelt, bei der jedes noch so kleine Detail von Bedeutung sein kann. Fangen wir mit dem Abend an, an dem Stella Foster ermordet wurde«, sagt sie und zückt ihren Stift. »Wo waren Sie, und woran erinnern Sie sich?«

Meine Fingerspitzen kribbeln, und der widerliche Geruch von Sandelholz verfolgt mich durch den holzgetäfelten Korridor. Ich habe Sam vorhin noch gesagt, dass sie die Polizei nicht anlügen darf, was ihren Mann betrifft. Aber es ist ja immer noch ein Unterscheid, ob man lügt oder nicht alles erzählt, was man weiß. Lüge ich die Polizei an, wenn ich verschweige, dass mein Mann in beiden Nächten, in denen jemand überfallen wurde, draußen laufen war?

16

SAM

Ich war enttäuscht, als wir Daisy und Tom nicht beim Abendessen sahen. Ich hatte sie vorher auf ihrem Zimmertelefon angerufen, aber es war niemand rangegangen. Ich fand das seltsam.

»Ich frage mich, ob Daisy sich an irgendwelche Details von ihrem Angreifer erinnert hat«, sagte ich zu David, während wir unsere Vorspeise aßen.

»Keine Ahnung, aber als ich eben zur Toilette ging, wurde sie gerade von zwei Polizisten aus dem Hotel begleitet und hat geweint.«

»O Gott, David, warum hast du denn nichts gesagt?«

»Ich bin erst seit zwei Minuten wieder am Tisch, und um ehrlich zu sein, geht sie mir mit ihrer dramatischen Art ziemlich auf die Nerven. Aber sie scheint den Ärger ja auch anzuziehen: Erst findet sie die Leiche, dann wird sie selbst überfallen ... Bei allem, was hier passiert, ist sie irgendwie beteiligt«, sagte er.

»Stimmt, so habe ich das noch gar nicht gesehen. Arme Daisy, sie hat in den letzten Tagen so viel durchgemacht. Aber ich glaube kaum, dass sie etwas mit den schrecklichen Ereignissen zu tun hat. Oder doch?«

Während ich auf seine Antwort wartete, brachte eine Kellnerin einen Krug mit Wasser an unseren Tisch. Sie war jung, ihre Uniform eng, und David musterte sie aufmerksam. Als sie sich bückte, um den Krug auf den Tisch zu stellen, streiften ihre Brüste seinen Arm. Ich bildete mir das nicht ein: Er bemerkte es auch, denn ich sah, wie sie einen Blick wechselten. Es war nur ein kurzer Moment, aber sie errötete, und als sie fortging, schauten wir ihr beide hinterher.

»Hattest du schon mal einen Dreier?«, fragte er beiläufig, während er ihr immer noch hinterhergaffte.

Ich hätte mich fast an meinem Wein verschluckt. »Nein, hatte ich nicht.«

»Findest du die Frage so schockierend?« Seine Augen flackerten.

Ich musterte ihn und versuchte zu ergründen, ob er mich wieder einmal aufzog. »Ja, ich finde die Frage schockierend, und nein, so etwas würde ich niemals tun«, sagte ich. Das stimmte vielleicht nicht ganz, ich hatte schon einmal darüber nachgedacht, wie das wäre. Aber die Vorstellung, den Mann, den ich liebte, mit einer anderen Frau zu sehen, war für mich eine Qual.

»Ach, Sam, du bist so eine Spießerin«, sagte er liebevoll.

»Eine meiner Kundinnen hat regelmäßig Dreier«, sagte ich, um ihm klarzumachen, dass ich eine weltgewandte, moderne Frau war und keine zugeknöpfte Langweilerin.

»Oh, die musst du mal zu uns einladen«, sagte er und grinste. Jetzt zog er mich definitiv auf, aber die Art und Weise, wie er es sagte, ließ mich vermuten, dass er es eigentlich doch ernst meinte.

Ich wollte ihn fragen, ob er schon einmal einen Dreier gehabt hatte, aber ich konnte mir denken, wie seine Antwort ausfiel, und das wollte ich nicht hören. Dann würde ich nur das Gefühl haben, ihm nicht zu genügen, und eifersüchtig werden.

Ich fragte mich, ob er auch bei Marie dafür gesorgt hatte, dass sie sich so fühlte.

Er beobachtete immer noch die junge Kellnerin.

Ich wollte, dass er mich für so aufgeschlossen hielt, dass mir das überhaupt nichts ausmachte, also sagte ich: »Sie ist hübsch.«

Ich sah, wie sein Kiefer zuckte. War er wütend auf mich oder einfach nur verlegen, weil ich ihn dabei ertappt hatte, wie er ein hübsches Mädchen anstarrte?

Zu meiner Überraschung rückte er mit seinem Stuhl um die Ecke des Tischs herum, weg von seinem Gedeck. Er machte immer solche Sachen; gerade wenn ich dachte, er wäre wütend auf mich oder er würde sich über mich ärgern, verhielt er sich genau anders, als ich es erwartet hatte. Und dann gab es wieder Momente, wo ich dachte, wir wären glücklich, und wo ich ihn besonders liebevoll fand und er dann plötzlich etwas sagte, womit ich gar nicht gerechnet hatte, wie: »Du hast aber zugenommen.« Oder: »Liebling, du siehst heute Abend echt alt aus.«

Aber jetzt war er ganz lieb zu mir. Er saß direkt neben mir, legte seinen Arm um meine Taille und küsste meinen Hals.

»Das kannst du doch nicht machen«, kicherte ich. »Doch nicht hier, im Speisesaal.«

»Ich kann tun und lassen, was ich will«, flüsterte er mir ins Ohr. Seine Hand wanderte um meine Taille herum. Und dann begann es: die sanfte Berührung, mit der seine Fingerspitzen in kreisenden Bewegungen über meinen Körper wanderten. Obwohl ich vollständig bekleidet war, durchfuhr mich die Lust wie ein elektrischer Schlag. Ich fühlte mich plötzlich ganz schwach und zitterte, während die Flammen in mir aufloderten. Jetzt streichelte er meinen nackten Rücken, seine weichen und warmen Finger spielten mit den Schulterriemen, und dann setzte er die sanften, kreisenden Berührungen fort. Schließlich ergriff er meine Hand und sah mir in die Augen, bis ich wieder ihm gehörte.

»Dass ich keinen Dreier machen wollen würde, liegt nicht daran, dass ich eifersüchtig wäre«, log ich.

Er blieb stumm.

»Es ist nur, manchmal glaube ich, du gehst davon aus, dass alle Frauen gleich sind. Dass ich genauso bin wie Marie, eifersüchtig und ...«

»Pssst, jetzt ist es vorbei, wir sind sicher vor ihr. Wir sind sicher«, murmelte er in meinen Nacken, wo er mich nun küsste.

Ich stieß ein dezentes Stöhnen aus. In meinem Inneren regte sich das Verlangen, langsam, wie eine schläfrige Katze, die aufwacht und sich streckt.

So eine Leidenschaft hatte ich noch nie erlebt. Er wusste genau, was er tun musste, damit ich mich ihm hingab. Wenn ich heute zurückblicke, ist mir klar, wie der Sex alle meine Zweifel an unserer Beziehung auslöschte. Wegwischte wie ein feuchtes Tuch die Krümel vom Tisch.

Ich hatte gedacht, das würde uns mit Marie auch gelingen, sie einfach wegwischen. Wenn er mich darum gebeten hätte, wäre ich sogar mit ihm ausgewandert, um ihr zu entkommen. Er hatte mir alles über ihre verrückten Eifersuchtsattacken erzählt, wie sie ihn, wenn er Überstunden machte, alle fünf Minuten im Büro anrief und beschuldigte, Sex mit einer seiner Kolleginnen zu haben. Wie sie einmal unbedingt mit ihm facetimen wollte, als er auf Reisen war. Sie war so überzeugt, dass er fremdging, dass sie ihn zwang, ihr über das Handy jeden Winkel seines Hotelzimmers zu zeigen. Klar, dass ihn diese Erlebnisse geprägt hatten und er allergisch gegen jegliche Art Eifersucht oder Besitzdenken geworden war. Trotzdem fragte ich mich manchmal, ob mehr dahintersteckte und ob David vielleicht während ihrer Ehe mit anderen Frauen herumgemacht hatte. Aber ich hatte nicht wirklich begriffen, was er durchgemacht hatte, bis sie mit ihrem Terror angefangen hatte. Ein paar Wochen, nachdem wir zusammengekommen waren, begann sie, mich anzurufen, mir feindselige Nachrichten zu hinterlassen und mir mitzuteilen, dass sie immer noch zusammen seien. David meinte, sie wäre verrückt, und dass er eine einstweilige Verfügung gegen sie erwirken würde. Er riet mir, bei meinen Social-Media-Kanälen die Privatsphäre-Einstellungen zu überprüfen. »Falls sie herausfindet, wo du wohnst, steht sie eines Tages vielleicht vor deiner Tür«, sagte er. Offenbar war sie schon einmal mit einem Küchenmesser in der Tasche beim Haus einer seiner Freundinnen aufgetaucht und hatte behauptet, sie wisse, dass sie etwas mit ihm hätte. »Und geh nie allein zu Fuß nach Hause«, hatte er sie gewarnt, »nimm lieber ein Taxi.«

Später, in einer besonders manischen Phase, war sie mir auf dem Weg zur Arbeit gefolgt, hatte mir hinterhergerufen und durch die Glasfront des Friseursalons gespäht. Ich hatte solche Angst. Alle meine Kolleginnen waren in höchster Alarmbereitschaft und schlossen die Türen ab, wenn sie sie irgendwo in der Nähe gesehen hatten. Einmal riefen sie sogar die Polizei, und da drehte sie durch. David meinte, bestimmt hätte sie jetzt ihre Lektion gelernt, und ihr wäre klar geworden, wie ernst das alles war. Aber das war nicht der Fall.

Mehrmals rief sie spätabends bei mir an. Gott weiß, woher sie meine Nummer hatte. Wenn ich ranging, war da nur Stille, bis ich sie nach ein paar Sekunden Luft holen hörte. Dann legte sie los: »Er ist nicht der Mann, für den du ihn hältst ... Er kann nicht anders ... Er ist ein Betrüger und wird es immer bleiben ... Er hasst Frauen, er benutzt sie ... Er will Frauen nur für Sex.« Am schlimmsten war es, wenn sie anrief und sagte: »Er war heute Nacht bei mir und hat in meinem Bett geschlafen. Tut mir leid, aber man kann zu ihm einfach nicht nein sagen, oder?«

Ich versuchte, ihre Worte als Spinnerei abzutun, aber wenn ich allein war und David unterwegs oder auf Geschäftsreise, schlug jedes ihrer Worte eine Wunde, und jede Wunde hinterließ eine Narbe. Ich schwöre, ich hatte ihre Stimme sogar am Tag unserer Hochzeit im Kopf, während des Gelübdes. Die Narben blieben, und sie schürten bei mir immer wieder Zweifel. Oft waren es nur Nuancen, Momente, in denen er einer Kellnerin einen Blick zuwarf, einer Frau die Hand schüttelte und eine Sekunde zu lang festhielt oder jemandem etwas auf Französisch zuflüsterte. Und in diesen Momenten hörte ich, wie Marie Luft holte und mir ins Ohr flüsterte: *Siehst du? Ich hab's dir doch gesagt.*

»Du bist so blass, Liebling, alles okay mit dir?«, wollte David wissen. »Hier, trink noch etwas Wein.« Er schenkte mir ein zweites großes Glas Rotwein ein, und ich war sofort wieder im Hier und Jetzt.

»Entschuldige, ich habe gerade an Marie denken müssen. Die arme Marie«, sagte ich.

Erst wurde er stocksteif, doch dann berührte er mit einem Finger mein Kinn und hob sanft mein Gesicht.

Ich hatte das Gefühl, dass er Marie in meinen Augen sah, also nahm ich einen großen Schluck Wein, um sie zu vertreiben. Ich persönlich mochte Weißwein ja lieber, aber David bestellte immer Rotwein, also trank ich Rotwein. »Entschuldige, ich weiß nicht, warum ich sie erwähnt habe, ich muss halt manchmal an sie denken.«

»Das hier sind unsere Flitterwochen, Sam«, sagte er und seufzte. »Es wäre schön, wenn du aufhören könntest, an meine Ex-Frau zu denken ... Mir gelingt das schließlich auch.«

Ich konnte gar nicht glauben, was er da sagte. »Findest du wirklich so verwunderlich, dass ich an sie denken muss, nach allem, was passiert ist, David?« Wie so oft wurde meine Zuneigung zu ihm plötzlich von Wut abgelöst, einer Wut, die in meiner Brust aufkeimte und mir fast körperliche Schmerzen bereitete. »Ich bin halt noch nicht ganz darüber hinweggekommen«, murmelte ich. »Die Nacht in ihrer Wohnung hat mich verändert ... Ich werde nie vergessen, wie ...«

»Pssst. Mach dich nicht fertig, ich habe dir doch gesagt, dass du jetzt in Sicherheit bist.« Er streichelte mein Haar, als wäre ich ein Kind, das gleich einen Trotzanfall bekommt. »Ich weiß, ich weiß, es muss schrecklich gewesen sein, es tut mir so leid, Liebling.«

»Ich hätte gar nicht erst hingehen sollen, eigentlich war klar, dass das alles zu ihrem Plan gehörte«, sagte ich und schob seine Hand weg. Ich spürte, wie eine Träne meine Wange hinunterlief. »Warum hat sie mich nicht einfach in Ruhe gelassen?«

»Du musst aufhören, dich zu quälen«, sagte er. Und schon änderte sich seine Haltung wieder. »Manchmal glaube ich, du willst über sie reden. Du musst unbedingt alles über sie wissen und über uns, als wärst du besessen.«

Ich zuckte zusammen. »David, ich bin keine verliebte Teen-agerin, die eifersüchtig auf ihre Vorgängerin ist. Es fällt mir nur schwer zu verstehen, warum du meine Schuldgefühle nicht teilst, wo *du* es doch warst, der sie verlassen hat.«

Er wurde rot vor Wut. »Sorry, aber ich werde mir das nicht länger anhören. Ich habe genug von deinen ... fixen Ideen«, giftete er und warf seine Serviette auf den Tisch.

Ich war mir sicher, dass er jetzt aufstehen und gehen würde, aber nein: Er blieb sitzen, starrte vor sich hin und würdigte mich keines Blickes mehr.

Ich nahm noch einen Schluck Wein, dann griff ich nach der Flasche und füllte mein Glas wieder auf. Ich war bereits beschwipst, aber das war mir egal. Ich wünschte mir nur, wir hätten die Ehe, die ich mir ausgemalt hatte, bevor wir herge-kommen waren. Ich hatte keine Lust darauf, mich noch einen Abend mit ihm zu streiten und mich anschweigen zu lassen, also versuchte ich, ihn zu beschwichtigen: »David, lass uns nicht wieder streiten, lass uns einfach zu Abend essen und –«

»Lass uns einfach zu *Abend* essen?« Jetzt wurde er laut. Ein paar Gäste blickten zu ihm herüber, aber er redete unbeirrt weiter. »Heute Nachmittag hast du mich beschuldigt, ich wäre um Mitternacht am Strand gewesen, als Daisy *angeblich* über-fallen wurde. Seit Tagen fragst du mich über die dämliche

Stella Foster aus ... und jetzt fängst du auf einmal wieder mit Marie an. Wir sind in den Flitterwochen! Was ist denn bloß los mit dir? Du bist ja paranoid!«, zischte er, rot vor Zorn.

Und da war es wieder, das Flüstern, die Stimme von Marie in meinem Ohr: »*Er* ist der Psycho, aber er wird dir einreden, dass *du* es bist!«

Die Kellnerin brachte unsere Vorspeisen, und ich versuchte, mich auf das Essen zu konzentrieren, um Marie aus dem Kopf zu kriegen.

Ich schob alle bösen Gedanken fort und rang mir ein Lächeln ab, als die Kellnerin meinen Teller achtlos vor mir hinstellte und anschließend Davids Teller behutsam auf dem Tisch platzierte, wobei sie ihn eine Spur zu intensiv anschaute. Dann verschlangen wir wie die anderen Gäste schweigend das winzige Innere eines Seeigels, das sich unter einer hauchdünnen Parmesan-Scheibe versteckte und von einem mit Zitronensaft abgeschmeckten Trüffelpüree begleitet wurde. Ich aß meinen Teller leer und versuchte dabei die ganze Zeit, Marie zu verdrängen, aber sie war so hartnäckig wie immer; sie lebte in meinem Kopf. Nur musste ich jetzt nicht mehr an die kreischende Verrückte denken oder die unheimliche nächtliche Flüsterin, sondern an ihre leeren Augen und die unheimliche Stille. Die Erinnerung ließ mich frösteln, und obwohl es brütend heiß war, hatte ich das Bedürfnis, mir meinen Kaschmirschal um die Schultern zu legen.

Als ich mein Glas leerte, merkte ich, dass David mich ansah, aber ich hatte keine Ahnung, ob er mir gleich sagen würde, dass er mich liebte, oder ob er aufstehen und gehen würde. Er hatte mich oft genug auf Partys und in Restaurants einfach so im Stich gelassen, und gerade als ich mir sicher war, dass er jetzt verschwinden würde, fragte er: »Wollen wir noch einen Wein bestellen?«

Ich zuckte mit den Schultern. Unsere Beziehung hatte sich rasant verändert. Neulich hatte ich mich noch rundum sicher gefühlt und war so glücklich gewesen wie noch nie, und jetzt war das alles wieder dahin. Mit ihm zusammen zu sein, hatte mich verändert, und zwar nicht zum Guten. An diesem Abend wurde mir klar, wie sehr ich mich inzwischen selbst verachtete.

Plötzlich rief er die Kellnerin herbei und erkundigte sich nach dem Hauptgang. »Ich mag mein Lamm rosa«, sagte er. Und die Art, wie er sie ansah, als er das sagte, und wie sie sich mit der Handfläche über ihren eigenen Nacken streichelte, während er sprach, machten mir klar, dass neben dem Gespräch über das Essen noch eine ganz andere Unterhaltung stattfand.

»Ich weiß genau, was du tust«, sagte ich, eine Spur zu laut. »Tu nicht so, als ob *ich* die Verrückte wäre.«

Er sah mich an und runzelte die Stirn. »Wovon in aller Welt redest du?«

Wäre ich nüchtern gewesen, hätte ich von da an den Mund gehalten. Aber der Rotwein floss durch meine Adern und zwang mich, die Wahrheit sagen. »Du weißt genau, wovon ich rede. Marie hatte recht, du gehst fremd, du bist nicht fähig, jemanden zu lieben.«

»Bitte mach mir keine Szene«, murmelte David, während sich die Kellnerin diskret entfernte. Er rutschte nervös auf seinem Stuhl hin und her und lächelte matt die Leute vom Nachbartisch an, die missbilligend zu uns herüberschauten. »Krieg dich wieder ein«, murmelte er und schaute sich im Speisesaal um, um zu sehen, ob mich noch jemand gehört hatte.

»Nein, krieg *du* dich mal ein«, schnauzte ich ihn an.

Wir saßen schweigend da, bis ein Kellner mit einer neuen Flasche Wein an den Tisch kam und er sein übliches Brimborium veranstaltete. Er wollte uns beide probieren lassen, aber ich schüttelte energisch den Kopf, als er die Flasche über mein Glas hielt. »Nein, lassen Sie ihn das mal machen«, sagte ich betont gelangweilt.

David ignorierte mich und spielte mit, als der Kellner

schwungvoll einen Schluck in sein Glas goss und dabei die Flasche drehte. Dann das endlose Warten, während David den Wein im Mund hin- und herschwenkte, bis er dem Kellner sein Einverständnis gab, uns einzuschenken.

»Perfekt«, sagte er. Dann murmelte er etwas auf Französisch, und beide Männer lachten herzlich, während ich dasaß wie eine Idiotin.

»So ein Getue«, zischte ich, als der Kellner ging. »Ich meine, wir können uns schließlich selbst unseren dämlichen Wein eingießen. Und ihr könnt verdammt noch mal Englisch sprechen!«

»Warum? Weil du keine Fremdsprachen kannst und keine Ahnung von Wein hast? Und dass der Kellner mir erst ein wenig vom Wein einschenkt, damit ich ihn kosten kann ...« Er war jetzt in Fahrt und genoss jedes Wort, jede einzelne Beleidigung: »In dem Dönerladen, wo du immer auf dem Bürgersteig dein Dinner gegessen hast, bevor du mich kennengelernt hast, da tun sie das vielleicht nicht. Aber in einem anständigen Restaurant ist das durchaus üblich.«

»Ach, fick dich, David.«

»Das dachte ich mir. Man kann ein Mädchen aus der Gosse holen, aber die Gosse nicht aus dem Mädchen.«

So sah er mich also? War unsere Beziehung für ihn eine gute Tat, ein Akt der Nächstenliebe? War ich seine Eliza Doolittle, der er beibrachte, wie sich die feinen Bürger benahmen? Ich hätte am liebsten geheult, aber den Triumph wollte ich ihm nicht gönnen.

Innerlich schrie und tobte ich, während er sich umschaute, um festzustellen, ob jemand mitbekam, wie unerhört sich seine Frau hier aufführte. Da dämmerte es mir: Er geilte sich daran auf, mich schlechtzumachen, mir seelisches Leid zuzufügen. So blieb ich in seinen Augen klein und doof und schämte mich, und er konnte sich einreden, er wäre besser als ich. Solang ich dankbar war und mich ordentlich benahm, war er zufrieden, sobald ich seine Autorität in Frage stellte, machte er mich fertig.

Ich wurde von Sekunde zu Sekunde wütender. Ich knallte mein Glas auf den Tisch, der Rotwein spritzte auf das weiße Tischtuch und auf sein weißes Hemd. Dann saß ich da und wartete auf seinen Wutausbruch, darauf, dass er etwas Bösartiges und Gehässiges sagen würde, das mir ins Fleisch schneiden und eine klaffende Wunde hinterlassen würde. Aber nein, er nippte an seinem Wein und schaute aus dem Fenster und ließ den Blick über das dunkle Meer schweifen. Ich saß ihm schweigend gegenüber, während der Mond ein unheimliches Licht durch die Fenster schickte. In dem Moment wusste ich, dass nichts in Ordnung war und dass meine überstürzte Romanze doch keine so märchenhafte Angelegenheit gewesen war. Und ich stellte mir die Frage, auf die ich eigentlich gar keine Antwort wollte: Was war wirklich zwischen David und seiner ersten Frau geschehen?

17

DAISY

Daisy verstand die Welt nicht mehr. In einer Zelle zu sitzen, war der schreckliche Höhepunkt all dessen, was sie in diesem Urlaub erlebt hatte. Die Beamten hatten sie mit dem Boot aufs Festland und dort zur Polizeiwache von Newton Abbot gebracht, wo die leitenden Beamten ihr Fragen zum Mord stellen wollten. Mehr hatte man ihr bislang nicht mitgeteilt. Sie war auf einer Insel eingesperrt gewesen, und jetzt war sie in einer Gewahrsamszelle eingesperrt, und sie weinte und weinte. Verzweiflung und Angst füllten ihre Brust, und obwohl sie denen mitgeteilt hatte, dass sie jeden Moment eine Panikattacke bekommen konnte, machte man nicht einmal Anstalten, ihr eine Papiertüte zu geben, in die sie atmen konnte.

Während der gesamten Fahrt per Boot und im Polizeiwagen hatte sie geweint, gebrüllt, ihre Unschuld beteuert und um einen Anwalt gebeten, der angeblich bereits unterwegs war. Sie hatte keine Ahnung, wie die Dinge so schnell hatten eskalieren können und wie die Polizei überhaupt annehmen konnte, dass sie Stella Foster ermordet hatte. Wie war sie bloß in den Mord an der jungen Frau verwickelt worden? Allzu lange musste sie nicht auf die Antwort warten, denn schon bald hörte sie, wie ein Schlüssel im Schloss klapperte und der Riegel zurückgestoßen wurde, und dann öffnete ein Beamter ihre Zellentür, um sie in den Verhörraum zu bringen, wo ihre Pflichtverteidigerin schon auf sie wartete.

Jody Cotton sah noch ziemlich jung aus, wirkte in ihrer adretten Bluse, ihrem Rock und mit dem kurzen Haar aber zumindest sehr organisiert. Sie stellte Daisy ein paar allgemeine Fragen zu ihrer Person, machte sich Notizen und erklärte ihr dann das Prozedere.

Daisy war müde, sie hatte Kopfschmerzen, und es fiel ihr schwer, nicht zu weinen. Jedes Mal, wenn sie an Toms Gesichtsausdruck dachte, als sie von den Polizisten aus ihrem Hotelzimmer geleitet worden war, kamen ihr die Tränen. Er hatte sie voller Entsetzen angeschaut, aber sie hatte sofort gemerkt, dass er in diesem Moment nicht Angst *um* sie, sondern Angst *vor* ihr hatte. »Nein. Ach, Daisy, nein«, hatte er gemurmelt, als man sie hinauseskortiert hatte. Sie hatte noch versucht, ihm klarzumachen, dass das alles ein großer Irrtum war, aber er schien ihr gar nicht zuhören zu wollen. Stattdessen hatte er leise die Tür geschlossen und nicht einmal gewartet, bis die Polizisten mit ihr in den Aufzug gestiegen waren. Das hatte ihr mehr wehgetan als alles andere.

Sie überlegte noch, wie sie ihre Anwältin davon überzeugen konnte, dass sie die Wahrheit sagte, als die Tür aufging und DCI Granger hereinkam. Sie hatte einen weiteren Kriminalbeamten mitgebracht, einen älteren Mann, den sie als Detective Inspector Firth vorstellte.

»Also, willkommen in der Weltstadt Newton Abbot«, sagte Granger, ohne zu lächeln. Sie nahm am Tisch gegenüber von Daisy Platz, genau wie DI Firth, und beide musterten sie eine Weile wortlos. Daisy war sich nicht sicher, was die beiden damit bezweckten. Warteten sie auf ein Geständnis? Auf jeden Fall fand sie es sehr unangenehm.

»Also ...«, meldete Granger sich schließlich zu Wort. Sie

ging ihre Notizen durch und schaltete das Aufnahmegerät ein, um mit dem Verhör zu beginnen. »Wir haben einige Fragen an Sie, Mrs Brown.«

»Daisy, nennen Sie mich doch bitte Daisy.« Sie fand diese Förmlichkeit ganz schrecklich, dadurch fühlte sie sich noch einsamer, noch mehr ausgegrenzt. Sie räusperte sich. »Ich möchte nur sagen, dass ich gerne alle Fragen beantworte. Ich möchte Ihnen helfen, ich versichere Ihnen, wir sind auf derselben Seite.«

»Hm. Mit dem Vertrauen ist es so eine Sache, oder?« Granger sah sie an, und Daisy hatte das Gefühl, die Frau könne direkt in ihren Kopf sehen und darin jeden schlechten Gedanken lesen, den sie je gehabt hatte. »Denn als wir das letzte Mal miteinander sprachen, hatte ich das Gefühl, dass Sie nichts zu verbergen haben, Daisy. Und so schwer das für eine Frau in meinem Beruf auch ist: Ich hatte das Gefühl, dass ich Ihnen vielleicht sogar *vertrauen* könnte.«

»Das können Sie auch ...«, hörte sie sich kraftlos antworten.

»Abgesehen davon, dass wir Sie wegen Mordverdachts festgenommen haben – wussten Sie, dass es eine Straftat ist, der Polizei gegenüber falsche Angaben zu machen?«

»Falsche Angaben? Das habe ich bestimmt n...«

»Doch, das haben Sie, und das könnte mit einer Geldstrafe geahndet werden, möglicherweise werden Sie auch wegen Irreführung der Polizei belangt. Vielleicht verurteilt man Sie sogar wegen Behinderung der Justiz, das ist ein besonders schweres Vergehen, das mit einer Gefängnisstrafe geahndet werden kann. In dem Fall wird das Strafmaß auf die Zeit draufgerechnet, die Sie wegen Mordes absitzen müssen.«

»Ich habe niemanden ermordet, und ich *wurde* überfallen, ich habe nicht gelogen. Ich weiß, dass manche Leute sagen, ich hätte mir das ausgedacht, aber warum sollte ich?«

»Gute Frage. Aber das geht mir alles schon ein bisschen zu sehr durcheinander. Erzählen Sie mir doch erst einmal, was wirklich zwischen Ihnen und Stella vorgefallen ist. Und dann natürlich von dem ›Überfall‹.«

Daisys Anwältin wollte sich gerade einschalten, weil es den Anschein hatte, als würde Granger ihre Mandantin mit allen Vorwürfen auf einmal konfrontieren, als diese für eine Überraschung sorgte. »Dass Sie heute festgenommen und hierher zum Verhör gebracht wurden, hat nichts mit dem tätlichen Angriff auf Sie zu tun«, verkündete die Ermittlerin.

Daisy wusste nicht, ob sie erleichtert sein oder sich Sorgen machen sollte.

»Aber ich muss Sie warnen, wir untersuchen immer noch den tätlichen Angriff auf Sie, und wenn es etwas gibt, das Sie uns sagen möchten, etwas, das Ihnen vielleicht bisher *entfallen* ist, wäre jetzt der richtige Zeitpunkt dafür.«

Daisy konnte nun nachvollziehen, was Tom bei seiner Vernehmung durchgemacht hatte. Die Frau war ein sarkastisches Miststück und genoss es ganz offensichtlich, Leute zu quälen.

»Was ich Ihnen gesagt habe, stimmt. Ich hoffe nur, Sie finden den Täter, damit er niemandem mehr etwas antun kann.« Daisy berührte die blauen Flecken an ihrem Hals, um ihren Standpunkt zu verdeutlichen.

»Wie ich bereits sagte, untersuchen wir nach wie vor den tätlichen Angriff auf Sie, aber bisher haben wir nichts gefunden, das darauf schließen ließe, dass sich auf dem Weg oberhalb der Klippen in jener Nacht außer Ihnen noch jemand aufgehalten hat, geschweige denn wer.«

»Das habe ich von Ihnen auch nicht erwartet«, gab Daisy unwirsch zurück, »es war stockdunkel und hat geregnet und gestürmt.« Das alles war so ungerecht, dass es sie wütend machte.

Granger antwortete nicht auf ihren Gefühlsausbruch, sondern warf ihr nur einen Blick zu, der sagte: *Das werden Sie noch bereuen.* »Sie erinnern sich vielleicht«, fuhr sie fort, »dass ich Sie bei unserem letzten Treffen gefragt habe, ob Sie Stella Foster kennen.«

Daisy nickte. »Ja, und ich habe gesagt, dass ich wusste, wer sie ist, sie aber nicht kannte.«

Granger schaute auf ihre Notizen. »Als ich Sie fragte, ob Sie Stella Foster kannten, sagten Sie wörtlich: ›Nein, ganz und gar nicht. Ich wusste, wer sie war, aber ich habe nie mit ihr gesprochen. Wir waren ja erst ein paar Tage hier, als sie starb, und in dieser Zeit hat sie vielleicht mal an unserem Tisch bedient, aber ansonsten bin ich ihr nie begegnet. Mein Mann kannte sie besser als ich.‹ Sagen Sie, Daisy, wollten Sie Ihren Mann ans Messer liefern? Wollten Sie unsere Ermittlung in eine andere Richtung lenken?«

»Nein, ich habe keine Ahnung, was ...« Daisy sah sie entsetzt an. »Auf keinen Fall, das würde ich Tom niemals antun.«

»Sie behaupten also immer noch, dass Sie Stella Foster nicht kannten?«

»Ich kannte sie definitiv nicht.«

»Warum haben Sie einander dann auf Instagram private Mitteilungen geschickt?«

»Was?« Sie schaute zu ihrer Anwältin und dann wieder zu Granger.

»Das haben wir nicht.«

»Sie sind ihr gefolgt, sie ist Ihnen gefolgt, und Sie haben sich elfmal gegenseitig Direktnachrichten geschickt.«

»Nein! Ich habe eine Menge Follower, das ist mein Job, ich arbeite in der Modebranche. Aber ich wüsste, wenn ich Stella gefolgt wäre. Und ich hätte definitiv mitbekommen, wenn ich ihr Direktnachrichten geschickt hätte.«

»Möchten Sie diese Direktnachrichten lesen?«

»Klar, aber sie existieren nicht. Ich kannte sie nicht.«

Granger schob die Abschrift der Direktnachrichten über den Tisch zu Daisy, die sich das Blatt Papier sofort schnappte, weil sie unbedingt herausfinden wollte, was los war.

»Aber das sind keine Mitteilungen an Stella, sondern an Pink Girl ... oh nein.« Daisy ließ ihren Kopf in die Hände sinken.

Granger blickte die anderen Anwesenden an und wandte sich dann wieder Daisy zu, die die Hände langsam vom Gesicht nahm und sich durch das Haar fuhr. »Pink Girl war der Online-Name von Stella?«

»Das wussten Sie nicht?« Grangers Tonfall ließ keinen Zweifel daran, dass sie ihr nicht glaubte.

»Nein, dann hätte ich es Ihnen nämlich bei meiner ersten Vernehmung schon gesagt. Pink Girl wollte ein Praktikum oder einen Job bei der Zeitschrift, für die ich arbeite. Das können Sie doch an den Mitteilungen sehen, die sind eindeutig geschäftlich.«

»Und das fanden Sie nicht erwähnenswert?«

»Nein, natürlich nicht. Ich wusste ja nicht, dass sie es war. Wie sollte ich denn das eine mit dem anderen in Verbindung bringen?«

»Aber Stella wusste, wer Sie sind?«

»Bestimmt. Ich poste ja unter meinem richtigen Namen – sie nicht. Woher sollte ich wissen, dass sie die Frau ist, die da im Hotel arbeitet? Wahrscheinlich gibt es nicht einmal Selfies von ihr auf ihrer Instagram-Seite, sie war schließlich Fotografiestudentin; sie hat Fotos von Orten und anderen Leuten gemacht, keine Selfies. Wie hätte ich da wissen sollen, wie sie aussieht?«

»Sie sagen, Ihr Mann hätte mit ihr gesprochen?«

Daisy spürte, dass sie Granger gerade den Wind aus den Segeln genommen hatte. Die Kripobeamtin schaute säuerlich drein und machte keine frechen, sarkastischen Bemerkungen mehr. »Ja, Tom hat sich mit ihr unterhalten, und jetzt wo Sie es sagen, fällt mir ein, dass sie ihm gegenüber erwähnte, sie wäre Studentin.« Daran erinnerte sich Daisy noch genau. »Kunststudentin meinte er, was wahrscheinlich auch stimmt – sie wird sich halt im Studium auf Fotografie spezialisiert haben. Vom Wort her ist das nur ein kleiner Unterschied, aber das wird der Grund sein, warum ich gar nicht darauf kam, dass sie diejenige war. Wie hätte ich das auch wissen sollen?«

»Okay.« Granger schien sich schon fast damit abgefunden zu haben, dieses Mal den Kürzeren zu ziehen. »Da wäre nur noch eine Sache.«

Daisy wurde flau.

»Sie und Ihr Mann führen eine glückliche Ehe?«

Daisy fühlte sich peinlich berührt; sie fand es seltsam, dass Granger ihr eine so persönliche Frage überhaupt stellen durfte, aber da Daisys Anwältin keine Einwände erhob, war ihr das vermutlich gestattet.

»Na ja, wir hatten es nicht ganz einfach.«

»Inwiefern?«

»Wir haben ein Baby verloren, das war für uns beide nicht einfach.«

»Das tut mir leid, wirklich«, sagte Granger.

Daisy zuckte mit den Schultern.

»Wie Sie sicher nachvollziehen können, führen Eheprobleme manchmal dazu, dass jemand etwas Dummes tut oder etwas, das eigentlich gar nicht zu ihm passt.«

Daisy stöhnte innerlich auf. Konnte man dieser Frau nichts erzählen, ohne dass sie einem ein Mordmotiv daraus strickte? »Wir haben keine Eheprobleme, das habe ich so nie gesagt.«

»Es ist nur – neulich wollten Sie nachts so verzweifelt von Ihrem Mann wegkommen, dass Sie aus dem Hotel ins Gewitter hinausgerannt sind und sich vorher nicht einmal etwas übergezogen haben. Und als meine Kollegen heute Abend zu Ihrem Zimmer kamen, um Sie festzunehmen, steckten Sie offenbar auch gerade in einer lautstarken Auseinandersetzung.«

»Das war nur ein dummer Streit, wir versuchen, an unserer

Ehe zu arbeiten. Deshalb sind wir hier, um unsere Probleme zu lösen.«

»Haben Sie Angst, dass Tom mit anderen Leuten über Ihre Probleme sprechen könnte?«

»Nein ... meinen Sie mit anderen Frauen?«

»Jemandem wie Stella?«, schlug Granger vor.

Daisy reagierte sofort. »Hat er mit Stella über so etwas gesprochen?«

»Ich weiß nicht, ich habe mich nur gefragt, ob Sie sich vielleicht deshalb so aufgeregt haben.«

»Hören Sie, ich habe mich über gar nichts aufgeregt. Ich bin nicht eifersüchtig, aber wenn mein Mann einer anderen Frau intime Details über unsere Ehe erzählen würde, dann würde mich das ärgern.«

»Das würde Sie ärgern?« Granger schrieb sich etwas auf.

»Klar, Sie etwa nicht?«

Granger antwortete nicht. Sie schrieb noch eine Weile weiter, dann sah sie plötzlich auf.

»Sie können jetzt gehen, Daisy. Melden Sie sich draußen am Tresen, dann wird der Sergeant Sie aus dem Gewahrsam entlassen.«

»Und das war's?«, fragte sie, erstaunt und erleichtert, dass der Spuk schon wieder vorüber war.

»Ja, das war's, aber wir möchten Sie wie alle anderen dennoch bitten, bis auf Weiteres auf der Insel zu bleiben.«

»Okay«, sagte Daisy. Sie stand auf, bedankte sich bei ihrer Anwältin und ging zur Tür.

»Oh, und Mrs Brown?«, sagte Granger.

Daisy wandte sich um.

»Denken Sie daran, dass wir immer noch dabei sind, den tätlichen Angriff zu untersuchen, den Sie gemeldet haben. Kann sein, dass wir Sie noch einmal vorladen müssen.« Sie warf ihr einen warnenden Blick zu, der Daisy frösteln ließ.

18

BECKY

Josh ist nach dem Frühstück laufen gegangen, und statt im Zimmer zu bleiben, sitze ich am Pool und lese mein Buch. Plötzlich nimmt mir ein Schatten die Sonne. Ich schaue auf, und über mir steht Sam. Sie trägt einen leuchtenden pfirsichfarbenen Kaftan und hat sich die Lippen im passenden Neonfarbton geschminkt.

»Daisy wurde verhaftet.«

»Was?« Ich setze mich auf meiner Sonnenliege auf.

»Daisy. Ich habe gerade Tom getroffen, der ist fix und fertig. Anscheinend kam die Polizei in ihr Zimmer und hat sie zum Verhör aufs Festland gebracht.«

»O mein Gott!«

»Sie hat die Nacht in einer Zelle verbracht, aber jetzt lassen sie sie wieder laufen. Sie ist schon wieder auf dem Weg hierher.«

»Weißt du, warum?«, frage ich, als sie über mich hinweg-steigt, um sich auf den Liegestuhl links von mir zu setzen, wozu sie Joshs T-Shirt und sein Buch zur Seite schieben muss.

»Nein, Tom weiß es auch nicht.« Sie zieht die Augen-brauen hoch und macht es sich gemütlich.

»Das glaube ich nicht.«

»Ich kann mir das auch nicht vorstellen, aber irgendetwas müssen sie doch gegen sie in der Hand haben, oder?« Sie schaut mich besorgt an.

Ich bin fassungslos. »Das Ganze hier ist ein dermaßen surreales Erlebnis, ich hätte nicht gedacht, dass es noch merkwürdiger werden könnte. Und jetzt das!« Ich schaue Sam in die Augen. »Ich glaube nicht, dass Daisy etwas Schlimmes getan hat, du etwa?«

Sam stößt einen langen Seufzer aus. »Nein, das glaube ich auch nicht. Aber angeblich war das mit dem Überfall ja nicht ganz so, wie sie es erzählt hat.«

Ich zucke mit den Schultern. Ich hatte dieses Gerücht im Hotel auch schon gehört, wollte es aber nicht glauben.

»Sie hat selbst gesagt, dass sie der Polizei keine Informationen über ihren Angreifer geben kann«, fährt Sam fort und zieht die Augenbrauen hoch. »Ich mag Daisy, und ich glaube nicht, dass sie Lügengeschichten erzählt. Aber wir kennen uns noch nicht einmal eine Woche, wie gut kennt man jemanden da schon?«

»Stimmt, aber warum sollte Daisy sich so etwas ausdenken?«, frage ich.

»Vielleicht wegen Tom? Sie hatten Streit, sie ist rausgerannt, er ist ihr offensichtlich nicht hinterher, und da wollte sie ihm ein schlechtes Gewissen machen.«

»Hm, kann schon sein.«

»Finde ich auch. Und klar, wir sehen die beiden und denken: Was für ein schönes Paar, und gehen automatisch davon aus, dass sie miteinander glücklich sind, aber neulich, bevor sie ins Krankenhaus gefahren sind, da waren sie echt wütend aufeinander. ›Fick dich, Tom‹, hat sie zu ihm gesagt.«

»Das kann ich gar nicht glauben.«

»Ich war genauso überrascht, aber dann habe ich mir überlegt: Vielleicht sind sie ganz anders, als wir denken? Vielleicht läuft ihre Ehe nicht so besonders?«

»Wer weiß schon, wie die Ehen anderer Leute laufen«, sage ich. Ich habe keine Lust, zu spekulieren. »Aber falls jemand sie angegriffen hat, muss es derselbe sein, der Stella ermordet hat, also hoffen wir, dass sie ihn bald finden.« Ich mustere die anderen Gäste am Pool. »Es könnte jeder sein.«

»Sogar unsere Ehemänner«, meint Sam. Offensichtlich will sie mir etwas sagen.

»Ja, hast du mir nicht gestern erst erzählt, dass David dich gebeten hat, für ihn die Polizei anzulügen?«, frage ich, und sie hält inne, als überlege sie, was sie sagen soll. »Wenn du mir nicht verraten willst, was du der Polizei verschweigen sollst, dann ist das völlig in Ordnung«, beschwichtige ich sie. Meine Zweifel an Joshs Aufrichtigkeit habe ich ihr ja auch nicht mitgeteilt, warum sollte sie es tun?

Sie sieht aus, als wäre ihr nicht wohl in ihrer Haut. Es fällt ihr offensichtlich nicht leicht, darüber zu reden. »Doch, doch, mir macht das nämlich ganz schön zu schaffen. Du hast mir gestern gesagt, ich muss es der Polizei sagen, aber damit würde ich ihn stark belasten.«

»Ist das nicht noch ein Grund mehr, die Polizei zu informieren?«, frage ich behutsam.

»Wahrscheinlich schon, aber ich möchte ihn nicht in Schwierigkeiten bringen, wenn er unschuldig ist.«

»Worüber sollst du die Polizei denn anlügen?«

»Er will, dass ich sage, dass ich die ganze Nacht mit ihm zusammen war, als Stella getötet wurde, und auch, als Daisy verletzt wurde.« Sie sah mich an. »Und in der Nacht, in der sie starb, habe ich ihn mit Stella im Hotelgarten plaudern gesehen.«

»Hast du ihm das gesagt?«

»Ja, und er meint, sie hätte ihn um Karrieretipps gebeten,

was ich nicht so richtig glauben kann. Ich weiß, dass das nichts zu bedeuten hat, aber er behauptet auch, er hätte noch bis nach eins in der Bar gesessen und getrunken, aber dafür hat er keinen Zeugen, weil der Barkeeper um Mitternacht Feierabend macht.«

»Möglich wäre es trotzdem. Man darf sich auch nach Mitternacht, wenn das Personal weg ist, auf Vertrauensbasis Getränke nehmen.«

»Ja, möglich wäre das, aber Elizabeth, unser Zimmermädchen, hat einen Neffen bei der Polizei, und sie erzählt mir immer alles Mögliche – sie nennt mich Miss Marple, offenbar ist sie der Ansicht, ich würde versuchen, den Mord selbst aufzuklären. Jedenfalls habe ich sie gefragt, ob die Polizei schon den Todeszeitpunkt von Stella kennt. Sie meinte, es wäre nach Mitternacht passiert.«

»Und er will nicht, dass du der Polizei verrätst, wo er wirklich war und dass er mit Stella gesprochen hat?«

»So in etwa.« Sie nickt langsam.

»Vielleicht solltest du es trotzdem tun«, schlage ich vor. »Granger hat gesagt, alles kann wichtig sein, auch wenn es noch so unbedeutend erscheint.«

»Ich kann der Polizei doch nicht sagen, dass ich meinen Mann für den Täter halte. Was, wenn er es nicht war?«

»Aber was, *wenn* er es war?«, gebe ich zurück. »Und wenn er unschuldig ist, warum will er dann, dass du für ihn lügst?«

»Das ist es ja, was mir solche Sorgen macht.«

»Du hast mir selbst gesagt, du hättest das Gefühl, dass du ihn kaum kennst. Es kann nicht schaden, mit der Kommissarin zu sprechen. Stell dir vor, wie es dir gehen würde, wenn noch jemand ermordet wird und sich am Ende herausstellt, dass er es doch war?« Als ich das sage, fühle ich mich wie eine Heuchlerin, denn ich weiß ja genauso wenig, wo Josh in jenen beiden Nächten war.

Ich sehe ihr an, dass sie es bereut, mir das alles erzählt zu haben. »Wahrscheinlich mache ich mir viel zu viele Gedanken«, sagt sie. Offensichtlich will sie zurückrudern. Ich beschließe, nicht weiter nachzuhaken. Ich habe getan, was ich konnte, jetzt liegt es an ihr.

In diesem Moment sehe ich Josh, der am Beckenrand entlangschlendert und auf uns zukommt, und ich will ihm zuwinken, aber irgendetwas an seinem Auftreten hält mich davon ab. Sein Kopf ist gesenkt, seine Hände stecken in den Taschen seiner Shorts, und sein Gesichtsausdruck erinnert mich an den Tag, als ich die Diagnose erhielt – er sieht aus, als würde er das Gewicht der ganzen Welt auf seinen Schultern tragen.

»Hi, ist alles in Ordnung?«, frage ich, als er sich zu uns gesellt.

Da sich Sam auf seiner Sonnenliege ausgebreitet hat, setzt er sich auf das untere Ende von meiner. »Ja, alles gut.« Er nickt Sam zu, die erwartungsvoll aufschaut, als warte sie darauf, dass er einige seiner üblichen witzigen Bemerkungen macht.

»Hattest du einen schönen Lauf, Josh?«, fragt sie.

»Ja, ja.« Er sieht sie gar nicht an. »Ich glaube, ich gehe aufs Zimmer, du hast deinen Schlüssel, oder?«, fragt er mich.

Dass er so kurz angebunden ist, verwirrt mich. Das sieht ihm gar nicht ähnlich, aber vor Sam will ich nichts sagen. Offenbar möchte er nicht, dass alle wissen, was ihn so beunruhigt.

»Ich komme mit hoch«, sage ich, setze mich auf und binde mir das Halstuch meines Kostüms zu.

»Meinetwegen musst du nicht.«

»Schon gut, mir wird hier eh zu heiß.« Ich lächle und hoffe, dass er zurücklächelt, aber Fehlanzeige. Aus dem Augenwinkel sehe ich Sam, die uns beobachtet und von einem zum anderen schaut wie bei einem Tennisspiel.

»Okay, wenn du möchtest«, sagt er.

»Ja, die Hitze ist anstrengend, ich muss mich ausruhen.« Ich schnappe mir meine Strandtasche, und Josh will sie mir automatisch abnehmen.

»Die kann ich allein tragen«, sage ich und ziehe die Hand mit der Tasche fort. Ich wünschte, er würde mich nicht so behandeln, als wäre ich unfähig, auf mich selbst aufzupassen. Ich weiß, dass er es nur gut meint, aber er gibt mir schon wieder das Gefühl, ich wäre eingesperrt, besonders in dieser Hitze. Zudem hat sich seine Stimmung auf mich übertragen. Ich habe mich eben noch so nett mit Sam unterhalten, jetzt ist mir heiß und ich bin gereizt, ganz zu schweigen davon, dass ich mir Sorgen mache. Ich will wissen, was passiert ist, aber vor Sam will ich ihn nicht danach fragen. Das Hotel ist eine Brutstätte des Argwohns, alle beäugen einander misstrauisch, und wir alle lassen unsere Fantasie mit uns durchgehen.

»Bis später, Sam«, sage ich, »danke für den Kaffee.«

Sie winkt uns, als wir uns vom Pool entfernen. Es ist heiß und stickig, der gepflasterte Boden scheint die Hitze zusätzlich zu reflektieren. In Griechenland ist es bestimmt auch nicht heißer als hier. Als wir die Lobby betreten, gibt es leider kaum Linderung: Offenbar ist die Klimaanlage jetzt komplett kaputt, und wie bei allem anderen hier muss erst jemand vom Festland kommen, der sie reparieren kann. Aber das kann ein paar Tage dauern. Ich versuche, nicht an die Hitze zu denken, sondern nehme mir eine Broschüre vom Tisch in der Lobby und fächele mir damit Luft zu. Ich will endlich mit Josh allein sein, um zu erfahren, was passiert ist.

Sobald sich die Fahrstuhltüren hinter uns geschlossen haben, frage ich: »Josh, was ist los? Du siehst fix und fertig aus.«

Er seufzt tief und blickt zu Boden. Ich sehe mich im Spiegel an der Fahrstuhlwand und bin schockiert, wie mager ich bin, wie schmal mein Gesicht ist.

»Ich weiß nicht, wo ich anfangen soll«, höre ich ihn sagen.

Ich denke nicht mehr an mein Aussehen. Jetzt mache ich mir ernsthafte Sorgen um ihn. Ich atme tief durch und frage mich, wie schlimm das, was ihm auf dem Herzen liegt, sein kann, verglichen damit, dass ich vielleicht nur noch einige Wochen zu leben habe. »Du machst mir Angst.«

»Tut mir leid. Ich kam vom Laufen zurück, und Granger wollte *noch einmal* mit mir sprechen.«

»Ich glaube, die Polizei gerät langsam in Panik«, sage ich und versuche, dabei nicht selbst in Panik zu geraten. »Gestern Abend haben sie Daisy verhaftet. Offenbar hat sie die Nacht auf dem Festland in einer Zelle verbracht, jetzt ist sie wieder da – und Granger dann wohl auch?«

»Daisy? Was zur Hölle? Warum haben sie die denn verhaftet?«

»Das weiß keiner so genau. Sam meint, es gäbe eine Theorie, dass sie den Überfall auf sich nur erfunden hat. Vielleicht hat es etwas damit zu tun?«

»Natürlich hat sie das. Sie kann niemanden identifizieren, es gibt keinerlei Beweise, die Polizei hat die Gegend abgesucht, wo es angeblich passiert ist, und nichts gefunden. Keine Hinweise, keine Waffen, keine DNA ...«

»Du weißt aber sehr genau Bescheid.«

»Ja, auf den Gruppenspaziergängen habe ich mich mit den Polizisten unterhalten. Die haben wohl auch ihre Zweifel an ihrer Geschichte.«

»Oje. Hier kann man nichts und niemandem mehr vertrauen, oder? Okay«, sage ich und versuche, ruhiger zu klingen, als ich es innerlich bin. »Also, warum wollte Granger mit dir reden?«, höre ich mich krächzen.

»Das kann ich dir hier nicht erzählen.«

»Hat es etwas mit Stella zu tun?« Ich flüstere die Frage beinahe, zum einen, weil ich nicht will, dass mich jemand hört, zum anderen, weil sich die Sorge in meine Stimmbänder gefressen hat und ich plötzlich kaum sprechen kann.

Ich warte auf seine Antwort und halte den Atem an.

Er nickt. Langsam.

Mir kommt es vor, als hätte mir jemand in den Magen geschlagen; meine Beine knicken weg.

»Geht es dir gut?«, fragt er und greift um meine Taille, um mich festzuhalten.

»Ja, ich hätte nicht so lange in der Sonne sitzen sollen. Ich fühle mich, als würde ich brennen«, höre ich mich noch murmeln. Dann wird alles dunkel.

***

Ich wache in unserem Hotelbett auf, und Josh sitzt neben mir. Ich setze mich langsam auf und blicke mich verwirrt um.

»Alles in Ordnung, Becks?«, fragt er, hält mir ein Glas Wasser an die Lippen und streichelt mit der anderen Hand über meine Stirn. »Nur ein kleiner Sonnenstich, glaube ich. Ich wollte gerade einen Arzt anrufen.«

»Josh, warum will die Polizei ständig mit dir reden?«, frage ich. Das ist das Erste, was mir in den Sinn kommt, und ich platze einfach damit heraus.

Er nimmt mir das Glas weg, stellt es auf den Nachttisch und hält mit beiden Händen meine Hand.

»Bitte reg dich nicht auf.«

»Ich rege mich nicht auf. Nicht, wenn du es mir sagst. Und wenn es die Wahrheit ist.«

»Okay, dann sage ich es dir.«

Meine Stimme versagt, also nicke ich. Was auch immer es ist: Ich will es einfach nur wissen, dann werde ich damit schon umgehen können.

Ich bin gefasst, ich bin in meinem gewohnten Bewältigungsmodus, ich räume wieder einmal Joshs Chaos auf. Ich schaue ihn erwartungsvoll an.

Er atmet tief ein.

»Sag mir einfach die Wahrheit. So schlimm wird es schon nicht sein, was du angestellt hast, oder?«

Aber der Gesichtsausdruck meines Mannes sagt: Doch, so schlimm ist es.

19

SAM

Ich werde nie vergessen, wie ich sie an dem Abend wiedersah, als sie von der Polizeiwache zurückkam. Sie saß auf einem Barhocker neben Tom, in einem wunderschönen Kleid, perfekt geschminkt und mit einem großen weißen Pflaster am Kopf. Es war mir egal, warum sie bei der Polizei gewesen war oder was sie angeblich getan hatte; ich ging zu ihr, um sie zu umarmen.

Sie schien aufrichtig gerührt. »Offenbar will niemand mit uns reden, ich bin die Ausgestoßene des Fitzgerald's«, sagte sie, und ihre Augen füllten sich mit Tränen.

»Blödsinn, ich bin doch hier, oder? Und David auch, und ich bin sicher, Becky und Josh kommen rüber, sobald sie unten sind. Du hast es echt nicht leicht gehabt, nicht wahr, Liebes?«

Sie nickte. »Es war schrecklich.« Sie schüttelte langsam den Kopf, und ich hatte das Gefühl, dass sie nichts Konkretes berichten wollte.

Mir war die Situation unangenehm, und ich war erleichtert, als David neben mich trat und mit einem dummen Witz die Stille durchbrach. Und nachdem er Daisy umarmt hatte, schüttelte er Tom die Hand. »Glückwunsch, Kumpel, du hast sie zurück«, sagte er. »Kommt, ich gebe euch zwei einen aus.«

Ich hatte mich noch ein wenig mit David gezankt, aber dann hatten wir den Nachmittag zusammen im Bett verbracht und uns wieder versöhnt. Jetzt ging es mir besser, und ich war mir wieder sicher, dass er mich liebte, auch wenn er Daisys nackten Rücken eine Spur zu lange berührte, als er sie begrüßte. Aber ich wusste, dass ich mich über so etwas nicht aufregen durfte; mit einem gutaussehenden, charismatischen Mann verheiratet zu sein, war für jemanden wie mich mit einem so geringen Selbstwertgefühl nun einmal nicht einfach. Aber ich wusste, wenn ich mich dauernd wegen solchen Nichtigkeiten aufregte, würde ich zerstören, was wir hatten. Solang er nicht fremdging, war ein kleiner Flirt ja nicht schlimm. Und als er mir ein Glas eiskalten Prosecco reichte, nahm ich ihn zur Seite und gab ihm ein Küsschen auf die Wange.

»Wofür war das denn?«, fragte er und lächelte.

»Dafür, dass du *du* bist«, antwortete ich. Dann ging ich wieder zu Daisy hinüber. Sie sah reizend aus wie immer, aber ihre Augen hatten ein wenig von ihrem Glanz verloren, und ich fragte mich unweigerlich, was die Polizei von ihr gewollt hatte. Leider hatte sie offensichtlich nicht vor, es zu verraten.

Selbst mit dem großen Pflaster an einer Seite ihres Kopfes sah sie noch wie ein Filmstar aus, als sie mit platinfarbenem Haar, makellosem Make-up und glänzenden roten Nägeln in ihrem weißen Satinkleid vor uns saß und einen Bloody Mary in der Hand hielt.

Ich zuckte zusammen, weil der Cocktail aussah wie ein großes Glas Blut, und ich ertappte David dabei, wie er ebenfalls auf den Drink starrte. Ich fragte mich, ob er die gleiche Assoziation hatte wie ich. Wenn ja, ließ er es sich nicht anmerken, denn er hielt sein eigenes Glas in die Höhe und verkündete so laut, dass die ganze Bar es mitbekam: »Daisy ist wieder da, so schön und mutig wie immer!«

Ach, wie er es genoss, Frauen Komplimente zu machen, allen Frauen – außer seiner eigenen.

Daisy verzog das Gesicht und sah aus, als wäre ihr das gar nicht recht. Sie wird kaum Wert darauf gelegt haben, dass ihre Ankunft angekündigt wurde, als wäre sie ein Promi auf Besuch. Ich hatte das Gefühl, dass sie nach ihrer Verhaftung lieber nicht groß auffallen wollte. Es hatte einen grausamen Mord gegeben und einen mutmaßlichen Überfall, und ganz egal, wie viel da letztlich dran war, es war definitiv noch nicht angebracht, irgendwas oder irgendwen zu feiern. Aber David wollte einfach nur nett und charmant sein, und manchmal war er nicht in der Lage, die Atmosphäre im Raum richtig einzuschätzen.

»Er ist nun mal ein Charmeur«, sagte ich, um mich bei Daisy für ihn zu entschuldigen, falls er sie in Verlegenheit gebracht hatte.

»Wohl wahr!« Sie lächelte, aber ihre Augen lächelten nicht.

»Hey, Tom, ich wette, du bist richtig erleichtert, dass sie wieder da ist, oder?«, sagte ich, um das Gespräch in eine andere Richtung zu lenken.

»Ja, total«, sagte er und schaute sie an.

»Was macht ihr dann hier unten, warum seid ihr nicht auf eurem Zimmer im Bett?«, fragte David.

»David!« Ich sah ihn missbilligend an, aber er nahm mich gar nicht wahr.

»Uns geht es gut, danke der Nachfrage«, sagte Tom sarkastisch.

»Noch einen Drink?«, fragte David, aber natürlich wollte Tom die Runde ausgeben, damit sich David nicht als Platzhirsch aufspielen konnte. Also gingen sie beide an die Bar, um sich dort darüber zu streiten, wer bezahlen durfte.

»Ich finde dein Kleid todschick«, sagte Daisy.

Ich wollte mich gerade bei ihr bedanken, als ich Becky sah. Ich rief sie zu uns herüber, und wir setzten uns gemeinsam an einen großen Tisch.

»Geht es dir denn gut nach dem Überfall? Du hast

bestimmt unter Schock gestanden«, sagte Becky und vermied es taktvoll, die Verhaftung zu erwähnen.

»Ja ... Das ist mir schon einmal passiert, das mit dem Schock, meine ich. Damals stand ich so unter Schock, dass ich zwei Tage lang nicht sprechen konnte.«

»Was war denn beim ersten Mal die Ursache?«, fragte ich.

»Ach, das war nur ... Jemand hat mir wehgetan. Anscheinend kann so eine Reaktion wiederkehren, wie eine Narbe im Gehirn.«

»Wie schrecklich«, sagte Becky.

»Ja, das waren ein paar ganz schön anstrengende Tage«, sagte sie seufzend.

»Jetzt geht's ihr wieder gut, was, Babe?«, sagte Tom, legte seinen Arm um ihre Schulter und sah ihr in die Augen. »Ich kann mir gar nicht vorstellen, was ich ohne sie machen würde.«

Sie schienen glücklich, der Ärger und die gegenseitigen Vorwürfe waren vergessen. So stellte ich mir Daisy und Tom vor: liebevoll und glücklich, trotz der Probleme, die sie früher gehabt hatten. Aber ich war immer noch sehr neugierig, was es mit Daisys Begegnung mit der Polizei auf sich hatte. Schon wieder fragte ich mich, ob sich nicht alle hier irgendwie verstellten.

Ich blickte mich am Tisch um. David erzählte einen Witz (natürlich tat er das), Tom flüsterte Daisy etwas ins Ohr, und Josh lächelte Becky an. Dass sie Krebs hatte, erklärte einiges. Wenn Josh Becky an diesem Abend ein Mineralwasser oder einen Fruchtsaft bestellte, ihr diskret ihre Tabletten in die Hand drückte oder ihr behutsam eine Strickjacke um die Schultern legte, wusste ich warum. Ich hatte die Ehe der beiden völlig falsch eingeschätzt, insbesondere hatte ich ein falsches Bild von Josh gehabt. Er kam mir jetzt viel herzlicher und freundlicher vor als am Anfang. Da war er noch ein wenig schüchtern gewesen; er war wohl jemand, der andere Leute erst einmal besser kennenlernen musste. Für Becky galt das erst recht, und als Josh sich zu Tom und Daisy hinüberbeugte, um sich mit ihnen zu unterhalten, wirkte sie plötzlich ganz verloren.

Daisy berichtete Josh offensichtlich von dem Überfall, und ich sah an seiner Reaktion, wie mitfühlend er war. Er fragte nach und wollte vor allem von Daisy wissen, wie es ihr ging. Daisy schien sich ihm gegenüber zu öffnen, und plötzlich verstand ich, warum Becky und Josh zusammen waren: Sie waren beide sensibel und mitfühlend. Aber jetzt, wo sich Josh mit Daisy und ihren Erlebnissen beschäftigte, tat mir Becky ein wenig leid, also rückte ich meinen Stuhl näher an ihren heran und sagte: »Ich *liebe* dein Kleid, die Farbe steht dir wirklich gut.«

»Danke, Josh mag es auch, aber es ist viel zu groß. Ich habe ganz schön abgenommen.«

»Das Problem habe ich nicht. Das Essen hier ist so gut, dass mir bei der Abreise garantiert kein einziges Kleidungsstück mehr passt«, sagte ich und blies die Wangen auf.

Sie lachte. »Ich beneide dich um deine Kurven, ich hatte auch mal welche – genieß es, dass du gesund bist«, sagte sie.

»Würde ich ja gerne, aber wenn ich fett werden würde, würde sich David sofort von mir scheiden lassen«, scherzte ich. Ich sah, wie sich ihr Gesicht zusammenzog.

»Sam, du bist toll, und niemand sollte einer Frau mit Trennung drohen, weil sie zu dick oder zu dünn ist.«

»Oh nein, das war doch nur ein Witz«, log ich. »Bei mir und David ist alles prima.«

»Wirklich? Dann ist ja gut. Ich nehme an, du hast beschlossen, nicht noch einmal mit der Polizei zu reden?«

»Ja, im Moment jedenfalls«, sagte ich. Dann würde er sich wahrscheinlich erst recht von mir scheiden lassen.

»Tja, das ist deine Entscheidung«, sagte sie. »Aber denk immer dran: Du bist so ein toller Mensch, wenn er dir jemals mit Scheidung droht und es käme so weit, wäre *er* der Verlierer.«

»Wer lässt sich scheiden?«, fragte Josh aufgeräumt und drehte sich zu mir und Becky, um in unsere Unterhaltung einzusteigen.

»Niemand«, sagte ich, »jedenfalls nicht heute Abend. Ich glaube, wir sind heute Abend alle sechs glücklich verheiratet.«

»Ich bin *immer* glücklich verheiratet«, sagte er, und ich spürte seine enorme Traurigkeit, als er behutsam Beckys Hand ergriff und auf seinem Knie platzierte. Während wir uns unterhielten, sah ich, wie er ihre Handfläche streichelte, wie man es bei einem Kind tat. Es war, als würde er sie trösten und sie wissen lassen, dass er da war. Mir fiel ein, dass sie sich in der Schule kennengelernt hatten. Teenager, die ihr Leben noch vor sich hatten, dann junge Eltern, ein glücklich verheiratetes Paar, das auf das mittlere Alter zusteuerte, die Kinder erwachsen, Enkelkinder – und dann das. Sie hatten sicher große Angst vor dem, was als Nächstes kam. Als ich mich an diesem Abend umschaute, dachte ich: Wer von uns wusste schon, was alles noch auf uns zukam?

Als David mit meiner Bloody Mary zurückkam, nippte ich daran, wie Daisy es getan hatte, in der Hoffnung, dass ich dabei ebenso glamourös und selbstsicher wirkte wie sie, was mir aber wahrscheinlich nicht gelang. »Ich unterhalte mich lieber mit den Mädels, Jungs sind mir zu langweilig«, verkündete Daisy, scheuchte Tom aus dem Weg und setzte sich wieder auf ihren alten Platz zwischen Becky und mir.

»Wie geht es dir körperlich?«, fragte Becky. »Hat die Wunde am Kopf irgendwelche Nachwirkungen?«

»Nein, es ist nur eine Schürfwunde, ich bin mit dem Kopf ziemlich hart auf dem Boden aufgeschlagen.«

»Autsch«, gab Becky zurück. »Und die Blutergüsse?« Sie zeigte an ihren eigenen Hals.

»Es tut noch weh, aber ich habe schon viel Schlimmeres erlebt«, sagte sie.

»Darf ich dich was fragen, was den Überfall angeht?«, fragte ich.

»Klar, schieß los.«

»Hat der Angreifer versucht, sich an dir zu vergehen, ich meine sexuell?«

Becky neben mir schnappte hörbar nach Luft. Ich war wohl ein wenig zu weit gegangen.

»Gott, tut mir leid, das hätte ich nicht fragen sollen.« Ich war über mich selbst überrascht, aber ich musste einfach wissen, wie der Überfall vor sich gegangen war. Davids Bemerkung, Daisy müsse mal jemand »knacken«, beschäftigte mich immer noch. Er war kein gewalttätiger Mann, aber er hatte sich über sie geärgert. War die Bemerkung mit dem »Knacken« ein Hinweis darauf, was er wirklich empfand? War das eine sexuelle Bemerkung?

Falls meine Frage sie schockierte, ließ sie es sich nicht anmerken. Sie schüttelte nur den Kopf und sagte: »Nein. Ich wurde nicht vergewaltigt, wenn du das meinst, aber das könnte daran liegen, dass ich ihm mein Knie in die Eier gerammt habe. Ich hoffe, er hat nie wieder Sex.«

»Autsch«, sagte Becky, und wir mussten lächeln.

»Wenn ich daran denke, was Stella durchgemacht haben muss, macht mich das so wütend«, sagte Daisy. Ihre Stimme klang, als sei sie den Tränen nahe. »Ich muss ständig daran denken, wie er sie einfach von der Klippe geworfen haben muss, als wäre sie nichts wert.« Daisy schlang die Arme um sich und runzelte ihre Porzellanstirn.

»Wir müssen alle aufeinander aufpassen und vorsichtig sein«, sagte ich. »Besonders du.« Ich sah Daisy an.

»Ich weiß, aber wie soll ich vorsichtig sein, wenn irgendein Verrückter beschlossen hat, dass ich die Nächste bin, die er umbringen will? Ich bin ja rund um die Uhr mit ihm in diesem verdammten Hotel eingesperrt«, sagte Daisy und rollte mit den Augen.

»Du solltest auf jeden Fall deine Umgebung im Blick haben, die Leute um dich herum«, mahnte Becky.

»Steig nicht mit Fremden in den Aufzug«, fügte ich hinzu. Ich bekam jetzt schon selbst Angst.

»Es könnte auch sein, dass dieser Kerl sich Frauen aussucht, die allein und verletzlich sind. Du und Stella wart beide zu verschiedenen Zeiten am selben Ort, und zwar allein. Also bleib einfach bei Tom oder einem von uns«, riet Becky.

»Natürlich gibt es immer wieder neue Theorien«, sagte ich und merkte, wie mir die Angst im Rachen steckte. »Du und Stella, ihr seid beide wunderschöne Blondinen, ihr seid ähnlich gebaut und ungefähr gleich groß. Am dunklen Strand in der Nacht könnte man euch glatt verwechseln.«

»Scheiße. Daran habe ich noch gar nicht gedacht«, sagte sie. »Vielleicht wollte der Verrückte gar nicht Stella umbringen, sondern mich!«

20

DAISY

Daisy war sich im Klaren darüber, dass sie sich den ganzen Abend lang über die Schulter schauen würde. Sie würde sich das Gesicht jedes Mannes in der Bar genau ansehen und sich fragen, ob er der Täter war. Dass es mit Tom im Moment nicht so gut lief, half auch nicht gerade. So fürsorglich er gewesen war, als sie aus dem Krankenhaus entlassen worden war – ihre Verhaftung hatte ihm Angst gemacht, und sie hatte das starke Gefühl, dass er ihr nicht mehr vertraute. Sie umkreisten einander wie zwei Raubtiere. Sie spürte seine Zweifel und sein mangelndes Vertrauen ihr gegenüber, und sie hatte den Eindruck, dass er nicht der Einzige war, der so empfand. In den Gesichtern mancher Gäste las sie alles andere als Mitgefühl. Glaubten denn alle, dass sie nur so tat, als sei sie überfallen worden? Wie schnell sich Gerüchte verbreiteten, zumal sie alle auf dieser Insel festsaßen. Selbst das schönste Luxushotel verlor irgendwann an Glanz, wenn man dort gefangen war. Und wenn den Leuten langweilig war, was gab es da Besseres als ein pikantes Gerücht, das man nach Lust und Laune ausschmü-cken konnte?

Am frühen Abend, als sie und Tom sich zum Dinner fertiggemacht hatten, hatte sie sich noch überlegt, wie die anderen Gäste ihr wohl begegnen würden.

»Inzwischen wird jeder mitbekommen haben, dass ich verhaftet wurde«, sagte sie geistesabwesend, während sie in den Frisierspiegel schaute und versuchte, die blauen Flecken mit Touche Éclat zu überdecken. »Du weißt doch, wie die Leute sind: In jedem Gerücht steckt ein Körnchen Wahrheit«, sagte sie mit alberner Stimme. »Ich hoffe nur, dass mich niemand danach fragt.«

»Und wenn *mich* jemand nach deiner Verhaftung fragt?« Tom sah von seinen Schuhen auf, die er sich gerade band.

»Dann sagst du, dass alles ein Irrtum war. Keine Details, keine Erklärung – einfach: ein Irrtum«, sagte sie schnippisch und trug den hautfarbenen Concealer auf die lila Flecken an ihrem Hals auf.

Als er ihr nicht antwortete, hörte Daisy auf, ihre Hämatome zu betupfen und drehte sich zu ihm um. »Tom, *du* glaubst mir doch, oder? Ich meine, du weißt doch, wie die Verwechslung passiert ist. Ich hatte nichts, *gar* nichts mit Stellas Tod zu tun.«

»Ja, natürlich«, murmelte er, und die Art und Weise, wie er es sagte, war für Daisy wie ein Schlag in die Magengrube; in diesem Moment wusste sie, dass er an ihr zweifelte.

Sie blickte wieder in den Spiegel der Frisierkommode. Er stand jetzt hinter ihr und band sich die Krawatte. Sie starrte sein Spiegelbild an. »Du glaubst mir nicht, oder?«

»Och, fang nicht schon wieder damit an, Babe, ich glaube dir, wirklich.«

Doch sie wusste, dass er log. »Jetzt müsste eigentlich ein ›Aber‹ kommen«, sagte sie und spürte, wie ihr Tränen in die Augen stiegen. »Nicht einmal du glaubst mir, dass ich überfallen wurde.«

Er stieß verärgert Luft aus. »Was willst du von mir hören?«

»Dass du mir glaubst.«

»Es spielt doch gar keine Rolle, was ich glaube«, antwortete er. »Es geht darum, was die Polizei glaubt. Du kannst ihnen keine Informationen über deinen Angreifer geben, es gibt keine forensischen Beweise, also wurdest du in den Augen der Polizei entweder angegriffen, weil du etwas mit Stella zu tun hast, oder du tust nur so und wurdest überhaupt nicht angegriffen. So oder so hat dich der Angriff ins Zentrum der polizeilichen Ermittlungen gerückt, und deshalb haben sie deine Social-Media-Konten durchforstet. Und Überraschung: Da taucht Stella auf.«

»Was meinst du mit ›Überraschung‹? Ich war darüber genauso erstaunt wie du.« Sie war wütend und verletzt. »Ich hatte keine Ahnung, wer sie war, du kanntest sie besser als ich.«

»Na klar, du steckst im Schlamassel, also versuchst du alles auf mich abzuwälzen«, blaffte er.

»So habe ich das nicht gemeint ...«

»Ich kann nicht glauben, wie dämlich es von dir war, dass du neulich nachts einfach rausgelaufen bist – stell dir mal vor, was uns an Ärger erspart geblieben wäre!«

Sie war den Tränen nahe. »Hör auf, Tom, hör auf!« Sie hielt sich die Ohren zu.

»Genau das habe ich erwartet. Kümmer dich nicht drum, lauf vor deinen Problemen davon, so wie du es immer tust«, brüllte er.

»Du bist derjenige, der davonläuft«, schrie sie zurück. »Ich gehe durch die Hölle. Jemand war in unserem Zimmer, nicht einmal mehr hier fühle ich mich sicher.«

»Du hast dir den Kopf verletzt, du warst total durcheinander, und das bist du immer noch, wenn du mich fragst.«

»Mir geht es gut. Ich habe mir nur den Kopf gestoßen, ich bin nicht verrückt geworden. Hör auf, mir einzureden, ich wäre plemplem. Es passt dir nämlich ganz gut in den Kram, anzunehmen, dass ich gar nicht angegriffen wurde, weil es dich in ein schlechtes Licht rücken würde. Du hast zugelassen, dass ich allein hinausging, als es schon stockdunkel war, während ein

Mörder frei herumlief. Du bist nicht einmal hinterhergekommen, um nach mir zu sehen, Tom.«

»Nein, das bin ich nicht, weil du dich erst einmal beruhigen musstest. Wenn ich dir hinterhergelaufen wäre, hättest du mich angebrüllt, und das hätte alles noch schlimmer gemacht. Ja, ich hätte dir hinterherlaufen sollen, ich hätte verhindern müssen, dass du verletzt wirst, ich hätte verhindern müssen, dass James stirbt – aber ich habe es nicht getan, ich habe es nicht getan.« Er sank auf die Knie und schluchzte heftig.

Daisy war schockiert; sie hatte ihn noch nie so weinen sehen, nicht einmal als James starb.

Er weinte eine ganze Weile, und Daisy saß nur da, völlig erschöpft und unfähig, ihn zu trösten. Schließlich beruhigte er sich, ging zum Bett hinüber und wischte sich mit dem Hemdsärmel die Augen trocken. Sie beobachtete ihn im Spiegel und erinnerte sich daran, wie einfühlsam er im Krankenhaus gewesen war. »Was du zu mir gesagt hast, als ich wieder zu mir gekommen war – so offen und ehrlich hast du noch nie mit mir über deine Gefühle und über James gesprochen. Du meintest, du wärst jetzt bereit für ein anderes Leben«, sagte sie.

Er antwortete nicht sofort, aber schließlich sagte er: »Genau das will ich, ein anderes Leben als das, das wir geplant hatten. Nicht schlechter oder besser – nur anders. Ich habe akzeptiert, dass wir keine Kinder haben können, aber wir können uns haben, und das ist genug.«

Sie beobachtete ihn immer noch im Spiegel. »Ja. Das ist genug«, sagte sie leise. »Aber sind wir genug? Ich habe mich in letzter Zeit so allein gefühlt, Tom.«

»Ich mich auch, mir hat das alles genauso wehgetan. Aber ich musste stark genug sein für uns beide.«

Sie stand auf und ging zu ihm hinüber. »So stark musst du nicht sein. Du musst nicht die ganze Last tragen, wir können sie uns teilen. Es ist in Ordnung, wenn wir um ihn weinen, wenn wir gegen diese Ungerechtigkeit wettern und gegen unseren

Verlust. Aber was du im Krankenhaus gesagt hast, das stimmte: Es kann trotzdem ein schönes Leben sein, und das Wichtigste sind wir.«

Um wieder zu denen zu werden, die sie einmal gewesen waren, würde es Zeit brauchen, das würde nicht über Nacht geschehen. Sie hatten einiges zu verarbeiten, aber zunächst einmal mussten ihre seelischen Wunden verheilen.

Als sie sich eine Stunde später mit den anderen in der Cocktailbar trafen, ahnte niemand, dass sie gerade ein emotional aufwühlendes Gespräch geführt hatten, das sie beide erschüttert und erschöpft hatte. Aber für Daisy hatten sich die Vorzeichen ihrer Beziehung dadurch zum Guten verändert: Sie hatte ganz kurz den alten Tom gesehen und sich daran erinnert, wer sie beide einmal gewesen waren, und trotz der schrecklichen Situation, in der sich alle hier gerade befanden, hatte sie so etwas wie Hoffnung verspürt. Nach dem ersten Drink setzte sie sich zu Becky und Sam. Sie brauchte weiblichen Beistand und wollte herausfinden, wie die zwei nach der Verhaftung zu ihr standen.

Sie hatte eigentlich nicht vorgehabt, sich an diesem Abend über allzu intime Dinge zu unterhalten, dazu war alles noch zu frisch. Aber nach ein paar Bloody Marys redeten die drei Frauen ganz offen und ehrlich miteinander, und Daisy erzählte ihnen von dem Gespräch, das sie und Tom vorhin geführt hatten.

»Ich dachte wohl, ihn hätte das alles gar nicht so mitgenommen, aber in Wirklichkeit wollte er nur nicht, dass ich es merke.«

»Genau, und er hat recht damit, wenn er nach vorne schauen will. Du musst neue Ziele finden, neue Träume. Wir haben doch Glück, hier und jetzt zu leben«, sagte Becky, »und wer könnte das besser wissen als ich? Also verschwende deine kostbare Zeit nicht damit, dir etwas zu wünschen, das du nicht erreichen kannst.«

»Ich glaube, ich sah es als meine eine große Leistung an, dass ich der Welt ein Kind hinterlassen würde. Beziehungsweise Kinder.«

»Aber du hast doch ganz andere Gaben, die du der Welt geben kannst«, sagte Becky.

»Ja, du setzt all diese tollen Modestrecken in deiner Zeitschrift um, das ist dein Geschenk an die Welt«, ergänzte Sam.

»Siehst du?«, sagte Becky. »Mach einfach die besten Fotos, die du machen kannst.«

Da mussten alle drei lächeln, und zum ersten Mal konnte Daisy sich eine Welt vorstellen, in der ein Baby nicht alles war. Existierte diese Welt wirklich? Sie hoffte es zumindest.

»Ich wurde Lehrerin, weil ich die Welt verbessern wollte«, sagte Becky. »Ich weiß, das klingt kitschig, aber es stimmt. Ich wollte mich um Kinder kümmern, die es nicht leicht haben. Aber als ich krank wurde, konnte ich nicht mehr unterrichten, und der Abschied von meinem Beruf fühlte sich wie der erste Abschied vom Leben an. Ich musste meinen Traum, die Welt zu verbessern, aufgeben, aber ich weiß, dass sich einige dieser Kinder für immer an mich erinnern werden, und ich hoffe, dass sie manches von dem, was ich ihnen vermittelt habe, später an ihre Kinder weitergeben werden.«

»Was meinst du damit: als du krank wurdest?«, fragte Daisy, und Becky erzählte es ihr. Natürlich war Daisy schockiert. »Ich hatte ja keine Ahnung!«

»Gut! Das ist das schönste Kompliment, das du mir machen kannst. Und wie ich schon zu Sam sagte, als ich es ihr erzählte: Vergiss es bitte sofort wieder. Behandle mich wie Becky, nicht wie die arme, kranke Becky.«

»Ich wünschte, du wärst meine Lehrerin gewesen, Becky, dann wäre ich jetzt wahrscheinlich Ärztin.« Daisy lächelte. Wie Becky es sich wünschte, tat sie so, als hätte sie das mit dem

Krebs schon wieder vergessen. »Du bist toll, so wie du bist. Mach, was du dir zumuten willst, mehr musst du gar nicht tun.«

Mit ihren vierzig Jahren war Becky nur zwei Jahre älter als Daisy. Trotzdem kam es ihr vor, als könnte Becky ihre Mutter sein. Sie wünschte sich, ihre eigene Mutter wäre auch nur ein bisschen wie Becky gewesen. Wie schrecklich für ihre Kinder, dass sie sich so früh von ihr verabschieden mussten.

»Du bist so lebensfroh. Gibt es denn keine Aussicht auf Heilung mehr?«, fragte Daisy und dachte dabei an Beckys Kinder.

»Josh informiert sich schon eine Weile über neue Studien in Amerika, aber da kommt man nur schwer ran, und selbst wenn die mich aufnehmen würden, möchte ich nicht die letzten Monate, die ich auf Erden noch habe, ständig in Flugzeuge ein- und aussteigen und von Klinik zu Klinik pendeln.«

»Dann sag ihm das«, drängte Sam.

»Ich *möchte* es ihm ja sagen, aber bevor wir hierherkamen, verbrachte er jede freie Stunde damit, die Reise in die USA zu organisieren, Krankenhäuser anzurufen, mit Spezialisten zu sprechen, die Logistik zu planen, Sponsorengelder aufzutreiben, einfach alles. Das Ding ist: Mir ist klar geworden, dass er ohne das gar nichts mehr hätte – es ist alles, woran er sich im Moment klammern kann.« Becky schien den Tränen nahe.

»Alles okay, Becky?«, fragte Sam.

Sie nickte und blinzelte die Tränen weg. »Ich mache mir nur Sorgen um ihn, er hat im Moment viel um die Ohren, auch hier.«

Sam und Daisy wandten sich ihr zu und sahen sie an.

»Was meinst du?«, fragte Sam. »Ich habe mitbekommen, wie aufgebracht er heute am Pool war, als er herüberkam. Gibt es Probleme mit der Polizei?«

Becky schaute in die Gesichter ihrer neuen Freundinnen, und Daisy sah ihr an, dass sie sich wünschte, sie hätte sich ihre letzte Bemerkung verkniffen.

Daisy berührte ihren Arm. »Die Polizei versucht so verzweifelt, den Täter zu schnappen, dass sie Fehler macht. Als sie mich verhaftet haben, war es ja auch ein Irrtum. Falls sie Josh etwas vorwerfen – ich hatte eine gute Anwältin beim Verhör dabei, ich könnte dir ihre Nummer geben.«

»Vielleicht komme ich darauf zurück, wir hatten heute Nachmittag ein unangenehmes Gespräch. Dinge, die mir nicht bewusst waren ...«

»Also beschuldigt die Polizei jetzt Josh?«, fragte Sam.

Daisy zuckte zusammen. Sam war lieb und nett, aber ein wenig naiv, und sie sagte immer, was ihr gerade in den Sinn kam, statt ihre Worte vorher zu überdenken. Und natürlich sorgten ihre unverblümten Fragen oft dafür, dass die Leute dicht machten, so wie jetzt.

»Tut mir leid, ich möchte lieber nicht darüber reden«, gab Becky zurück.

Alle drei waren plötzlich peinlich berührt und nippten schweigend an ihren Getränken. Daisy fühlte sich ein wenig verletzt, dass ihre Freundin ihnen nicht erzählte, was sie bedrückte. Von Sams unverblümter Art einmal abgesehen, waren sie alle in den letzten Tagen sehr offen und ehrlich zueinander gewesen, zumindest hatte Daisy das geglaubt. Sie waren zusammen auf einer Insel gefangen, und die Situation hatte dazu geführt, dass sie sich sehr schnell sehr gut kennengelernt hatten. Doch Beckys Reaktion machte Daisy klar, dass sie eigentlich nur drei Frauen waren, die zufällig zur gleichen Zeit am gleichen Ort Urlaub machten, egal wie verbunden sie sich auch fühlen mochten. Und trotz der langen nächtlichen Gespräche, der Plaudereien am Pool beim Kaffee, den Verdächtigungen und der Frustration über ihre »besseren Hälften«, die sie miteinander teilten, hatten sie nach wie vor alle ihre Geheimnisse.

»Ich frage mich, wann wir wieder nach Hause dürfen«, sagte Daisy, um die unangenehme Stille zu durchbrechen.

»Ich kann es kaum erwarten«, sagte Becky, »ich vermisse meine Kinder und meine Mutter.«

»Ich kann es auch kaum erwarten, nach Hause zu kommen. Ich habe es so satt, mich ständig umzuschauen und in jeder Spiegelung den Mörder zu wittern; vielleicht ist er jetzt gerade hier?« Daisy sah sich um.

»Hör auf, du machst mir Angst«, sagte Sam. Sie griff nach ihrem Glas und stieß dabei Daisys Bloody Mary um.

Der plötzliche Schock, den die kalte Flüssigkeit auf ihrem weißen Seidenkleid verursachte, ließ Daisy aufschreien, und alle drehten sich zu ihr um und sahen den leuchtend roten Fleck, der wie eine offene Wunde auf dem Kleid prangte.

Es war grauenhaft. Sam schlug sich die Hände vors Gesicht, um den dunkelroten Fleck nicht sehen zu müssen, der sich langsam auf dem weißen Stoff ausbreitete. Als sie dann doch hinsah, konnte sie die Augen nicht mehr abwenden und starrte mit blankem Entsetzen das verunstaltete Kleid an. Sam konnte sich nicht bewegen, es war, als wäre sie am Boden festgeschraubt.

Daisy ärgerte sich über ihr Kleid, aber mehr als das machte sie sich Sorgen um Sam; sie hatte noch nie jemanden so verängstigt gesehen, ihr Gesicht war kreidebleich. Daisy konnte nicht nachvollziehen, warum sie so reagierte.

Und dann heulte Sam laut auf und rief: »NEIN, NEIN, NEIN ...« Sie wurde immer lauter und klang immer verzweifelter. Und je lauter sie wurde, desto stiller wurde es im Raum, alle drehten sich zu ihr um, um zu sehen, was los war. Das Gläserklirren hörte auf, alle Gäste in der Bar verstummten und starrten sie schweigend an, alle mit demselben regungslosen, entsetzten Gesichtsausdruck. Jetzt schluchzte Sam vor sich hin und tupfte unbeholfen mit einer Serviette auf Daisys Kleid herum, wodurch sie erst recht im Mittelpunkt dieses heillosen Durcheinanders stand.

Sam machte ihr Angst. Daisy sah auf die arme Frau hinunter, die sich mit der inzwischen tomatenroten Serviette an ihrem Kleid zu schaffen machte. Dabei drückte sie auf Sams Bauch, und durch das Reiben machte sie den Fleck nur noch größer.

»Es ist alles meine Schuld, alles meine Schuld«, schluchzte sie unter Tränen immer wieder.

»Schon gut, es war ein Versehen – es ist ja nur Tomatensaft«, sagte Daisy beschwichtigend. Alle in der Bar sahen zu ihr hinüber, und Daisy ahnte, was sie dachten – dass sie schon wieder mitten in einem Drama steckte. Sogar Tom schaute sie entsetzt an. Währenddessen versuchte Daisy verzweifelt, Sam von sich wegzuschieben und sie dazu zu bringen, aufzustehen und mit dem Geheule aufzuhören. Sie musste sich sehr im Zaum halten, um Sam nicht anzubrüllen, aber ihr war klar, dass sie dann nur wieder aussehen würde wie die Verrückte, die im Mittelpunkt stehen wollte. Doch inzwischen war Sam auf den Knien, wischte mit einer Serviette über Daisys Dekolleté und schluchzte in ihren Schoß.

Daisy sah sich hilfesuchend um, aber Tom saß wie angewurzelt da und starrte sie immer noch entsetzt an. Zum Glück trat David in Aktion und versuchte, Sam von Daisy wegzuziehen.

»Immer mit der Ruhe. Ihr geht es gut, was zum Teufel ist denn los mit dir?«, zischte er Sam ins Gesicht, aber sie wollte offenbar nicht hören.

»Es geht ihr nicht gut! Hör auf, mich ANZULÜGEN, David, du lügst mich immerzu an. Sie braucht einen Krankenwagen, bevor es zu spät ist! Ich kann sie nicht auch noch auf dem Gewissen haben ...«, schrie sie und versuchte immer noch, zu stillen, was sie für Blut aus einer üblen Wunde zu halten schien. Daisy konnte nicht einmal ansatzweise nachvollziehen, welches Trauma Sam gerade durchlebte, aber ihr war klar, dass man ihr jetzt ruhig und freundlich begegnen musste und nicht so schroff wie David. Aber Daisy gelang es nicht, zu Sam durchzudringen, die immer noch David anschrie und völlig außer sich schien. Daisy schnappte sich ihre Handtasche und flüchtete auf die Damentoilette, wo sie nun ebenfalls roboterhaft an dem knallroten Fleck auf ihrem Kleid herumschrubbte, was ihn nur noch größer zu machen schien. Schließlich sah sie sich im Spiegel an. Ihr Haar war verwuschelt, ihre Wimperntusche war verlaufen, und das Kleid ... das Kleid war ruiniert, und sie fragte sich, ob das Gleiche auch für ihr Leben galt. Sie begann zu weinen. All die Angst und der Schmerz flossen aus ihr heraus, und sie weinte, bis keine Tränen mehr kamen.

Schließlich verließ sie die Toilette, in der Hoffnung, Tom würde draußen auf sie warten, aber als sie den Tresen passierte, sah sie, dass er immer noch am Tisch saß und sich mit Josh und Becky unterhielt. Sie konnte es nicht ertragen, zu den anderen zurückzukehren, also ging sie nach oben in ihr Zimmer. Als sie im Aufzug stand, mit all den Spiegeln um sie herum, konnte sie den Blick nicht von dem Fleck auf ihrem Kleid lösen, dem Blutfleck, und plötzlich bekam sie Angst, dass jemand im zweiten Stock auf sie warten könnte.

Als sich die Türen öffneten, hätte sie sich am liebsten die Augen zugehalten und geschrien. Aber vor ihr stand niemand, und als sie auf den Flur hinaustrat, war er leer. Sie schloss ihre Zimmertür auf und schaute sich dabei immer wieder um, als warte sie darauf, jemandes Schritte zu hören.

Im Zimmer zog sie ihr ruiniertes Kleid aus und setzte sich aufs Bett. Die Arme um die Taille geschlungen, schaukelte sie in der Dunkelheit hin und her, als es plötzlich an der Tür klopfte. Es war so leise, dass sie erst gar nicht sicher war, ob sie tatsächlich etwas gehört hatte, aber ein paar Sekunden später klopfte es erneut.

»Tom?«, rief sie. Vielleicht war er ja doch noch gekommen, um sie zu suchen. Aber warum klopfte er? Hatte er seinen Schlüssel verloren?

Es kam keine Antwort, aber sie hörte, dass vor der Tür jemand war, und sie bekam Angst.

»Wer ist denn da?«, rief sie.

»Ich bin's«, murmelte eine Männerstimme.

Sie schaltete eine Lampe ein, schlüpfte in ihren seidenen Morgenmantel und öffnete nervös die Tür.

»Ach, du bist es!« Sie hatte gehofft, es wäre Tom, der sie trösten und sich vergewissern wollte, dass es ihr gut ging. Aber Tom war es nicht.

»Hi, ich hoffe, es macht dir nichts aus, ich wollte nur mal nach dir sehen ... nach allem, was in der Bar passiert ist«, sagte er.

»Ach, das ist echt nett von dir, danke. Mir geht es gut«, log sie. Sie war aufrichtig gerührt. Wie rücksichtsvoll von ihm, nach ihr zu sehen! Ganz anders als Tom.

Es war ihr unangenehm, dass er immer noch in der Tür stand, also trat sie einen Schritt zurück und ließ ihn eintreten.

»Nettes Zimmer«, sagte er.

»Danke.«

Er zeigte auf die freistehende Badewanne vor dem Fenster. »Es muss toll sein, bei dieser Aussicht zu baden.«

»Ja, das ist wirklich schön.« Mit dem Rücken zu ihm ging sie auf die Wanne zu. »Man muss nur darauf achten, dass man die Vorhänge schließt, sonst können einem alle dabei zugucken.« Sie drehte sich um und lächelte ihn an, und er lächelte zurück.

»Ja, und was für eine Aussicht das wäre, sogar besser als aufs Meer zu gucken«, sagte er und zwinkerte ihr zu.

Plötzlich war ihr mulmig zumute; wahrscheinlich war es eine Überreaktion, die auf das zurückzuführen war, was eben unten passiert war, aber trotzdem fühlte sie sich allein mit einem Mann in ihrem Zimmer nicht ganz wohl.

»Ich glaube, du solltest zurück in die Bar gehen«, sagte sie tadelnd und tippte ihm mit dem Zeigefinger auf die Brust.

»Tut mir leid, das war vielleicht ein bisschen dreist«, sagte er. »Allein mit einer schönen Frau, da kann man schon mal auf Ideen kommen.« Und dann streckte er die Hand aus und fasste unter ihren Morgenmantel.

»Hey.« Sie zuckte zusammen und wich ein Stück zurück. Meine Güte, er hatte offensichtlich einen falschen Eindruck gewonnen. Sie mochte ihn, aber nicht *so*. Sie kannte das, Männer, die glaubten, man wäre scharf auf sie, nur weil man ihnen etwas Aufmerksamkeit schenkte, sie anlächelte und höflich war. Sie würde ihn enttäuschen müssen.

»Mein Mann kommt jeden Moment, und der ist ziemlich eifersüchtig, ich denke mal, du solltest jetzt besser gehen«, sagte sie mit Nachdruck, aber immer noch in freundlichem Ton. Sie wollte ihn nicht in Verlegenheit bringen oder verärgern.

»Dein *Mann* hat sich und den anderen gerade eine Runde Getränke bestellt, der wird noch eine ganze Weile weg sein.«

»Tja, wie auch immer, ich gehe jetzt schlafen, also ...« Sie berührte seinen Rücken, um ihn zur Zimmertür zu bugsieren.

»Aber dann bist du ganz allein. Hast du keine Angst, hier so allein?«, fragte er und ließ sich gemächlich, fast schon trotzig, auf das große Bett sinken.

Jetzt war sie langsam, aber sicher genervt. Ihr Kopf tat ihr weh, und sie war müde, sie konnte dieses Theater jetzt wirklich nicht gebrauchen.

»Komm jetzt, es wird Zeit, dass du gehst«, sagte sie und ging zum Bett, stützte die Hände in die Hüften und wartete darauf, dass er aufstand und ging.

»Lass mich mal schauen, lass mich nur einen Blick auf deinen perfekten Körper werfen«, bat er.

Sie schüttelte den Kopf. »Würdest du bitte gehen?« Sie wurde jetzt lauter. Das war kein Scherz mehr.

»Und was, wenn ich nicht gehe?«

»Dann rufe ich die Rezeption an, und jemand wird kommen und dich holen.«

»Das würdest du mir doch nicht antun.«

»Und wie ich das werde!«, sagte sie und ging zum Telefon auf dem Nachttisch. Sie hob den Hörer ab und begann zu wählen. Aber bevor die Verbindung hergestellt war, sprang er vom Bett und riss das Kabel aus der Wand.

Sie schnappte nach Luft und wollte zur Tür rennen, aber er war vor ihr da und baute sich mit dem Rücken zur Tür vor ihr auf. Er griff nach hinten, drehte den Schlüssel im Schloss um und zog ihn ab.

»Gib mir bitte den Schlüssel«, sagte sie und versuchte, das Zittern in ihrer Stimme zu verbergen.

»Was kriege ich denn dafür?«

»Nichts, ich will nur meinen Zimmerschlüssel.« Am liebsten hätte sie ihm eine Ohrfeige verpasst, aber sie wusste, dass er sie dann wahrscheinlich einfach überwältigt hätte.

»Ein kurzer Blick, und du kriegst deinen Schlüssel und ich gehe wieder. Zieh einfach den Bademantel aus, Daisy.«

Sie sah sich im Zimmer nach etwas um, das sie als Waffe benutzen konnte, aber noch wurde er ja nicht handgreiflich, er stand bloß mit ihrem Schlüssel in der Hand vor der Tür. Wenn sie jetzt mit einer Lampe auf ihn losging und ihn verletzte, konnte man das dann noch als Notwehr bezeichnen? Wäre es nicht eher eine Überreaktion darauf, dass ein Bekannter sie ein wenig neckte?

»Dein Mann ist da unten und säuft, der weiß überhaupt nicht zu schätzen, was hier oben auf ihn wartet, aber ich schon. Ich mag schöne Frauen, ich will nur gucken. Ich werde dich nicht anfassen. Dann bekommst du sofort deinen Schlüssel zurück«, sagte er in verspieltem Ton.

Sie holte tief Luft. Auf keinen Fall würde sie das tun.

Immer noch den Schlüssel in der Hand, ging er zurück zum Bett, berührte unterwegs ihr Gesicht und legte sich ganz langsam wieder hin.

»Ich warte«, flötete er. »Nur ein Blick, ich verspreche dir, ich fasse dich nicht an.«

»Und dann verschwindest du?«, fragte sie. Er war weit genug weg, um sie nicht berühren zu können, und wenn sie ihn damit loswurde, was machte es schon, wenn er sie nackt sah? Sie wollte ihn unbedingt aus dem Zimmer haben oder selbst davonlaufen. Es war heiß und stickig und unheimlich. »Versprichst du mir, dass du gehst, wenn ich das tue?«

»Versprochen.« Sein Atem ging schneller, und er leckte sich über die Lippen.

Langsam, mit zitternden Fingern und Tränen in den Augen, öffnete sie den seidigen Stoff.

»Mehr«, sagte er, »lass den Bademantel fallen.«

Sie zog den Stoff wieder fester um sich. »Nein.«

»O Gott, du machst mich fertig, Daisy, mach weiter.« Er winkte mit dem Schlüssel. »Zieh den Bademantel aus, dann kriegst du den Schlüssel, versprochen.«

Sie stand eine gefühlte Ewigkeit da und wünschte sich, es gäbe eine Alternative, aber da ihr keine einfiel, öffnete sie schließlich wieder den Morgenmantel und ließ ihn zu Boden gleiten.

Er stöhnte und legte sich die Hand an die Leistengegend, und sie beugte sich hinunter, um den Morgenmantel wieder aufzuheben. Er sagte: »Nein, nur noch ein paar Sekunden.«

Also stand sie noch ein paar Sekunden lang gedemütigt da. Dann wollte sie nach dem Morgenmantel greifen, aber bevor sie ihn erreichte, stürzte er sich auf sie, packte sie an beiden Armen und zog sie über sich aufs Bett.

»Es reicht«, schrie sie. »Hau endlich ab!«

»Ach komm, Daisy, wir wollen das doch *beide*«, sagte er, und sein Tonfall war plötzlich nicht mehr so verspielt. »Du hast mich den ganzen Urlaub über hingehalten, du wolltest das doch die ganze Zeit.«

Sie versuchte, sich zu befreien, aber er hielt ihre Arme so

fest, dass es ihr nicht gelang. Sie schaute hinunter in sein Gesicht; Lust konnte so hässlich sein.

»Du brauchst es gar nicht zu leugnen, ich habe gesehen, wie du mich anguckst, du willst es doch auch.« Er drehte sie auf dem Bett um und lag nun auf ihr.

Wie dumm sie gewesen war, dass sie das nicht vorausgesehen hatte. Was für eine Idiotin sie war. Und ihre Wut und ihre Angst machten ihn nur noch mehr an; er wollte, dass sie sich wehrte, also blieb sie ruhig und sagte mit einer etwas zu hellen Stimme, die wie die von jemand anderem klang: »Hey, warum machen wir es nicht morgen? Wir können das jetzt nicht tun, vor allem nicht *hier*.«

»Oh doch, das können wir«, drängte er. Sie sah das Verlangen in seinem Gesicht, sie sah, wie sehr er sie wollte, sein Mund presste sich jetzt auf ihren, feucht und schleimig und ungebeten. Sie wollte sich in diesem Moment am liebsten übergeben, allerdings bezweifelte sie, dass ihn das abgeschreckt hätte. Die Entschlossenheit in seiner Stimme, sein Gesicht ... sie war verloren.

Also tat Daisy, was sie schon als Kind so oft getan hatte, wenn ihre Mutter zur Arbeit ging und sie mit ihrem Stiefvater allein ließ: Sie ließ los, hörte auf zu kämpfen. Sie wusste aus Erfahrung, dass er sie wahrscheinlich noch mehr verletzen würde, wenn sie sich wehrte, also zog sie sich an einen sicheren Ort in ihrem Kopf zurück. Sie stellte sich schöne Strände vor, hohe Berge und hübsche Häuser, weit, weit weg von dort, wo sie war, und sie ließ ihn tun, was er tun musste. Und die ganze Zeit über drückte er sie nieder, packte sie am Hals, bis sie nicht mehr wusste, ob er es war oder ihr Stiefvater, ob sie achtunddreißig Jahre alt war oder zehn, das Mädchen, das weinte und nach ihrer Mutter rief.

Ein paar Augenblicke lang lag er einfach nur auf ihr, erschöpft und schwitzend. Sie wollte ihn treten, ihm die Augen auskratzen, ihm sein selbstgefälliges, zufriedenes Gesicht einschlagen, aber falls er der Mörder war, hatte er vielleicht noch andere Pläne mit ihr, also blieb sie einfach liegen. Sie konnte kaum atmen, so schwer lastete sein Gewicht auf ihrer Brust, aber sie wartete darauf, dass er von selbst von ihr abließ und betete, dass er endlich fertig war mit ihr.

Sie wandte den Kopf von ihm ab und blickte durch die Gardinen und die offene Balkontür auf den Balkon hinaus. Wo *irgendjemand* sie die ganze Zeit beobachtet hatte.

21

BECKY

Die Tatsache, dass wir auf dieser Insel festsitzen, hat uns alle ziemlich paranoid gemacht. Wir verdächtigen unsere Tischnachbarn, den Mann, der jeden Morgen seine Runden im Pool schwimmt, und sogar den netten Gärtner, der in diesem Wüstenklima mehrmals am Tag die Pflanzen gießt. Wir sind inzwischen alle ein bisschen am Durchdrehen, der gestrige Abend war der Beweis dafür. Die arme Sam war so durcheinander. Es war, als ob der ganze Druck plötzlich ein Ventil fand und ein Tsunami der Angst aus ihr herausprudelte. Ich hätte ihr gerne geholfen, aber sie war in ihrer eigenen Welt, und als Josh meinte, ob wir nicht lieber auf unser Zimmer gehen sollten, war ich ganz froh darüber. Es tat zu sehr weh, das mit anzusehen.

Wir waren noch gar nicht lange auf unserem Zimmer, als Josh meinte, er wolle laufen gehen, und so sehr ich es hasste, dass er mich immer allein ließ, heute Abend war ich damit einverstanden. Ich versuche, mich zusammenzureißen. Er verhält sich schon seit Wochen leicht manisch, er ist ständig gehetzt und unkonzentriert, mit den Gedanken woanders. Das ist schon öfter vorgekommen, und auf das Hoch (das beim letzten Mal einen Strafzettel und ein einjähriges Fahrverbot zur Folge hatte) folgt oft ein gewaltiges Tief. Wenn er so ist, dringe ich nicht zu ihm durch. Er verhält sich dann ganz anders als sonst, er ist rücksichtslos, kaum ansprechbar, und nichts, was ich sage, holt ihn zurück, bis er den Tiefpunkt erreicht hat. Er hat eine harte Zeit hinter sich und hat sich selbst in einen ziemlichen Schlamassel gebracht. Kein Wunder, dass er solche Ängste hat.

Nach allem, was er mir gestern erzählt hat, kann ich ihm nicht verübeln, dass er laufen gehen will, um den Kopf freizukriegen.

Jetzt, wo ich allein bin, kann ich in Ruhe darüber nachdenken, was er mir gestern nach seiner erneuten Vernehmung durch die Polizei erzählt hat.

»Warum wollte Granger dich noch einmal vernehmen?«, wollte ich wissen. Nachdem mir im Aufzug kurz schwindlig geworden war, waren wir nun sicher in unserem Zimmer.

»Sag mir einfach die Wahrheit«, sagte ich. »So schlimm wird es schon nicht sein, was du angestellt hast, oder?«

Aber sein Gesichtsausdruck verriet mir, dass es das sehr wohl war. Ich weiß noch, dass mir furchtbar übel war. Er war aschfahl, und daran, wie er herumzappelte und mit den Fingern tippte, merkte ich, wie nervös und angespannt er war.

»Mir kannst du doch alles erzählen«, sagte ich behutsam, als würde ich mit einem Kind reden. Und wie ein gehorsames Kind rückte er seinen Sessel näher an das Bett, auf dem ich lag, und setzte sich hin, um mir alles zu erzählen.

»Als ich vorhin mit der Polizei sprach, sagten sie, in der Nacht, in der Stella ... starb, hätten mich zwei Zeugen gesehen«, sagte er.

»Wobei?«

»Wie ich am Strand gelaufen bin.«

»Aber das machst du doch jede Nacht.«

»Ja ...« Er hielt einen Moment inne. »Aber anscheinend gibt

es eine Überwachungskamera an der Poolbar, und auf der Aufnahme sieht man, wie ich mich mit Stella gestritten habe, bevor ich losgelaufen bin.«

Der Raum veränderte sich plötzlich. »Wie, gestritten?« Ich war verwirrt. Ich wusste, dass sie sich unterhalten hatten, ich hatte vom Balkon aus beobachtet, wie er hinter den Tresen gegangen war und sie ihm gefolgt war. Ich hatte sie hinter dem Tresen nicht sehen können, also hatte ich keine Ahnung, was sie da getan hatten, aber das Letzte, was ich erwartet hatte, war, dass sie sich gestritten hatten.

»Worüber denn, Josh?« Ich konnte das Zittern in meiner Stimme hören. Jetzt betete ich nur noch, dass er mir nicht beichten würde, ihre Auseinandersetzung hätte irgendwie mit Stellas Tod geendet.

»Es ging los, als ich da ankam. Du weißt ja, wie spät es war, und auf dem Weg zum Strand sah ich, dass die Poolbar noch geöffnet hatte. Es war so warm und ich hatte Durst, also bat ich Stella um ein Glas Wasser. Sie gab es mir, wir unterhielten uns ein wenig, und dann sagte sie, sie wolle Pause machen und ging weg. Sie sagte nicht, wohin, aber ich nahm an, dass sie zurück ins Hotel gegangen war, und nach etwa zehn Minuten stand ich auf, um zum Strand hinunterzugehen und loszulaufen. Im Vorbeigehen sah ich, dass die Kassenschublade nicht ganz geschlossen war. Ich konnte sehen, wie da Geldscheine herausragten. Und ich schwöre, mein erster Gedanke war, zur Rezeption zu gehen und Bescheid zu sagen, aber dann dachte ich, warum sollte ich das tun, wenn sie in die Pause verschwindet und sich nicht einmal die Mühe macht, die Kasse abzuschließen?«

Er sah mich an, und ich konnte sehen, wie sehr er sich für das, was er mir gleich sagen würde, schämte.

»Weiter«, murmelte ich.

»Okay ... also, ich sah mich um, ob jemand in der Nähe ist, aber es war dunkel und spät und dann hörte ich ein Geräusch und sah Stella. Sie war hinter den Bäumen auf der gegenüberliegenden Seite vom Pool, mit irgendeinem Typen, sie knutschten, da ging es richtig zur Sache. Ich konnte nicht viel von dem verstehen, was er sagte, außer: ›Na komm, du willst es doch auch.‹ Und ich weiß nicht, was mich dazu trieb, Becks, aber auf einmal stand ich hinter der Bar, hatte die Kasse geöffnet und steckte mir ein paar Scheine ein – okay, *alle*. Ich hatte nicht einmal ein schlechtes Gewissen. Ich war überrascht, wie einfach das ging. Da mache ich mir die ganze Zeit Sorgen, wie wir am Ende des Urlaubs die Rechnung für das ganze Essen und die Getränke bezahlen sollen, und dann läuft mir dieses Geschenk über den Weg. Es waren fast tausend Pfund in der Kasse.«

»O Josh«, stöhnte ich. Ich konnte gar nicht glauben, dass mein Mann zu so etwas fähig war. »Das sieht dir doch gar nicht ähnlich«, hörte ich mich sagen. Ich wusste, dass die Hauptursache dafür der Stress war, den meine Krankheit ihm verursachte, und fühlte mich entsprechend schuldig.

»Natürlich nicht, Becks, normalerweise würde ich so etwas niemals tun ... Aber irgendwie ist alles über mir zusammengebrochen, und das tut es immer noch. Im Moment habe ich das Gefühl, dass ich nicht einmal die einfachsten Dinge hinbekomme.«

»Ich weiß, ich weiß«, sagte ich beschwichtigend. »Alle haben nur mit mir Mitleid, aber du machst genauso viel durch.« Ich versuchte, ihn anzulächeln, damit er sich nicht so elend fühlte, aber dieser Tage fällt es mir schwer, mich zu verstellen. »Also weiter, du hast das Geld aus der Kasse genommen, und was ist dann passiert?« Ich wollte, dass er bei der Sache blieb.

»Ich stopfte die losen Scheine in die Taschen meines Hoodies, aber es passte nicht alles rein, und dann in den Ausschnitt von meinem T-Shirt, weiter hatte ich gar nicht gedacht und sonst hatte ich nichts bei mir. Die restlichen Scheine hatte ich noch in der Hand und ich wollte mich gerade aus dem Staub machen, als ich hörte, wie sie zu dem Typen sagte:»Ich schließe die Bar ab, und wir sehen uns später, du kannst mit zu mir kommen.« Ich wusste nicht, was ich tun sollte, und blieb wie angewurzelt stehen. Sie kam hinter den Tresen, schaute mich entgeistert an und sagte: ›Was machen Sie denn hier?‹«

»Mein Gott«, murmelte ich. Das passte zu dem, was ich beobachtet hatte. Stella war hinter den Tresen zu Josh gegangen, und da hatte ich sie nicht mehr sehen können, aber ich hatte mir etwas ganz anderes ausgemalt, was die zwei da angestellt hatten. Einen romantischen Moment mit einem hübschen jungen Mädchen hätte ich ihm nicht verübelt. Warum hätte er sie abweisen sollen? Wir haben seit Monaten nicht mehr miteinander geschlafen.

»Zuerst sagte ich ihr, ich hätte gesehen, dass die Kasse offen stand, und hätte das Geld herausgenommen, damit es keiner klaut; dass ich es zur Rezeption bringen wollte. Ihr war natürlich klar, dass ich log. ›Warum haben Sie dann nicht einfach nach mir gerufen?‹, hat sie gefragt. ›Ich war doch nur da drüben, in meiner Pause, das wussten Sie doch.‹ Gott, war das peinlich«, sagte er und stützte seinen Kopf in die Hände, so sehr machte die Erinnerung daran ihm zu schaffen. »Jedenfalls drohte sie mir, die Polizei zu rufen. Sie war sehr laut, und ich hatte Angst, dass die anderen Gäste sie von ihren Zimmern aus hören könnten. Ich habe ihr immer wieder gesagt, sie solle sich beruhigen, aber sie wollte nicht und wurde immer lauter und wütender. Du kennst mich ja, wenn ich eines hasse, dann Konflikte. Also stand ich einfach da, während sie mich anschrie. Ich hatte Angst, dass jemand auftaucht und die Polizei ruft … Ich konnte nur an dich denken und daran, wie sehr dich das verletzen würde.«

»Ach, Josh.« An diesem Punkt seiner Erzählung war ich außer mir vor Angst. Ich wollte unbedingt wissen, was als

Nächstes geschehen war, aber gleichzeitig wollte ich es auf keinen Fall wissen!

»Dann kam mir eine Idee«, sagte er. »Der Typ vorhin hatte extra hinter den Bäumen auf sie gewartet und war nicht an die Bar gekommen, ich hatte ihn gar nicht richtig gesehen, nur gehört. So verhält man sich nur, wenn man nicht gesehen werden will. Und warum wollten die zwei nicht gesehen werden? Wahrscheinlich, weil sie nichts mit ihm haben durfte! Er war also entweder ein Angestellter oder ein verheirateter Gast. Also sagte ich ihr, ich hätte gesehen, wie sie im Dienst mit ihrem Lover geknutscht hatte, und das würde ich dem Geschäftsführer melden. Ich wusste gar nicht genau, was die beiden hinter den Bäumen getrieben hatten, ich vermutete es nur«, sagte er. »Aber sie wurde gleich still und flehte mich an, es niemandem zu sagen, weil sie sonst ihren Job verlieren würde, und den bräuchte sie, sie würde sparen, um auf die Uni zu gehen. Ich sagte ihr, dass ich weder ihr Leben ruinieren wollte noch mein eigenes und wir uns darauf einigen sollten, dass keiner den anderen verraten würde. Ich würde das Geld wieder in die Kasse legen und verschwinden und zu niemandem etwas über ihren heimlichen Liebhaber sagen.«

»Und sie war einverstanden?«

»Ja, aber ich war völlig durcheinander und war mir nicht sicher, ob ich ihr trauen konnte. Ich kam hoch aufs Zimmer, und du hast tief und fest geschlafen, aber ich konnte mich nicht beruhigen. Ich dachte, jeden Moment klopft der Geschäftsführer mit einem Polizisten an unsere Tür; das konnte ich dir nicht zumuten. Also bin ich noch einmal raus, um Dampf abzulassen, und bin am Strand laufen gegangen. Ich bin gar nicht mehr an der Bar vorbei, sondern direkt an den Strand. Aber ich denke mal, dass der Zeuge mich hinterher gesehen hat und dachte, ich würde von ihrer Leiche weglaufen.«

»Und das hast du jetzt alles der Polizei erzählt?«

Er zuckte mit den Schultern. »Ich konnte nicht anders. Ich

wollte lieber ein Dieb sein als ein Mörder, aber Granger sah mich an, als wäre ich beides. ›Laut der Überwachungskamera waren Sie die letzte Person, die Stella Foster lebend gesehen hat‹, hat sie zu mir gesagt, in ihrem hochnäsigen Tonfall.«

»Meinst du denn, dass sie dir glaubt?«

»Ich weiß nicht. Sie fragten mich nach dem Kerl, mit dem Stella zusammen war, sie wollen herausfinden, wer das war, aber ich habe ihn ja gar nicht gesehen, es hätte jeder sein können.«

»Aber er wollte später zurückkommen, um sie zum Zimmer zu begleiten ... Klingt, als wäre *er* der letzte Mensch gewesen, der sie lebend gesehen hat.«

»Ja, ich schätze, das war er, es sei denn, sie wurde getötet, bevor er zurückkam. Aber ich schwöre beim Leben unserer Kinder, Becky, als ich Stella Foster das letzte Mal sah, war sie noch am Leben«, sagte er.

Wenn ich an das Gespräch zurückdenke, bin ich mir nicht sicher, was ich davon halten soll. Ich kann mir schon vorstellen, dass es so abgelaufen ist – dass Josh aus einem Impuls heraus etwas so Idiotisches tut und dass er es für mich tut. Aber selbst nachdem Stella ermordet worden war, hat er weder mir noch der Polizei erzählt, was passiert ist. Er dachte, er könnte alles geheim halten, und hat sogar mir gegenüber behauptet, er wäre nur Laufen gewesen, und das war gelogen. Wie soll ich ihm denn jetzt vertrauen? Die Polizei hat ihn nicht verhaftet, aber er meint, dass sie nur nach passenden Beweisen sucht. Er sagte: »Ein falscher Schritt, und die werden über mich herfallen«, und da hat mein Herz geklopft, denn wenn das geschieht, wird es nicht gut für ihn ausgehen, und das macht mir große Angst.

Nachdem er mir das alles gebeichtet hatte, stand er vom Stuhl auf, setzte sich zu mir aufs Bett und umarmte mich. Er küsste meinen Kopf, und ich spürte, wie sein Schmerz in mich hineinfuhr.

Wir halten beide stets den Schmerz des anderen aus, und

falls man ihn irgendwie für Stellas Tod verantwortlich machen sollte, werde ich ihm beistehen und für ihn kämpfen. Ich habe nur noch wenige Monate zu leben und sollte eigentlich umsorgt und gepflegt und gerettet werden, und ausgerechnet jetzt konfrontiert mich mein Mann mit etwas, das so erschütternd und so kompliziert ist, dass ich gar nicht weiß, wie ich ihm helfen kann.

Das war vorhin, als wir nach dem Tohuwabohu in der Bar zurück aufs Zimmer gekommen waren und er völlig aufgewühlt war und gar nicht stillsitzen konnte und unbedingt noch einmal laufen gehen wollte. Und jetzt liege ich allein im Dunkeln, während er am Strand herumrennt, und es fühlt sich an, als hätten wir uns bereits voneinander verabschiedet.

22

SAM

Ich wäre am liebsten im Erdboden versunken! Wieso war ich bloß so ausgeflippt? Es war nur verschütteter Tomatensaft gewesen, aber ich hatte wirklich gedacht, es wäre Blut. Im Nachhinein kam ich mir so dumm vor, aber das half nichts. Ich hatte geschrien, dass jemand den Notarzt rufen solle, ich hatte mich von niemandem beruhigen lassen, ich hatte David beschuldigt, er würde mich ständig belügen – kurz: Ich hatte mich total zum Affen gemacht. Am schlimmsten war, dass Daisy mich wegstieß und auf ihr Zimmer lief. Ich wartete und hoffte, dass sie wiederkommen würde, damit ich mich entschuldigen konnte, aber sie kam nicht. Offensichtlich war ihr mein Verhalten genauso peinlich gewesen wie allen anderen. David redete nicht mit mir, Becky und Josh waren schon weg, also lief ich ebenfalls aus der Bar.

Ich wollte nicht sofort in unser Zimmer zurück, also machte ich einen Spaziergang auf dem Hotelgelände und versuchte, dabei nicht allzu viel zu weinen. Es war so schade, denn ich hatte einen so netten Abend mit Daisy und Becky gehabt, bis ich Daisys Drink umstieß. Wieso bin ich nur immer so ungeschickt?

Als David schließlich eine Weile nach mir ins Bett kam, schwankte er und hatte eine Fahne. Er meinte, er sei enttäuscht von mir. »Du bist nicht die, für die ich dich gehalten habe«, sagte er, als er sich aufs Bett warf. Er lag ein paar Minuten da und grummelte vor sich hin, dann hatte er die Frechheit, mich zu fragen, ob ich vielleicht ein Alkoholproblem hätte.

»Nein. Ich war ein bisschen beschwipst«, antwortete ich, »aber das war nicht der Grund, warum ich so durcheinander war. Die letzten Tage waren sehr anstrengend, wir stehen alle unter Druck, und als ich das Rot auf Daisys weißem Kleid sah, musste ich sofort an Marie und an diese eine Nacht denken. Ich dachte, ich wäre darüber hinweg, ich dachte, ich hätte das verarbeitet, aber offenbar habe ich das nicht.«

»Tja, dann musst du dir halt mehr Mühe geben, das zu verarbeiten, denn ich habe keine Lust, den Rest meines Lebens daran zu denken, auch wenn du das gerne möchtest.«

»Tu ich ja gar nicht, ich finde das ganz furchtbar. Aber vorhin konnte ich nichts dafür, es kam einfach über mich.«

»Das kannst du laut sagen«, zischte er.

Ich hatte keine Kraft, um mich weiter zu streiten, und ich schämte mich immer noch für mein Verhalten. Ich wusste, wenn ich weiter mit ihm diskutierte, würde es mir nur noch schlechter gehen, also stieg ich aus dem Bett und schloss mich im Badezimmer ein.

Als er eingeschlafen war und schnarchte, legte ich mich zum Schlafen auf das Sofa in unserem Zimmer. Bestimmt hatte sich noch nie jemand in den Flitterwochen so einsam gefühlt.

Am nächsten Morgen war ich immer noch traurig, und mir war das alles unheimlich peinlich. Zum Frühstück ging ich mit Sonnenbrille, in der vergeblichen Hoffnung, niemand würde merken, dass ich die Verrückte vom Vorabend war.

David und ich suchten uns an diesem Morgen keinen schönen Fensterplatz in der warmen Sonne. Wir setzten uns an einen Tisch in der Ecke, er wollte sich wohl genauso verstecken wie ich. Er sprach kein Wort mit mir, und das war auch gut so, denn wenn er etwas gesagt hätte, hätte ich vielleicht angefangen zu weinen. In mir war so viel aufgestaut, meine Brust fühlte sich an wie ein Dampfkochtopf. Ich wollte einfach nur das Frühstück hinter mich bringen.

Wir bestellten, und ich schaute mich in dem hübschen Restaurant um, dann sah ich wieder zu meinem Mann. Am Abend zuvor hatte ich uns beide in Verlegenheit gebracht, ihn genauso wie mich. Er war zu Recht wütend auf mich, das hatte er nicht verdient. Aber ich hätte mich trotzdem gefreut, wenn er, statt sauer auf mich zu sein, wenigstens ein bisschen Verständnis gezeigt hätte. Er hatte seit dem Abend kein einziges Mal gefragt, wie es mir ging. Aber wenn ich zurückblicke, war er nie besonders sensibel gewesen, was meine Gefühle betraf. Er fühlte sich an so einem Ort viel mehr zu Hause als ich. Und obwohl er mit mir hierhergefahren war, weil ich schon immer von so einem Urlaub geträumt hatte, hatte er seit unserer Ankunft keinen Finger gerührt, um mir zu erklären, wie ich mich in so einem Luxushotel zurechtfand und wie das hier alles funktionierte. Deshalb war ich immer noch von allem eingeschüchtert, von den anderen Gästen, der extravaganten Einrichtung und vor allem vom Hotelpersonal, das einen nicht einmal an die eigene Serviette ließ: Der Kellner zog die Serviette mit Schwung vom Tisch und legte sie einem auf den Schoß, was ich ziemlich befremdlich fand. Und als David und ich an unserem ersten Abend im Fitzgerald's vom Dinner zurückkamen, dachte ich, jemand wäre in unser Zimmer eingebrochen, denn das Bett war gemacht, und auf den Kopfkissen lagen Pralinen. Aber die ganze Zeit über hatte David mir kein bisschen geholfen oder mir irgendetwas erklärt. Stattdessen hat er mich nur ausgelacht, nach dem Motto: Das weiß doch jeder.

Eines Morgens bestellte ich eine Kanne Tee, und die Kellnerin fragte mich, ob ich Zitrone dazu wolle. Ich nehme immer Milch in den Tee, aber ich war so überfordert, dass ich die dämliche Zitrone nahm. Es schmeckte furchtbar, aber ich kam mir so dumm vor, dass ich in meiner Panik log und zu David sagte, ich würde oft Tee mit Zitrone trinken, das fände ich ganz toll. Seitdem habe ich das Gefühl, ich muss immer Tee mit Zitrone trinken, wenn er dabei ist, auch wenn es mir gar nicht schmeckt.

Aber an dem Morgen nach dem Vorfall mit der Bloody Mary bestellte ich meinen Tee mit Milch, und es schmeckte wie zu Hause. Und statt trockenen Toast zu essen, wie David es mir beim Frühstück immer geraten hatte – »du willst schließlich nicht dick werden« –, bestrich ich meinen Toast mit Butter und Erdbeermarmelade und nahm große, leckere Bissen.

»Musst du so laut knuspern?«, fragte er, zweifellos um mir den Genuss der köstlichen, fruchtigen Marmelade zu vermiesen.

Er sah mich so angewidert an, dass ich meinen Toast weglegte.

»Eigentlich hasst du mich, oder?«

»Nicht schon wieder. Bitte sei heute Morgen nicht so anstrengend, ich bin nicht in der Stimmung. Iss einfach deinen Scheißtoast.«

»Jetzt kann ich nicht mehr, jetzt bin ich gehemmt«, sagte ich, den Tränen nahe.

»Iss ihn!«, herrschte er mich an, aber er merkte gleich, dass er eine Spur zu laut geworden war. »Sorry«, fügte er hinzu; er wollte keine Szene machen.

Ich versuchte, ganz leise zu essen, weil ich wusste, dass er sich bei jedem meiner Bissen vor dem Geräusch, welches der Toast machte, wenn er auf Zähne und Speichel traf, ekelte. Heute ist mir klar, dass das seine Strategie war, um mich kleinzuhalten, mir das Gefühl zu geben, ich wäre wertlos. Ich sollte mich in Grund und Boden schämen, und erst, wenn ich ganz unten war, sagte er mir, dass er mich liebte.

»Hast du Marie auch so behandelt?«, fragte ich und war mir

bewusst, dass meine Hand zitterte, als ich langsam Milch in meine zweite Tasse Tee goss.

»Was soll das denn jetzt?«, fragte er leise und ganz offensichtlich zutiefst genervt.

»Hast du ihr für alles die Schuld gegeben? Hast du sie fertiggemacht, wenn sie sich verteidigt hat? Hast du tagelang geschmollt, wenn sie auch nur den kleinsten Fehler gemacht hat? Hat *sie* deiner Meinung nach auch zu laut mit ihrem Toast geknuspert?«

Er ließ sich einen Moment Zeit, um sich eine passende Antwort zurechtzulegen. »Nein, denn so verrückt meine Ex auch war, sie hat nie jemandem ins Gesicht geschrien und nach einem Krankenwagen gerufen, wenn sie einen Drink verschüttet hat. Gestern Abend warst du einfach nur *peinlich*«, zischte er und stach mit der Gabel in sein pochiertes Ei. Ich sah zu, wie sich das leuchtend orangefarbene Eigelb auf der grünen Avocado ausbreitete.

Ich konnte ihm nicht antworten. Ich spürte, wie sich Schmerz und Wut in mir aufbauten, versuchte aber, ruhig zu bleiben. Ich gab zwei große Löffel Zucker in meinen Tee und rührte um, dann nahm ich einen Schluck. Ich hoffte, der Tee würde mich beruhigen, und das tat er auch – bis er wieder den Mund aufmachte.

»Musst du so viel Zucker nehmen? Du jammerst ständig, dass du zu dick bist, aber du tust nichts dagegen.« Er lachte freudlos auf.

Ich kam mir so dämlich vor, nicht wegen dem Zucker in meinem Tee, nicht weil ich so laut meinen Toast aß, und auch nicht, weil ich am Abend zuvor überreagiert hatte, als ich ein Glas umgestoßen hatte. Sondern weil ich geglaubt hatte, dass das, was wir hatten, so wertvoll war, dass ich es hegen und schützen musste. Es gab nichts, was ich nicht für David und für unsere Ehe getan hätte. Wie dumm ich doch gewesen war, mein Leben für einen Mann zu ruinieren, der gar nicht fähig war, einen anderen Menschen zu lieben. Ich nahm einen Schluck von meinem süßen Tee. »Das ist lecker«, bemerkte ich.

Ich konnte spüren, wie es am anderen Ende vom Tisch brodelte.

»Hat sich Marie auch Zucker in den Tee getan?«, fragte ich und legte neugierig den Kopf zur Seite. »Hatte sie auch ein kleines Gewichtsproblem, wegen dem du sie zurechtweisen konntest?«

Er schwieg einen Augenblick lang, wahrscheinlich überlegte er, wie er mich mit möglichst wenigen Worten möglichst geschickt verletzen konnte. »Ich habe es dir doch erklärt, Marie war krank, ihr zwanghaftes Verhalten war darauf zurückzuführen, dass sie psychische Probleme hatte.« Er hielt inne. »Und langsam erkennen ich bei dir ganz ähnliche Muster.« Er sah mir ein paar Sekunden lang in die Augen und widmete sich dann wieder seinem Frühstück.

Beinahe hätte ich laut losgelacht. Glaubte er wirklich, dass er damit durchkam? Ich schob den Teller mit dem Toast mit Erdbeermarmelade beiseite, meine Wut hatte mir den Appetit verdorben.

»Schon krass, dass du *mir* gegenüber jetzt die gleichen Worte benutzt, mit denen du früher über *sie* geredet hast«, sagte ich in die dichte, vielsagende Stille hinein.

Er antwortete nicht, und da wir uns an einem belebten öffentlichen Ort befanden, provozierte ich ihn noch ein wenig mehr: »Kein Wunder, dass sie psychische Probleme hatte, sie war schließlich mit dir verheiratet!«

»Müssen wir wirklich jede Kleinigkeit aufwärmen?«

»Für dich mag es eine Kleinigkeit sein, aber für Marie war es das nicht, und für mich ist es das auch nicht. Am Anfang, als wir zusammenkamen, hast du sie mir gegenüber nie erwähnt, und mich hast du ihr gegenüber bestimmt auch nicht erwähnt – ihr wart noch zusammen, als wir uns kennenlernten, oder? Und Marie wurde misstrauisch und war mit Recht eifersüchtig …

Deshalb ist sie dir gefolgt und hat in der Weinbar so einen Aufstand gemacht. Du hattest noch gar nicht mit ihr Schluss gemacht. Du warst immer noch mit ihr verheiratet und bist trotzdem mit mir ausgegangen – ich war deine verdammte Geliebte!« Ich hatte viel über Marie nachgedacht und darüber, warum sie so zu leiden schien, und jetzt ergab plötzlich alles einen Sinn.

Er stieß einen tiefen Seufzer aus und legte seine Gabel auf den Teller, als ob er eine freie Hand bräuchte, um das zu erklären. »Wie immer machst du aus einer Mücke einen verdammten Elefanten. Mit unserer Ehe war es längst vorbei, als ich dich kennenlernte. Okay, ich war noch mit Marie verheiratet und lebte noch mit ihr zusammen, aber es war vorbei.«

»Ja, sie war psychisch labil, aber nur, weil *du* sie so fertiggemacht hast. Und du hast ganz bewusst vor ihren Augen mit mir herumgemacht, damit sie komplett durchdreht.«

Er lachte nur darüber. »Glaub mir, wenn es mir nur darum gegangen wäre, vor ihren Augen mit jemandem herumzumachen, hätte ich mir eine Hübschere gesucht!«

Ich ignorierte seine fiese Bemerkung. »Sie hat versucht, mich zu warnen, aber ich wollte nicht auf sie hören, ich war schon zu sehr von dir gehirngewaschen.«

»Pssst.« Er sah sich um, er hatte wohl doch Angst, dass uns jemand hörte. »Du brauchst Hilfe«, sagte er in einem so ernsthaften Tonfall, als wäre es ein echtes Problem. »Am Anfang warst du lustig und sexy und locker, aber du bist genauso schlimm wie Marie, nein, sogar noch schlimmer!«

Er wischte sich den Mund an der Serviette ab, und wie aufs Stichwort sah ich, wie sein Blick jemandem quer durch den Raum folgte. Daisy.

»Sie ist hübsch, oder? Vielleicht hat sie das Zeug zu deiner neuen Geliebten?«, fragte ich.

»Ach, halt die Klappe, behalt deine eifersüchtigen Bemerkungen für dich.«

»Ich wünschte, ich hätte vor unserer Hochzeit gemerkt, was für ein widerlicher Mensch du bist«, sagte ich, und meine Stimme zitterte vor Schmerz und Enttäuschung.

»Und ich wünschte, ich hätte vor unserer Hochzeit gemerkt, was für eine langweilige, eifersüchtige kleine Schlampe du bist«, sagte er monoton, während er sich im Raum umsah. »Ich kann das nicht mehr ertragen, Sam«, sagte er leise. »Ich habe mir geschworen, nie wieder mit jemandem zusammen zu sein, bei dem ich mich so fühle. Ich kann nicht atmen, kann mich nicht bewegen, ohne dass du mir irgendetwas vorwirfst. Ich brauche frische Luft«, sagte er, stand auf und warf seine Serviette auf den Tisch.

Ich zuckte zurück, als hätte er sie nach mir geworfen.

Meine Unterlippe zitterte. Mir kamen die Tränen, und ich spürte die Blicke der anderen Gäste auf mir, denn die Art und Weise, wie er den Tisch verließ, ließ keinen Zweifel daran, dass wir uns gestritten hatten.

Kurze Zeit später erschien Becky an meinem Tisch. »Geht es dir gut, Schatz?«, fragte sie.

Ich nickte nur. Ich traute mich nicht zu sprechen, ich spürte, wenn ich den Mund aufmachte, würde ich anfangen zu flennen. Erst mussten die Tränen verschwinden, die mir im Inneren die Kehle zuschnürten, und mein Herz musste aufhören zu pochen.

»Bist du sicher?«

»Mir geht's gut«, log ich. Wir wussten beide, dass das nicht stimmte, aber Becky wollte mich nicht zwingen, darüber zu reden.

»Ist das Daisy da drüben?«, fragte sie und spähte durch den Raum.

»Scheint so, aber sie sieht irgendwie anders aus als sonst.«

»Stimmt, sie trägt einen schwarzen Kaftan, das passt gar nicht zu ihr.«

Becky und ich winkten, und als Daisy uns sah, schlenderte sie herüber.

»Bist du allein?«, fragte ich. Sie nickte; sie sah völlig durch den Wind aus.

»Ich brauche etwas nette Gesellschaft, Tom nervt.«

Ich fühlte mich ganz zerbrechlich, und auch Daisy sah aus wie gerädert – im wahrsten Sinne des Wortes. Sie trug viel Make-up, aber trotz hautfarbenem Concealer sah man die blauen Flecken an ihrem Hals. Sie zeichneten sich ganz deutlich ab, schwarz, lila und blau. Eigentlich sahen sie sogar schlimmer aus als am Abend zuvor.

»Komm schon, setz dich hier hin«, sagte ich, stand auf, überließ Daisy meinen Platz und holte einen Stuhl von einem der leeren Tische.

»Gott, ich habe so was von genug von diesem Hotel.« Sie rollte mit den Augen.

»Alles okay mit dir?«, fragte ich.

»Das wird schon. Ich fühle mich heute einfach nur beschissen, das ist alles.«

»Das tut mir so leid, Daisy.«

»Es ist nicht deine Schuld, du hast nichts damit zu tun.«

»Aber ich bin so ausgeflippt wegen deinem Drink.«

»Ach ja ... schon vergessen«, sagte sie seufzend. »Lass uns nicht darüber reden – oder willst du unbedingt?«

Ich schüttelte den Kopf.

»Ich fürchte, ich bin heute Morgen keine gute Gesellschaft«, murmelte Daisy. Das übliche Funkeln in ihren Augen war erloschen; so hatte ich sie noch nie gesehen.

»Du musst auch mal einen schlechten Tag haben, das ist doch ganz normal, bei allem, was du durchgemacht hast. Man sieht sogar deine blauen Flecken. Die sehen immer schlimmer aus.« Ich sah genauer hin. »Man könnte denken, die wären ganz frisch«, sagte ich und sah von Daisy zu Becky.

Daisy reagierte nicht; sie schien die Speisekarte plötzlich

sehr interessant zu finden und blickte einfach nicht auf. Schließlich schüttelte sie den Kopf, wedelte abweisend mit der Hand und sagte: »Bitte, lass uns über etwas anderes reden als über mich und meine blauen Flecken.« Dann legte sie die Speisekarte weg und wechselte das Thema: »Wie geht es deinen Kindern, Becky, hast du sie endlich erreicht?«

Beckys Miene hellte sich auf. »Ja, das habe ich. Es war so schön! Josh und ich haben uns heute Morgen lange mit ihnen unterhalten, bevor er laufen ging. Mum hat jede Menge Spaß mit ihnen, und meine Schwester hilft, wo sie kann. Allerdings hat sie ja noch ihre eigenen Kinder.«

»Meine Schwester und ich fanden es immer ganz toll, wenn wir eine Weile zu meiner Oma durften«, sagte Daisy. »Meine Eltern haben sich getrennt, als ich noch sehr klein war, also sprang Oma oft ein, wenn es meiner Mutter nicht gut ging oder sie eine Pause brauchte, wisst ihr?«

»Das muss schwer für dich gewesen sein, deinen Vater nicht zu kennen, oder?«, wollte Becky wissen.

»Ja, schon, aber mit dem war eh nicht viel anzufangen, genau wie mit den Männern, die meine Mutter einen nach dem anderen mit nach Hause brachte und mir als ›Daddy‹ vorstellte«, sagte sie verbittert. »Bis sie schließlich einen davon heiratete, und dann ging unser Leben erst recht den Bach runter. Ich habe schon früh gemerkt, dass ich lieber eine Oma als zehn schlechte Väter habe.«

»Ja, Omas sind die Besten. Meine Mutter geht ganz toll mit den Kindern um. Ich mache mir vor allem Sorgen, was aus Josh wird, wenn ich nicht mehr bin.«

»Was meinst du?«, fragte Daisy.

»Er ist einfach nicht in der Lage, mit Druck umzugehen. Dass ich die Kinder allein lassen muss, macht mir auch zu schaffen, aber bei denen weiß ich wenigstens, dass sie zurechtkommen werden. Angst habe ich vor allem um Josh, der wird heillos überfordert sein.«

»Ich kann verstehen, dass du dir Sorgen machst«, sagte ich. »Und wenn er sich die Kinderbetreuung mit deiner Mutter teilt?«

Sie schüttelte den Kopf. »Das will er nicht. Ich wünschte, er würde es tun, aber er sagt, er hätte das Gefühl, er müsse beweisen, dass er ein guter Vater ist. Ich fürchte nur, am Ende werden sich die Kinder um *ihn* kümmern statt umgekehrt.« Bei diesem Gedanken musste sie lächeln.

Die Kellnerin kam, um unsere Bestellung aufzunehmen. Daisy hatte keinen Appetit, ich hatte schon gefrühstückt, und Becky wollte nur einen Kaffee, also bestellten wir Kaffee.

Doch bevor die Kellnerin ging, bat ich noch einmal um eine extragroße Portion Toast mit Erdbeermarmelade.

23

DAISY

Daisy fühlte sich wie betäubt. Sie hatte in den letzten Tagen mehr durchgemacht als andere Menschen in ihrem ganzen Leben. Sie fragte sich, wie lange sie noch stillhalten konnte – oder ob sie es überhaupt wollte. Vielleicht sollte sie einfach allen alles erzählen, auch der Polizei. Aber würde man ihr glauben? Bevor er gegangen war, hatte er zu ihr gesagt, sie habe mit ihm geflirtet, und es gebe keinerlei Anzeichen dafür, dass sie sich gewehrt habe. »Du hast sogar deinen Bademantel freiwillig für mich ausgezogen«, hatte er mit einem widerlichen Augenzwinkern gesagt. Sie war überzeugt, dass die Überwachungskameras auf dem Flur zeigten, wie er an ihre Tür klopfte, aber sie zeigten leider auch, dass sie ihn aus freien Stücken ins Zimmer gelassen hatte. Selbst DNA-Spuren waren egal; er sagte, wenn sie es jemandem erzählte, würde er behaupten, es sei bloß ein »Schäferstündchen« gewesen und sie habe sich ihm bereitwillig hingegeben. Abgesehen davon stand ihr Wort gegen seins, und im Moment bedeutete ihr Wort rein gar nichts.

Die Polizei untersuchte einen tätlichen Angriff auf sie, den sie angezeigt hatte, aber bisher gab es keine Beweise dafür, dass dieser Angriff überhaupt stattgefunden hatte. Sie hatte Stellas

Leiche gefunden, und Granger nahm Daisy nicht ab, dass sie Stella nicht gekannt hatte. Tom glaubte, sie habe sich den Angriff ausgedacht, um seine Aufmerksamkeit zu erregen, nur um ihn dann mit der Behauptung, er habe Stella gekannt, über die Klinge springen zu lassen. Sie hatte nicht die Absicht gehabt, den Verdacht auf Tom zu lenken, aber das nahm er ihr jetzt wohl nicht mehr ab. Sogar Granger hatte sie gefragt, ob sie versucht habe, ihren Mann ans Messer zu liefern. Objektiv betrachtet sah sie wie ein Miststück aus, und sie wusste: *Wenn nicht einmal dein Mann dir glaubt, steckst du in ernsthaften Schwierigkeiten.*

Sie musste an ihre spektakuläre Hochzeit vor ein paar Jahren denken. An das in Mailand handgefertigte Kleid. Die aus einer Pariser Konditorei eingeflogene Torte. Die spektakuläre kleine Kirche in Portofino. Sie hatten bis Mitternacht unter den Sternen getanzt, und selbst da hatte sie nur an eines denken können: das Kind, das sie bekommen würden, und wie sie diesem Kind alles geben würden, was es brauchte. Nach allem, was sie in ihrer eigenen Kindheit und Jugend hatte durchmachen müssen, war es Daisys sehnlichster Wunsch, ein Kind zu bekommen und die Mutter zu sein, die sie selbst nie gehabt hatte. Sie würde dieses Kind mit ihrem Leben beschützen, es bedingungslos lieben, und vielleicht würde sie so endlich die Erinnerungen vertreiben können, die sie immer noch nachts wach hielten. Aber jetzt, nach allem, was geschehen war, wurde ihr klar, dass der Faden ihres Lebens so fragil war, dass sie sich vorsehen musste, dass er nicht riss, sobald jemand daran zerrte.

Immer noch unter Schock von den Ereignissen der vergangenen Nacht, war Daisy ziellos in den Speisesaal gewandert und trank nun mit Becky und Sam Kaffee. Becky hatte ihnen von ihren Kindern erzählt und davon, was für lustige Sachen sie gesagt hatten, als sie klein waren, und Daisy versuchte, sich zu konzentrieren und nicht mehr *sein*

Gewicht auf sich zu spüren, *seine* schmutzigen Worte im Ohr zu haben.

»Glaubst du, dass du mal Kinder hast?«, fragte Becky Sam.

»Nein, ich bin nicht so versessen darauf, Kinder zu haben. Meine Schwester hat drei, und die liebe ich über alles. Die reichen mir fürs Erste.«

»Ich beneide dich darum, dass du nicht diesen schrecklichen Drang hast«, sagte Daisy und spielte mit ihrem Löffel in der Kaffeetasse.

»Ach, Liebes, es ist alles so willkürlich«, sagte Becky, streckte ihre Hand aus und legte sie auf Daisys. »Versuch gar nicht erst, einen Sinn darin zu sehen. Sieh mich an, mit dem Krebs, der wie eine Wolke über meinem Leben hängt. Ich habe nicht darum gebeten, es ist einfach passiert, aber statt zu denken: ›Warum ich?‹, habe ich gelernt zu sagen: ›Warum nicht ich?‹ Dafür, dass du unfruchtbar bist, kannst du nichts, aber dafür, wie du dein Leben lebst, schon. Und du bist es dir selbst – und Menschen wie mir – schuldig, dass du ein tolles, aufregendes, glückliches Leben lebst.«

»Ja, vielleicht muss ich ein besserer Mensch werden«, sagte sie geistesabwesend.

Sie sah, wie sich die beiden anderen gegenseitig anschauten. Wenn sie sich nicht zusammenriss, kamen sie womöglich noch darauf, dass etwas nicht stimmte, und fingen an, Fragen zu stellen. Und Fragen über gestern Abend würde sie nicht beantworten. »Ich brauche einen Drink, hat jemand Lust auf einen Pitcher Gin?«, fragte Daisy. Ihr war klar, dass sie den vergangenen Abend verdrängen musste, um den Tag zu überstehen, und Alkohol würde dabei helfen.

»Hört sich gut an«, antwortete Sam.

Daisy rechnete fest damit, dass Becky ablehnte, aber sehr zu ihrem Erstaunen sagte sie nach kurzem Zögern: »Ja, ich liebe Gin. Ich habe Josh erst heute Morgen gesagt, dass ich jeden Gin, den es gibt, probieren will, bevor ich abtrete.«

»Okay, fangen wir an«, sagte Daisy und bestellte einen Pitcher Brombeer-Gin-Fizz. Ihr war heiß, sie fühlte sich klebrig und sehnte sich nach einer Dusche, aber sie hatte an diesem Morgen schon dreimal geduscht, und ihre Haut war so wund wie ihr Herz. »Es ist ganz schön stickig hier drin, lasst uns doch rausgehen«, sagte sie, stand auf und ging voran auf die sonnenüberflutete Terrasse. Die anderen beiden folgten ihr.

Bald kam die Kellnerin mit einem riesigen, eiskalten Krug mit dem perlenden Getränk und drei Sektflöten.

Daisy nippte an dem kühlen, säuerlichen Cocktail und genoss die warme Sonne auf ihrem Gesicht. Es fühlte sich irgendwie heilsam an, auch wenn sie wusste, dass ihre seelischen Verletzungen fürs Erste nicht würden heilen können. Und während die beiden anderen sich unterhielten, dachte sie wieder daran, was am Abend zuvor geschehen war.

Sie erwog ernsthaft, einfach aufzustehen und zu DCI Granger zu gehen, um ihr zu erzählen, was passiert war, aber was würde das nützen? Granger würde ihr ohnehin nicht glauben, und so wie die Dinge zwischen ihr und Tom standen, würde vielleicht sogar ihr Mann *ihm* glauben, dass das Ganze einvernehmlich gewesen war.

Er hatte ihr nicht einmal geglaubt, dass jemand in ihrem Zimmer gewesen war, obwohl sie *wusste*, dass es so war. Wie würde er reagieren, wenn er erfuhr, dass sie einen ihrer Bekannten in ihr Zimmer »eingeladen« hatte, und das, wo sie allein und nur spärlich bekleidet war? Würde er ihr wirklich glauben, dass dieser Mann sie vergewaltigt hatte? Es gab keine Anzeichen für einen Kampf oder für Gegenwehr, keine zerrissenen Kleider, sie hatte sogar freiwillig ihren Bademantel für ihn ausgezogen. Nein, sie konnte ihn nicht anzeigen, es stand zu viel auf dem Spiel – sie würde ihre und Toms Beziehung nur weiter belasten, die Frau ihres Vergewaltigers würde am Boden zerstört sein, und die Polizei würde ihr nicht glauben. Nein, wie es aussah, würde sie die Vergewaltigung für sich behalten und niemandem davon erzählen.

Daisy dachte an ihren Mann, und das tröstete sie ein wenig. Sie hatte Glück, dass sie Tom hatte. Gemeinsam waren sie durch Wüsten gewandert, hatten Hand in Hand auf Berggipfeln gestanden und sich Sonnenuntergänge angeschaut, während Heißluftballons den Himmel füllten wie Konfetti.

»Wisst ihr«, sagte sie, als sie an dem kalten Alkohol nippte und versuchte, ihren Schmerz zu betäuben, »Tom und ich hatten eine so tolle Hochzeit, und wir haben so viele wunderbare Reisen gemacht, und es war alles so schön, und ich habe das alles verpasst.«

»Wie meinst du das?«, fragte Sam.

»Wir hatten schon versucht, ein Kind zu kriegen, bevor wir geheiratet haben. Am Morgen unserer Hochzeit kriegte ich dann doch wieder meine Tage, und ich war so am Boden zerstört, dass ich mich hinterher kaum an unsere schöne Hochzeit erinnern konnte. Es war, als wäre ich gar nicht dabei gewesen.« Daisy und Tom hatten so viele Enttäuschungen hinter sich, darunter mehrere frühe Fehlgeburten, und das alles hatte ihre Beziehung sehr belastet. Als sie dann mehr als sechs Monate lang mit James schwanger gewesen war, war sie überzeugt gewesen, dass dies ihre Belohnung für die ganzen Strapazen war. Doch es gab kein Happy End.

Aber Daisy ließ sich nie lange unterkriegen; selbst unter den schlimmsten Gegebenheiten konnte sie sich immer wieder aufraffen, und die Tage hier zählten zu den schlimmsten ihres Lebens. Erst hatte jemand versucht, sie zu töten, dann war sie vergewaltigt worden, und jetzt saß sie hier, trank Gin und versuchte, zu vergessen.

»Wie Becky schon sagte, dafür, dass ich unfruchtbar bin, kann ich nichts, aber dafür, wie ich mein Leben lebe, schon. Und was ich habe, ist ein liebevoller Ehemann, ein schönes Zuhause und genug Geld, um über die Runden zu kommen.

Die ganze Zeit bin ich etwas hinterhergejagt, das ich nicht haben kann, und das hat mich vieler guter Jahre und schöner Erlebnisse beraubt. Jetzt ist es an der Zeit, mir die zurückzuholen und mein Schicksal zu akzeptieren.«

»Akzeptanz, genau darum geht es«, sagte Becky. »Sobald man erkennt, dass man nichts dagegen tun kann, kann man loslassen. Du bist nicht verantwortlich, und diese Erkenntnis kann eine Erlösung sein.«

»Ich sehne mich danach, so frei zu sein. Und das muss ich sein, wenn ich meine Ehe retten will«, sagte Daisy. »Als wir James, unser Baby, verloren haben, meinten alle, das würde uns noch mehr zusammenschweißen. Aber das tat es nicht, denn jedes Mal, wenn ich ihn ansehe, sehe ich unseren Kleinen und frage mich, ob er wohl Toms Augen, seinen Körperbau, seinen Humor gehabt hätte. Und dass ich darüber jeden Tag nachdenke, hat seinen Tribut gefordert, denn ich verlor meine Liebe zu Tom dabei völlig aus den Augen und wusste gar nicht mehr zu schätzen, was ich an ihm habe. Und all die wunderbare Zeit, die wir zusammen verbrachten, entwertete ich dadurch, dass ich so sehr wollte, was ich nicht haben konnte, obwohl ich in Wirklichkeit alles hatte, was ich brauchte.«

Sie musste wieder daran denken, was in ihrem Bett passiert war, während Tom unten in der Bar gesessen und nichts davon mitbekommen hatte, und beinahe musste sie weinen.

Etwas später ging Sam auf die Toilette, und wie es manchmal der Fall ist, wenn eine Gruppe kleiner wird, begannen Becky und Daisy ein tiefgründigeres Gespräch. Daisy hatte zu viel von dem Gin-Cocktail getrunken, und nachdem sie den ganzen Vormittag lang alles in sich hineingefressen hatte, brach sie nun in Tränen aus, und natürlich wollte Becky wissen, was los sei.

»Daisy, du bist gar nicht richtig du selbst. Gestern Abend

hatte man den Eindruck, dass es dir gut ging, aber heute ... Ich weiß nicht, du siehst aus, als hättest du einen Geist gesehen.«

Daisy konnte es niemandem sagen. Es ging ihr nicht aus dem Kopf, und der Gin lockerte ihre Zunge, aber sie konnte einfach nicht. Sie schüttelte immer wieder den Kopf und wischte sich mit ihrer Serviette über das Gesicht.

Doch Becky ließ nicht locker, und nach ein paar weiteren Gläsern des Gin-Cocktails holte Daisy tief Luft. »Es ist etwas passiert«, sagte sie und schluckte die nächsten Tränen hinunter. Sie schwankte, biss sich auf die Unterlippe und schaute sich um, als würde sie jemand beobachten.

Becky beugte sich unauffällig vor. »Die blauen Flecken an deinem Hals sind frisch, oder?«, fragte sie und hob Daisys Kimonoärmel an. »Die hier auch.« Weitere Hämatome an ihren Armen kamen zum Vorschein, dunkle, violett-schwarze Fingerspuren auf ihren nackten Armen, ähnlich wie die am Hals, nur tiefer.

»Daisy, was ist passiert?«, fragte Becky und schaute ihr ins Gesicht, wo man ebenfalls den Schatten eines blauen Flecks sah.

»Ich kann nicht darüber reden«, sagte Daisy.

»Sag es mir.« Becky sprach sanft, wie eine Mutter. Daisy hatte sich immer eine Mutter gewünscht, mit der sie reden konnte.

»Letzte Nacht hat jemand an meine Zimmertür geklopft ...« Sie brach ab, und ihre Freundin wartete darauf, dass sie fortfuhr. Aber Daisy starrte eine Weile einfach nur vor sich hin. Erst als Becky leise ›Daisy?‹ sagte, erinnerte sie sich wieder daran, dass sie nicht allein war.

»Er hat mich gezwungen, ihn ... Ich bin ganz durcheinander.« Daisy berührte das weiße Pflaster, das ihre Kopfverletzung bedeckte. Vielleicht war die Wunde der Grund dafür, dass sie verwirrt war? Oder war das alles hier eine Wahnvorstellung, hervorgerufen durch ihre Verletzung?

»Ich weiß gar nichts mehr, Becky.« Tränen liefen ihr die Wangen hinunter und hinterließen rosa Spuren auf der cremefarbenen Schminke, wie Risse im Alabaster. »Ich hatte nur meinen Morgenmantel an. Er sagte, ich solle ihn ausziehen. Er hat mir wehgetan.«

»Wie?«

Daisy konnte nicht sprechen, also sprach Becky für sie: »Also ist jemand in dein Zimmer eingebrochen und hat dich vergewaltigt? Wer?«

Daisy hielt inne, schüttelte den Kopf und starrte wieder geradeaus, als würde sie alles noch einmal durchleben. »Es war, als ob er mich nicht hörte, als ob ich gar nicht da wäre ...« Sie begann wieder zu weinen.

»Oh, Daisy.« Becky sah aus, als würde sie gleich ebenfalls in Tränen ausbrechen.

»Ich wollte es niemandem sagen, weil ich dachte, niemand würde mir glauben«, sagte Daisy, »aber ich glaube, draußen war jemand, der uns beobachtet hat. Also muss es noch jemand wissen.«

»Huch?«

»Ich habe jemanden gesehen, der stand auf dem Balkon und hat hineingeschaut.«

»Bist du dir da *ganz* sicher? Wie kommt jemand denn von außen auf den Balkon?«

»Das ist nicht weiter schwer, die Balkone sind miteinander verbunden, man muss nur hinüberklettern.«

»Also, ich kann mir einfach nicht vorstellen, dass jemand –«

»Doch, da war eine dunkle Gestalt am Fenster, die hat das Gesicht gegen das Glas gepresst.«

»Hast du gesehen, wer es war?«, fragte Becky.

»Nein, draußen war es dunkel, und im Zimmer war nur eine Lampe an.«

»Gehst du zur Polizei?«

»Würde ich gern, aber das bringt nichts, die würden mir

nicht glauben ... Aber wenn ich jetzt so darüber nachdenke –
wenn ich denjenigen finde, der reingeschaut hat, der wäre doch
ein Zeuge?«

»Das hängt davon ab, was er gesehen hat ...«

»Stimmt. Er hat wahrscheinlich gar nicht geahnt, was da
vor sich ging, weil ich mich nicht gewehrt habe ...«, begann sie.
»Das war nicht das erste Mal, und ... wenn man sich wehrt, tun
sie einem noch mehr weh.«

»Oh, Liebes«, war alles, was Becky sagen konnte.

Daisy ergriff ihre Hand und hielt sie. Eben noch hatte sie
sich gewünscht, sie hätte es ihr nicht gesagt, aber das Gefühl der
Erleichterung, dass sie es getan hatte, war stärker. Die arme
Becky, immer war es an ihr, die anderen zu trösten.

»Wünscht ihr euch nicht auch, das hier wäre ein Mädelsur-
laub?«, fragte Sam, als sie sich wieder an den Tisch setzte und
die beiden Frauen ins Hier und Jetzt zurückholte.

»Das wäre schön«, sagte Becky und seufzte. »Josh ist ein
Albtraum, er ist wie eine schlecht gelaunte Krankenschwester!«
Daisy war dankbar, dass Becky die Zügel in die Hand nahm
und mit Sam sprach. Auf diese Weise konnte sie sich sammeln,
und vielleicht bemerkte Sam ihre Tränen nicht und stellte ihr
keine unangenehmen Fragen. »Ich habe ihm heute Morgen
gesagt, dass ich nicht nach Amerika möchte«, fuhr Becky fort,
wobei sie einen Blick auf Daisy warf, um sicherzustellen, dass
es ihr so weit gut ging. »Ich will leben, bis ich sterbe.«

»Sehr gut«, sagte Sam, »und wie hat er es aufgenommen?«

»Schlecht, aber ich denke mal, er wird sich damit abfinden.
Ich habe ihm klargemacht, dass ich die Zeit, die mir noch bleibt,
mit Dingen verbringen möchte, die mir Spaß machen.«

»Das ist toll«, sagte Daisy. Sie war sich nicht ganz sicher,
wozu genau sie Becky gratulierte, aber sie wollte den Eindruck
erwecken, dass sie der Unterhaltung folgte.

»Und was würdest du tun, wenn du es dir aussuchen könntest?«, fragte Sam.

»Ich würde mit den Kindern am Strand spazieren gehen, sonntagmorgens Zeitung lesen, gut essen und im Sessel einschlafen. Ich würde mir gerne zu viert noch einmal alle Kinderfilme ansehen, die wir so toll fanden, als die Kinder noch klein waren. Ich würde zu viel Schokolade essen und versuchen, alle erhältlichen Gin-Sorten durchzuprobieren. Ich möchte in dem Wissen sterben, dass ich jede Marke und jede Geschmacksrichtung Gin gekostet habe.«

»Das hört sich alles ganz klasse an«, sagte Sam, »aber da du bestimmt noch ein paar Tage hier bei uns festsitzt – gibt es irgendetwas, das du gerne mit uns unternehmen würdest?«

Becky holte tief Luft. »Okay, ihr wollt meine *Bucketlist* hören? Ich will mal was ganz Verrücktes tun, mich besaufen, mit einem Wildfremden tanzen, mich nackt ausziehen ... und ... und ... im Mondschein baden gehen.«

»Klasse!« Sam deutete mit den Fingerspitzen ein Klatschen an.

»Wollen wir nicht heute Nacht alle zusammen im Mondschein baden gehen?«, meldete sich plötzlich Daisy.

Beide wandten sich ihr zu und schauten sie an. Becky nickte begeistert, aber Sam schaute skeptisch drein. »Das ist eine tolle Idee, aber ich fürchte, ich muss passen. Ich kann nicht schwimmen.«

»Ach, komm schon, Sam. Dann gehst du halt nur so weit hinein, dass du noch stehen kannst. Tu es für Becky«, beharrte Daisy. Es klang immer noch etwas halbherzig, aber sie bemühte sich, Zuversicht auszustrahlen.

»Ich fürchte, Josh wird davon auch nicht so begeistert sein«, sagte Becky.

»Meine Güte, ihr zwei, lebt mal ein bisschen!« Daisy fand ihre Idee immer besser. »Heute Nacht haben wir Vollmond, und wir sind alle zusammen – wir können aufeinander aufpassen. Kommt, das wird wunderschön, ich bringe eine Flasche Sekt mit.«

»Das klingt schon besser«, sagte Becky, »ich habe schon ewig keinen Sekt mehr getrunken. Meine Tabletten vertragen sich nicht mit Alkohol, auf die werde ich heute einfach mal verzichten. Ich werde Josh sagen, dass ich sie genommen habe, aber sie dann hinten im Badezimmerschrank verstecken.«

»Das ist die richtige Einstellung!« Daisy spürte ein vages Gefühl der Freude, und sie war überzeugt, dass sie nach allem, was passiert war, nie mehr glücklicher sein würde als in diesem Moment. Sie gab sich Mühe, sich für Becky zu freuen, aber ihr Rücken tat immer noch weh von der brutalen Kraft, mit der der Mann sie niedergedrückt hatte. Sie hatte seinen heißen Alkoholatem gespürt, als er ihr ins Gesicht gekeucht hatte, sein Mund war salzig gewesen vor Schweiß. Es war so ekelhaft, so schrecklich, dass sie allein bei dem Gedanken daran am liebsten schon wieder duschen gegangen wäre. Während die anderen beiden sich unterhielten und sie auf das Meer starrte, wurde ihr klar, dass es etwas gab, das sie noch mehr angewidert hatte als sein Schweiß, sein Atem und die widerlichen Wörter, mit denen er ihren nackten Körper besudelt hatte: sein siegessicherer Blick, als er ihr Hotelzimmer verlassen hatte. Dieser Blick würde sie für immer verfolgen, und sie wusste nicht, ob sie damit leben konnte.

Nachdem sie kurz wieder an der Unterhaltung teilgenommen hatte, spürte Daisy, dass sie jetzt etwas Zeit für sich brauchte. Sie war von allem, was geschehen war, unendlich erschöpft.

Wie dumm war sie gewesen, zu glauben, sie wäre ihm entkommen.

Männer wie er waren überall. Die Bestie wollte einfach nicht sterben. Sie konnte alle Türen hinter sich verriegeln, aber die Gefahr war bereits in ihr. Er *lebte* in ihr, sie würde niemals frei sein.

24

BECKY

Ich verabschiede mich von den beiden und gehe zurück auf mein Zimmer. Obwohl es so warm ist, öffne ich die Fenster nicht. Ich ziehe die Vorhänge zu und falle regelrecht aufs Bett. Ich bin erleichtert, dass ich es hierhergeschafft habe, bevor ich zusammenbreche.

Ich versuche, nicht an Daisy zu denken. Es tut zu sehr weh, ich kann das im Moment nicht ertragen. Also denke ich stattdessen an mein heimliches vormittägliches Gelage mit den Mädels und staune, wie es den Menschen gelingt, in den schwierigsten Situationen jemanden zu finden, der einen aufrichtet. Und es tröstet mich ein wenig, dass es endlich einmal nicht nur um mich geht; dass ausnahmsweise nicht nur *ich* Angst vor dem Tod habe, sondern dass es anderen genauso geht. Gleichzeitig genieße ich das Gemeinschaftsgefühl, das sich aus unserer gemeinsamen Angst entwickelt hat.

Es ist schon seltsam, dass Stella so viel Bedeutung in unser aller Leben erlangt hat, obwohl die meisten von uns die stets gut gelaunte, vielbeschäftigte junge Frau kaum kannten. Ich finde es auch faszinierend, dass die Leute über Stella sprechen, als wäre sie eine gute Freundin gewesen oder ein Familienmitglied. Sie erschaffen ihr gegenüber eine Intimität, die gar nicht existierte, als Stella noch lebte. Alle reden über sie, und alle scheinen sich daran zu erinnern, dass sie auf die eine oder andere Weise mit ihr zu tun hatten, und glauben deshalb mitreden zu können. Wenn ich zufällig höre, was die Gäste so sagen, klingt das für mich ebenso komisch wie makaber: »Sie war eine tolle Barfrau«, »sie hat immer gelächelt«, »ihre Mutter war alleinerziehend« – merkwürdige kleine Fetzen eines Lebens, nach ihrem Tod aufgesaugt von Leuten, die sie wahrscheinlich keines Blickes würdigten, als sie noch lebte. Ob die Leute auch über mich so reden werden, wenn ich nicht mehr da bin? Werden Menschen, die ich kaum oder nur aus dem Internet kenne, plötzlich um mich trauern, als wären sie meine besten Freunde oder meine Liebhaber gewesen? Werden sie auf Facebook posten, wie »traurig« sie sind, um sich von anderen trösten zu lassen, die noch nicht einmal meinen Namen kannten, aber ebenfalls mittrauern wollen? Bei dem Gedanken daran läuft es mir kalt den Rücken hinunter. Ich nehme mir vor, Amy zu bitten, dass sie mein Profil löscht, wenn ich nicht mehr bin. Ich will nicht, dass etwas von mir übrig bleibt, woran sich nach meinem Ableben die Online-Geier laben können.

Gott, ich habe seit Monaten nichts mehr getrunken, und meine Toleranzschwelle ist so niedrig, dass ich mich schon nach dem zweiten Glas betrunken fühlte, aber es war toll, mit den Mädels Cocktails zu trinken. Ich schlummere ein. Ich bin so unglaublich müde, dass ich ein paar Stunden schlafe, und als ich aufwache, liege ich auf der Seite und schaue auf Joshs weißes Kopfkissen neben meinem. Ich bin noch ganz benommen und versuche, die Augen zu öffnen, als ich sehe, dass auf dem Kissen eine Rose liegt. Mir wird ganz warm ums Herz, und ich greife danach. Dann sehe ich einen zusammengefalteten Zettel, der neben der Rose liegt, also ist sie offensichtlich von Josh. Ich habe ihn den ganzen Tag nicht gesehen und hoffe, er hat mir verziehen, nachdem wir uns gestritten haben.

Plötzlich wird mir schlecht, und ich renne ins Bad. Der Alkohol und die Reste meiner morgendlichen Medikamente haben sich gegen mich verbündet, und ich muss mich erbrechen, wie ich es noch nie erlebt habe. Vollkommen erschöpft sinke ich wieder aufs Bett und schließe für ein paar Minuten die Augen. Als ich sie wieder öffne, sehe ich den Zettel, den hatte ich fast vergessen. Ich greife danach und falte ihn auseinander. Er ist gar nicht von Josh, wie ich dachte, sondern von Sam! Verdammt noch mal, sie ist in mein Zimmer gekommen, als ich schlief? Ist das nicht reichlich übergriffig? Egal, ich lese ihn, und mir wird flau.

Dies ist deine offizielle Einladung zu Beckys Bucketlist – Teil eins! Mitternachtsbaden im Mondenschein. Heute Abend um dreiundzwanzig Uhr dreißig treffen wir uns an den Klippen, zu denen man durch den Hotelgarten kommt. Dresscode: Die Damen tragen Tangas und Bikinis, die Herren Abendgarderobe. In Anbetracht der jüngsten Ereignisse am Strand nach Einbruch der Dunkelheit sind Ehemänner und Partner zur Sicherheit mit eingeladen!

Liebe Grüße

Sam

Ich stöhne innerlich auf. Ich dachte, wir hätten vorhin nur herumgeflachst, und mir war auch nicht klar, dass das heute schon stattfinden soll. Ich bin müde und glaube nicht, dass ich mich heute noch zu so etwas aufraffen kann. Garantiert hat Daisy auch keine Lust darauf. Aber Sams Nachricht ist so typisch für sie, voller Enthusiasmus, und sie möchte niemanden ausschließen. Sie ist so lieb und nett! Ich ermahne mich, dass

Sam das nur für mich tut und ich dankbar sein sollte. Schließlich ist das ihre Hochzeitsreise, wobei sie sich die auch anders vorgestellt haben wird. Und jetzt opfert sie ihre Zeit, um mir zu helfen, meine *Bucketlist* abzuarbeiten und im Mondlicht baden zu gehen. Ich fürchte, sie ist sogar ein bisschen netter, als ihr guttut, denn Männer wie David nutzen Frauen wie Sam aus. Tja, und Daisy? Nach dem Gespräch mit ihr bin ich emotional ausgelaugt. Ich weiß, dass ich mich nicht stressen lassen sollte, aber das ist leicht gesagt.

Ich fange an, mich für das Dinner frischzumachen. Ich ermahne mich, beim Essen nicht zu viel zu trinken, wir wollen ja später noch baden gehen. Ich werde Josh mitteilen, dass ich von jetzt an gelegentlich einen Drink zu mir nehmen werde und er sich gefälligst nicht darüber aufregen soll. Meine Medikamente vertragen sich nicht mit Alkohol, deshalb lässt er mich sonst nicht einmal an einem Weinglas schnuppern. Selbst wenn ich also heute Abend auch nur ein Glas trinken will, kann ich heute Nachmittag meine Medikamente nicht nehmen. Ich bin mir sicher, Josh wird nachsehen, was ich eingenommen habe, wenn er ins Zimmer kommt. Er glaubt immer, ich würde mit meinen Tabletten nicht zurechtkommen, und macht regelmäßig »Inventur«. Trotzdem merkt er nichts; für einen Buchhalter ist er ganz schön schlecht im Zählen, es müssen inzwischen viel zu viele Pillen da sein.

Ich schlummere noch einmal ein und träume wieder vom Wasser. Diesmal bin ich es, die ertrinkt, was wohl als ein Albtraum erachtet werden muss, und gerade als ich kurz davor bin, zu sterben, wache ich auf. Ich keuche, richte mich auf und denke: *Das war's, das ist das Ende, es ist vorbei.* So läuft das, wenn man unheilbar krank ist: Der Tod ist mein Stalker, hinter jeder Ecke könnte er lauern, um mich zu holen, wenn ich am wenigsten damit rechne. Selbst in diesem Luxusparadies, wo unaufhörlich die Sonne scheint, wirft die Aussicht auf mein Ableben einen Schatten auf jeden Sonnentag. Der Tod ist mein ständiger Begleiter, ob ich am Pool liege, am Strand spazieren gehe oder mich zum Abendessen hinsetze. Sogar im Schlaf verfolgt er mich. Der Albtraum eben hat mich wirklich erschüttert, und mir ist auf einmal gar nicht mehr wohl beim Gedanken an heute Nacht. Ist es nicht reichlich dämlich, so spät noch baden zu gehen, wenn da draußen am Strand vielleicht ein Mörder sein Unwesen treibt? So eine Liste mit Dingen, die man noch tun möchte, bevor man stirbt, ist ja schön und gut, und es ist wirklich nett von Sam, dass sie das arrangiert hat, aber abgesehen von den offensichtlichen Gefahren bin ich eine kranke, zerbrechliche Frau. Gefährde ich meine ohnehin schon angeschlagene Gesundheit? Jetzt bin ich doch erleichtert, dass Sam vorgeschlagen hat, dass wir unsere Partner mitbringen. Egal, wie ich gerade zu Josh stehe, er wird da sein, um mir die Treppe zum Strand hinunter- und wieder hinaufzuhelfen, und er wird aufpassen, dass ich nicht untergehe.

Ich schaue mich um, um zu sehen, ob er zurück ist, und spüre einen Anflug von Enttäuschung, als ich feststelle, dass er ebenfalls einen Zettel hinterlassen hat, nur dass seiner auf meinem Nachttisch liegt.

Hey, ich war noch einmal im Zimmer, aber du hast tief und fest geschlafen. Du musst einen anstrengenden Vormittag gehabt haben beim Plaudern mit den Mädels, ich hoffe, du hattest Spaß. Es tut mir leid, dass gerade alles etwas schwierig ist und dass ich so launisch war. Lass uns das alles vergessen und das Leben genießen – wenigstens für den Rest des Urlaubs! Ich liebe dich!

J xxx

Ich drehe mich auf die andere Seite und überlege, wo mein Mann wohl wieder hin ist. Ich sage mir, bestimmt ist er laufen oder versucht im Foyer Sponsoren anzuwerben ... Zumindest

wird er das später behaupten. Er hat mich schon immer ange-
flunkert. Ein paarmal habe ich ihn dabei ertappt, doch nach den
ersten paar Jahren habe ich ihn einfach machen lassen, es war
ja nie etwas Schlimmes. Aber nach dem gestrigen Tag weiß ich,
dass mein Ehemann nicht der ist, für den ich ihn gehalten habe.
Mein Vertrauen in ihn ist zerstört.

25

SAM

Wir alle kamen an diesem Abend zu unterschiedlichen Zeiten zum Dinner in den Speisesaal. David und ich waren die Ersten. Ich habe immer Hunger, aber heute Abend war es nicht der Hunger, der mich in den Speisesaal trieb, sondern die Vorfreude auf den bevorstehenden Abend.

»Was ist los mit dir? Du hast ja deine halbe Vorspeise liegen gelassen. Machst du Diät?«, fragte er.

»Ich bin nervös wegen dem Badengehen.«

»Wollen wir dann nicht lieber hier bleiben?« Er stocherte in seinem Blumenkohl-Tempura mit Ponzu-Soße herum. »Das ist wahrscheinlich das Verrückteste, was du je getan hast, vorzuschlagen, dass wir nachts mit vier anderen Gästen, die wir gar nicht wirklich kennen, im Meer baden gehen. Mitten in einer Mordermittlung.«

»Das sind Freunde«, beharrte ich, aber die Art und Weise, wie er es formulierte, machte mich doch etwas nachdenklich.

»Kommt darauf an, was du unter ›Freunden‹ verstehst«, sagte er. »Jeder von denen könnte der Mörder sein. Wer andere Leute tötet, erwähnt das normalerweise nicht bei einem Cocktail am Pool. Du siehst in ihnen vielleicht deine neuen Freunde,

Sam, aber alle zeigen dir nur eine Version von sich. Eine, die gesellschaftlich akzeptabel ist.«

»Blödsinn. Kannst du dir wirklich vorstellen, dass einer von denen jemanden ermordet?«

»Tja, irgendwer in diesem Hotel *hat* einen Mord begangen und, wenn man der bekloppten Daisy glauben darf, auch oben an den Klippen eine Frau überfallen.«

»Aber war das überhaupt ein und derselbe Täter?«

»Wenn nicht, macht es das ja nur noch schlimmer«, sagte er. »Dann wären *zwei* Gäste hier gefährliche Psychopathen – einer ermordet Leute und einer begeht gewalttätige Übergriffe. *Falls* man ihr glauben kann.«

Er machte mich ziemlich nervös. Ich wünschte mir bereits, jemand würde das Schwimmen absagen. »Sei nicht so dramatisch. Ich muss mitmachen, das steht auf Beckys *Bucketlist*.«

»Würde sie es denn überhaupt merken, wenn du nicht da bist?« Damit implizierte er, dass ich ihr egal war.

»Schon, Becky und ich sind uns in diesen Ferien sehr nahegekommen. Und Daisy auch, wir haben uns heute sehr gut verstanden.«

Er schaute zur Decke. »Die *Desperate Housewives* vom Fitzgerald's.«

Ich gab ihm nicht die Genugtuung, darauf zu antworten. Ich hatte ihm noch nicht verziehen, wie er beim Frühstück mit mir gesprochen hatte, und ich hatte nicht genug Energie für einen weiteren Streit. Als Beckys Freundin war es mir wichtig, dass die Aktion heute Nacht gut lief. Ich hatte nur Angst vor dem Wasser.

Selbst auf das Dessert, ein kunstvoller Turm aus Erdbeeren, Vanilleschaum und Eis, hatte ich an diesem Abend keine Lust. Ich konnte mich auf nichts konzentrieren, ich war zu nervös. Ich fand Wasser auch so schon schlimm, aber im Dunkeln, an einem Strand, wo vor ein paar Tagen jemand ermordet worden war?

»Warum tust du dir das an? Becky wird es dir nicht danken, und die andere wird garantiert wieder irgendein Drama fabrizieren.« David musste unbedingt weiter darauf herumreiten. »Ich frage mich, ob diese Daisy Drogen nimmt, die ist ständig unter Strom. Die wäre der Typ dafür, oder? Sie und er. Beide ziemlich exzentrisch«, fügte er hinzu und tupfte sich den Mund mit seiner Serviette ab. »Ich traue denen nicht, und auch nicht diesem Josh, der immer so tut, als wäre er ein ach so fürsorglicher Ehemann …«

»Das ist er auch!«

»Na ja, wenn ich Daisy so angaffen würde wie er, würdest du mich zu Tode nerven.«

»Es gibt hier wohl niemanden, der Daisy so angafft wie du«, gab ich zurück. »Du hast mir gesagt, dass sie eine *harte Nuss* ist, die du *knacken* willst, was sollte mir das denn sagen?«

»Ich habe nur gesagt, dass *jemand* sie knacken sollte, nicht, dass ich das machen will. Irgendwer muss sie mal in ihre Schranken weisen, die ist doch total eingebildet. Das könnte aber auch an den Drogen liegen.«

Ich verdrehte die Augen und ging nicht auf diese lächerliche Bemerkung ein, denn genau in diesem Moment kamen Becky und Josh an unseren Tisch.

»Ah, Sam, danke, dass du das organisiert hast, ich finde es ganz toll, dass du das für mich tust.«

»Ich habe doch gar nichts getan, danke, dass *du* diese tolle Idee hattest!«, sagte ich, ergriff ihre Hand und drückte sie. Ich sah zu Josh auf, der lächelte, aber ziemlich angespannt wirkte.

»Warum setzt ihr euch nicht zu uns?«, fragte David und schaute sich nach einem Kellner um, der einen Stuhl dazustellen könnte, aber Josh wollte nicht.

»Nein danke, David – Becky ist müde, sie –«

»Ach schade, auch zu müde, um baden zu gehen?«, fragte ich. Nach dem, was David gesagt hatte, hätte ich nichts dagegen gehabt, wenn sie abgesagt hätte; plötzlich war ich gar nicht mehr so überzeugt, dass es eine gute Idee war.

Josh sah aus, als ginge es ihm ähnlich. Er schüttelte den Kopf und begann: »Ich glaube nicht –«, aber Becky unterbrach ihn: »Natürlich gehen wir baden. Wir treffen uns um halb zwölf an den Klippen, oder?«

»Genau! Ich freu mich«, sagte ich und rang mir ein Lächeln ab. »Hast du Daisy und Tom gesehen?«, fragte ich und schaute mich im Speisesaal um.

»Die sind heute Abend nicht beim Dinner.« Becky schaute ein wenig verlegen drein.

»Das ist doch gar nicht ihre Art.«

»Sie haben sich Essen aufs Zimmer bestellt«, sagte sie.

»Oh, davon hat sie gar nichts erzählt.«

»Tja, sie hatten einfach Lust auf etwas Leichtes.«

Ich fragte mich, ob Becky und Daisy miteinander telefonierten. Woher sollte Becky sonst wissen, dass sie Essen aufs Zimmer bestellt hatten? Hatten sie sich hinter meinem Rücken besser angefreundet? So etwas war mir schon in der Schule passiert und später im Friseursalon, und es tat immer weh.

Nach dem Essen gingen David und ich in die Bar. Ich hatte gehofft, dass jemand von den anderen auch dort wäre, aber das war leider nicht der Fall. Ich fragte mich, ob die vier vielleicht gerade in einem ihrer Zimmer zusammen etwas tranken. Ich dachte manchmal zu viel über meine Freundschaften nach; David sagte, ich wäre paranoid.

»Noch etwas Prosecco, meine Süße?«, fragte er aufgeräumt.

»Nein. Wir gehen ja noch schwimmen, das weißt du doch.«

Ihm war das offenbar egal, er bestellte sich noch ein Bier.

Normalerweise hätte ich ihm geraten, nicht so viel zu trinken, aber er war nicht in der Stimmung, sich etwas sagen zu lassen, und ich wollte mich nicht streiten. Leider brauchte ich ihn in dieser Nacht noch, und sei es nur, um zu verhindern, dass ich ertrank. Andererseits fragte ich mich langsam, ob er mich überhaupt retten würde, wenn ich im Wasser um Hilfe schrie.

Um dreiundzwanzig Uhr gingen wir nach draußen in den Garten, der zum Meer hinunterführte. Es war stockdunkel, ich hatte nicht daran gedacht, dass im Garten um halb elf die Lampen ausgeschaltet werden. David ging hinter mir und murmelte unzufrieden vor sich hin, doch dann schrie er plötzlich auf.

»Alles okay?«, rief ich in die Dunkelheit. Ich wartete auf eine Antwort, aber die kam nicht. »David?«, rief ich erneut, alles blieb still. »David, das ist nicht lustig«, brüllte ich, und mit einem Mal war mir ganz mulmig, als wäre ich in der Anfangsszene eines Horrorfilms, in dem einer nach dem anderen stirbt – wobei ich mich eigentlich bereits die meiste Zeit so fühlte, seit wir hier waren. Die Stille war unheimlich, selbst das Meer war in dieser Nacht ganz ruhig und lauerte tiefschwarz in der Ferne.

Plötzlich hörte ich einen Zweig knacken und fuhr herum, um zu sehen, ob da jemand war.

»David?«, rief ich noch einmal.

»Was?«

»Du bist also doch da, warum hast du denn nicht geantwortet?«, fragte ich verärgert. Mir wurde klar, dass das ganz typisch für die Spielchen war, die David mit mir spielte. Natürlich hatte er mich gehört, aber er hatte mir ganz bewusst nicht geantwortet, um mir Angst zu machen. Ich ging einfach weiter. Es war nicht einfach, ich lief gegen mehrere stachelige Pflanzen, und dabei zerriss mein Kleid, aber ich hatte keine Wahl, es war der einzige Weg zum Strand.

»Ich hoffe nur, dass Becky okay ist«, sagte ich, als er mich schließlich einholte.

»Warum?«

»Weil es ihr nicht gut geht und ich mich um sie sorge. Ich will nicht, dass sie sich verletzt oder müde wird.«

»Daran hättest du denken sollen, bevor du dieses lächerliche Mitternachtsbaden angeleiert hast. Das ist verdammt gefährlich für jemanden wie sie, ganz zu schweigen von jemandem wie dir, die sich schon an Land kaum orientieren kann, geschweige denn im Meer«, zischte er.

»Mir geht's gut«, sagte ich ruhig. Heute Nacht sprang ich nicht auf seine Unverschämtheiten an. »Außerdem weißt du doch, dass das auf ihrer *Bucketlist* steht, hast du überhaupt kein Herz?«

»Kein Herz? Ich glaube eher, *du* hast kein *Hirn*. Diese Frau steht mit einem Bein im Grab, und du verschwendest unsere Zeit damit, ihr ihre verdammten letzten Wünsche zu erfüllen. Herrgott, wir gehen durch diesen Wahnsinn hier, und sie ist nächste Woche vielleicht schon tot!«

Ich schnappte nach Luft und wollte gerade etwas entgegnen, als ich hinter mir jemanden hörte.

»Sam, bist du das?« Das war Becky, ihrer Stimme nach zu urteilen war sie ganz in der Nähe. Mir wurde schlecht. Sie musste gehört haben, was David gerade gesagt hatte. Das würde ich ihm niemals verzeihen. Wie sehr sie das verletzt haben musste! Genau das hatte sie ja befürchtet: nur noch durch ihre Krankheit definiert zu werden und sich wertlos zu fühlen, weil sie bald sterben musste.

Ich tat mein Bestes, die Stille mit Small Talk zu füllen, aber selbst im Dunkeln spürte ich die Spannung, die zwischen uns herrschte. Sie mussten es definitiv gehört haben. Josh sprach kaum ein Wort, und David sagte überhaupt nichts mehr. Was für ein Feigling mein Mann doch war!

Aber die gute Becky ließ sich nicht anmerken, ob sie es mitbekommen hatte oder nicht. Sie war so ein großherziger Mensch. Sie hakte sich bei mir unter, und während Josh alle zehn Sekunden rief: »Sei vorsichtig, Becky«, liefen wir zusammen im Slalom um die Stachelpflanzen herum. Auch als wir schon lachend die in die Klippen gehauene Treppe zum

Strand hinuntertaumelten, rief er uns noch nach, wir sollten uns ja vorsehen.

»Es geht ihr prima, ich bin doch bei ihr«, rief ich Josh zu.

»Genau das macht mir ja Sorgen«, antwortete Josh. »Ihr zwei zusammen auf den unebenen Steinstufen, ganz wohl ist mir dabei nicht.«

»Er hat nicht ganz Unrecht«, gluckste Becky, als wir den Strand erreichten. Sie schien erstaunlich agil und voller Energie.

»Du machst das toll«, flüsterte ich.

»Ich fühle mich auch so lebendig wie schon lange nicht! Das liegt daran, dass ich heute meine Pillen nicht genommen habe. Ich habe sie im Badezimmerschrank versteckt«, vertraute sie mir an. »Sag es nur bitte nicht Josh, der würde sich nur wieder Sorgen machen.«

Der Mond spiegelte sich auf der schwarzen Meeresoberfläche, als hätte jemand einen Sack Pailletten ausgeschüttet, und ich hakte Becky wieder unter, als wir am Wasser entlanggingen. Der Mond warf gerade so viel Licht, dass ich ihr Gesicht erkennen konnte. Ich sah sie an.

»Sorry wegen David«, sagte ich. »Der pöbelt immer herum, ohne nachzudenken, und lästert über andere, ich höre ihm schon gar nicht mehr zu.«

»Du musst dich nicht für ihn entschuldigen. Außerdem hat er ja recht, ich verschwende eure Zeit, vielleicht bin ich nächste Woche wirklich schon tot.« Sie sagte das auf diese faire und besonnene Art und Weise, die so typisch für sie war, aber ich fand es trotzdem ganz schlimm, das noch einmal zu hören. Sie hatte Davids Bemerkung Wort für Wort wiederholt. Die Arme, dass sie sich in ihren letzten Tagen auch noch mit so etwas herumschlagen musste. Und ich Arme, dass ich jemanden geheiratet hatte, der solche Sachen sagte.

Wir gingen weiter an der Wasserkante entlang. Jetzt war das Meer schon nicht mehr so spiegelglatt, der Wind frischte auf, und das Wasser begann sich zu kräuseln. Kleine dunkle Wellen plätscherten gegen unsere Füße, zogen sich schnell zurück und kamen dann wieder, jedes Mal ein bisschen höher, bis wir bis zu den Knöcheln durchs kühle Wasser wateten.

»David meinte vorhin, wir wären alle verrückt«, sagte ich.

»Warum?«

»Na ja, weil wir nachts an den Strand gehen, wo erst neulich eine Leiche gefunden wurde. Wir wissen immer noch nicht, wer Stella umgebracht hat, und es kursieren immer noch alle möglichen Gerüchte, zum Beispiel dass Daisy Stella gekannt hat und Tom mit ihr geflirtet hat.« Dass ich auf der Damentoilette gehört hatte, wie eine Mitarbeiterin vom Spa meinte, Stella habe sich in der Nacht, in der sie starb, lautstark mit Josh gestritten, verschwieg ich.

»Auch da hat David nicht ganz Unrecht, wer weiß, ob an diesen Gerüchten nicht etwas dran ist? Aber ich vermute, wenn wir nur intensiv genug nachdenken würden, hätten wir alle einen Grund, jemanden zu töten.«

»Sogar du und ich?«, wollte ich wissen.

»Klar, ich bin eine verbitterte, verzweifelte Frau, die nur noch wenige Wochen zu leben hat. Vielleicht habe ich Stella um ihr Leben und ihre Zukunft beneidet. Oh, ich glaube, das habe ich tatsächlich«, sagte sie, als wäre ihr das gerade erst klargeworden.

»Und ich habe sie um ihre Jugend und ihre Figur beneidet und darum, wie David sie angeguckt hat«, sagte ich und lächelte.

»Ich glaube nicht, dass eine knackige Figur und ein wenig Geflirte ein ausreichender Grund sind, jemanden umzubringen. Wenn ich Granger wäre, würde ich dich von meiner Liste der Verdächtigen streichen«, sagte sie.

Jetzt war ich neugierig. »Wer stünde auf deiner Liste der Verdächtigen denn ganz oben, wenn du Granger wärst?«

Sie schüttelte den Kopf. »Eine gute Detektivin verrät nie alles, was sie weiß.«

Ich hob die Augenbrauen und nickte, doch ich ahnte schon, warum sie es mir nicht sagte. Denn ich war mir ziemlich sicher, wer ihr Hauptverdächtiger war. Mein Mann.

26
DAISY

Daisy und Tom kamen zu spät zum Mitternachtsbaden. Daisy war immer noch so mitgenommen, dass sie es nicht ertragen hätte, *ihn* beim Dinner wiederzusehen, also hatte sie Tom gesagt, sie hätte keinen Hunger.

»Lass uns einfach etwas beim Zimmerservice bestellen«, hatte sie gesagt. »Wir sollten nicht zu viel essen, wenn wir noch baden gehen wollen.«

Sie hatte das Gefühl, dass Tom ihr nicht glaubte, dass er ahnte, dass sie jemandem aus dem Weg ging. Vielleicht hatte er sogar am vorigen Abend geahnt, dass etwas nicht stimmte, als er von der Bar zurück ins Zimmer gekommen war. Da stand sie noch komplett neben sich, aber Tom wollte reden. »Daisy, ich finde, es hat uns weitergebracht, dass wir über ... James gesprochen haben. Aber jetzt hast du dich wieder in dein Schnecken-haus zurückgezogen. Wir wollten diese Reise doch nutzen, um mit uns ins Reine zu kommen«, sagte er, nahm seine Krawatte ab und setzte sich auf das Bett, wo sie auf der Decke lag. Er hatte recht, im Urlaub hatten sie Kraft sammeln und sich auf die nächste Phase ihrer Trauer vorbereiten wollen. Kein Arbeitsstress, keine Fernreisen für Daisy, keine Überstunden für Tom, nur sie beide, die wieder zueinanderfinden konnten. Auch sie hatte gespürt, dass sie langsam Fortschritte machten.

Aber dann war der Urlaub für Daisy zum Horrortrip geworden. Sie konnte nicht mehr. Sie war gerade vergewaltigt worden, und das Letzte, was sie jetzt brauchte, war ein herzzerreißendes Gespräch mit ihrem Mann. Sie brachte es nicht übers Herz, ihm zu erzählen, was passiert war; abgesehen von den offensichtlichen Gründen wollte sie ihm den Schmerz ersparen. Ihm war es schwergefallen, über ihren Sohn zu sprechen, weil er immer das Gefühl gehabt hatte, er müsse der Starke sein, aber innerlich hatte er genauso gelitten wie sie. Das hier war ganz ähnlich, und sie wollte nicht, dass er noch mehr leiden musste.

»Ich ... ich fühle mich nicht besonders.« Sie versuchte immer noch zu begreifen, was vorhin passiert war. »Ich glaube, ich gehe duschen.«

»Aber du hast doch schon vor dem Abendessen geduscht«, sagte er verwundert.

»Ja, aber es ist heiß und stickig, und ich brauche eine kalte Dusche«, gab sie abwehrend zurück.

Sie schloss die Badezimmertür hinter sich ab, öffnete ihre große Kulturtasche und holte eine Flasche mit Desinfektionsmittel und eine Bürste mit harten Borsten heraus. Sie stellte beides neben Duschgel, Shampoo und Pflegespülung in das Regal und stieg unter die Dusche. Mit Bürste und Desinfektionsmittel schrubbte sie jeden Quadratzentimeter ihres Körpers, bis die Haut brannte und wund war. Es tat schrecklich weh, aber es war das einzige Mittel, das sie kannte, um den Schmerz darüber, was ihr als Kind widerfahren und was in dieser Nacht geschehen war, zu unterdrücken.

Jetzt, vierundzwanzig Stunden und zehnmal Duschen später, fühlte sie sich immer noch schmutzig. Das Letzte, was sie heute Abend tun wollte, war, im Stockdunkeln mit Leuten baden zu gehen, die sie gerade erst hier im Urlaub kennengelernt hatte, die also im Grunde genommen Wildfremde waren. Aber sie würde nicht zulassen, dass das, was dieser Mann ihr angetan hatte, Einfluss darauf hatte, wie sie ihr Leben lebte, nicht einmal bei so etwas Unwichtigem, denn dann hätte er wirklich gewonnen. Und außerdem ging es hier nicht um sie. Es ging um Becky, die so nett zu ihr gewesen war; die ihr zugehört hatte und so klug darüber gesprochen hatte, wie man akzeptierte, was man nicht ändern konnte, wie man im Hier und Jetzt lebte und sein Schicksal in die Hand nahm. Becky hatte Daisy tief beeindruckt, viel mehr, als sie es wahrscheinlich würde wahrhaben wollen.

Nachdem sie zum Abendessen nur ein paar Sandwiches vom Zimmerservice gegessen hatten, kämpften sich Daisy und Tom nun also im Dunkeln durch den Garten an den Strand vor. Daisy sah ganz mitgenommen aus und fühlte sich auch so, und Tom war mürrisch und einsilbig. Sie hatte zwei Flaschen Sekt und ein paar Pappbecher mitgenommen. Als sie die anderen erreichten, gesellte sie sich zu Sam und Becky.

»Alles okay bei dir?«, fragte Becky diskret.

Daisy rollte mit den Augen. »Ja, es ist nur ... Tom und ich reden nicht wirklich miteinander.«

»Hast du es ihm gesagt?«, murmelte sie.

Daisy schüttelte den Kopf.

Sam beugte sich vor, sie wollte wissen, was die zwei zu bereden hatten, war aber zu höflich, um nachzufragen.

Daisy konnte sich nicht entspannen, weil sie merkte, dass Tom um sie drei herumschlich. Sie wünschte, er würde sich hinsetzen, er machte sie ganz nervös. Sie wusste, dass ihre Stimmung auf ihn abfärbte, und er war schon am Abend zuvor gekränkt gewesen, als er den Eindruck gehabt hatte, sie würde nicht mit ihm über ihre gemeinsame Zukunft reden wollen. Vielleicht war er zu dem Schluss gekommen, dass sie keine gemeinsame Zukunft für sie sah und kurz davor war, mit ihm Schluss zu machen. Aber Daisy brauchte Zeit und Raum, um zu verarbeiten, was passiert war, und sie hoffte, dass er das verstehen würde.

Also ließ sie sich nichts anmerken, sondern saß nur mit um die Taille geschlungenen Armen da, um sich zu trösten, wie sie das schon seit ihrer Kindheit tat.

»Wie schön, dass ihr Sekt mitgebracht habt«, sagte Sam und rief David und Josh herüber.

»Sollen wir den jetzt schon aufmachen, vor dem Badengehen, oder hinterher?«, fragte Sam.

»Ich finde, jetzt«, meinte Daisy. »Ich glaube, wir können alle einen Drink gebrauchen.«

»Ja, ein wenig Mut antrinken kann nicht schaden.« Sam lächelte, griff sich eine der Sektflaschen und hielt sie triumphierend in die Höhe. Daisy war froh, dass wenigstens Sam sich Mühe gab, diesen Anlass zu etwas Besonderem für Becky zu machen, denn Josh tat das nicht. Er sagte kaum ein Wort und starrte in die Dunkelheit hinaus. Offensichtlich machte er sich Sorgen um Becky, aber sie war bestimmt nicht so gebrechlich, dass sie nicht im Meer schwimmen konnte, ihr würde schon nichts passieren. Und genau wie Josh schien auch David nur widerwillig hergekommen zu sein, er ließ komplett den rüpelhaften Charme und die Schlagfertigkeit vermissen, die er sonst für sein Markenzeichen hielt.

Sam öffnete die erste Sektflasche und kreischte, als der Verschluss in die Luft flog und der Sekt aus der Flasche spritzte.

»Wir dürfen nichts verschütten«, sagte Daisy und stand auf, um Sam die immer noch tropfende Flasche abzunehmen. »Gib mal die Pappbecher«, sagte sie, »wir schenken hier drüben ein, sonst werden noch alle nass.«

»Ich hätte nichts gegen eine Sektdusche«, bemerkte David, aber Daisy und Sam ignorierten ihn und machten sich daran, die Becher zu füllen.

Daisy schenkte den Sekt ein. »Der erste ist für Becky«,

sagte sie und gab Sam den Pappbecher, um ihn weiterzureichen. »Gleich geht's los«, rief sie und füllte die nächsten Becher. »Gib den hier David, der ist schön voll«, sagte sie, und dann: »Hoppla, da ging was daneben«, »Der hier ist für Josh«, und so weiter, bis alle ihren Sekt hatten.

Als auch sie und Sam versorgt waren, hielt Daisy ihren Pappbecher hoch und sagte: »Auf das erste von vielen aufregenden Abenteuern auf der *Bucketlist* von Königin Becky!«

Die anderen hatten sich hingesetzt, und Daisy setzte sich dazu. Jetzt hob Becky ihren Becher. »Danke für den Sekt, Daisy, das war eine tolle Idee«, sagte sie.

»Na ja, es kommt schließlich nicht jeden Tag vor, dass sich jemand einen Wunsch von seiner *Bucketlist* erfüllt«, erwiderte sie und prostete ihr zu.

Sam hielt eine improvisierte Rede darüber, wie toll Becky sei. Als sie sagte: »Diese Frau hat mein Leben verändert, und wir werden ein Leben lang Freundinnen sein«, brach Becky in Tränen aus. Natürlich hatte Sam es nur gut gemeint, aber trotzdem ärgerten sich Daisy und wahrscheinlich auch alle anderen über ihre Wortwahl – »ein Leben lang« war für die arme Becky schließlich nicht mehr allzu lang. Daisy staunte, dass David Sams unüberlegte Formulierung nicht zum Anlass nahm, sie öffentlich zu demütigen, immerhin war das seine Spezialität. Aber sie konnte selbst im Dunkeln sehen, dass er gar nicht richtig zuhörte. Wobei er Sam ohnehin nur selten zuhörte, und daran, dass er sich so gut wie gar nicht beteiligte, merkte Daisy, dass er die ganze Angelegenheit einfach nur so schnell wie möglich hinter sich bringen wollte.

»Also, Leute«, rief Sam, »es ist jetzt nach Mitternacht, und Becky hat lange genug gewartet. Zieht euch aus, das große Mitternachtsbaden beginnt!«

Becky war die Einzige, die diese Aufforderung mit einem Jubeln quittierte. Sie streifte sich ihr Kleid ab und zeigte sich zum ersten Mal in diesem Urlaub im Bikini. Im Mondlicht sah

Daisy, wie Beckys Hüftknochen hervorstachen, und als sie sich umdrehte und ins Wasser ging, zeichneten sich deutlich ihre Schulterblätter ab. Ihre skelettartige Silhouette hob sich vom Nachthimmel ab, und Daisy wurde klar, warum Josh dagegen gewesen war, dass sie im Meer baden ging: Wenn jetzt eine große Welle kam, würde sie die glatt umwerfen. »Wir sollten ein Auge auf Becky haben«, flüsterte Daisy Sam zu, als sie zusammen hineingingen.

»Ja, sie ist ganz schön dünn, oder? Richtig zerbrechlich. Aber Josh ist ja bei ihr.«

Josh war wie immer nicht weit weg und watete sofort zu Becky, die Schritt für Schritt weiter ins Wasser ging und ihre Arme ausstreckte, um die Balance zu halten.

Während sie sich alle zusammen weiter ins Wasser vorwagten, hörte Daisy, wie David leise zu Sam sagte: »Würde mich wundern, wenn sie das hier überlebt.« Daisy war klar, dass er seine üblichen Psychospielchen trieb und versuchte, Sam Angst einzujagen und ihr alles zu vermiesen. Er wusste genau, wie er ihr ohnehin schon geringes Selbstwertgefühl noch weiter senken konnte.

»Becky schafft das schon«, sagte sie, »die Wellen sind ja nicht hoch. Ich gehe bestimmt eher unter als Becky, wenn du mich nicht festhältst.« Sam versuchte, möglichst fröhlich und unbeschwert zu klingen, aber Daisy hörte die Angst in ihrer Stimme.

»Du *musst* ja nicht reingehen, warum schaust du nicht einfach vom Strand aus zu?«, fragte David.

»Nein, David. Ich tue das für Becky«, sagte Sam und zu Daisy gewandt: »Ich habe *wahnsinnige* Angst vor Wasser.«

Daisy hatte sich solche Sorgen um Becky gemacht, dass sie gar nicht mitbekommen hatte, wie verängstigt Sam war. Voller Furcht ins Wasser zu gehen, könnte sich als großer Fehler erweisen.

»Dann solltest du vielleicht wirklich nicht ins Wasser gehen«, schlug sie vor.

»Ganz genau«, schnauzte David. »Sie ist so dämlich, und ich bin auch keine große Hilfe, ich hatte einen Bandscheibenvorfall.«

»Ich brauche deine Hilfe nicht«, sagte Sam schnippisch. Daisy sah, wie sie ihn ins Ohr zwickte und in den Hintern kniff, aber David fand das offenbar gar nicht witzig.

»Hör auf damit, oder ich gehe«, sagte er wütend, aber Sam hörte ihm nicht mehr zu, sie rief nach Becky, die sich an Josh festklammerte.

»Nicht dass du dich erkältest, Becky«, sagte Josh, und dann rief er: »Leute, ich glaube, das war keine gute Idee.«

»Das steht auf meiner *Bucketlist*, Josh!«, sagte Becky.

Daisy hüpfte durch das Wasser, dass es spritzte. Tom lief hinter ihr her, und sie wandte sich von Becky ab, um ihn zu bespritzen. Im Mondlicht sah er so gut aus, groß, schlank und mit Muskeln an genau den richtigen Stellen. Er starrte sie an, und sie watete zu ihm hinüber.

»Geht's dir gut?«, murmelte er.

Sie nickte und legte einen Arm um seinen Hals, presste ihr Gesicht an seine Brust und spürte sein Kinn auf ihrem Hinterkopf ruhen. Hier fühlte sie sich geborgen. Und mit einem Mal war sie wieder überzeugt davon, dass es sich lohnte, für ihre Beziehung zu kämpfen.

»Lass uns später reden«, flüsterte sie ihm ins Ohr.

Er legte beide Arme um sie, zog sie an sich und führte sie von den anderen weg, küsste sie, und sie erwiderte den Kuss. Sie liebte Tom, sie würde ihn immer lieben. Sie gehörten zusammen. Sie küssten sich im Meer, unter dem großen, dunklen Himmel. Sie vergaßen die Zeit, spürten weder, wie kalt das Wasser wurde, noch bekamen sie mit, wie das Gewitter aufzog. Sie waren so sehr ineinander vertieft, dass sie nicht einmal hörten, wie ein Stück weiter weg jemand verzweifelt um Hilfe rief. In diesem brütend heißen Sommer hatte die Insel bereits jede Menge Gewalt erlebt und sogar einen grausamen Mord. Doch als jetzt das Gewitter näher rückte und die Rufe lauter wurden, schien es, als sei der Albtraum noch längst nicht vorbei.

27

BECKY

Alles geht wahnsinnig schnell. Wir sind alle ein bisschen beschwipst, lachen und planschen im Wasser, und plötzlich sind Daisy und Tom weg, wahrscheinlich sind sie hinausgeschwommen, um für sich zu sein. Wer weiß, was sie gerade anstellen. Josh und ich schwimmen Seite an Seite.

»Wir sollten nicht zu lange hier draußen bleiben«, sagt er, als wir eine Pause einlegen und Wasser treten.

»Ach Josh, warum musst du mir immer alles vermiesen? Das ist meine Nacht, kannst du dich nicht einfach mit mir freuen, statt mir schon wieder zu sagen, was ich zu tun und zu lassen habe?«

»Ich will nur nicht, dass wir zu weit rausschwimmen, du hast nicht genug Ausdauer, um länger hier draußen zu sein. Ein Gewitter zieht auf, da sollten wir nicht hineingeraten. Hörst du das nicht?«

»Klar höre ich, dass es irgendwo donnert, aber das ist noch so weit weg, das wird uns beim Schwimmen nicht stören. Na komm«, sage ich und schwimme weiter durch die sanften Wellen, während er hinter mir am Planschen ist. Ich genieße das so sehr, ich fühle mich frei, so frei wie schon lange nicht mehr. Josh wollte nicht, dass ich ins Wasser gehe, er hat solche Angst, dass etwas passiert. Ich habe immer wieder beteuert, dass alles gutgehen wird und dass die anderen ja auch noch da sind, um zu helfen, falls etwas schiefgehen sollte. Ich war schon immer eine gute Schwimmerin, und jetzt tue ich endlich mal, was ich will, und das gefällt ihm nicht. Ich verstehe schon, warum er sich so verhält, er will mich beschützen, er will, dass ich *lebe*. Ich wünschte nur, er würde mir nicht ständig in den Ohren liegen, ich solle vorsichtig sein, und mich nicht behandeln, als wäre ich zu nichts mehr fähig. Er ist ständig um mich herum und ist um mich besorgt.

In diesem Moment fällt mir auf, dass Josh schon seit mindestens einer Minute nicht mehr »Sei vorsichtig!« gerufen hat. Ich schwimme langsamer und sehe mich um. Das Meer ist immer noch ruhig, aber eine Wolke hat sich über den Mond geschoben, und es ist plötzlich so dunkel, dass ich gar nichts mehr erkennen kann. »Josh?«, sage ich laut, aber um mich herum ist alles ganz schaurig still. Selbst der Donner scheint innezuhalten.

Vor meiner Diagnose hätte ich jetzt vermutet, dass er mich nur aufzieht und jeden Moment wie ein Delphin aus dem Wasser geschnellt kommt. Aber er zieht mich nicht mehr auf, er tut überhaupt nichts mehr, was mir wehtun oder Angst machen könnte, er will nicht einmal mehr mit mir schlafen, weil er denkt, er könnte mich dabei irgendwie verletzen.

Ich warte immer noch darauf, dass er plötzlich auftaucht oder mir antwortet. Selbst wenn er in eine andere Richtung geschwommen ist und nichts sehen kann, müsste er mich doch zumindest hören, es ist ja ganz still. »Josh?«, sage ich, diesmal noch lauter. Die Angst zieht mir die Brust zusammen. Ich weiß, sobald ich seine Stimme höre, wird die Angst verschwinden, also warte ich. Und warte. Aber das Einzige, was ich höre, ist das Plätschern des Wassers.

Ich sage mir immer wieder, dass Josh ein hervorragender

Schwimmer ist, und wenn ihm etwas passiert wäre, hätte ich das doch am Geräusch des Wassers gehört. Trotzdem wird mir langsam kalt, und ich höre, wie meine Stimme zittert, als ich wieder nach ihm rufe: »Josh! Wo bist du? Josh!«

Plötzlich höre ich eine Stimme, aber die kommt von weiter weg. »Becky, bist du okay?« Das ist Sam.

Ich habe nicht die Kraft, schnell zu ihr zu schwimmen, und immer noch ist da diese Wolke vor dem Mond und hüllt alles in Dunkelheit. Ich habe Angst um Josh und auch um mich. Lange kann ich nicht mehr im Wasser bleiben. Ich werde müde, also schwimme ich in Richtung Ufer. Im flacheren Wasser kann ich mir immer noch überlegen, was ich tun soll.

Endlich kann ich wieder stehen. Ich rufe nach Sam und hoffe, dass sie mich hören kann, aber gleichzeitig frage ich mich: Warum kann sie mich hören und Josh nicht?

»Ruf weiter, wir kommen zu dir«, schreit Sam.

»Hier drüben!«, rufe ich. »Ich kann Josh nicht finden, Hilfe!«

»Wir kommen, Becky«, ruft Sam. Ihre Stimme beruhigt mich ein wenig, aber viel lieber hätte ich Josh gehört. Ich horche, aber es kommt nichts. Und je länger ich warte, desto mehr wächst meine Angst. Wo ist er bloß?

»Scheiße, wir müssen zu ihr, schnell«, ruft Sam David zu.

»Bleib direkt hinter mir«, ruft er zurück. Ihr Plätschern wird lauter, sie kommen näher.

Ich kann nichts weiter tun, als zu lauschen. Ich höre Sam und David, aber was ist mit Josh? Ich kann einfach nicht glauben, dass ihm etwas zugestoßen sein soll. Ich versuche, mich umzuschauen, aber der Mond hat es immer noch nicht geschafft, sich von der dunklen Wolke zu befreien, die sich vor ihn geschoben hat.

»Becky, wo bist du?« Wieder die Stimme von Sam.

»Sam, ich bin hier!«, brülle ich über das leise Geplätscher des Meeres hinweg. Ich versuche, mich in Richtung ihrer

Stimme zu bewegen, aber plötzlich kommt mir das Wasser um meine Beine wie eine träge, zentnerschwere Masse vor, in der ich kaum einen Schritt tun kann.

»Becky, ich glaube, wir sind schon ganz nah«, ruft sie, und es klingt, als wäre sie nur noch ein, zwei Meter entfernt.

»Ich bin hier. Ich bin HIER! Josh ist weg, ich kann ihn nicht finden. Ich weiß nicht, wo er ist.« Vor Kälte, Angst und Erschöpfung kommen mir die Tränen. Ihr Geplätscher wird lauter, während sie zu mir herüberwaten, und dann sind sie bei mir, und wir rufen alle zusammen nach Josh.

»Was ist passiert?«, fragt David.

»Ich weiß nicht, eben ist er noch neben mir geschwommen, und ich habe mich mit ihm unterhalten, aber dann hat er auf einmal nicht mehr geantwortet, und ich habe nach ihm gerufen.«

»Er ist ein guter Schwimmer, ich habe ihn im Pool schwimmen sehen«, sagt David. »Er muss hier irgendwo sein. Vielleicht taucht er gerade?«

»Ich weiß nicht, ich habe ihn seit mindestens zehn Minuten nicht mehr gesehen, so lange kann doch keiner die Luft anhalten.« Abgesehen davon weiß ich, dass er mich nicht aus den Augen lassen würde. Er würde mich nicht einfach allein lassen und irgendwo herumtauchen.

»Er muss hier irgendwo sein, Becky, wir werden ihn schon finden«, sagt Sam, als sie nach meinem Arm greift. Sie zittert vor Angst. Diese Nacht sollte eigentlich eine schöne Erinnerung werden – drei Freundinnen, die im Mondschein schwimmen gehen. Mit einem Mal ist es eine Nacht der Angst und des Schreckens.

»Es war doch sonst niemand im Wasser, oder?«, fragt David plötzlich.

»Soweit ich weiß, nicht, wieso?«

»Ich habe mich nur gefragt, ob ...« Er spricht nicht weiter, und seine Worte hängen bedrohlich in der Luft.

Und mit einem Mal denke ich: Was, wenn wir wirklich nicht allein sind? Wenn hier im Wasser noch jemand ist? Was, wenn derjenige vorhin um uns herumgeschwommen ist und Josh heimlich unter Wasser gezogen hat? Wie David ganz richtig sagt: Josh ist ein guter Schwimmer, warum sollte er einfach so verschwinden? Ich zwinge mich, nicht daran zu denken, und klammere mich an Sam. Das Wasser reicht uns immer noch bis an die Brust, aber immerhin können wir hier stehen.

»Ich schwimme raus, mal sehen, ob ich ihn finde«, sagt David.

Wir schauen ihm hinterher, bis die Dunkelheit ihn verschluckt. Jetzt sind wir ganz allein. Zwei Frauen im Meer in kalter Nacht, eine kann nicht schwimmen, die andere ist zu schwach und zu erschöpft, um zu schwimmen. Jetzt zittere auch ich vor Angst, denn wenn hier draußen wirklich noch jemand ist, haben Sam und ich keine Chance.

Ich weiß, dass sie dasselbe denkt. Sie schluchzt leise. »Sollen wir nicht lieber zurück zum Strand?«, fragt sie. »Wir können hier doch eh nichts tun.«

»Ich kann ihn nicht einfach so im Meer lassen, ich muss hierbleiben und auf ihn warten«, antworte ich.

»Klar«, sagt sie.

Ich weiß, es ergibt keinen Sinn, aber mein Instinkt sagt mir, dass ich so nah wie möglich bei der Stelle bleiben sollte, wo ich ihn zuletzt gesehen habe.

Weiter draußen höre ich etwas, eine Stimme, eine Bewegung. »Josh, bist du da?«, rufe ich. Er antwortet nicht, also rufe ich noch einmal, aber er antwortet immer noch nicht. Ich höre nur Sam wimmern, sonst nichts.

Wir lauschen beide in die Stille hinein, ob wir irgendein Lebenszeichen hören, aber da ist nichts, abgesehen von unserem Atmen und Sams sporadischem Wimmern. Ich schaue mich um, aber weit und breit ist nichts zu sehen. »Wo sind eigentlich Daisy und Tom?«, frage ich.

Sam klammert sich fester an meinen Arm. »O Gott, Becky, ob denen auch etwas zugestoßen ist?« Wir blicken einander entsetzt an.

Plötzlich durchbricht ein lautes Platschen die Stille. »Ist das Josh?«, fragt sie.

»Hoffentlich, verdammt noch mal. JOSH?«, brülle ich.

»Ich bin's nur«, antwortet David.

»Irgendeine Spur von Josh?«, fragt Sam.

Er antwortet nicht. Das ist auch gar nicht nötig.

Mir kommt der Gedanke, dass Josh vielleicht einen Krampf hatte oder so was und an Land geschwommen ist. »Vielleicht ist er schon wieder am Strand«, sage ich und versuche, ruhig zu bleiben.

Plötzlich hören wir Stimmen. Daisy und Tom rufen nach uns, sie müssen uns gehört haben. »Alles okay bei euch?«, ruft Tom.

Sam und ich rufen zurück, und sie finden uns in der Dunkelheit, und wir erklären ihnen, was passiert ist.

»So eine Scheiße! Ihr müsst Hilfe holen«, sagt Tom, also waten wir zurück zum Strand, während Daisy und die Männer zurückbleiben. Sie sind alle gute Schwimmer und können weitersuchen, sie können notfalls sogar nach ihm tauchen.

Sam und ich erreichen den Strand. Zum Glück hat sie dort in ihrer Tasche ihr Handy, und wir gehen zu der Stelle, wo man Empfang hat, und rufen die Polizei an.

Etwas später kommen die drei aus dem Meer und fallen nass und erschöpft in den Sand.

Während wir auf die Polizei und die Küstenwache warten, gehe ich zurück zur Wasserkante und laufe hin und her. Ich fühle mich wie ein kleines Hündchen, das weiß, dass sein Herrchen irgendwo da draußen ist, und denkt, wenn es nur lange genug hin und her läuft, wird es schon auftauchen.

Etwa eine halbe Stunde später sehen wir oben auf den Klippen den Schein von Lampen und hören Stimmen. Wir atmen alle erleichtert auf. »Endlich kommt Hilfe«, sagt Daisy, schüttelt ihr nasses Haar und blickt hinauf zum Garten. Wir stehen auf und winken und rufen, damit sie merken, wo wir sind. Vier Polizisten kommen zu uns und stellen uns ein paar naheliegende Fragen, um zu erfahren, was passiert ist.

Ich bin inzwischen komplett am Ende und breche in Tränen aus. Jetzt begreife ich erst, dass Josh vielleicht wirklich ertrunken ist. »Ich verstehe das nicht, er ist ein guter Schwimmer, das kann doch alles gar nicht sein«, sage ich immer wieder.

»Solang wir ihn nicht gefunden haben, wissen wir *gar* nichts«, sagt der ältere Polizist in freundlichem Tonfall. Er beugt sich zu mir herunter: »Die Küstenwache ist auf dem Weg, und in der Zwischenzeit werden meine Kollegen und ich hier an Land alles gründlich absuchen, die Höhlen, die Felsen, wir werden buchstäblich unter jeden Stein gucken«, sagt er. »Ich weiß, das ist jetzt nicht leicht für Sie, aber –«

»Er ist nicht an Land, er war im Wasser!«, sage ich.

»Ja, aber hier gibt es starke Strömungen«, gibt er zurück. »Vielleicht ist er in eine andere Richtung mitgerissen worden, manchmal kommen auch gute Schwimmer nicht gegen die Strömung an.«

»Und wenn ihm etwas zugestoßen ist? Wie soll ich das bloß den Kindern sagen?« Ich breche in ein heftiges Schluchzen aus. Sam legt die Arme um mich und wiegt mich wie ein Baby.

»Wir wissen ja noch gar nichts«, sagt der Polizist betont ruhig. »Wir bleiben hier unten, bis die Rettungskräfte eintreffen und ein Rettungshelikopter bereitsteht.«

»Wo bleiben die denn?«, frage ich schluchzend.

»Sie sind schon unterwegs.« Er sieht Sam an. »Vielleicht wäre es besser, wenn Sie sie ins Hotel bringen und ihr etwas Warmes zu trinken geben, sie zittert ja vor Kälte.«

Langsam gehen wir alle den Strand hoch und schleppen

uns die unebenen Stufen zum Hotel hinauf. Von oberhalb der Klippen schaue ich noch einmal hinaus aufs Meer, als ob die Chance bestünde, dass ich ihn zurück ans Ufer schwimmen sehe und das ganze Drama umsonst war. Jetzt scheint auch der Mond wieder, ich kann meilenweit gucken, und er ist nirgends zu sehen. Alles ist ruhig. Sogar der Seegang hat nachgelassen, als wäre der Hunger des Meeres jetzt gestillt.

28

SAM

Als wir alle wieder das Hotel betraten, begann das Wetter bereits umzuschlagen. Wir saßen mit heißen Getränken in der Lobby, während sich das Gewitter rasch auf die Insel zubewegte. Auch wenn wir es in der Dunkelheit nicht sehen konnten, hörten wir doch deutlich, wie aufgewühlt das Meer plötzlich war. David war erschöpft und ging ins Bett. Er sah keinen Sinn darin, die ganze Nacht aufzubleiben. Daisy, Tom und ich blieben bei Becky, und als ein Polizist in die Lobby kam und uns mitteilte, die Küstenwache könne wegen dem aufziehenden Sturm nicht vor dem Morgen mit der Suche beginnen, befürchteten wir alle das Schlimmste.

»Warum legst du dich nicht ein bisschen hin?«, meinte ich zu Becky. »Ich warte hier, ob es etwas Neues gibt, und dann sage ich dir sofort Bescheid.«

Sie stimmte widerwillig zu, und Daisy und Tom begleiteten sie auf ihr Zimmer.

Ich saß eine Weile da und starrte aus dem Fenster der Lobby. Dahinter schob der Wind die Liegestühle über die Terrasse und peitschte das Wasser im Pool auf. In der Ferne leuchtete der Himmel auf. Wäre ich nicht mit ihm im Wasser gewesen, hätte ich vielleicht David verdächtigt, dass er Josh etwas angetan hatte. Er mochte ihn nicht, ich glaube, für ihn war Josh ein Schwächling. Aber Josh war kein Schwächling, er war freundlich und nett und kümmerte sich um seine Frau, während mein Mann ein egoistischer Macho war, der sich nur um sich selbst kümmerte. Inzwischen war mir klar geworden, wie falsch ich ihn bisher eingeschätzt hatte – ich hatte seine Arroganz für Selbstvertrauen gehalten und seine Großspurigkeit für Charme. Josh mochten die Frauen, weil sie spürten, dass er ein guter Mensch war. David konnte noch so viele Drinks spendieren oder mit seinem Auto oder seinem Unternehmen angeben, die Leute mochten Josh einfach lieber, und das machte David eifersüchtig.

Ich saß eine ganze Zeit lang herum und beobachtete den Sturm und dachte über meine Ehe nach. Ich hatte das Gefühl, dass ich an einen Wendepunkt gelangt war.

Fast den ganzen nächsten Vormittag blieb ich bei Becky in ihrem Zimmer. Wir saßen am Fenster und schauten auf das Meer hinaus. »Ob er immer noch irgendwo da draußen ist?«, fragte sie.

Sie wollte es ihren Kindern noch nicht sagen, aber sie hatte mit ihrer Mutter und ihrer Schwester telefoniert und viel dabei geweint.

»Sie mussten mir versprechen, dass sie Amy und Ben noch nichts sagen, das tue ich, wenn ich wieder zu Hause bin«, sagte sie. »Das ist das Schlimmste von allem. Aber trotzdem will ich es ihnen selbst sagen.« Sie schaute auf die Klippen hinaus, und ich fragte mich, ob sie hoffte, ihn plötzlich den Strand hinunterlaufen zu sehen, als wäre nichts gewesen. Es brach mir das Herz, sie so zu sehen. Sie wirkte noch zerbrechlicher als sonst, als hätte sie das letzte bisschen Leben verloren, das noch in ihr gewesen war. Ich musste immer wieder an letzte Nacht denken, daran, wie sich unser fröhliches Mitternachtsbaden innerhalb weniger Momente in einen Albtraum verwandelt hatte.

Ich war immer noch bei Becky, als der Geschäftsführer und die Polizei kamen, um unsere Aussagen aufzunehmen. Man hatte nach wie vor keine Leiche gefunden.

Später saßen wir auf ihrem Balkon, tranken Kaffee und aßen Croissants, und sie fragte: »Glaubst du, es war ein Unfall?«

Ich überlegte einen Moment, dann antwortete ich: »Klar, was denn sonst?«

»Und wenn ihn jemand ertränkt hat?«

»Wer denn? Ich wüsste nicht, wie. David und ich waren nicht in der Nähe, und Tom und Daisy waren noch weiter weg. Ihr beide wart ganz allein da draußen. Außerdem war Josh einer der nettesten Typen, die ich je kennengelernt habe, ich kann mir nicht vorstellen, dass er Feinde hatte, oder?«

»Na ja, er hatte auch seine dunklen Seiten«, sagte sie leise.

»Dunkle Seiten?« Ich hatte erwartet, dass sie mir sagen würde, was sie damit meinte, aber sie starrte nur in den Himmel. »Ganz schön kühl heute. Wir haben die ganze Zeit über die Hitze gejammert, und jetzt sind wir traurig, dass sie weg ist.« Becky hatte sich in eine dicke Strickjacke eingekuschelt. Es war nicht besonders kalt, aber sie spürte es wohl mehr als ich, so schwach war sie. Sie wirkte wie eine verhutzelte alte Dame. Wie tragisch, dass sie einen so scharfen Verstand hatte, während es bei meiner Mum genau andersherum war: Körperlich war sie gesund, aber ihr Geist ließ immer mehr nach. Ich blickte auf die dicken grauen Wolken, die langsam über den Himmel zogen, und hatte Angst davor, was der Tag bringen würde.

Wir verließen den Balkon und setzten uns nach drinnen. »Das Wetter wird immer schlechter, oder?«, sagte Becky.

»Ja, aber irgendwie passt das zum Ende des Urlaubs«, murmelte ich.

In diesem Moment klopfte es an der Tür, und als ich öffnete, standen da Tom und Daisy mit ihren Koffern.

»Oh, ihr fahrt nach Hause?«, fragte ich wehmütig.

»Ja, das Boot ist da, und die Polizei hat keine Wahl, sie können die Leute nicht länger hier festhalten. Also dachten wir, wir verschwinden lieber, solang es geht«, sagte sie und kam mit offenen Armen auf mich zu. Sie trug ein Sommerkleid und ihren Gucci-Strohhut und sah wunderschön aus.

»Du siehst super aus, und du hast meinen Lieblingshut auf«, sagte ich und umarmte sie. Becky stand von dem Sessel am Fenster auf.

»Gibt's etwas Neues?«, fragte Daisy.

Becky schüttelte den Kopf. »Ich warte nur ab, damit ich weiß, was ich den Kindern sagen soll.«

»Es tut mir so leid, Becky«, sagte Tom, während Daisy Becky umarmte.

»Oh, Liebes, es tut mir so leid, dass das passiert ist, das hast du nicht verdient«, murmelte Daisy, während sie sie fest umklammert hielt.

»Vielleicht taucht er ja doch noch auf«, meinte Tom optimistisch, und wir stimmten ihm zu, um Becky aufzumuntern, auch wenn das nicht viel brachte.

»Hey, wer weiß, vielleicht ist er schon in Südamerika«, sagte Becky.

Ich sah Daisy an, dann Tom, und beide schienen über diese Äußerung genauso überrascht zu sein wie ich. Das war kaum der richtige Zeitpunkt für Scherze, vor allem nicht für Becky.

»Du glaubst doch wohl nicht, dass er seinen Tod vorgetäuscht hat, oder?« Tom runzelte die Stirn. Offenbar fand er diesen Gedanken faszinierend.

»Nein, nicht Josh«, antwortete Becky. »Er wüsste gar nicht, wie man das anstellt. Er ist so verplant, ohne mich hätte er es nicht einmal hierher nach Devon geschafft, geschweige denn nach Südamerika.«

Der Abschied war sehr, sehr traurig. Nach einem solchen Erlebnis spürt man, dass man auf besondere Weise miteinander verbunden ist. Wir hatten so viel zusammen durchgemacht, dass die anderen für mich jetzt viel mehr waren als nur x-beliebige Urlaubsbekanntschaften.

»Ich werde euch vermissen«, sagte ich und umarmte die beiden. »Müsst ihr denn sofort los, können wir nicht wenigstens noch zusammen Mittag essen?«

»Nein, nein, wir müssen wirklich los«, sagte Daisy. Und weg waren sie. Bedenkt man, was wir alles erlebt hatten, fühlte sich der Abschied ganz schön abrupt an, aber irgendwann mussten wir ja alle in unseren Alltag zurückkehren.

Als wir allein waren, saßen wir wieder zusammen am Fenster. Das Gewitter kam näher, und obwohl es mitten am Tag war, wurde es draußen immer düsterer.

Ich dachte daran, wie David und ich an unserem allerersten Abend auf der Insel in dem wunderschönen Ballsaal saßen. Ich war noch nie in einem dermaßen luxuriösen Hotel gewesen, und alle waren so mondän und weltgewandt. Seit diesem ersten Abend hatte ich mich ziemlich verändert. Nach allem, was passiert war, war mir klar, dass mein Leben nie wieder so sein würde wie früher.

»Wir sollten eigentlich morgen abreisen«, sagte Becky, »aber ich habe meine Schwester angerufen, dass sie kommt und mich heute noch abholt. Ich muss die Kinder sehen. Ich muss es meinen Kindern erklären.«

»Wenn er ... nicht wiederkommt, wie wirst du ohne ihn zurechtkommen?«, fragte ich.

Sie lachte freudlos. »Ich habe dir doch gesagt, ich komme schon klar, die Frage wäre eher gewesen, wie er ohne mich zurechtgekommen wäre.« Sie lächelte mich an. Offensichtlich wollte sie mir etwas sagen, zögerte aber. Ein paar Sekunden später sagte sie schließlich: »Sam, ich hoffe, es macht dir nichts aus, wenn ich dich etwas frage.«

»Klar, nur zu.«

»Du und David, meinst du, ihr bleibt zusammen?«

Ich hatte eigentlich nicht darüber reden wollen, Becky hatte genug eigene Probleme. »Er ist heute Morgen abgereist. Wir lassen uns scheiden.«

»Nein!«

»Ich bin immer noch dabei, das zu verarbeiten, aber wir wissen beide, dass es das Beste ist. Ich habe einige ganz schön dumme Dinge getan, wenn ich mit ihm zusammen war. Ich dachte, wenn ich nur alle Bedrohungen von uns abwehre, bleibt er für immer bei mir und ich bin glücklich. Aber das war Quatsch. Von dem Moment an, als ich ihn kennenlernte, habe ich mich verändert, und zwar nicht zum Guten.«

»Das tut mir leid, Sam.«

»Ach, das muss es nicht, dieser Urlaub war für alle schwierig, manche Paare haben ihn überlebt, andere nicht«, sagte ich, merkte aber sofort, wie das klang. »Tut mir leid, ich wollte nicht ...«

»Schon gut, du hast ja recht, sieh dir Daisy und Tom an, sie haben ihr persönliches Unwetter ja ganz gut überstanden, wie es aussieht.«

»Ja, ich bin mir sicher, die zwei schaffen das schon.«

»Glaubst du, David geht vielleicht zu seiner Ex-Frau zurück?«, fragte sie.

Ich schüttelte den Kopf. »Die ist tot.«

»Oh, das wusste ich nicht.«

»Ja, das war alles ziemlich schwierig. Sie akzeptierte nicht, dass David und ich zusammen waren, und ich weiß erst seit Kurzem, warum ... Sie waren noch ein Paar, als wir zusammenkamen. Er sagte, sie hätten sich schon getrennt, aber anscheinend wusste sie gar nichts davon, daher sah sie in mir ihre Rivalin – was ich ja auch war, nur war mir das gar nicht klar. Jedenfalls bat sie mich um ein Gespräch unter vier Augen, und ich dachte, das wäre die Lösung, dann könnten wir reinen Tisch machen und sie würde merken, dass ich keine bösen Absichten habe, und wir könnten alle unser Leben leben. David warnte mich noch, aber ich fuhr trotzdem hin, und als ich bei ihrem Haus ankam, stand die Haustür offen, also ging ich hinein. Ich hatte schon fast erwartet, dass sie mit einem Messer in der Hand auf mich zustürmt.«

Becky hielt sich erschrocken die Hand vor den Mund.

»Ich rief nach ihr, und als keine Antwort kam, ging ich ins Wohnzimmer ...« Ich hielt inne, es fiel mir schwer, darüber zu sprechen. »Ich ging ins Wohnzimmer und ... sah zwei Füße in der Luft hängen. Zuerst konnte ich mir gar nicht erklären, was das war. Dann wurde mir klar, dass sie sich an einem Balken aufgehängt hatte.«

»Oh, Sam«, stöhnte Becky.

»Es war schrecklich, da war so viel Blut. Sie hatte zuerst versucht, sich die Pulsadern aufzuschneiden, aber das war ihr wohl nicht schnell genug gegangen. Sie trug ein dünnes weißes Nachthemd, und das ganze Blut ...« Ich versuchte, das Bild zu verdrängen. »Gott, ich sollte an so etwas nicht denken, nicht heute.«

»Schlimme Erlebnisse können schlimme Erinnerungen wachrufen«, sagte sie sanft. »Wenn es dir hilft, sprich darüber. Bring diese Erinnerungen ans Tageslicht, du versteckst sie in dir drin, und das ist nicht gesund.«

»Ich habe das noch nie jemandem erzählt, aber wenn ich nachts im Bett liege, sehe ich die Blutflecken auf ihrem weißen Nachthemd und auf ihrem Gesicht. Deshalb habe ich so überreagiert, als ich den Drink auf Daisys weißes Kleid geschüttet habe, das war ein Trigger – und David wusste es, er wusste, warum ich so reagierte, und trotzdem verachtete er mich dafür, dass *er* sich für mich schämen musste. Ihr Gesicht, den offenen Mund, die Augen, in denen man nur das Weiße sieht, das sehe ich alles ganz deutlich vor mir.« Ich erschauderte. »Ich konnte nicht näher an sie herangehen. Ich rief einen Krankenwagen, und dann rief ich David an, der mich beschimpfte, weil ich hingefahren war, obwohl er mich davor gewarnt hatte. Heute ist mir klar, dass sie das für mich inszeniert hat, weil ich nicht darauf hören wollte, was sie mir zu sagen versuchte. Heute weiß ich, dass David ein toxischer Kerl ist und dass jede Frau, die auf ihn hereinfällt, ihr Leben ruiniert.«

»Aber du hast es geschafft, Sam, du hast dich von ihm getrennt.«

Ich zuckte mit den Schultern. »Für mich ist es eh zu spät, mein Leben ist schon ruiniert. Ich hätte es genauso gut so machen können wie Marie.«

»Nein, du hast dein ganzes Leben doch noch vor dir«, sagte Becky. Klar, dass sie das sagte.

»Es kommt mir vor, als hätte ich ihr Haus damals nie verlassen, und sie ist immer noch bei mir.«

Wir hingen beide eine Weile unseren Gedanken nach, während es immer dunkler wurde und sich der Himmel draußen weiter zuzog. Eine dicke Decke aus dunkelgrauen Wolken senkte sich über uns, passend zu den dunklen Wolken in unseren Köpfen.

Am späten Nachmittag kam Beckys Schwester, um ihr beim Packen zu helfen und sie nach Hause mitzunehmen. Sie war supernett, und es war gut zu wissen, dass Becky jemanden hatte, die sich um sie kümmern würde, jetzt wo Josh fort war. Am Tag nach ihrer Abreise wurde seine Leiche an den Strand gespült. Es war schrecklich traurig, aber Becky war nicht stark genug, um noch einmal auf die Insel zu kommen, und so habe ich sie nicht wiedergesehen. Dann durften die Gäste plötzlich alle abreisen, und sofort kam das Gerücht auf, die Polizei habe keinen Grund mehr, uns im Hotel festzuhalten, weil Josh der Mörder gewesen sei. Aber ich hatte keinen Grund, abzureisen.

Ich rief zu Hause an, bat den Pfleger meiner Mutter, noch zu bleiben, und verlängerte meinen Aufenthalt um zehn Tage.

Ich hatte eine Menge, worüber ich nachdenken wollte, und musste einige schwierige Entscheidungen über meine Zukunft treffen. Ich blieb also da und konnte beobachten, wie die letzten auf der Insel verbliebenen Polizisten und Granger ihre Zelte abbrachen, um die Ermittlungen auf dem Festland fortzusetzen.

Als das Zimmermädchen Elizabeth bei mir die Bettwäsche wechselte, half ich ihr dabei. Das war zwar gegen die Vorschriften, aber die arme Frau hatte einen schlimmen Rücken und ich konnte nicht mit ansehen, wie sie sich abmühte. Außerdem wusste ich ja, dass sie einen Neffen bei der Polizei hatte, und so konnte ich sie nebenbei fragen, ob sie wüsste, was passiert war.

»Offenbar hat man im Blut von Mr Andrews Drogen und Alkohol gefunden«, sagte sie. »Scheint so, als hätte der gute Mann ein paar Probleme gehabt.«

»Wow!« Ich war fassungslos. »Josh war so ein netter Typ, das hätte ich nie gedacht. Tja, Leute, die man im Urlaub kennenlernt, bleiben einem halt doch ein Stück weit fremd, oder?«, sagte ich und zwängte das Kopfkissen in einen sauberen Bezug. Aber jetzt ergab alles einen Sinn. »Josh muss Drogen genommen und zu viel Sekt getrunken haben, und dann ist er einfach ertrunken.«

Ich dachte weiter darüber nach, während wir ein frisches Laken auf die Matratze zogen.

»Ja, damit ist ein Todesfall aufgeklärt, Miss Marple, aber wir wissen immer noch nicht, wer Stella getötet hat, oder?«

»Tja, Elizabeth, ob wir das jemals wissen werden?«

Zwei Wochen später reise ich schließlich auch ab. Am Ende habe ich doch noch eine schöne Zeit gehabt. Mir tut es ein wenig leid um meine Ehe, aber nicht um David. Ich bin viel glücklicher, seit er weg ist, und es fällt mir schwerer, mich vom

Fitzgerald's Hotel zu trennen als von ihm. Aber jetzt ist mein Urlaub endgültig vorbei, und ich muss auschecken. Als ich den Rest der Rechnung bezahlt habe und mich gerade verabschieden will, bittet mich die Rezeptionistin, kurz zu warten. Sie verschwindet in einem Hinterzimmer und kommt mit einer Plastiktüte wieder heraus. »Bei dem ganzen Hin und Her mit der Polizei ist das hier im Büro gelandet«, sagt sie. »Gut, dass es mir noch eingefallen ist, einer der Gäste hat es für Sie abgegeben, Daisy Brown.« Sie reicht mir eine Tüte, und darin befindet sich Daisys wunderschöner Gucci-Strohhut, den ich so toll fand. Ich bezweifle, dass ich ihn dort, wo ich hingehe, brauchen werde, aber es ist schön zu wissen, dass Daisy mich so gern hatte, dass sie ihn mir geschenkt hat. Es ist ein wertvolles Andenken an unsere Freundschaft und eine lebenslange Erinnerung an einen grausamen, aber trotzdem schönen Sommer.

EPILOG
EINE WOCHE SPÄTER

DAISY

Daisy und Tom kehrten aus ihrem Urlaub zurück, und beide waren wie ausgewechselt. Er war viel offener als früher und sprach über alles, was ihn bewegte, und sie bereitete sich auf eine neue Zukunft vor. Aber bevor sie sich voll und ganz darauf einlassen konnte, musste sie sich mit jemandem treffen. Sie griff zum Telefon.

»Ich habe das Gefühl, wir müssen reden«, sagte Daisy.

»Ich glaube auch«, antwortete Becky.

Am nächsten Tag stieg Daisy ins Auto und fuhr die rund einhundertzwanzig Kilometer zu dem hübschen kleinen Vorstadthäuschen, in dem Becky mit ihren Kindern wohnte.

Beckys Haus sah genauso aus, wie Daisy es sich vorgestellt hatte: ein gepflegter kleiner Garten, frisch gestrichen, saubere weiße Fensterläden, die dafür sorgten, dass die Außenwelt draußen blieb. Und obwohl sie mit einer tödlichen Krankheit zu kämpfen hatte, schien Becky noch die Kraft gefunden zu haben, die Fassade mit einer üppigen Blumenampel zu dekorieren.

Daisy klopfte, und Beckys Mutter Margaret öffnete die Tür, eine quirlige ältere Version von Becky, die sie sehr herzlich begrüßte. Sie erzählte ihr, sie sei bei Becky eingezogen, und führte sie durch den hübsch gestalteten kleinen Flur in das Wohnzimmer, wo ihre Tochter wartete. Daisy versuchte, sich nicht anmerken zu lassen, wie geschockt sie war, als sie Becky erblickte. Der Krebs hatte sie inzwischen so sehr mitgenommen, dass die Vierzigjährige ganz eingefallen und grau aussah und doppelt so alt, wie sie war.

»Schön, dass du da bist«, sagte sie und lächelte schwach. Ihr Atem rasselte. Sie war wie auf dem Sofa festgeklebt, unfähig, sich zu bewegen. Das Sprechen schien alle ihre Energie zu beanspruchen.

Daisy hatte Blumen mitgebracht und überreichte sie Margaret, die sie ins Wasser stellte. Dann ging sie, um Tee zu kochen, und schloss die Tür hinter sich, »damit ihr Mädels eure Ruhe habt«.

Becky sah ihrer Mutter hinterher, als sie den Raum verließ, und lächelte. »Das hat sie früher immer gesagt, wenn ich Schulfreundinnen zum Tee eingeladen habe. Manche Dinge ändern sich nie, oder? Beziehungen gehen einfach weiter, die Dynamik bleibt dieselbe, nur die Rahmenbedingungen ändern sich. Meine Mutter hat mich damals in diese Welt gebracht, und jetzt ist sie für mich da, wenn ich die Welt wieder verlasse.«

Daisy wusste nicht, was sie dazu sagen sollte. Es war zu traurig, zu schmerzhaft.

»Ich verdanke ihr so viel«, sagte Becky und hielt kurz inne, um Luft zu holen. »Ich kann in Frieden sterben, weil ich weiß, dass sie für die Kinder da ist. Ich denke oft an etwas, das du gesagt hast: dass eine gute Mutter mehr wert ist als zehn schlechte Väter.«

Daisy lächelte. »Ja, ich glaube, Eltern werden generell über-bewertet, aber was weiß ich schon, ich hatte ja nie wirklich welche.«

»Du hast dich selbst großgezogen, Daisy Brown«, sagte Becky. »Und das hast du doch ganz gut hinbekommen. Ich schätze, deshalb fechtest du deine Kämpfe immer allein aus? Weil du das früher schon musstest?«

Daisy zuckte mit den Schultern.

Margaret kam mit Tee und Kuchen zurück und blieb noch ein paar Minuten, bevor sie wieder ging und mit exakt der gleichen Bemerkung wie vorhin die Tür hinter sich schloss. Die beiden Frauen sahen einander an und lächelten.

»Ich hätte alles dafür gegeben, eine Mutter wie deine zu haben«, sagte Daisy.

»Sie ist prima, du kannst sie dir gerne mal ausleihen, wenn du willst, bald wird sie wieder etwas mehr Zeit haben.« Bei der letzten Bemerkung hätte Becky fast angefangen zu weinen, aber es gelang ihr, die Tränen hinunterzuschlucken.

»Ich würde gerne mit ihr und den Kindern in Kontakt bleiben«, sagte Daisy. Sie hielt einen Moment inne. »Guck mal, Tom und ich verdienen beide gut, und ich würde gerne ein Sparkonto für Amy und Ben einrichten. Damit können sie dann später mal ihr Studium finanzieren oder ihre Hochzeiten oder was auch immer. Was meinst du?«

»Das ist sehr nett«, sagte Becky und stellte ihre Tasse und Untertasse auf dem Couchtisch ab. »Manche würden wohl sagen: ein wenig *zu* nett.«

»Das ist ja wohl das Mindeste, was ich tun kann.«

Becky sah sie an. »Du meinst, weil du ihren Vater umgebracht hast?«

Daisy schluckte; das hatte sie nicht erwartet. »Du wusstest, dass ich es war?«

Becky nickte langsam. »Ich hatte eine Einladung von Sam auf meinem Kopfkissen liegen, aber als ich sie beim Abendessen sah, da bedankte sie sich bei mir dafür, dass ich das Mitternachtsbaden organisiert hätte. Ich sah ihre Einladung auf dem Tisch liegen, und die war von mir. Ich war verwirrt, habe aber nicht weiter darüber nachgedacht; erst später wurde mir klar, dass irgendjemand wild entschlossen gewesen sein musste, uns – und unsere Männer – in jener Nacht ins Meer zu bekommen.«

»Nachdem wir über das Mitternachtsbaden gesprochen hatten, wurde mir klar, dass das meine Chance war. Ich war immer noch verstört und stand unter Schock wegen der Vergewaltigung. Ich konnte nicht klar denken, ich wollte ihn einfach nur töten, Becky. Um sicherzugehen, dass er zum Baden kam, habe ich diese offiziell wirkenden Einladungen geschrieben. Aber ich dachte mir, wenn die Einladungen von mir kommen, tauchen vielleicht nicht alle auf.«

»Ach, sie wären schon gekommen«, sagte Becky.

»Ich wusste, dass er versuchen würde, es dir auszureden, und ich wusste, dass Sam sich vielleicht weigern würde, weil sie nicht schwimmen kann, also musste ich dafür sorgen, dass ihr trotzdem kommt. Ich wusste, dass ihr, du und Sam, einen besonders guten Draht zueinander habt. Ihr habt mehr Zeit zu zweit verbracht als mit mir, und ich dachte, du würdest dich eher verpflichtet fühlen, mitzumachen, wenn Sam dich einlädt, und andersherum dass Sam garantiert kommen würde, wenn du sie dabeihaben willst.«

»Kann sein«, räumte Becky ein. »Und du hattest recht, Josh wollte nicht baden gehen, er hat sich Sorgen um mich gemacht. Und bestimmt hat er auch befürchtet, dass du da bist und vielleicht etwas sagst.«

»Genau, deshalb wollte ich, dass er denkt, die Einladung käme von Sam. Bei mir wäre er misstrauisch geworden.«

»Also bist du in mein Zimmer gekommen, als ich schlief, und hast die Rose und die Einladung dagelassen?«

»Ja, ich dachte mir, Sam würde so etwas bestimmt tun. Und ihr habe ich eine Einladung geschrieben, die klang, als wäre sie von dir. Um zu dir ins Zimmer zu gelangen, musste ich die Putzfrau bestechen«, sagte Daisy. »Ich hatte solche Angst, dass du aufwachst, als ich die Einladung auf dein Kissen legte, und im Badezimmer hätte ich beinahe die Tabletten fallen lassen, aber du hast tief und fest geschlafen.«

»Ja, als ich später los wollte, sah ich, dass meine Antidepressiva weg waren, die ich hinten im Badezimmerschrank versteckt hatte, damit Josh dachte, ich hätte sie genommen.«

»Du hattest uns ja erzählt, wo du die Dinger versteckt hast, und ich wusste, dass Antidepressiva in Verbindung mit Alkohol tödlich sein können. Also habe ich die Tabletten zermahlen, und dann musste ich alles so timen, dass ich das Pulver direkt vorm Badengehen in seinen Sekt geben konnte, damit er auf jeden Fall draußen im Meer ist, wenn es wirkt.«

»Zu viel Alkohol und zu viele Antidepressiva beim Baden im Meer um Mitternacht – dass das eine verhängnisvolle Mischung ist, dürfte jedem klar sein.« Becky holte tief Luft. »Als die Polizei sagte, sie hätten eine große Menge Antidepressiva in Joshs Blut gefunden, wusste ich, was geschehen war. Aber ich log und sagte ihnen, dass er wegen meiner Krankheit depressiv geworden sei und dass er immer ziemlich sorglos war, was den Umgang mit Antidepressiva und Alkohol betraf, da müsse er wohl deshalb ertrunken sein. Und die Erklärung nahmen sie bereitwillig hin. Ich glaube, sie waren einfach erleichtert, dass sie wenigstens einen Mord aufgeklärt hatten.«

»Du wusstest, dass ich es war, die ihn getötet hat, und trotzdem hast du mich gerettet?« Daisy flüsterte fast.

»Sieht so aus«, antwortete sie.

»Du weißt, warum ich ihn getötet habe, oder?«

»Ja.«

»Woher?«

»Ich war draußen vor dem Fenster und habe alles gesehen, ich trug einen von Joshs schwarzen Kapuzenpullovern. Ich habe ihn den ganzen Urlaub über beobachtet. Ich habe gesehen, wie er mit Stella geplaudert hat, in der Nacht, als sie starb, und ich habe ihm jede Nacht beim Laufen zugesehen, immer von unserem Balkon aus. Aber in jener Nacht konnte ich ihn von da aus nirgends sehen, also kletterte ich auf den Balkon nebenan. Ihr wart der übernächste Balkon, und wie du dich erinnern wirst, waren die Trennwände zwischen den Balkonen ziemlich niedrig. Ich wusste, dass irgendetwas passieren würde, ich hatte gesehen, wie er dich immer anschaute. Ich wusste, dass Tom unten in der Bar war, weil wir ihn dort hatten sitzen lassen, und ich ahnte, dass Josh zu eurem Zimmer gegangen sein könnte. Er war manisch ... aber ich hätte nie gedacht, dass er dich verge-waltigen würde. Trotzdem war mir nicht ganz klar, was da vor sich ging, ich dachte, vielleicht habt ihr einvernehmlichen Sex.«

»Weil ich mich nicht gewehrt habe, als du uns gesehen hast?«

»Genau, ich dachte, ihr fühlt euch vielleicht zueinander hingezogen, und in Anbetracht meiner Situation fand ich: Wenn ihn das glücklich macht, will ich ihm den Spaß nicht verderben. Ich hatte wirklich keine Ahnung, bis ich am nächsten Tag deine blauen Flecken sah und du mir erzähltest, was passiert war. Ich wusste, dass er das gewesen war, und da hätte ich ihn am liebsten selbst umgebracht.«

Daisy holte tief Luft. »Gott, es war so schrecklich. Ich wollte dich nicht verletzen, und ich hatte nie vor, es irgendwem zu erzählen, ich habe es nicht einmal Tom erzählt. Ich wollte es einfach für mich behalten und nicht an die große Glocke hängen. Das wollte ich dir und deinen Kindern nicht antun. Und mir wollte ich das auch nicht antun, denn wenn ich es für mich behielt, konnte ich mir vormachen, es wäre gar nicht passiert. Aber am Morgen fühlte ich mich so allein, so elend. Als Kind habe ich mich manchmal auch so gefühlt, und ich hatte niemanden, mit dem ich reden konnte ... aber an jenem Morgen hatte ich dich.«

»Es tut mir nur so leid, dass er dir all das angetan hat, Daisy, auch der andere Überfall ...« Sie hielt inne. »Als meine Schwester und ich im Hotel seine Sachen zusammenpackten, fanden wir schlammverkrustete Kleidung, eine Gesichtsmaske und Gartenhandschuhe. Josh war es, der dich bei den Klippen angegriffen hat, Liebes.«

Daisy nickte. »Das wusste ich nicht, aber überrascht bin ich auch nicht.« Sie versuchte, nicht weiter darüber nachzudenken.

»Siehst du, er war nicht einmal schlau genug, die Beweise zu vernichten.« Becky rollte mit den Augen. »Wenn die Polizei unser Zimmer durchsucht hätte, hätten sie ihn auf der Stelle verhaftet, er war so ein Trottel. Selbst nach zwanzig Jahren Ehe hatte ich keine Ahnung, dass mein Mann dazu fähig war, jemanden zu vergewaltigen, ich wusste nicht, dass er überhaupt zu irgendeiner Art von Gewalt fähig war. Umso größer war mein Schock darüber, was ich außer den Handschuhen und der schmutzigen Kleidung noch fand: In einer Innentasche seiner Jacke waren Kondome versteckt, auf seinem Handy hatte er Fotos von Frauen, auch einige von dir. Es gab SMS mit Gedichten, die er an Frauen geschickt hatte, denen er vermutlich nachgestellt hatte. Ach, und ich habe ein Nachthemd aus rosa Seide gefunden.«

Daisy stöhnte auf. »Kurz und trägerlos?«

»Oh, war das deins?«

»Klingt so.«

»Tut mir leid. Mich hat es fertiggemacht, das alles zu finden. Er war nicht der, für den ich ihn gehalten habe, und ich weiß nicht einmal, ob er es jemals gewesen ist.«

»Es tut mir so leid, Becky, in gewisser Weise wäre es vielleicht besser gewesen, wenn du das alles nie erfahren hättest, oder?«

»Ich glaube, unbewusst habe ich geahnt, dass mit Josh etwas nicht in Ordnung war, und das schon eine ganze Weile. Ich schob das aber einfach auf meine Krankheit. Aber da habe ich mir in die eigene Tasche gelogen. Mit der Vergewaltigung sind die letzten Gefühle, die ich für ihn hatte, gestorben.«

Sie schenkte ihnen beiden Tee nach und reichte Daisy die dampfende Tasse.

»Und Stella? Weißt du inzwischen, was mit Stella passiert ist?«, fragte Daisy und nahm einen Schluck Tee. »Ich habe gehört, ihr Tod sei immer noch ungeklärt?«

Becky stützte den Kopf in die Hände. »Granger hat mit mir gesprochen. Sie kennt meine Situation, weiß, dass ich zwei Kinder habe, an die ich denken muss.« Sie hielt inne und holte tief Luft.

Daisy hörte ihren rasselnden Atem, Becky tat ihr unendlich leid.

»Granger sagt, jemand hat Josh von der Leiche wegrennen sehen«, fuhr Becky fort. »Josh sagte, er sei nur am Strand laufen gewesen, aber wahrscheinlich hat er gelogen. Stella war genau sein Typ – darüber haben wir doch gesprochen, blond, schlank und ein bisschen wie du. Wir wissen, dass er dich oben auf den Klippen angegriffen hat, was dafür spricht, dass er dasselbe mit Stella gemacht hat. Sie wurde nicht vergewaltigt, wahrscheinlich weil sie sich gewehrt hat, wie du. Granger sagte, ihr Mörder sei sehr grob mit ihr umgegangen, sie hatte Hämatome an den Oberarmen, genau wie du. Sie können nicht mit Sicherheit feststellen, ob sie von den Klippen gestoßen wurde oder ob sie ausgerutscht ist, aber das spielt keine Rolle, die arme Frau hat durch die Hand meines Mannes ihr Leben verloren. Ich hoffe nur, dass es nie ans Licht kommt und dass die Kinder nichts davon erfahren.«

Trotz allem, was sie durchgemacht hatte, empfand Daisy den Besuch bei Becky als heilsam, und sie wusste, dass sie dieses Kapitel mit Hilfe von Tom nun endlich abschließen und nach vorne schauen konnte. Selbst wenn Becky nicht in der darauffolgenden Woche gestorben wäre, hätten sie sich nie wiedergesehen. Sie kamen aus verschiedenen Welten. Wie bei so vielen Urlaubsbekanntschaften war das Einzige, was sie verband, ihre Zeit im Fitzgerald's Hotel. Doch was dort geschehen war, hatte ihr aller Leben in einer Weise beeinflusst, mit der sie nie gerechnet hätten. In den letzten Tagen ihres

Leben hatte Becky ihren Mann so gesehen, wie er wirklich war und wie er ohne sie geworden wäre. Indem sie die Polizei über die Umstände seines Todes angelogen hatte, hatte sie Daisy ihr Leben zurückgegeben, und Daisy war dankbar dafür. Sie würde mit der Schuld leben, dass sie einen Menschen getötet hatte, doch das war ein vergleichsweise kleiner Preis. Die erste Hälfte ihres Lebens hatte sie damit leben müssen, dass ihr Stiefvater sie regelmäßig vergewaltigt hatte und dafür nie zur Rechenschaft gezogen worden war. Ihr neuer Vergewaltiger sollte nicht so einfach davonkommen.

In jener Nacht am Strand hatte sie im Mondlicht den Sekt eingeschenkt und in einen der Pappbecher Beckys Antidepressiva gegeben. Diesen Becher hatte sie dann Sam gereicht mit den Worten: »Der hier ist für Josh«, und Daisy hatte zugesehen, wie er gierig den Sekt trank. Und mit jedem Schluck, den er nahm, musste sie daran denken, was er ihr angetan hatte, und daran, was ihr Stiefvater ihr angetan hatte, und sie spürte, wie die Last so vieler Jahre von ihr abfiel.

Als sich die beiden Frauen an diesem Tag an Beckys Haustür voneinander verabschiedeten, wussten sie, dass sie sich nie mehr wiedersehen würden. Trotzdem waren sie für immer aneinander gebunden und würden ihr Geheimnis mit ins Grab nehmen.

EPILOG

STELLA

Er saß öfter in der Strandbar herum und kam mir vor wie ein echt netter Typ. Er kam sogar ein-, zweimal mit, um sich meinen Yoga-Kurs anzusehen, an dem seine Frau teilnahm. Dass er auf mich stand, war nicht zu übersehen; am Tag ihrer Anreise fiel er mir direkt auf, er war witzig und attraktiv. An ihrem ersten Abend kam er mit seiner Frau an die Poolbar. Da es so warm war, hatten wir bis spätabends geöffnet, und als sie ging, blieb er noch da, und wir kamen ins Gespräch.

Am Sonntagabend tauchte er allein in der Bar auf, als ich gerade zumachen wollte, und sagte, er könne wegen der Hitze nicht schlafen. Offenbar schlief seine Frau schon tief und fest, aber er hatte ewig auf dem Balkon gesessen, um sich abzukühlen. Ich hatte gesehen, wie er mich von dort aus beobachtet hatte. Es war nur ein Schatten in der Dunkelheit gewesen, aber ich hatte gewusst, dass er es war. Wie auch immer, ich musste nirgendwo mehr hin, meine Schicht war vorbei, also schenkte ich uns beiden einen großen Drink ein, und wir unterhielten uns. Ich mochte ihn – es stellte sich heraus, dass er mit Immobilien handelte, er kaufte und verkaufte Häuser und vermietete auch welche. Ich glaube, er war ziemlich reich – wobei, wenn man zweiundzwanzig ist und nichts hat, kommt einem ein Typ schon reich vor, wenn er nur ein Auto hat. Als er mich nach meinen Zukunftsplänen und meinen Hoffnungen und Träumen fragte, war ich Feuer und Flamme.

»Hör mal, Stella«, sagte er, »ich kenne dich gar nicht, aber wenn ich mit dir rede, habe ich das Gefühl, dass wir beruflich gut zusammenpassen würden. Du bist ein hübsches Mädchen, kannst gut mit Menschen, und ich wette, du kennst dich super mit Social Media aus. Falls du Lust hast, die Immobilienbranche im Sturm zu erobern, kannst du dich gerne mal bei mir melden. Ich brauche jemanden, der sich um unser Marketing kümmert, und du wärst perfekt.«

Es war August, und ich fragte mich schon eine Weile, was ich nach dem Sommer tun sollte. Ich hatte versucht, mit ein paar großen Influencerinnen Kontakt aufzunehmen, in der Hoffnung, dass die mir vielleicht ein paar Tipps geben könnten, aber da kam ich nicht weiter. Ich hatte schon daran gedacht, vielleicht doch einfach zurück auf die Kunsthochschule zu gehen. Aber zur Abwechslung mal Geld zu verdienen und in einer großen Stadt zu wohnen, klang auch nicht schlecht.

»Das ist echt verlockend, darüber denke ich doch glatt mal nach«, sagte ich.

»Darauf sollten wir trinken!«, verkündete er, und ich schenkte uns noch einmal nach.

Am Abend darauf war es das Gleiche, er konnte nicht schlafen, kam spät in die Bar, und wir saßen und tranken zusammen. Wir verstanden uns sehr gut, er meinte, er könne mir ein gutes Gehalt zahlen, und mit dreißig wäre ich Millionärin. Mir war klar, dass vieles davon nur Blabla war, er war ein bisschen sehr von sich eingenommen, aber trotzdem war er ein inspirierender, spannender Typ, und ich war ehrgeizig. Aber am folgenden Abend, am Dienstag, wurde es dann doch etwas seltsam. Er kam etwas früher als sonst, es waren noch ein paar

Gäste an der Bar. Das schien ihm gar nicht in den Kram zu passen. Er sagte: »Komm, wir gehen spazieren.«

Ich sagte zu ihm, dass ich noch bis dreiundzwanzig Uhr dreißig arbeiten müsse und die Bar nicht verlassen dürfe, aber er war sehr überzeugend und überredete mich, hinterm Tresen hervorzukommen und mich kurz unter vier Augen mit ihm zu unterhalten. Wir gingen auf die andere Seite der Poolbar, hinter die Bäume, die da standen. Er meinte, er hätte mit seinem Buchhalter gesprochen. »Ich kann dir ein Einstiegsgehalt von dreißigtausend Pfund zahlen, und du bekommst außerdem eine Wohnung, in der du mietfrei wohnen kannst.«

Ich konnte das gar nicht glauben. »Klasse, wo muss ich unterschreiben? Da sage ich sofort zu«, meinte ich. Aber bevor ich noch etwas sagen konnte, drückte er mich plötzlich gegen einen Baum, und das fand ich dann nicht mehr ganz so toll. Ich weiß, ich hätte mich wehren sollen, aber als er mich küsste, ließ ich es geschehen. Und als ich sagte, ich müsse zurück in die Bar, meinte er, wenn meine Schicht zu Ende wäre, würde er mich zurück zum Personalhaus begleiten, und dann könnten wir weiterreden.

Ich ging zurück zur Bar und war noch am Grübeln, ob es wirklich eine gute Idee war, für David zu arbeiten, als ich sah, wie dieser Läufer, Josh, Geld aus der Kasse stahl! Ich konnte das gar nicht glauben, das vornehmste Hotel der ganzen Gegend, und einer der Gäste begrapschte mich hinter den Bäumen, und ein anderer raubte die Kasse aus! Diese Leute waren echt der letzte Abschaum. Also stellte ich Josh zur Rede. Er sagte, es täte ihm leid. Er flehte mich an, nicht die Polizei zu rufen, und als ich sagte: »Keine Chance«, da wurde er dreist. Er meinte, wenn ich ihn nicht verraten würde, dann würde er das Geld zurück in die Kasse legen und niemandem erzählen, dass ich mit meinem »Lover« herumgemacht hätte. Er wusste offensichtlich nicht, dass das David gewesen war, aber er sagte immer wieder: »Du hast mit ihm hinter dem Baum da geknutscht, ich habe euch gesehen, das sage ich dem Geschäftsführer.« Ich hatte keine Wahl, ich brauchte diesen Job, zumindest so lange noch, bis ich wieder aufs College gehen oder in Davids Firma anfangen konnte, aber ich wusste ja nicht einmal, wann das sein würde. Und ich fragte mich, was ich später wohl tun musste, um den Job, den er mir anbot, zu behalten; wenn ich dafür mit dem Chef ins Bett musste, war das überhaupt nicht mein Ding.

Also sagte ich zu Josh: Okay, wir halten beide den Mund. Er legte das Geld zurück, und als er weg war, tauchte plötzlich David aus der Dunkelheit auf und sagte, ich hätte hoffentlich keinen falschen Eindruck von ihm gekriegt. »Ich finde dich einfach so unglaublich klug und hübsch, ich musste dich einfach küssen. Ich schwöre, das war das erste und letzte Mal«, sagte er. Während ich Gläser abspülte, redete er davon, wie toll ich wäre und wie reich und erfolgreich er mich machen würde, aber ich war mir da jetzt nicht mehr so sicher.

Nachdem ich die Bar dichtgemacht hatte, begleitete er mich zurück zu dem Haus, wo ich wohnte. An der Tür versuchte er wieder, mich zu küssen, aber ich schob ihn weg und sagte ihm höflich: Geh doch bitte zurück in dein Zimmer, wo deine Frau auf dich wartet. Ich sagte ihm, ich würde nicht seine Geliebte sein, die in einer Wohnung in Manchester herumsitzt, auch nicht für dreißigtausend Pfund im Jahr, und er meinte, nein, das hätte ich alles ganz falsch verstanden, aber schließlich verschwand er. Um sicherzugehen, dass er wirklich weg war, ging ich in Richtung Klippen und sah ihm dabei zu, wie er durch den Garten zum Haupthaus lief. Als ich mich umdrehte, um zurück zum Personalhaus zu gehen, trat plötzlich direkt vor mir jemand aus dem Schatten.

»Ich habe auf Sie gewartet«, sagte sie. Es war Davids Frau.

Ich zuckte zusammen. Ihr Gesichtsausdruck machte mir Angst, und ich erstarrte einen Moment lang.

»Bitte nehmen Sie ihn mir nicht weg, Stella. Sie können doch jeden haben. Er ist die Liebe meines Lebens.«

»Das tue ich gar nicht, so ist es nicht, wir sind nur ... gute Bekannte«, sagte ich vorsichtig.

Tränen liefen ihr über das Gesicht. »Das stimmt nicht, er war den ganzen Abend in der Bar, hat Sie hierherbegleitet, und ich sehe doch, wie er Sie anschaut. Ich weiß nicht, was ich tun soll«, flüsterte sie mir ins Gesicht. »Was soll ich denn nur tun?«

Bevor ich etwas sagen konnte, packte sie mich mit aller Kraft an den Armen, schüttelte mich und raunte mir zu: »Bitte, ich flehe Sie an, lassen Sie ihn in Ruhe. Machen Sie mir das nicht kaputt. Das sind meine Flitterwochen. Sie können sich die Männer aussuchen, aber ich nicht. Er ist mein Mann. Ich liebe ihn.«

Ich versuchte zu erklären, was los war, aber sie wollte mir nicht zuhören. Sie hatte sich eingeredet, dass ihr Mann und ich zusammen wären.

Die ganze Zeit über war ihr Gesicht nur ein paar Zentimeter von meinem entfernt. Ich hatte schreckliche Angst und versuchte, mich loszureißen. Schließlich schaffte ich es, mich zu befreien, und ich rannte durch den Garten vor ihr davon. Ich rief verzweifelt um Hilfe und hoffte, dass mich jemand hören würde und käme, um nachzuschauen, was los war, aber in diesem Resort geschah das nicht, hier waren alle so vornehm und höflich, dass sie am liebsten unter sich blieben. Plötzlich stolperte ich auf dem steinigen Weg und verknackste mir den Fuß. Ich humpelte, und sie holte mich ein. Sie war direkt hinter mir, und ich schrie, aber sie legte einen Arm um meinen Hals und presste mir die Hand auf den Mund, um mich zum Schweigen zu bringen. Ich schrie weiter und versuchte, mich freizukämpfen und zu entkommen. Doch sie war größer als ich und ziemlich stark, und mein Knöchel tat so weh, dass mir klar wurde, dass ich ohnehin nicht weglaufen konnte.

»Seien Sie still, Stella, dann lasse ich Sie los«, zischte sie, also hörte ich auf zu schreien, und sie ließ mich tatsächlich los. Ich drehte mich zu ihr um, und jetzt sah sie genauso entsetzt aus wie ich, als könnte sie gar nicht glauben, was sie da gerade getan hatte.

»O Gott, es tut mir leid, es tut mir so leid«, sagte sie und ging mit ausgestreckten Armen auf mich zu. Aber ich traute ihr nicht, und als sie auf mich zukam, ging ich rückwärts, immer noch ihr zugewandt, damit sie mich nicht wieder von hinten packen konnte.

»Pass auf!«, rief sie und sprang auf mich zu, aber ich machte einen Schritt von ihr weg, und da gab mein Knöchel nach. Plötzlich fiel ich. Die Welt um mich herum wurde ganz langsam. Ich war schwerelos in der dunklen Stille, ich hatte nicht einmal mehr Zeit, zu schreien. Das Letzte, was ich sah, war ihre Silhouette, die oben von den Klippen auf mich herunterguckte, und das Letzte, was ich hörte, war ihr Schluchzen. Und als ich mit einem furchtbaren Wumms auf dem Felsen aufschlug, waren zweiundzwanzig Jahre ausgelöscht.

EPILOG

JETZT

SAM

Als ich das Boot betrete, erfasst plötzlich eine Brise meinen Hut. Ich greife noch nach ihm, aber ich bin nicht schnell genug. Mit Tränen in den Augen muss ich mit ansehen, wie der schöne Gucci-Strohhut mit dem Ripsband im Wasser landet und davontreibt.

Ich halte meine Tränen zurück, als ich an Deck Platz nehme, gegenüber einer Frau mit neugierigem Blick.

»Oh nein, war das Ihr Hut?«, fragt sie und klingt ganz aufgeregt.

Ich nicke und weiche ihrem Blick aus.

»War der teuer?«

»Ja, sehr«, antworte ich und wünsche mir, sie würde die Klappe halten.

Ich hole mein Telefon aus der Tasche, um mich nicht mit ihr unterhalten zu müssen. Erstaunlicherweise habe ich Netz. Wir waren in den letzten Wochen vom Rest Großbritanniens abgeschnitten, es fühlt sich ganz seltsam an, dass ich jetzt wieder mit der Außenwelt sprechen kann. Fast schon beängstigend. Ich weiß gar nicht, wen ich zuerst anrufen soll. Und was ich sagen soll. Einem Impuls folgend, beschließe ich, meine Schwester anzurufen. Ich bin müde, und mir ist zum Heulen zumute, ich muss jetzt eine vertraute Stimme hören.

»Hey, du«, sagt sie. »Alles okay bei dir? Ich habe mitbekommen, was passiert ist, es stand in allen Zeitungen. Kommst du endlich nach Hause?«

Der vertraute Klang der Stimme meiner Schwester berührt mich, aber ihre Worte sind wie ein Hammerschlag in meinem Kopf. Ich muss direkt daran denken, wie mein Leben vor diesem Urlaub war.

»Bist du noch dran, geht's dir gut?«, fragt meine Schwester, und irgendwo von ganz tief in mir drin bricht ein gewaltiger, viel zu lauter Schluchzer aus mir heraus. Die Frau gegenüber starrt mich an.

»Nein, um ganz ehrlich zu sein, mir geht es gar nicht gut.«

»Was? Was ist?« Die Stimme meiner Schwester klingt ganz panisch.

»Schwesterherz, kannst du mir einen Gefallen tun?«, sage ich. »Der Empfang hier wird wieder schlechter. Könntest du bei der Polizei anrufen und darum bitten, dass die mich abholen, wenn wir das Festland erreichen? Ich muss denen etwas mitteilen.«

Das Telefon immer noch am Ohr stehe ich auf und gehe ein Stück das Deck hinunter, bis ich weder meinen davontreibenden Hut noch den Blick der Frau mehr sehen muss. Ich stehe allein am Heck des Bootes. Ein letztes Mal umgibt mich das Meer. Die salzige Meeresbrise zerzaust mein Haar und kühlt meine Wangen. Es war der heißeste Sommer, den England je erlebt hat.

Als die Temperaturen stiegen und Stürme aufzogen, war dieser wunderschöne weiße Palast mit Blick auf das türkisfarbene Meer plötzlich gar nicht mehr so wunderbar. Geheimnisse wurden gelüftet, Menschen verloren ihr Leben. Und als jetzt immer höhere Wellen gegen unser Boot schlagen, wird das Fitzgerald's Hotel in der Ferne immer kleiner, bis es aussieht wie ein glitzernder Diamant mitten im Atlantik. Ich drehe mich um und schaue zum britischen Festland, wo mich eine ungewisse Zukunft erwartet. Ich ziehe meinen Schal fester und mache mich auf all das gefasst, was jetzt passieren wird.

MEHR VON BOOKOUTURE DEUTSCHLAND

Für mehr Infos rund um Bookouture Deutschland und unsere Bücher melde dich für unseren Newsletter an:

deutschland.bookouture.com/subscribe/

Oder folge uns auf Social Media:

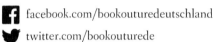

facebook.com/bookouturedeutschland

twitter.com/bookouturede

instagram.com/bookouturedeutschland

EIN BRIEF VON SUE

Vielen Dank, dass ihr euch für *Der Urlaub* entschieden habt. Wenn euch das Buch gefallen hat und ihr euch über alle meine neuesten Veröffentlichungen informieren möchtet, könnt ihr euch gerne unter dem folgenden Link in meine Mailingliste eintragen. Eure E-Mail-Adresse wird nicht an Dritte weitergegeben, und ihr könnt euch jederzeit abmelden.

deutschland.bookouture.com/subscribe/

Zum Schauplatz dieses Romans wurde ich inspiriert, als ich letzten Sommer mit meiner Familie einen Tag am Strand in der Grafschaft Devon verbrachte. Wir waren in Bigbury-on-Sea, einem schönen Strand mit Blick auf eine kleine Insel, auf der ein hübsches Art-Deco-Hotel steht. Dort wollte ich schon immer einmal hin. Es ist ein weißer Palast, ein Paradies für Schriftsteller. Agatha Christie schrieb während eines Aufenthalts im Strandhaus des Hotels in den 1930er-Jahren zwei ihrer bekanntesten Krimis – *Und dann gab's keines mehr* und *Das Böse unter der Sonne*. Die Insel und das Hotel heißen Burgh Island, und abgesehen davon, wie schön es dort ist, hat mich fasziniert, dass die Insel durch die Gezeiten zeitweise von der Außenwelt abgeschnitten ist. Als Schriftstellerin faszinierte mich der Gedanke, dass eine Gruppe von Gästen auf einer Insel gestrandet ist. Ich musste einfach ein Buch dort spielen lassen! Anfang dieses Jahres verbrachte ich dann eine ganz besondere Nacht im Burgh Island Hotel, und obwohl das Fitzgerald's Hotel nicht genauso aussieht wie das Original, ist es eindeutig dem realen Vorbild nachempfunden. So kurz mein Aufenthalt dort auch war, dieses wunderbare Hotel schlug mich in seinen Bann, und es wird mir für immer in Erinnerung bleiben. Ich habe versucht, den Glamour, den Luxus und das Geheimnisvolle des Burgh Island Hotel für euch einzufangen und auf das Fitzgerald's zu übertragen.

Ich hoffe, euch hat *Der Urlaub* gefallen. Wenn ja, wäre ich euch sehr dankbar, wenn ihr eine Rezension schreiben würdet. Sie muss nicht länger als ein Satz sein – ich freue mich über jedes Wort. Ich liebe Feedback, und es hilft neuen Leser:innen, meine Bücher zu entdecken.

Ich freue mich sehr, von euch zu hören, also zögert bitte nicht, mir jederzeit Fragen zu stellen. Ihr könnt über meine Facebook-Seite, Instagram, Twitter oder Goodreads gerne Kontakt zu mir aufnehmen.

Vielen Dank fürs Lesen,

Sue

www.suewatsonbooks.com

facebook.com/suewatsonbooks

twitter.com/suewatsonwriter

DANKSAGUNG

Wie immer gilt mein Dank zunächst dem wunderbaren Team von Bookouture, das mich mit seiner Professionalität und seinem Enthusiasmus immer wieder aufs Neue in Erstaunen versetzt und als Autorin einfach ganz wunderbar betreut. Ich danke meiner wunderbaren Lektorin Helen Jenner, die mit ihrer Energie, ihren Ideen und ihrer Professionalität dazu beigetragen hat, dass aus der Idee, die bei einem Strandbesuch in Devon entstand, etwas ganz Besonderes wurde. Ich danke ihr auch für ihre Anregungen zu größeren Änderungen, die mich immer bis spät in die Nacht wach halten und meine Bücher so viel besser machen.

Ein ganz besonderer Dank gilt meiner amerikanischen Freundin und Leserin Ann Bresnan, die wie immer fantastisch war und ihre Ideen mit mir teilte sowie wichtige Details entdeckte, die ich übersehen hatte. Einen herzlichen Dank schulde ich auch der brillanten Harolyn Grant, die eine frühe Fassung des Romans genau unter die Lupe genommen und bewiesen hat, dass der Teufel im Detail steckt. Wirklich toll! Ein großes Dankeschön geht außerdem an Sarah Hardy, die ein frühes Stadium des Buches gelesen hat und hilfreiche Anregungen hatte, und an Anna Wallace, die die letzte Fassung gelesen hat und ebenfalls noch einige ganz wunderbare Hinweise für mich hatte. Ihr seid alle fantastisch, ich bin so froh, dass ich euch in meinem Team habe.

Wie immer danke ich sehr den wunderbaren Buchblogger:innen, die meine Bücher lesen und sich die Zeit nehmen,

Rezensionen zu schreiben. Ich bin so dankbar für alles, was ihr tut. Und schließlich danke ich meiner Familie und meinen Freunden, nicht zuletzt Poppy, unserer Katze, die immer neben mir auf dem Sofa sitzt, wenn ich schreibe – danke, dass ihr mich auf meiner Reise stets begleitet, mich inspiriert und bei jedem Schritt unterstützt!

Printed in Great Britain
by Amazon